Bretonische Versuchungen

Jean-Luc Bannalec

BRETONISCHE VERSUCHUNGEN

Kommissar Dupins vierzehnter Fall

Kiepenheuer & Witsch

MIX
Papier | Fördert gute Waldnutzung
FSC® C083411
FSC www.fsc.org

1. Auflage 2025

Bahnhofsvorplatz 1, 50667 Köln

Covergestaltung Rudolf Linn, Köln
Covermotiv © MathieuRivrin/gettyimages
Kartografie Birgit Schroeter, Köln
Gesetzt aus der Aldus und der Franklin Gothic
Satz Buch-Werkstatt GmbH, Bad Aibling
Druck und Bindung CPI books GmbH, Leck
ISBN 978-3-462-00250-8

Kontaktadresse nach EU-Produktsicherheitsverordnung:
produktsicherheit@kiwi-verlag.de

À L.
À V.

Ret eo terriñ ar graoñenn,
Evit kaout ar vouedenn.
Man muss die Nuss knacken,
um an den Kern zu kommen.
BRETONISCHES SPRICHWORT

DER ERSTE TAG

Es war nicht lustig.

Er spürte, dass ihm kalter Schweiß auf der Stirn stand. Er atmete zu schnell, sein Herz schlug zu schnell.

Er hätte sich nie darauf einlassen dürfen. Es war ein verheerender Fehler gewesen, aber jetzt war es zu spät.

Mit einem Mal hatte er das Gefühl, dass die gesamte Welt in eine Schräglage geraten war. Das Meer schien zu kippen, Richtung Horizont abzufallen. Ganz eindeutig. Es war abschüssig. Der gesamte Atlantik würde in den nächsten Momenten in Bewegung geraten, eine gigantische, eine apokalyptische Welle würde sich aufbauen, immer gewaltiger werden und schließlich die Erde aus ihrer stabilen Lage herauskatapultieren.

Georges Dupin, Commissaire de Police aus Concarneau, schüttelte sich. Im Mund spürte er einen eigentümlichen metallischen Geschmack.

Das Bötchen, das am Ende der rostigen Eisenleiter auf ihn wartete, war winzig. Wacklig, nervös zuckend, obwohl das Meer von makelloser Glätte war, nicht bloß hier im geschützten Hafenbecken der Pointe de Trévignon, selbst weit draußen war keine Welle zu entdecken, nicht die allerkleinste. Dupin hatte es – wieder und wieder – kontrolliert.

Er blickte zu dem Boot hinunter. Der Kommissar war sich sicher, noch nie ein derart kleines Zodiac gesehen zu haben. »Das Modell für zwei Personen«, hatte Edith Pallu lakonisch gesagt, als sie Dupins fragenden Blick bemerkt hatte. Wie alle Zodiacs bestand auch dieses aus hartem Spezialgummi, es war unzerstörbar. Eigentlich. Eine Sitzplanke, zwei Ruder für den Notfall, ein Außenborder, das war alles. Ein maritimes Blau, eine hübsche Farbe, was allerdings nichts half. Wie überhaupt gar nichts half in dieser Situation.

Der Kommissar stand auf dem schmalen, verwegen ins Meer hineingebauten Kai des kleinen Örtchens, das sich wenige Kilometer südlich von Concarneau befand. Er mochte das unaufgeregte Trévignon, er kam oft hierher. Wegen der hiesigen Kneipen und Restaurants, dem *Le Noroît* – eine seiner Lieblingskneipen –, der *La Marinière*, einer fabelhaften Crêperie, oder dem *Casier*, einem ausgezeichneten Bistro. Und wegen Philippe. Der Fischer, der hier täglich gegen sechzehn Uhr mit seinem kleinen blau-roten Boot einlief und seinen Fang verkaufte. *Pêche à la ligne*, nachhaltige Küstenfischerei, ohne Netze, alles wurde ausschließlich mit der Leine gefangen. Man nahm, was das Meer und Philippe an dem jeweiligen Tag zu bieten hatten, es variierte ständig, immer aber war es köstlich. *Lieu jaune*, Wolfsbarsch, Schellfisch, *vieille*, Kabeljau, Saint-Pierre, Lotte … Im Sommer – von April bis Ende Oktober – kam Dupin besonders gerne her, um den Sonnenuntergang zu bewundern, auch alleine, aber meist mit Claire. Sie saßen dann am Kai, aßen, tranken, redeten, vor allem aber schwiegen sie zusammen, während sie das Spektakel bewunderten, das hier jeden Abend aufs Neue aufgeführt wurde. Jedes Mal anders, jedes Mal betörend.

Für gewöhnlich also war Trévignon ein Ort des lichten Glücks. Nicht so heute.

»Jetzt wird es ernst!«

Edith, die »Coachin« – eine kleine, stämmige Concarnoise mit kurzen dunkelblonden Haaren und Pony – klang entsprechend streng. Sie hatte aufs Duzen bestanden.

»Denk an die enormen Fortschritte, die du bei der imaginären Exposition gemacht hast, Georges. – Sagenhaft! Du kannst das! Ich sage es dir: Du kannst das!«

Dupin kam sich mit jedem Wort lächerlicher vor.

Die »imaginäre Exposition« war die erste Phase der »Konfrontationstherapie« gewesen, zu der der Kommissar »bewegt« worden war. Und zwar gleich von mehreren Seiten, es hatte sich eine sehr ungewöhnliche Allianz gebildet. Dass Nolwenn und Riwal gemeinsame Sache machten, kam häufig vor, dass Claire mit dabei war, schon seltener – aber dass auch der Präfekt sich dazugesellte, das hatte es noch nie gegeben. Alle hatten sie auf ihn eingeredet. Es ging um Dupins »Thalassophobie« beziehungsweise deren Überwindung. Die Angst vor dem Meer, in Dupins Fall: sich *auf* dem Meer zu befinden, und zwar in einem Boot. Egal, wie groß, wie komfortabel, wie solide und sicher, ja unsinkbar die Boote auch sein mochten, es löste schiere Panik in ihm aus. Der letzte große Fall – im vergangenen Spätsommer auf der Île d'Ouessant – war der Tropfen gewesen, der das Fass nach vierzehn Jahren, in denen sie seine Phobie zähneknirschend geduldet hatten, zum Überlaufen gebracht hatte. Was den Präfekten anbelangte, war es der Tag gewesen, an dem die Rechnung für die Benutzung des polizeilichen Helikopters auf seinem Schreibtisch gelandet war. Es ging um Flüge, die Dupin die Bootsfahrt zur Insel und zurück erspart hatten. Hinzu kam die Rechnung für eine aufwendige Rettungsaktion gegen Ende des Falls, die, fand Dupin, eigentlich nicht zählen durfte. Die rund sechzigtausend Euro hatten jedenfalls alle Budgets gesprengt. »Sie und Ihre alberne Phobie ruinieren uns noch!«, hatte Nolwenn geschimpft.

Es war tatsächlich eine obszöne Summe, musste Dupin zugeben. Der Präfekt hatte sich gegenüber seinem Vorgesetzten in Rennes rechtfertigen müssen und ihm sowie der nationalen Polizeiverwaltung schamlos von Dupins Phobie erzählt. Wie gewohnt war er zu jeder Denunziation bereit gewesen. »Ein bretonischer Kommissar hat seefest zu sein, Punkt!«, hatte man in Rennes und groteskerweise auch in Paris befunden. »Bei allen unbestreitbaren Verdiensten, so geht das nicht weiter!« Niemand hatte allerdings so recht gewusst, was zu tun sei, es war der erste Fall eines Küstenkommissars mit Thalassophobie in der bretonischen Geschichte. Schließlich war Dupin an den obersten bretonischen Polizeiarzt verwiesen worden. Ein griesgrämiger Typ, der ihn zu einem Polizeipsychologen geschickt hatte. Dieser wiederum hatte ihn an Edith Pallu verwiesen – die Endstation dieser hanebüchenen Kaskade.

»Helikopter-Einsätze sind in regulären Ermittlungen auf absolute Notfallsituationen zu begrenzen«, hatte die Anweisung von ganz oben aus Rennes geheißen. »Vor allem, da das Finistère über eine beeindruckende Flotte an polizeilichen Schnellbooten verfügt.«

Natürlich war Dupin nicht glücklich darüber gewesen, dass sein Fall kurz vor Weihnachten durch Eingang einer »dringenden Verordnung« in jedem Kommissariat der Bretagne bekannt geworden war. In der Folge hatten alle bretonischen Polizistinnen und Polizisten tagelang über die Phobie des Kommissars aus Concarneau diskutiert. Es war sogar ein Artikel in *Ouest-France* erschienen. »Berühmter bretonischer Kommissar leidet an schweren Ängsten auf dem Meer« – natürlich war es mehr als peinlich.

»Ökologisch ist das ein Desaster, was Sie uns und dem Planeten da antun, Monsieur le Commissaire«, hatte sich Nolwenn empört. »Am Ende Ihrer Karriere geht ein ganzes Grad der globalen Erwärmung auf Ihr persönliches Konto! Damit muss jetzt endlich Schluss sein.« Als dann auch noch Claire, der er unvorsichtigerweise von der Sache erzählt hatte, auf ihn eingeredet hatte, war es endgültig genug gewesen. »Du liebst doch das Meer, Georges. Du lebst am Meer, du arbeitest am Meer, du schwimmst im Meer, du schaust quasi den ganzen Tag aufs Meer.« »Und?«, hatte er missmutig geantwortet. Er hätte besser schweigen sollen. »*Und,* fragst du? Ist es nicht grotesk, dass du diese Ängste hast, Georges? Das kannst du nicht akzeptieren! Ängsten muss man sich stellen. Weicht man auch nur einen Zentimeter vor Ängsten zurück, nehmen sie sich einen Meter, haben sie den, nehmen sie sich zehn …« Dupin hatte heftig widersprechen wollen – bislang hatte er keine weiteren Phobien entwickelt. Höchstens noch die vor Räumen unter der Erde, aber das zählte nicht. Dass er kleine, unterirdische Räume nicht mochte, war eine psychische Normalität, das ging schließlich allen so. Dupin hatte dann aber doch geschwiegen. Außerdem, wenn er ehrlich war, hatten Claire und alle anderen im Prinzip natürlich recht. Er war selbst unglücklich über seine Phobie. Ohne Frage bedeutete sie eine erhebliche Einschränkung, nicht nur beruflich. Claire, die Normannin, liebte Boote, alle seine Freunde liebten Boote. An der bretonischen Küste gehörten sie nicht zum Luxus, sondern zum Leben. Den Ausschlag, der »Therapie« schlussendlich zuzustimmen, hatte aber noch etwas anderes gegeben: das Trauma von Ouessant. Dupin war in einem kleinen Boot auf dem Atlantik verloren gegangen und erst nach Stunden vom Helikopter gerettet worden. Bis heute verfolgte ihn die Erinnerung.

»Es ist so weit. Wir steigen jetzt in das Boot, Georges. Zuerst ich, dann du«, instruierte Edith. »Und dann setzen wir uns. Und achten auf unsere emotionalen und körperlichen Reaktionen. Fünf Minuten! Nur fünf Minuten! Währenddessen erzählst du mir alles, was du fühlst, und alles, von dem du dir vorstellst, dass es passieren könnte. Dann steigen wir wieder aus. Das ist es! Mehr nicht!«

Pallu machte eine kurze Pause, um in dramatischer Weise zu ihrer Pointe zu gelangen: »Und dann – dann bist du ein Sieger!

Ein ganz großer Sieger! Wie ich immer sage: ein kleiner Schritt für die Menschheit, aber ein großer Sprung für einen Phobiker!«

Ein abstruser Witz. Und kein bisschen lustig.

»Und lass es langsam angehen!« Edith Pallu kletterte bewundernswert geschickt die Leiter hinunter. »Respektiere deine Grenzen! Aber verschiebe sie auch. Vor allem: Atme, wie wir es gelernt haben. Fünf – fünf – fünf – fünf.«

Es waren ganz schön viele Anweisungen auf einmal, fand Dupin.

Er drehte sich um, hielt sich ganz oben an der Leiter fest. Edith saß mittlerweile im Boot.

Die erste Phase der Konfrontation hatte in der Praxis der Therapeutin stattgefunden, bei zwei neunzigminütigen Treffen hatte Dupin sich unter Ediths Anleitung Bilder ansehen müssen. Auf einem gewaltigen Bildschirm. Zunächst Bilder vom ruhigen Meer, dann vom unruhigen. *Mer agitée*. Die dritte Therapiestunde hatte aus einem Spaziergang am Meer bestanden, hier in Trévignon. Sie waren zu dem vorgelagerten Inselchen gelaufen, das bloß über einen abenteuerlich schmalen Kai zu erreichen war. Genau gegenüber lag die Terrasse des *Noroît*. Da hatte Dupin eben noch gesessen und zwei *petits cafés* getrunken. Er war extra ein paar Minuten früher aufgebrochen. Ein Moment der Muße, bevor der Horror losging. Dupin nahm die erste, die zweite, die dritte, die vierte und fünfte Sprosse, dann machte er eine kleine Pause. Jetzt, bei Ebbe, waren es sicher drei Meter, die zu überwinden waren.

»Sehr, sehr gut. Das machst du ganz fantastisch, Georges.«

Die Coachin hatte sein Zögern bemerkt und auch, dass er sich verstohlen umgeschaut hatte:

»Mach dir keine Sorgen, Georges. Hier ist niemand. Und falls doch, werden die Menschen sagen: ›Was für ein starker Mann – er stellt sich seinen Ängsten!‹«

Dupin verkniff sich eine Antwort. Zum Glück war auf dem Kai außer den beiden Anglern ganz am Ende niemand zu sehen.

Er erreichte die letzte Sprosse und hielt inne. Die algenbewachsene Wand verströmte einen so intensiven Geruch nach Jod, Salz und anderen maritimen Aromen, dass ihm fast schlecht wurde.

»Jetzt ist es so weit«, kündigte Edith an.

Es war ja nicht so, als hätte er in seinen bretonischen Jahren nie ein Boot betreten – es hatte sich nicht vermeiden lassen.

Er streckte den rechten Fuß aus. Genauer gesagt: Er versuchte es. Allerdings gab es ein Problem. Er verweigerte sich. Er und das ganze Bein. Es blieb in der Position, in der es sich befand.

»Der erste Fuß, Georges! Atme tief durch, und da…!«

Ein lauter, entsetzlich penetranter Ton unterbrach sie. Edith zuckte zusammen, Dupin verlor beinahe den Halt, und das, obwohl er den Ton nur allzu gut kannte. In seinem Leben war er so gegenwärtig wie das Meeresrauschen an der Küste: sein Handy.

»Ich hatte dich gebeten, es auszustellen für unsere Übung«, bedachte ihn Edith Pallu mit einer Rüge. »Für *deine* Übung.«

Dupin verharrte bewegungslos.

Das Telefon piepste eine Weile vor sich hin, dann verstummte es. Aber nur, um umgehend erneut loszugehen.

Vorsichtig löste Dupin die rechte Hand von der Stufe, zog sich mit der anderen noch enger an die Leiter heran, sodass er mit dem Oberkörper an ihr lehnte. So würde es hoffentlich gehen.

Dupin griff in die vordere Hosentasche und holte das Handy hervor.

Riwal. Sein erster Inspektor. Das durfte nicht wahr sein. Er wusste doch von der Therapiestunde.

Missmutig nahm der Kommissar den Anruf an.

»Riwal, es ist gerade extrem ungünstig, ich rufe …«

»Wir haben eine Tote, Chef.«

»Bitte?«

Dupin hatte geschrien. Und abermals beinahe den Halt verloren. Er wäre geradewegs auf Edith gestürzt. Sie hätten üblen Schiffbruch erlitten, noch bevor sie das Boot losgebunden hatten.

»In Concarneau.«

»Was?« Dupin schrie wieder.

Edith starrte den Kommissar erschrocken an. Auch die beiden Angler hatten sich zu ihnen umgedreht.

»Eine Tote. Ertrunken. Allerdings nicht im Meer, Chef.«

Es wurde immer kurioser.

»Sondern?«

»In Schokolade.«

Es entstand eine Pause.

»Worin?«

»In Schokolade.«

Dupin presste sich mit aller Kraft an die Leiter.

»Das ist ein Scherz, Riwal.«

Dupin war ganz und gar nicht in der Stimmung für so etwas.

»Kein Scherz, Chef. Wirklich, in flüssiger Schokolade. Ein großer Bottich. Bei *Zerua,* in der Ville Close.«

»Bei *Zerua?*«

Das konnte alles nicht wahr sein. Der berühmteste Chocolatier der Cornouaille, einer der renommiertesten der gesamten Bretagne. Vor zwei Jahren war *Zerua* mit der höchst begehrten nationalen Medaille *Meilleur Ouvrier de France* ausgezeichnet worden. Ein Ritterschlag.

»Bei ihnen in der Produktionshalle. Ein …«

»Wie kann man in Schokolade ertrinken?«

»Ich bin kein Mediziner, Chef, aber ich nehme mal an, dass das ganz ähnlich funktioniert wie mit Wasser und allen anderen Flüssigkeiten.« Riwal holte Luft. »Zuerst sorgt der sogenannte Tauchreflex dafür, dass die Atmung augenblicklich stillsteht, der Herzschlag verlangsamt wird und sich der Blutkreislauf auf die lebenswichtigen Organe konzentriert. Dauert die missliche Situation länger an, löst der Körper einen weiteren Schutzmechanismus aus, den ›Stimmritzenkrampf‹, um zu verhindern, dass Flüssigkeit in die Lunge gerät. Dann …«

»Es fällt doch niemand einfach so in einen Schokoladenbottich.«

»Sicher nicht, Chef. Das war kein Unfall. Die Frau liegt kopfüber in dem Ding.«

»Sie denken, jemand hat sie da hineingestürzt?«

Eine überflüssige Frage.

»Wir haben es mit einem Mord zu tun, Chef, was sonst?«

»Wir brauchen den Gerichtsmediziner.«

»Ist verständigt, Docteur Reglas müsste bald eintreffen.«

Der Gerichtsmediziner, mit dem Dupin seit eh und je auf Kriegsfuß stand.

Und die Spurensicherung ist auch schon auf dem Weg, Chef.

»Wo sind Sie, Riwal?«

»Im Auto.«

»Wer ist vor Ort?«

»Le Menn und Nevou.«

»Ich lege auf, Riwal. Wir treffen uns dort, ich bin in fünfzehn Minuten da.«

Dupin steckte das Handy zurück und kletterte eilig die Leiter hoch.

»Ich muss los«, informierte er Edith Pallu, wobei er vermied, noch einmal nach unten zu sehen.

»Aber was ist mit unserer …«

»Ein anderes Mal.«

Das war es mit der Konfrontationstherapie für heute. Oben angekommen, hielt Dupin einen Moment inne. Hatte Riwal gerade wirklich von einer Toten berichtet, die in Schokolade ertrunken war?

Der Anblick konnte nicht makabrer sein. Die Füße und Unterschenkel der Toten – Sneaker, eine grüne Stoffhose – ragten aus der braunen, zähflüssigen Masse heraus. Dupin hatte in seiner Laufbahn als Polizist viel Kurioses gesehen, aber das übertraf alles. Der gesamte Raum war von einem verführerischen süß-herben Duft erfüllt, der so gar nicht zu dem mutmaßlichen brutalen Verbrechen passte. Mit jedem Atemzug sog man sie ein: veritable Schokoladenluft.

Der glänzende Edelstahlbottich war beeindruckend groß. Dupin schätzte den Durchmesser auf fast eineinhalb Meter, bei ähnlicher Höhe. Er war bis knapp unter den Rand gefüllt. Der Körper lag ein wenig schräg, die Beine lehnten an der Bottichwand.

»Bei der Toten handelt es sich um Adeline Mazago, Chef. Inhaberin und Geschäftsführin von *Zerua*. Sie leitete das Unternehmen mit ihrem Bruder Bixente und ihrer Schwester Nahia Mazago.«

Dupin hatte den Raum gerade erst betreten. Riwal stand neben einem hoch aufgeschossenen Mann in einem kurzärmligen weißen Kittel. Der Mann mochte sechzig sein. Ein hagerer Typ. Entschiedene Züge, dichte, kurze Haare, ein dunkles Blond. Von Nevou und Le Menn war nichts zu sehen.

»Woher wissen wir das?«

»Benoît Pichard«, Riwal nickte dem Mann im Kittel zu, »der berühmte Maître Chocolatier von *Zerua*, Chef.«

Die Ehrfurcht in Riwals Stimme war deutlich zu vernehmen.

»*Meilleur Ouvrier de France* und *World-Chocolate-Masters*-Gewinner.«

Es klang nach Tennis- oder Golfprofi, fand Dupin. Seine Profession machte die sehnige Statur des Mannes umso bemerkenswerter: Entweder aß er wenig von seinen eigenen Kreationen – was eher unwahrscheinlich war –, oder er war der äußerst überzeugende lebende Beweis, dass Schokolade nicht zwingend dick machte.

»Woran erkennen Sie«, wandte sich Dupin an den Chocolatier, »dass es Madame …«, er stockte.

»Mazago, Chef«, half Riwal. »Adeline Mazago.«

»Woran haben Sie Madame Mazago erkannt, Monsieur?«

»An den Schuhen und der Hose.«

Die Tote trug weiße Veja-Sneaker, wie sehr viele Menschen derzeit. Unter anderem Claire.

»Ich bin mir ganz sicher, Monsieur le Commissaire. Sie ist es«, bekräftigte der Chocolatier. Man merkte dem Mann seine Erschütterung an, dennoch wirkte er souverän.

Dupin trat näher an den Bottich heran und betrachtete die Schuhe.

»Weil hier bei *Zerua* keine andere weibliche Mitarbeiterin diese Schuhe trägt, meinen Sie? Dieses Modell?«

Dupin lief jetzt in einem Halbkreis um den Bottich herum.

»Vielleicht schon. Aber zum Produktionsbereich haben nur wenige Kollegen Zutritt. Und von denen trägt nur sie diese Schuhe. Und sie war heute den gesamten Vormittag in der Fabrik, ich habe sie mehrmals gesehen. Mit dieser Hose und diesen Schuhen. Als ich aus der Mittagspause zurückkam, bin ich hier rein und …«

Er brach ab. Der Schock war ihm anzumerken.

»Von wann bis wann waren Sie in der Mittagspause?«, setzte Dupin nach.

»12 Uhr 15 bis 13 Uhr 45. Wie immer.«

Eine ausgedehnte Mittagspause, aber das war nichts Ungewöhnliches in Frankreich: Die Arbeit diente dem Leben, nicht umgekehrt. »Und nach der Mittagspause sind Sie umgehend hierhergekommen?«

Pichard nickte.

»Und sie lag so da?«

»Genau so.«

»Und davor noch nicht?«

Eine absurde Frage.

»Ich meine, Sie haben sich vor der Mittagspause hier im Raum aufgehalten, und Ihnen ist nichts Ungewöhnliches aufgefallen?«

»Nichts. Ich habe heute mit der Produktion zweier neuer Kreationen begonnen. Fünfundsiebzig Prozent reine Criollo aus Venezula mit gerösteten und fein geschroteten Kakao- und Kaffeebohnenstückchen, alte Arabica-Arten«, Dupin sah ein Leuchten in den Augen des Maître, »sowie eine fünfundachtzigprozentige Criollo mit Ingwer-Karamell und Fleur de Sel.«

Es klang himmlisch, musste Dupin zugeben, vor allem die Sorte mit den gerösteten Kaffeestückchen.

»Criollo ist eine der beiden …«, begann Riwal, der sich zu einer Erklärung genötigt sah, doch Dupin ging sofort dazwischen:

»Ist Ihnen heute auch sonst nichts Ungewöhnliches aufgefallen, Monsieur Pichard?«

»Es war alles wie immer. Und auch Madame Mazago war wie immer.« Ein kurzes Zögern. »Zumindest kam es mir so vor.«

»Wann haben Sie sie …«

»Messieurs!«, unterbrach sie eine grummelige Stimme.

Yan Moschin, der stets schlecht gelaunte Chef der Spurensicherung. Kein Mann vieler Worte. Dupin mochte ihn. Er und sein Mitarbeiter – heute Morgen waren sie nur zu zweit, für gewöhnlich erschienen sie als Quartett – steckten in den obligatorischen weißen Tyvek-Anzügen, ausladende Funktionsrucksäcke auf dem Rücken.

Ohne ein weiteres Wort, vor allem: ohne ein Zeichen geringster Verwunderung, schritt Moschin auf den Schokoladenbottich mit der Toten zu, als hätte er täglich mit solchen Fällen zu tun. Bis zum Abschluss seiner Arbeit würde Dupin nur dann etwas von ihm hören, wenn es wirklich etwas zu berichten gab.

Dupin nahm den Faden wieder auf:

»Wann haben Sie Madame Mazago vor Ihrer Mittagspause das letzte Mal gesehen, Monsieur Pichard?«

Der Chocolatier schien nachzudenken.

»Gegen elf vermutlich. Vielleicht ein bisschen später.«

»Hat sie sich regelmäßig hier in der Fabrik aufgehalten?«, wollte Riwal wissen.

»*Manufaktur,* Monsieur le Commissaire, *Manufaktur* – nicht Fabrik«, korrigierte ihn der Chocolatier. »Nein. Eigentlich immer seltener.«

»Und warum war sie heute da?«, fragte Dupin.

»Das kann ich Ihnen nicht sagen.« Benoît Pichard zuckte mit den Achseln.

»Le Menn und Nevou sprechen gerade mit den Mitarbeiterinnen und Mitarbeitern, Chef«, sagte Riwal. »Heute arbeiten insgesamt zweiunddreißig Leute hier. – Ob ihnen etwas Besonderes aufgefallen ist, ob sie heute mit Madame Mazago gesprochen haben, ob es Konflikte oder Streitigkeiten gab.«

»Sehr gut.« Dupin war zufrieden. »Hat man ein Handy gefunden?«

»Bisher nicht. Nicht auszuschließen, dass sie es bei sich trägt oder es auf dem Grund des Schokoladenbottichs liegt. Aber wir haben schon nach den Verbindungsnachweisen gefragt.«

Zerua hatte mehr Mitarbeiter, als Dupin gedacht hätte. Die Schokoladenfabrik befand sich inmitten der *Ville Close,* der vollständig erhaltenen mittelalterlichen Altstadt Concarneaus, die auf einer Insel im Hafenbecken lag, in das von der einen Seite der Moros floss, von der anderen das Meer. *Zerua* gehörte ein ganzes Ensemble an alten, schmalen Häusern zwischen der Rue Vauban und der Rue Militaire. Die aneinandergeschmiegten Häuser waren im Innern entkernt und miteinander verbunden worden, dort hatte *Zerua* seine Produktionsstätten und Büros gebaut. Auf der Rue Vauban, dem Hauptgässchen der *Ville Close,* befand sich die äußerst beliebte Verkaufsboutique.

»Na, was haben wir denn da?«

Dupin, Riwal und der Chocolatier wandten sich jäh um.

Der Gerichtsmediziner, René Reglas. Beschwingt steuerte der, nach eigener Einschätzung, weltgrößte Forensiker auf sie zu.

Mittellanges, wehendes Haar. So braun gebrannt wie blasiert. Kamelfarbene Stoffhose mit Bundfalte, ein Poloshirt in derselben Farbe. Er hatte eine junge Frau und einen jungen Mann im Schlepptau – beide in schicken Laborkitteln –, die die Ausrüstung seiner Exzellenz trugen. Dicke silberne Aluminiumkoffer.

»Ich sage doch immer: Zu viel Süßes ist nicht gut für die Gesundheit.«

Ein selbstverliebtes Lächeln huschte über sein Gesicht, Reglas fand seinen Witz sensationell lustig.

»Bonjour«, grüßte der Chef-Chocolatier artig. Riwal nickte mechanisch, Dupin verzog keine Miene. Moschin, der noch mit der Arbeit am Bottich beschäftigt war, seufzte gut hörbar.

Die Assistenten stellten die Koffer ab, René Reglas streifte sich mit theatralischer Geste die hauchdünnen medizinischen Handschuhe über.

»Die Tote ist Adeline Mazago«, konstatierte Riwal. »Der Eintritt des Todes erfolgte am Mittag. Um 12 Uhr 15 lag Madame Mazago noch nicht in dem Bottich, um 13 Uhr 45 aber schon.«

Auf Dupins Zügen lag ein Schmunzeln, Reglas machte jedes Mal ein riesiges Aufheben um die Bestimmung des Todeszeitpunktes.

»Das denken Sie! Natürlich. Das würde jeder Laie tun. Ein Wissenschaftler dagegen geht seriös vor und ignoriert die Evidenz. Woher wollen Sie wissen, dass die Dame nicht schon tot hineingeworfen wurde? Vielleicht ist sie gar nicht in der Schokolade ums Leben gekommen und schon deutlich länger tot.«

»Um elf Uhr wurde sie noch lebend gesehen«, entgegnete Riwal. Was stimmte, dennoch hatte Reglas recht. Die Todesart stand noch nicht fest, und natürlich wäre es gut, den Todeszeitpunkt so genau wie möglich zu kennen.

»Was haben wir denn hier?« Reglas trat an den Bottich heran. Er reckte pathetisch das Kinn nach vorne. »Die ›Speise der Götter‹, wie man sagt. Zu Recht! Ein Elixier. Und nebenbei wahre Medizin – übrigens wurde sie noch im 19. Jahrhundert als solche von renommierten Ärzten eingesetzt. Erfunden von den Olmeken im feuchten Tiefland der mexikanischen Golfküste – und das vor 3500 Jahren, extraordinär! – Ich habe die Gegend vor ein paar Jahren einmal bereist.« Der typische angeberische Ton, unerträglich, alleine, wie er das Wort »extraordinär« betonte. »Die hier stammt vom Criollo-Baum, nehme ich an. Siebzig oder achtzig Prozent, schätze ich. Köstlich. Sie sind ein wahrer Meister, Monsieur Pichard.« Reglas lobte den Chocolatier, ohne ihn anzusehen. Mit einem betont kennerhaften Blick musterte er die zähflüssige Masse. »Sie schaffen es, noch der dunkelsten Schokolade die unangenehme Bitterkeit zu nehmen und ihr dafür umso mehr Schmelz zu verleihen. Virtuos, einfach virtuos!«

Dupin hätte Reglas nicht zu den passionierten Schokoladenliebhabern gezählt, schon allein deswegen, weil er Gutes und Schönes grundsätzlich nicht mit dem Forensiker in Verbindung brachte, aber Schokolade war in der Bretagne eben eine große Sache, überall in Frankreich, vor allem aber an der Atlantikküste. Jeder Franzose aß im Durchschnitt zwölf Kilo Schokolade im Jahr. Es gab Tausende wunderbare kleine Manufakturen, fast jeder Bäcker in jedem Örtchen schuf seine eigene Schokolade. *Le chocolat* – sie gehörte zum Leben dazu.

Reglas richtete sich an seine Mitarbeiter: »Dann holen wir Madame mal aus ihrem süßen Grab und sehen sie uns genauer an.«

»Ich bin hier fertig.«

Moschin und sein Mitarbeiter räumten grummelnd das Feld.

Reglas' Assistenten hatten die beiden Aluminiumkoffer herbeigeschafft und stellten sich auf sie. Reglas breitete eine große technische Folie auf dem Boden aus.

»Jetzt!«, instruierte er sie, als er fertig war, und trat ein paar Schritte zurück. Er hatte offenbar nicht vor, mit anzupacken.

Die Frau und der Mann lehnten sich gegen den Bottich und griffen nach den Beinen der Toten. Es war ein hartes Stück Arbeit, Stück für Stück zogen sie den Unterkörper heraus und machten dann eine Pause. Es war ein grausiger Anblick. Adeline Mazagos Beine hingen leblos über den Rand des Bottichs, Oberkörper, Arme und Kopf befanden sich noch in der Schokolade.

Die junge Frau warf dem Mann einen Blick zu, und es ging weiter.

Langsam tauchte auch der Oberkörper auf, eine Szene wie in einem Horrorfilm. Zuletzt die Schultern, die Arme und der Kopf, alles bedeckt von einer klebrigen Masse, die sich zwischen den Fingern der Hand spannte wie Schwimmhäute.

Es dauerte eine Weile, dann lag die Leiche rücklings ausgestreckt auf der Folie. Reglas stand neben ihr und schien zufrieden. Er öffnete einen der Koffer und holte etwas heraus, anschließend richtete er sich an Dupin und Riwal.

»Ich werde eine Weile brauchen, Messieurs. Gehen Sie ruhig Ihren Ermittlungen nach, ich sage Bescheid, wenn ich mir einen ersten – seriösen – Eindruck verschafft habe. Valide Aussagen kann ich ohnehin erst treffen, wenn ich die Leiche im Labor habe.«

Dupin hatte keinesfalls vorgehabt, hier herumzustehen und dem göttlichen Reglas bei seiner Genietätigkeit zuzusehen. Er trat an die Tote heran und ging in die Hocke. Reglas musterte ihn skeptisch.

»Ein durchgehender Schokoladenüberzug – was erwarten Sie da zu erkennen?«

Dupin reagierte nicht. Die dicke, ungleichmäßige Schicht verlieh der Toten ein entmenschlichtes Antlitz, das Gesicht war zur grausigen Maske geworden. Die Augen verborgen in der schwarzen Masse, die Nase ein unförmiger Hubbel, die Haare klebten ihr in Schlieren am Hals. Das Unheimlichste aber war: Adeline Mazagos Mund stand weit offen. Er war voller Schokolade.

Dupin zwang sich, den Blick abzuwenden. Er betrachtete den restlichen Körper. Schwere Verletzungen waren nicht zu erkennen, aber seriöserweise konnte man nicht einmal das sagen. In diesem Fall stimmte es sicherlich: Reglas würde erst nach einer umfassenden Reinigung der Leiche irgendetwas Stichhaltiges berichten können.

Dupin erhob sich.

»Erzählen Sie uns von Madame Mazago, Monsieur Pichard«, forderte Dupin den Chocolatier auf. »Woher kommt der Name?«

Er war nicht bretonisch, wie auch die Vornamen der Geschwister nicht bretonisch waren. Natürlich kannte Dupin den Namen der Familie und wusste, dass die Manufaktur ein leuchtender Stern am Schokoladenhimmel war, aber das war auch schon alles.

»Ein baskischer Name, Chef. Die Mazagos kommen ursprünglich aus Bayonne.«

Riwal wusste wie immer Bescheid.

»Verstehe.«

»Auch *Zerua* ist ein baskisches Wort, es bedeutet so viel wie ›Himmel‹ oder ›Paradies‹.«

Dupin hatte immer gedacht, dass es ein bisschen nach italienischer Mafia klang, wenn von »den Mazagos« die Rede war, als würde es sich um einen alten sizilianischen Clan handeln.

»Adeline Mazago ist eine ganz wunderbare, außergewöhnlich intelligente Person«, begann Benoît Pichard, »äußerst gebildet, äußerst belesen, an Kunst und Kultur interessiert, obwohl sie Chemie studiert hat. Lebensmittelchemie. Eine begeisterte Operngängerin. Sie fährt regelmäßig nach Paris, um Aufführungen zu sehen – ich meine«, ein trauriges Stocken, »sie *fuhr*.«

»Wie alt war sie?« Dupin hatte sein kleines rotes Notizheft herausgeholt. Das klassische *Clairefontaine*.

»Siebenunddreißig. Noch sehr jung. Ihre Geschwister sind ein ganzes Stück älter.«

»Welche Funktion hatte sie im Betrieb? Gab es Streitigkeiten zwischen den Geschwistern?«

Ohne die Antwort abzuwarten, begann Dupin, sich umzusehen. Es war ein großer Raum, vielleicht zwanzig Meter in der Länge, zehn, zwölf Meter breit, voller produktionstechnischer Geräte. Manche rund, manche eckig, alle aus glänzendem Edelstahl. Ein Gewirr an Rohren in verschiedenen Größen verband sie miteinander, ein wahres Labyrinth, das sich auch in die anliegenden Räume zu erstrecken schien. Dupin fühlte sich an die Ausmalbücher aus seiner Kindheit erinnert, in denen man chaotisch verschlungenen Schnüren, Rohren und Gängen bis zum markierten Ziel folgen musste.

Auch Riwal schaute sich um.

»Madame Mazago war selbst gar nicht im operativen Geschäft tätig, aber der visionäre Kopf in der Geschäftsleitung«, erklärte der Chocolatier. »Xan Mazago, der Vater der Geschwister, ist vor vier Jahren gestorben, zu dem Zeitpunkt waren alle drei bereits in der Geschäftsleitung und Xan ausgestiegen. Seine Frau, Adeline Mazagos Mutter, ist schon ein paar Jahre früher gestorben.«

»Was heißt das, ›der visionäre Kopf‹?«, fragte Dupin.

»Adeline ist für die großen Ideen zuständig. Alles Konzeptionelle. Bixente für das Kaufmännische und den Vertrieb, Adelines ältere Schwester Nahia für Marketing und Social Media. Sie verstehen sich blind, halten zusammen wie Pech und Schwefel.«

Es waren genau die Sätze, die man über Mafiafamilien sagte.

»Sie meinen, Sie wissen nichts von irgendwelchen Differenzen zwischen den dreien?«

»Ich habe kein einziges Mal eine Uneinigkeit erlebt. Und das gilt sicher für uns alle.« Pichard hatte angefangen, Dupin durch den Raum zu folgen. »Für alle *Zerua*-Mitarbeiter.«

Wie oft hatte Dupin solche Aussagen schon gehört, und wie oft waren sie nicht wahr gewesen. Hatten sich als Beschönigungen, Lügen, Täuschungen oder schlicht als Unkenntnis herausgestellt. Besonders hellhörig wurde er, wenn Menschen in Superlativen sprachen.

»Wissen die Geschwister Bescheid?«, wandte sich Dupin an Riwal.

»Vermutlich noch nicht, nein. Der Filialleiter hat versucht, sie zu erreichen, ich ebenfalls. Bisher vergeblich.«

»Hat Adeline Mazago Familie?«

»Geschieden, kinderlos. Die Scheidung liegt sechs Jahre zurück.«

Dupin hatte einen Blick über die Schulter geworfen, Reglas kniete neben der Toten und schien mit einem Skalpell die Schicht auf ihrem Gesicht abzutragen. Die Schokolade wurde langsam hart, was das Bild noch gespenstischer machte.

»Lebte sie alleine?«

»So weit ich weiß, ja. Aber ich kann es natürlich nicht sagen. Ich weiß nichts von ihrem Privatleben.«

»Wo wohnt sie – wohnte sie?«

»In Loc'h Louriec. Bei Trégunc. Hinter dem langen *Plage sauvage*. Ihr Büro befindet sich übrigens hier und nicht im Hauptsitz in Quimper.«

Dupin wusste, wo der Hauptsitz von *Zerua* war. Auch dort gehörte eine Boutique zur Fabrik. Da war er einmal mit Claire gewesen. »Leben ihre Geschwister auch dort?«

»Sie und ihr Bruder. Ihre Schwester lebt bei Bayonne. Sie hat ihr Büro in der Filiale dort, die sie neben all ihren Zuständigkeiten und Tätigkeiten auch noch leitet.«

»Ich wusste nicht, dass *Zerua* auch im Baskenland Filialen hat.«

»Nur in Bayonne. Wie gesagt, die Familie stammt dorther. Es war ihr Großvater, der mit seiner Schokoladenkunst Anfang der Sechzigerjahre von Bayonne in die Bretagne gekommen ist.«

»Verstehe.«

Das war genug Familiengeschichte für den Moment. Dupin stand vor einem hohen, schmalen Edelstahltisch, auf dem sich in mehreren eckigen weißen Plastikschalen dünne Schokoladen-Bruchstücke befanden.

»Zur Kontrolle. Probestückchen«, erklärte der Chocolatier. »Von diversen Produktionen der letzten Monate. Siebzig Prozent mit Orangenstückchen und Mandeln, fünfundsiebzig Prozent, mal mit Earl-Grey-Tee, mal mit Zimt aus Java, kandiertem Ingwer oder Piment d'Espelette.«

Dupin kannte Schokolade mit Mandeln und Orangenstückchen, die anderen Sorten hatte er noch nie probiert, stellte sie sich aber äußerst köstlich vor. Er riss sich los, es ging hier nicht um Schokolade.

»Und im Betrieb? Gab es Konflikte? Sehen Sie bei irgendjemandem ein Motiv, Adeline Mazago nach dem Leben zu trachten?«

Dupin hatte mit einem schnellen, entschiedenen »Nein« gerechnet, aber Benoît Pichard schien tatsächlich nachzudenken, seine Stirn lag in Falten. Es dauerte, bis der Chocolatier antwortete.

»Eigentlich nicht.«

»Was heißt das?« Dupin war stehen geblieben und musterte den Mann. »Bei der Frage nach Konflikten zwischen den Geschwistern haben Sie nicht nachdenken müssen.«

»Madame Chesneau. Eléna Chesneau. – Sie will meinen Job.«

»Ihren Job?«

»Die Stellung als Chef-Chocolatier.«

Er ließ eine Pause entstehen.

»Erzählen Sie, Monsieur Pichard.« Jetzt war es Riwal, der den Chocolatier zum Sprechen aufforderte.

»Eigentlich wäre ich im Sommer in Rente gegangen. Ich bin zweiundsechzig. Eléna Chesneau ist seit zwölf Jahren die zweite Chocolatière. Am Ende aber bestimme ich, was wir kreieren. Was die *Zerua*-Linie ist.«

Eine selbstbewusste Haltung.

»Madame Chesneau hat sich auf meinen Job beworben. Es heißt, Adeline Mazago sei dagegen gewesen. Was, wenn es stimmt, bedeuten würde, dass auch die beiden Geschwister dagegen waren.«

»Was meinen Sie mit ›Es heißt‹?«, fragte Dupin.

»Es ist ein Gerücht.«

»Und auf wen geht das Gerücht zurück?«

Er schien nachzudenken. »Ich weiß es nicht.«

»Und wer wird jetzt der neue Chef-Chocolatier?«, wollte Rival wissen.

»Ich bleibe erst einmal noch zwei Jahre.«

Ein wenig verwirrend, fand Dupin.

»Aber keinesfalls bloß als Notlösung«, Pichard legte großen Nachdruck in diesen Satz, »Sie werden sehen!«

Dupin hatte gar nicht an eine Notlösung gedacht, Benoît Pichard, das wusste auch er, war eine Institution. Ein Star. In Frankreich verhielt es sich mit der Kreation von Schokolade wie mit der Spitzenküche: Ein großer Maître Chocolatier galt, wie ein großer Chef de Cuisine, als Gott, zumindest als Halbgott.

»Hat Madame Chesneau bereits eine offizielle Absage bekommen?«

»Vor vier Wochen. Die Geschwister haben es ihr zusammen mitgeteilt. Bei wichtigen Entscheidungen treten die drei immer gemeinsam auf.«

»Und das war so eine wichtige Entscheidung?«

Benoît Pichard zog die Augenbrauen hoch. »Was sollte wichtiger für eine Maison du Chocolat sein als der erste Chocolatier? Er kreiert die neuen Sensationen! Er erfindet die Zukunft der verführten Sinne!«

Pichard besaß offensichtlich eine poetische Ader.

»Es gab also ein persönliches Gespräch mit Madame Chesneau?«

»Ja.«

»Und?«

»Darüber weiß ich nichts. Das Verhältnis von Madame Chesneau und mir ist, sagen wir, ein wenig abgekühlt. Ihrerseits, meine ich. Nicht meinerseits, warum auch?«

»Madame Chesneau hat es Ihnen krummgenommen, dass die Geschwister Sie gebeten haben, noch zwei Jahre zu bleiben?«

»Fragen Sie sie selbst. Ich hatte den Eindruck.«

Dupin war zwischen zwei großen Maschinen stehen geblieben. Sie sahen aus wie liegende Fässer, sicher einen Meter siebzig hoch, ganz aus Stahl.

»Das sind unsere beiden Conchen.«

Der Maître sah Dupins fragenden Blick.

»Conchiermaschinen«, erklärte er, »ein ausgeklügeltes Erwärmungs-, Knet- und Rührwerk, das der Schokolade die feincremige, zartschmelzende Textur schenkt.«

»Vom spanischen Wort ›concha‹, Chef«, assistierte Riwal. »Die Muschel. Wegen der ursprünglichen Form des Troges. Es war Columbus, der als erster Europäer bei den Maya von der Schokolade erfuhr, Symbol des Göttlichen, heilige Speise und wertvolles Zahlungsmittel. Da war sie noch flüssig und herb, so wie sie die Olmeken, Atzteken und Maya in den zweitausend Jahren zuvor zu sich genommen hatten. Die Spanier waren es zwar, die sie nach Europa brachten, aber erst im Südwesten Frankreichs wurde die Schokolade zu dem, was sie heute ist. In Bayonne. Man fügte Zucker, Vanille und andere Aromen hinzu.«

Riwal, fiel Dupin wieder ein, war erst letztens mit seinen Kindern und seiner Frau nach Morlaix in das Schokoladenmuseum von *Grain de Sail* gefahren, wo es einen Lehrpfad gab. Über Tage war das Kommissariat mit Geschichten und Fakten rund um Schokolade unterhalten worden. Zudem: Als stolzer Bretone – der »stolzeste aller stolzen«, wenn es den Titel denn gäbe – war Riwal selbstverständlich auch Schokoladenexperte.

Pichard warf Riwal einen anerkennenden Blick zu.

»Anfang des 19. Jahrhunderts«, ergänzte der Chocolatier, »erfand der Schweizer Schokoladenhersteller Philippe Suchard den ›Mélangeur‹, in dem zu Pulver getrocknete Schokoladenmasse mit Zucker vermischt wurde, Rodolphe Lindt, ebenfalls Schweizer, Ende des Jahrhunderts dann die Conchiermaschine. Eine Revolution in der Geschichte der Schokolade.«

Riwal schien den Chocolatier in Erzähllaune gebracht zu haben.

»Bis zu dieser Erfindung hatte die Schokolade in Europa eine harte, krümelige, ja fast mehlige Konsistenz. Den Conchiermaschinen verdanken wir es, dass sie auf der Zunge zergeht. Und erst so setzte sich die Schokolade wirklich durch. Zuvor hatte man zwei, drei Jahrhunderte intensiv getüftelt, ohne eine Lösung für das Problem zu finden.«

Die Welt musste dem Schweizer zutiefst dankbar sein, das samtige Zergehen im Mund, fand Dupin, war das Entscheidende. Er mochte Schokolade, ja, aber gehörte, anders als zum Beispiel Claire, nicht zu den Schokoladen-Maniacs. Schon sein empfindlicher Magen erlaubte das nicht. Als Kind und Jugendlicher war es freilich anders gewesen, da hatte er Schokolade geliebt, auch wegen der Geschichte von Charlie Bucket und der Schokoladenfabrik des verrückten Willy Wonka. Die größte und berühmteste Schokoladenfabrik der Welt, das erste Lieblingsbuch in seiner Kindheit. Über Jahre hatte er sich gewünscht, auch einmal mit Willy Wonka in dem fantastischen pinken Ruderboot den wundersamen Schokoladenfluss hinunterzufahren. Bei Willy Wonka gab es alles: essbare Marshmallow-Kopfkissen und abschleckbare Tapeten fürs Kinderzimmer, heißes Eis für kalte Tage oder Kühe, die Schokomilch gaben. Dupin hatte die Lieder aus der Verfilmung auswendig gekonnt, an manche Texte konnte er sich heute noch erinnern: »Wo geht hin die wilde Fahrt? Das wird uns nicht offenbart« – es traf nicht bloß auf das Leben zu, sondern auch auf die Polizeiarbeit.

»Dem jungen Lindt war klar, dass er der Schokoladenmasse Feuchtigkeit entziehen musste«, fuhr der Chocolatier fort. »Nur so war die Kristallisation des Zuckers zu verhindern, die für die krümelige Konsistenz verantwortlich war.«

Jetzt wurde es äußerst speziell.

»Lindt versuchte es mit einer ganz neuen Rührmaschine, dem ›Längsreiber‹, Chef.« Abermals übernahm Riwal. »Er benutzte ein flaches, längliches Granitbecken, über dem er Walzen anbrachte, die sich vor- und zurückbewegten. Bei *Grain de Sail* kann man ein solches altes Gerät noch sehen. Durch die Reibung entstand erhebliche Hitze, die die Schokoladenmasse erwärmte und dadurch flüssig machte. Die Walzen schlugen heftig gegen die Ränder und …«

»Danke, Riwal«, intervenierte Dupin. Es reichte.

»Ihr Inspektor kennt sich aus, alle Achtung. Alles völlig korrekt.«

Auf dem Gesicht des Chocolatiers lag ein Lächeln. Ein wenig makaber, fand Dupin, schließlich lag die tote Adeline Mazago nur ein paar Meter entfernt.

»Und wissen Sie was?«, sagte der Chocolatier. »Die alles verändernde Erfindung verdankt die Welt Lindts Liebe zu den Frauen. Er war ein Bonvivant. Eines Freitagabends hatte er ein Rendezvous. Er musste sich beeilen und vergaß, die Maschine auszustellen. Sie lief dann zweiundsiebzig Stunden durch und vollbrachte das Wunder: eine göttliche, mattglänzende, zartflüssige Masse. Und eine Explosion der Aromen.«

Er klopfte liebevoll auf eine der beiden Maschinen, als handelte es sich um ein Pferd.

»Das hier sind hochmoderne Rundconchen, in ihnen wird die Schokolade durch rotierende Arme bewegt. Sie fassen je eine Tonne Schokoladenmasse. Und kreieren die unglaublichsten Geschmacksnuancen. Bei der richtigen Temperatur verflüchtigen sich alle unerwünschten Aromen, vor allem die Bitterkeit. – Wahre Wundermaschinen.«

Er wirkte wie ein stolzer Vater, der über die erstaunlichen Leistungen seiner wohlgeratenen Kinder spricht.

»Lindt konnte das Verfahren lange geheim halten.« Riwal hatte neuen Mut gefasst. »Die Konkurrenz war über Jahrzehnte abgehängt. Er verdiente Millionen über Millionen, weltweit, sagenhaft.«

»Hat Madame Chesneau Adeline Mazago auf die Sache angesprochen?« Dupin hatte mehr als genug über die Geschichte der Schokolade gehört.

»Auch dies kann Ihnen nur Madame Chesneau selbst beantworten. Ich weiß es nicht.«

Der Chef-Chocolatier wirkte pikiert, dass das Gespräch über den Gegenstand seiner Leidenschaft so abrupt beendet worden war.

»Haben Sie …«

»Da bin ich. So schnell ich konnte, Monsieur le Commissaire.«

Kadeg. Er war hinter einer der beiden Conchiermaschinen hervorgetreten, Dupin hatte ihn nicht kommen sehen. Eine der Spezialitäten seines zweiten Inspektors: aus dem Nichts aufzutauchen.

»Ich bin nicht sofort losgekommen, Monsieur le Commissaire. – Sie wissen ja, die Zukunft der Polizeiarbeit.«

Dupin hatte keinen blassen Schimmer, was Kadeg meinte. Aber es klang hanebüchen.

»Die große Konferenz.«

Dupin stand immer noch auf der Leitung.

»Sie können sich nicht vorstellen, was da jetzt schon alles möglich ist. Die KI ist dabei, einen prometheischen Hyper-Mega-Ermittler zu erschaffen.«

Kadeg liebte Hyper-Mega-Formulierungen.

»Bald füttern wir sie mit ein paar Daten, und schon spuckt sie aus, wer der Täter ist.« Er blickte versonnen Richtung Decke.

Jetzt fiel es Dupin wieder ein. Die in Quimper stattfindende Konferenz zu den Möglichkeiten der künstlichen Intelligenz für den Einsatz bei der Polizeiarbeit: »Chancen und Risiken:

Integrationsbeispiele neuester KI-Modelle in der Polizeiarbeit«. Ein neues Steckenpferd von Kadeg.

»Dann braucht es uns ja bald nicht mehr«, kommentierte Riwal trocken.

Kadeg zuckte mit den Schultern.

»Allerdings wird es dann auch keine Krimis mehr geben«, setzte Riwal nach, er kannte die neuralgischen Punkte seines Kollegen. »Was sollte ein Autor noch erzählen? Wie ein Ermittler die KI füttert?«

Kadeg blickte missmutig. Krimis waren eine große Leidenschaft des Inspektors, kein »Cosy Crime« selbstverständlich, sondern die schnelleren, härteren Stoffe.

»Dafür wird die KI noch viel spannendere Krimis erfinden und …«

»Riwal! Kadeg!«, ging Dupin dazwischen. »Noch ermitteln *wir* hier! Und zwar in einem Mordfall, wie es aussieht.«

Es war nicht auszuhalten. Seit Monaten stritten die beiden hingebungsvoll, interessanterweise war Riwal, eigentlich ein nicht minder begeisterter Anhänger neuester Technologien, beim Thema KI zutiefst skeptisch.

»Da hat sie drin gelegen?«

Kadeg – er hatte ansatzlos umgeschaltet – deutete auf den Schokoladenbottich.

»So ist es«, bestätigte Dupin.

»Sie ist sicher schon tot reingeworfen worden. Zumindest war sie bewusstlos oder schwer verletzt.«

»Warum?«

»Hier sind nirgendwo Schokoladenspritzer. Sie hätte sich doch mit Händen und Füßen gewehrt! Was es für den Täter schwer gemacht hätte, sie einfach kopfüber da hineinzuverfrachten. Und er hätte den Kopf schon ein paar Minuten in die Schokolade drücken müssen.«

»Ja, und?« Riwal hielt dagegen. »Eine grazil gebaute Frau, ein großer, kräftiger Mann – er packt sie, schiebt den Oberkörper mit grober Gewalt über den Rand des Bottichs und taucht den Kopf in die Schokolade. Nachdem sie das Bewusstsein verloren hat, bugsiert er den ganzen Körper hinein.«

»In Todesangst würde sie doch ...«

»Ich und nur ich werde Ihnen eine Antwort auf diese entscheidende Frage geben können, werte Messieurs.«

Reglas war hinter den Conchiermaschinen aufgetaucht.

»Allerdings kann ich mit der Leiche in diesem Zustand nichts anfangen, eine Zumutung.«

Es wirkte so, als wollte er sich bei den Ermittlern beschweren.

»Ich lasse sie umgehend nach Quimper bringen.«

»Sehen Sie Hinweise auf einen Erstickungstod? Ein Ertrinken?«, wollte Riwal wissen.

»Ich weigere mich, zum gegenwärtigen Zeitpunkt irgendeine Aussage zur Todesursache zu tätigen.«

»Übrigens sind mittlerweile mehrere Journalisten eingetroffen, Monsieur le Commissaire. Die Sache beginnt sich in der Stadt herumzusprechen.«

Das waren schlechte Nachrichten, die Kadeg da überbrachte. Verwunderlich waren sie natürlich nicht, die Geschichte war ein gefundenes Fressen, es klang zu fantastisch: »Grausiger Schokoladenmord in der idyllischen Ville Close«, so oder ähnlich würden die Schlagzeilen lauten. Die Geschichte hatte gar das Zeug zu einer nationalen Meldung, befürchtete Dupin.

»Sie warten vor der Boutique und wollen Informationen.«

So, wie Kadeg es gesagt hatte, klang es nach hungrigen Raubtieren.

»Ich habe deutlich gemacht, dass wir uns zu diesem Zeitpunkt nicht äußern werden, und den Kollegen angewiesen, ihnen den Zutritt zu verweigern.«

Kadegs Art ließ vermuten, man hätte es mindestens mit dem Präfekten zu tun. Aber er hatte alles richtig gemacht, Dupin war froh.

»Gut. Sie kümmern sich weiterhin um die Presse, ich kann

hier niemanden gebrauchen, der herumschnüffelt und fantastische Geschichten in die Welt setzt.«

Kadeg nickte knapp.

»Wie gesagt, ich nehme die Leiche jetzt mit in die Gerichtsmedizin.«

Reglas sprach in einem beleidigten Ton. Man ließ ihm offensichtlich nicht die angemessene Aufmerksamkeit zukommen. Ohne eine Reaktion abzuwarten, lief er zur Leiche und seinen beiden Assistenten zurück.

»Bonjour!«

Ihr langer geflochtener Zopf flog kokett nach vorne, als Le Menn jäh vor ihnen stehen blieb. Auch sie war wie aus dem Nichts hinter den beiden Maschinen aufgetaucht. Sie trug ihre Uniform: ein kurzärmeliges hellblaues Hemd mit dem markanten Schulterbesatz, eine nachtblaue Hose, seit Neuestem erschien sie sogar mit dem zur Uniform gehörenden Hut. Früher hatte sie ihn kategorisch abgelehnt, jetzt behandelte sie ihn wie ein Modeaccessoire.

»Wir haben eine Liste mit allen Personen erstellt, die hier arbeiten und heute morgen anwesend waren. Zudem eine Aufstellung aller Besucher, viele sind es nicht. Wir befragen sie gerade.«

Dupin nickte zufrieden.

»Ich habe Ihnen den Link zu dem neuen Falldokument gerade geschickt.«

Der Kommissar seufzte und griff nach seinem Handy. Ein neues »Cloud-basiertes« Programm der bretonischen Polizei, das unter anderem – es gab »noch viele weitere praktische Features«, wie Nolwenn es ausdrückte – dazu diente, alle in einem Fall relevanten Personen in einem Dokument zu erfassen. Die ermittelnden Polizisten konnten online simultan darauf zugreifen. Nolwenn war begeistert. »So muss ich nie mehr warten, bis Sie mich endlich mit den für meine Recherchen nötigen Fakten versorgen. Dupin wusste nicht, was sie meinte, er rief Nolwenn während eines Falles doch alle paar Minuten an. Das Programm war mit der polizeilichen Datenbank verknüpft. Eine praktische Neuerung, kein Zweifel, dennoch würde Dupin bis zum Ende seiner Karriere stets sein kleines rotes Clairefontaine verteidigen. Es war weit mehr als ein »Notizheftchen«, wie Nolwenn es despektierlich nannte, es handelte sich um eine äußerst ausgeklügelte Methode der Informationsverarbeitung. *Seine* Methode zumindest.

»Wo ist eigentlich Nolwenn?«

Es war merkwürdig. Für gewöhnlich meldete sie sich umgehend, sobald es einen Vorfall gab.

»Wir haben sie bisher nicht erreicht«, sagte Riwal. »Ich versuche es weiter.«

Dupin öffnete den Link. Da waren die Listen: »*Zerua*-Mitarbeiterinnen und Mitarbeiter« und »Besucherinnen und Besucher am 17. Mai«.

Auch Riwal und Kadeg hatten das Programm auf ihren Handys geöffnet.

»Die Mitarbeiter mit der dunkelblauen Markierung waren heute im Haus«, erklärte Le Menn.

Tadellos und wunderbar übersichtlich, musste Dupin zugeben. Bei den Besuchern waren zudem die Zeiten des Besuchs vermerkt.

»Bixente Mazago? Adeline Mazagos Bruder war heute Morgen hier?«

»Von elf Uhr bis kurz nach zwölf.«

»Weiß man, aus welchem Grund?«

»Doppelklicken Sie auf den Namen. Dann sehen Sie, was wir schon zu den einzelnen Personen herausgefunden haben.«

Dupin war bei der eintägigen Einweisung in das Programm abwesend gewesen.

Ein neues Fenster öffnete sich. Es war leer.

»Wir wissen es noch nicht«, erklärte Le Menn trocken. »Wir haben Bixente Mazago bisher nicht erreichen können.«

Dupins Blick war in der Zwischenzeit auf einen anderen Namen gefallen.

»Maëlle Columbani – ist das nicht die Chefin dieser Schokoladenfirma in Morlaix?«

Kürzlich erst hatte *Ouest-France* ein ganzseitiges Portrait über sie abgedruckt. Dupin war beeindruckt gewesen. Sehr bretonisch: ein junges engagiertes Unternehmen, das sehr vieles sehr anders machen wollte. Es kooperierte mit bretonischen Bio-Produzenten, die saisonale Köstlichkeiten – Kräuter, Gewürze, Früchte – für die schokoladigen Kreationen lieferten, zudem mit mehreren Restaurants, in deren Küchen Schokolade nicht bloß auf der Dessert-Karte eine Rolle spielte. Maëlle Columbani selbst war anscheinend eine fabelhafte Köchin, sie hatte von himmlischen Dingen gesprochen, erinnerte sich Dupin. Einer geschmorten Lammhaxe mit Schokoladen-Rosinen-Soße. Einer Rehkeule mit Jägersoße aus Schokolade, Möhrchen und Rotwein. Er hatte extra Fotos von den Rezepten gemacht, um sie Claire zu zeigen, es dann aber vergessen. Claire liebte kulinarische Experimente und, genau wie Dupin, insbesondere Kombinationen aus Süßem und Salzigem. Am verwegensten hatte eine Kreation geklungen, die gebratene Entenleber mit einer Soße aus Orangenschalen, Schokolade und Armagnac vereinte.

»Genau, Chef«, bestätigte Riwal, »*Les folies du chocolat* heißt die Firma. *Schokoladige Verrücktheiten.* Sie hat sie gegründet. Sehr erfolgreich.«

»Und warum war Madame Columbani heute hier?«, fragte Dupin.

»10 Uhr 40 bis ca. 11 Uhr 30« war in der Datei vermerkt.

»Doppelklicken!«, erinnerte ihn Le Menn.

»›Hat A. Mazago im Büro besucht‹«, las Dupin. »›Freundin von Adeline Mazago. Sehen sich regelmäßig, allerdings sonst nicht in der Firma. Letzter Besuch hier vor drei, vier Jahren.‹«

»Wir werden uns mit ihr unterhalten.«

Dupin notierte sich – unter Le Menns skeptischem Blick – etwas in sein Notizbuch.

»Hat von den Mitarbeitern oder Besuchern heute irgendjemand etwas Relevantes bemerkt?«, kam der Kommissar auf den wichtigsten Punkt zu sprechen.

»Nein. – Madame Mazago war heute ausgesprochen guter Laune, sagen alle, die ihr begegnet sind. Sie ist sehr beliebt, scheint es. Sie war die meiste Zeit in ihrem Büro oben unterm Dach. Womit sie sich beschäftigt hat, weiß niemand.«

So formuliert, klang es natürlich mysteriös.

»Sie war zwischendurch auch im Haus unterwegs«, fuhr Le Menn fort. »Wenn sie da ist, schaut sie wohl gerne mal hier und dort vorbei und wechselt ein paar Worte. Und holt sich einen Kaffee in der kleinen Firmenkantine.«

Ein äußerst sympathischer Zug, fand Dupin. Und ein gutes Stichwort.

»Bekommt man dort auch jetzt einen Kaffee?«

Dupin bemerkte, wie sich sein Körper von selbst in Bewegung setzte. Das war es, was er brauchte: ein *petit café*. Dringend.

»Auf jeden Fall steht da eine imposante Maschine. Wir …«

Jetzt war es Le Menn, die von einem forschen »Bonjour« unterbrochen wurde.

Nevou. Auch sie war nun hinter einer der beiden Conchiermaschinen aufgetaucht. Die Szene entwickelte sich zu einer Art Theateraufführung: alle paar Minuten ein Auftritt einer neuen Figur, ab und zu ein Abgang.

»Es sind noch zwei Kollegen der Spurensicherung angekommen«, rapportierte Nevou.

Damit wäre das Quartett dann doch vollständig. Nevou hatte sich die kurzen Haare vor ein paar Wochen blond färben lassen, Dupin musste sich immer noch daran gewöhnen.

»Höchste Zeit zu verschwinden«, entfuhr es ihm, eigentlich hatte er es nur denken wollen.

Es ging immer wuseliger zu.

»Kadeg und Le Menn«, sagte er, »Sie recherchieren mal, ob Sie irgendetwas zu kriminellen Machenschaften im Zusammenhang mit Schokolade finden. In den Polizei-Datenbanken, in den Medien, im Netz, wo auch immer.«

Dupin war kein Fall bekannt, erst recht kein Mord. Aber das hieß natürlich nichts.

»Vielleicht hat der Mord auch gar nichts mit Schokolade zu tun«, meldete sich Kadeg prompt zu Wort. »Es könnte sich um eine private Angelegenheit handeln. KIZPAVA hat uns noch einmal auf die häufigsten Motive für Mordtaten aufmerksam gemacht.«

»KIZPAVA?« Nevou klang nicht amüsiert.

»Künstliche Intelligenz zur pro-aktiven Verbrechens-Aufklärung.«

An dem Namen konnte man noch arbeiten, fand Dupin.

»Kränkungen und Verletzungen des Selbstwertgefühls rangieren immer noch unangefochten auf Platz eins bei den Motiven, gefolgt von Gier und Rache. Dann kommen Eifersucht, Hass, Liebe, die sexuellen Motive.«

»Ganz was Neues«, kommentierte Le Menn trocken.

»Ich will unbedingt mit Bixente Mazago sprechen.« Dupin setzte sich energisch in Bewegung.

Er sah im Augenwinkel, wie Reglas und sein Team die schokoladenumhüllte Madame Mazago in einen ihrer speziellen Säcke verfrachteten.

»Und mit der zweiten Chocolatière, dieser …«, Dupin warf einen Blick in sein Notizbuch, »Eléna Chesneau. Und mit Maëlle Columbani. Und mit dem Filialleiter natürlich. Ich rufe Nolwenn an, sie …«

Dupin war voller Elan um eine der beiden Conchiermaschinen herumgelaufen und dabei mit jemandem zusammengestoßen. Einigermaßen heftig.

Er brauchte einen Moment, um zu verstehen, was los war.

»Nolwenn!?«

»Und es ist wirklich Adeline, Monsieur le Commissaire?«

Natürlich war es keine echte Frage. Nolwenns Gesichtsausdruck changierte zwischen Entsetzen und Wut.

Ohne eine Antwort abzuwarten, stürmte sie an Dupin vorbei.

»Ich fasse es nicht!«, rief sie laut und ohne sich umzudrehen. Ihre braunen Haare – ein gestufter, längerer Bob mit Pony – fielen noch wilder durcheinander als sonst.

Sie trug eine dunkelblaue Stoffhose und eine dazu passende Bluse, ihre obligatorische Handtasche, ein Wunderwerk, schaukelte bedenklich, als sie geradewegs auf Reglas und seine Mitarbeiter zusteuerte.

»Ich will sie sehen«, befahl Nolwenn, als sie vor ihnen zum Stehen kam.

»Und warum, wenn ich fragen darf?« Reglas' Tonfall war noch unangenehmer als sonst. »Aus welchem Grund will die Assistentin eines Commissaires das Mordopfer sehen?«

Dupin befürchtete das Schlimmste. Mindestens eine Explosion. Ein Erdbeben. Die Apokalypse. Das Wort »Assistentin« war im Kommissariat in den letzten Jahren nicht mehr ausgesprochen worden. Niemand würde es wagen.

Einen Moment stand Nolwenn bewegungslos da. Sehr nah vor Reglas. Riwal, Kadeg, Nevou und Le Menn starrten die beiden an, Pichard ebenfalls, auch der Maître schien zu spüren, dass sich hier ein Sturm zusammenbraute. Wortlos ging Nolwenn in die Hocke und öffnete den Reißverschluss des Leichensacks, bis das Gesicht freilag. Die Schokolade war hart geworden, an mancher Stelle brüchig, wahrscheinlich durch das Anheben des Körpers.

Das Ganze war so schnell vonstattengegangen, dass Reglas und seine beiden Mitarbeiter zu spät reagierten.

»Das ist infam!«, schimpfte der Gerichtsmediziner. »Lassen Sie die Finger von meiner Toten! Das ist ein schwerer Verstoß …«

»Es ist immer noch unsere Tote«, intervenierte Dupin. Er hatte sich unmittelbar vor ihm aufgebaut, er überragte ihn um einen Kopf. Verglichen mit Dupin war Reglas ein Strich in der Landschaft.

Dupin hatte mit gesenkter Stimme gesprochen, ein Alarmzeichen, wie jeder wusste, der den Kommissar auch nur ein wenig kannte. Reglas gehörte dazu.

»Ich …« Er sprach nicht weiter. Er war blass um die Nase.

Nolwenn schloss den Sack wieder, es schien, als hätte sie Reglas nicht gehört. Dann erhob sie sich.

»Wir nehmen sie jetzt mit«, begann Reglas von Neuem. »Die Tote, meine ich«, schob er rasch hinterher. Schon machte er auf dem Absatz kehrt und ging auf den Ausgang zu.

Die junge Frau ergriff die beiden Schlaufen des Leichensacks an der Kopfseite, der junge Mann die an der Fußseite.

»Auf drei«, wies sie ihn an. »Eins, zwei, drei.«

Schon schwebte die Tote mit ihnen davon.

»Sie scheinen Adeline Mazago besser gekannt zu haben?«, richtete sich Dupin an Nolwenn.

»Ich eigentlich weniger. Sie war die Teamkollegin von meinem Mann.«

»Teamkollegin?«

»*Douric Ar Zin.*«

»Was soll das heißen?« Dupin runzelte die Stirn.

»Der legendäre Pétanque-Club. Hier in Concarneau, Chef«, sagte Riwal.

»Den kennen Sie ja hoffentlich«, sagte Nolwenn. »Mein Mann und sie spielen im selben Team. Sie haben doch letztens die *Championnats Départementaux* in Ploudaniel gewonnen. Erinnern Sie sich nicht?«

Jetzt erinnerte Dupin sich. Natürlich. Es war ein riesiges Spektakel gewesen, die halbe Stadt hatte ausgelassen gefeiert. Dupin wusste, dass Nolwenns Mann mitgemacht hatte. Der große französische Nationalsport. Nord, Süd, Ost, West, das ganze Land spielte Pétanque, einige Regionen des Landes noch leidenschaftlicher als andere.

»Das ist ein schwerer Schlag. Für das Team. Für meinen Mann. Er mochte Adeline sehr.« Erst nach einer Pause fügte Nolwenn hinzu: »Natürlich in erster Linie für ihre Geschwister. Ihre Freunde. Das Unternehmen.«

Immerhin.

Lebensmittelchemikerin, visionäre Unternehmerin, passionierte Opernbesucherin, überhaupt Kunst- und Kulturliebhaberin, Gourmande, jetzt auch noch meisterliche Pétanque-Spielerin. Adeline Mazago war eine vielseitige Person gewesen.

»Adeline ist ein paarmal bei uns zum Essen gewesen.«

Dupin zückte sein Notizbuch.

»Ich habe immer Lammhaxe gemacht. Ihr Lieblingsessen. *Souris d'agneau*. Einen Tag lang bei niedriger Temperatur in Thymian und Honig geschmort.«

Es war auch eines von Dupins Lieblingsessen, ihm lief das Wasser im Munde zusammen.

»Wann haben Sie sie das letzte Mal gesehen?«

»Ach.«

Ein seltsames Ach.

»Vorletztes Wochenende erst. Bei dem Spiel gegen Pont-Aven.«

»Und? Worüber haben Sie gesprochen? Wirkte sie anders als sonst?«

»Sie war sehr fröhlich. Wir haben über den spektakulären Sieg bei der Meisterschaft gesprochen. Und über die letzten Kreationen von *Zerua*. Die neunzigprozentige Schokolade mit Rosa Pfeffer. Unfassbar. Ich liebe sie.«

Nolwenn war, was man in Frankreich eine *amatrice de chocolat* nannte – es gab im Land viele Millionen davon –, ein höchst angesehener Titel. Eine passionierte Schokoladenliebhaberin.

»Vor allem haben wir den Skandal mit der Minzschokolade diskutiert.«

»Was für ein Skandal?«

»Dass es sie nicht mehr gibt! Völlig inakzeptabel. Früher

stellte jede Schokoladenfirma, die etwas auf sich hielt, Minzschokolade her, ein ehrwürdiger Klassiker, absolut deliziös – heute sucht man sie vergebens. Adeline wollte sich darum kümmern.«

Dupin seufzte. »Hatte Adeline Mazago einen Partner, eine Partnerin?«

»Nein. Sie hat, sagen wir mal so, sehr schlechte Erfahrungen gemacht. Sie ist zu klug für die Männer. Oder anders: Die Männer sind zu dumm. Die meisten zumindest.« Nolwenn lächelte gnädig. »Die allermeisten.«

»Ich brauche einen Kaffee. Wir wollten gerade in die Kantine gehen.«

Bei Nolwenn musste Dupin keine Ausreden erfinden.

»Ich könnte auch einen gebrauchen. Und einen Lambig. – Nach dem Schock!«

Der obligatorische bretonische Apfelschnaps.

Dupin war sich nicht sicher, ob Nolwenn scherzte.

Schon hatten sie den Ausgang erreicht, Riwal, Nevou, Kadeg und Le Menn folgten ihnen.

Sie hatten sich um einen der runden orangefarbenen Tische auf der kleinen Terrasse der Kantine gesetzt. An der Theke arbeitete niemand mehr, die imposante Kaffeemaschine war bereits gereinigt worden, aber es gab einen dieser Vollautomaten. In den letzten Jahren, seit Kaffee zur Mode geworden war, waren sie besser geworden, musste Dupin zugeben. Jeder von ihnen hatte sich seine Tasse zum Tisch mitgenommen.

Die Kantine lag in der obersten – zweiten – Etage eines Eckgebäudes des *Zerua*-Ensembles, direkt hinter den mächtigen Stadtmauern. Dazwischen verlief die Rue Militaire, ein schmales Gässchen, das im rechten Winkel auf die Rue Vauban stieß.

Das uralte Haus aus Granitsteinen reichte gerade so hoch, dass man über die Stadtmauer blicken konnte. Ein fantastisches Panorama. Man sah auf das von der Insel der *Ville Close* geschützte Hafenbecken, das sich in zwei scharf getrennte Welten gliederte. Linker Hand war der Fischereihafen zu bestaunen, in dem zwei, drei Dutzend bunte Boote lagen, der massive Kai, die riesigen Fischauktionshallen. Rechter Hand der gewaltige, Tag und Nacht geschäftige labyrinthische Werfthafen mit seinen Docks. Genau gegenüber von ihnen lag das *Chantier,* es war eines von Dupins Lieblingsrestaurants.

Es war warm, aber noch nicht heiß. Die Mai-Sonne prahlte mit übermäßig grellem Licht. Die sonnigen Tage in der zweiten Hälfte des Monats gehörten zu den schönsten im ganzen Jahr, fand Dupin. Das endlich wieder erstarkte Licht schien sich austoben, den Exzess proben und übermütig Richtung Hochsommer stürmen zu wollen. Dupin war froh, es war ein ungewöhnlich verregnetes, tristes Frühjahr gewesen.

Um das Hafenbecken herum lag ein schwerer Geruch in der Luft, noch hier auf der Terrasse war er wahrnehmbar. Tang und Algen, Salz und Jod. Ab und zu vernahm man schrilles Möwengeschrei, irgendwo schien ein Streit zu toben. Selbstredend war der Fischereihafen der Lieblingsort der Möwen, auch der ganz großen, die Dupin immer gehörigen Respekt einflößten. Die einlaufenden Fischerboote hatten stets Dutzende im Schlepptau. Beim Ausladen fiel immer wieder die eine oder andere Leckerei für die kühnen Flugakrobaten ab, das größte Fest aber war es, wenn Arbeiter der Auktionshallen ihnen Reste zuwarfen.

Nolwenn hatte sich auf dem Weg in die Kantine ein wenig hinter die Gruppe zurückfallen lassen und mit ihrem Mann telefoniert, sie legte gerade erst auf.

»Ziemlich schrecklich, sagt Yannaïck.«

Das war eine Untertreibung, fand Dupin. Aber Nolwenns Mann war wie sie: eher von der rauen Art.

»Das ist eine Kreation mit geröstetem Buchweizen und Fleur de Sel.«

Riwal deutete auf ein Schüsselchen, das er vom Kaffeeautomaten mitgebracht hatte und in dem sich kleine Schokoladentäfelchen befanden. »Es gibt auch ein paar mit Haselnuss-Trüffel und …«

»Fällt Ihnen irgendetwas zu der Sache ein, Nolwenn?«, unterbrach ihn Dupin.

Sie waren hier nicht bei einer Schokoladen-Degustation.

»Aus welchem Grund könnte jemand Adeline Mazago nach dem Leben getrachtet haben?«

Er nahm einen Schluck von seinem *café*.

»Mir fällt da nichts ein. – Aber ich weiß«, Nolwenn schüttelte den Kopf, »das sagen sie alle nach einem Mord, wenn sie befragt werden …«

»Apropos Befragungen«, brummte Nevou. »Bisher alles uninteressant. Und alle Mitarbeiter und Besucher haben natürlich ein Alibi … Eines, das sich nicht auf die Minute genau rekonstruieren lässt. Jeder hätte mal schnell einen Abstecher zum Raum mit den Conchiermaschinen machen können. Niemand hat eine Vermutung, was das Motiv gewesen sein könnte. Alle erzählen bloß, wie beliebt Adeline Mazago war.«

»Sicher gibt es Menschen, die sie nicht gemocht haben, die gibt es immer. Gehasst haben vielleicht sogar. So ist das nun mal.« Le Menn hob gleichmütig die Schultern. »Sie war eine äußerst erfolgreiche Geschäftsfrau, sie wusste, wie man sich durchsetzt. Es wird Konflikte gegeben haben.«

Le Menns prosaische Art. Dupin mochte ihren forschen Realismus.

Nolwenn musterte Le Menn einen Moment lang. Dupin war sich nicht sicher, was dabei herauskommen würde.

»Sie haben völlig recht! Sehr gut, Le Menn«, lobte Nolwenn sie. »Also: Wer hat sie nicht gemocht? Wer wollte sie loswerden?«

»Kennen Sie die beiden Geschwister, Nolwenn? Bixente und Nahia Mazago?«

Dupin stellte das Tässchen ab und holte sein Notizbuch hervor.

»Nahia ein wenig, ja. Bixente nur ganz oberflächlich. Aber Adeline hat immer nur in den höchsten Tönen von ihnen gesprochen.« Sie dachte nach. »Allerdings hat sie auch nicht häufig von ihnen gesprochen.«

»Hat sie etwas von Unstimmigkeiten in der Fabrik erzählt?«, schaltete sich Riwal ein. »Letztens ging es wohl um die Frage, wer die Nachfolge von Monsieur Pichard als Maître Chocolatier antreten soll.« Der Inspektor fasste zusammen, was sie erfahren hatten.

Dupin packte eines der Schokoladentäfelchen aus. Das mit dem gerösteten Buchweizen. Sensationell, das musste er zugeben. Offenbar war der Buchweizen zu Stückchen geschrotet worden, so groß wie die Kristalle des Fleur de Sel. Die dunklen Schokoladen-, die Röst- und Buchweizenaromen vermengten sich mit denen des Salzes, so wohldosiert, dass es keinesfalls salzig schmeckte, es war verrückt. Und ganz wunderbar. Es stimmte zudem: So hoch der Schokoladenanteil auch war, so zartschmelzend blieb das Täfelchen.

»Soweit ich weiß, haben die Geschwister sich sehr gut verstanden. – Und von dieser Nachfolgesache weiß ich nichts.«

»Andere Konflikte? Hat sie wirklich nie etwas erwähnt?«

»Nein. Sie hätten die besten Leute, hat sie immer gesagt. Mein Mann hat ihr ja das zweite Boot besorgt und sogar den Kapitän vermittelt, auch der ist ein wahrer Schatz.«

»Ihr Mann hat was?«

Dupins Reaktion hatte ungewollt harsch geklungen.

»*Zerua* hat vor einem halben Jahr ein zweites Segelboot gekauft. Haben Sie das nicht in der Zeitung gelesen?«

Sie blickte Dupin prüfend an.

»Sie transportieren den Kakao, den sie auf ihrer Plantage anbauen, doch mit eigenen Schiffen. *Zéro émission*. Große Segelschiffe, die von Venezuela direkt in die Bretagne fahren, von Cumaná nach Concarneau. – Auf der Fahrt zurück nehmen sie dann Waren aus der Bretagne mit nach Venezuela und …«

»Was meinen Sie damit, Ihr Mann hat ihr das zweite Boot besorgt?«, unterbrach sie Dupin.

»Na, die *Rysfall*. Ein stattliches Rigg. Dreimast-Barkentine. Siebenundvierzig Meter Länge. Tonnage von knapp dreihundert Tonnen, da gehen eine Menge Kakaobohnen rein. Da vorne liegt sie. Und auch die *Aventur*, das erste Boot von *Zerua*.«

Nolwenn zeigte nach links, wo der *Quai Est* begann.

Dupin sah die beiden Boote mit den hohen Masten, er würde sie sich bald genauer anschauen.

»Ihr Mann, Nolwenn, was hat er mit dem Schiff zu tun?«

»Wie gesagt, er hat es *Zerua* vermittelt. Eine echte Schönheit der Meere, weites Teakdeck, weiße Segel. 670 Quadratmeter Segelfläche. Sie kommt auf elf, zwölf Knoten …«

»Wie kommt Ihr Mann an das Schiff?«

Dupin war immer noch verwirrt.

»Er kennt den alten Eigner. Nathaël Spiquel. Der ein äußerst erfahrener Hochseekapitän ist. – Nathaël hatte schon eine Weile erwogen, das Schiff zu verkaufen. Und mein Mann wusste, dass *Zerua* ein zweites Boot sucht, da hat er den Deal vermittelt. Bixente Mazago hat Nathaël dann als Kapitän angeheuert. Seit dem Frühjahr ist er darüber hinaus offiziell für die Logistik zuständig.«

»Wo wird die Ladung der beiden Boote eigentlich gelöscht?«, fragte Kadeg. »Hier im Hafen von Concarneau?«

»Direkt hier, ja. Das ist der Vorteil. *Zerua* besitzt zudem drei Elektro-Lastwagen, mit denen sie die Bohnen vom Hafen in ihre Fabriken bringen.«

Nolwenn war gut informiert.

Dupin sah, wie zwei knallrote Zodiacs durch das petrolfarbene Wasser des Hafenbeckens schipperten, mit Kurs auf die Nordseite der *Ville Close*. Dort gab es einen Verleih: *Petit*

Atlantique. »*Location bateaux à moteur sans permis* – Motorboote ohne Führerschein zu verleihen.« Dupin war es immer ein Rätsel gewesen, warum man für das Fahren dieser Boote keinen Führerschein benötigte, trotz ihrer geringen Größe waren sie zu imposanter Geschwindigkeit imstande.

»In Quimper hat *Zerua* eine große Solaranlage für die Laster«, setzte Nolwenn fort. »Und für die Produktion dort, sie …«

»Hat Ihr Mann an dem Deal verdient?«

Dupin wollte sich ein genaues Bild von der Sache machen.

»Selbstverständlich hat er daran verdient. Er ist Geschäftsmann.«

Bis heute – was hieß: nach vierzehn Jahren – wusste Dupin immer noch nicht genau, was Nolwenns Mann eigentlich tat. »Import – Export.« »Diverses.« Es klang immer ein wenig mysteriös. Mafiös. Dupin hatte stets vermieden, detaillierter nachzufragen.

»Was für Waren sind das, die die beiden Boote nach Venezuela bringen?«, kam Kadeg auf die Logistik zurück.

»Alles Mögliche. Cidre. Wein. Bier. Kekse. – Bretonische Produkte.«

Was sonst?

»Gab es mal Ärger mit den Waren?«

Nolwenn schaute verwirrt drein.

»Ärger mit den Waren? Was meinen Sie?«

»Irgendetwas Illegales?«

»Warum sollte es …«, Nolwenn brach ab. »Nein, nicht, dass ich wüsste. Und wir hätten doch auf jeden Fall davon gehört im Kommissariat.«

Die beiden roten Zodiacs waren aus dem Sichtfeld verschwunden. Dupins Blick folgte anderen Booten, hier kam eines, dort fuhr eines, eine heitere Choreografie.

»Ist bekannt«, fragte Kadeg, »wann die beiden *Zerua*-Boote eingelaufen sind?«

»Vor zwei Tagen«, antwortete Le Menn. »Mit einer neuen

Ladung Kakaobohnen. Die beiden Boote machen die Tour wohl immer zusammen.«

»Wissen wir, wo sich Adeline Mazagos Schwester aufhält?« Dupin merkte, dass er unruhig wurde, er wollte loslegen. »Ist sie in Bayonne?«

»Ja. Aber wir haben sie noch immer nicht erreicht. Obwohl sie laut ihrer Sekretärin zu Hause sein soll.«

»Und auch den Bruder immer noch nicht?«

»Das wüssten Sie«, entgegnete Le Menn trocken.

»Hat er keine Assistentinnen, keinen Assistenten?«

»Er nicht, nein. Und die Mitarbeiter wissen nur, dass er einen Termin hat. Am frühen Nachmittag. Aber nicht, wo.«

Dupin spürte eine zunehmende Nervosität. Seit dem Ouessant-Fall war er ein gebranntes Kind. Wenn sie in einer Morduntersuchung eine wichtige Person längere Zeit nicht erreichen konnten, läuteten bei ihm die Alarmglocken, selbst wenn die Gründe dafür, dass die Person nicht zu erreichen war, plausibel schienen.

»Bixente Mazago ist erst vor einem halben Jahr in den Weiler bei Trégunc gezogen, in dem auch Adeline Mazago wohnte. Mit seiner Frau. Die beiden haben zwei Söhne, die allerdings schon aus dem Haus sind. Davor hat die Familie in Quimper gelebt. Auch Bixente Mazago arbeitet meistens von zu Hause aus. Die Adresse steht in der Datenbank.«

In diesem Fall waren es viele Orte. Viele Büros.

»Wir müssen die Geschwister schnellstmöglich erreichen.«

»Wir können es nur immer wieder versuchen.« Le Menn zuckte mit den Achseln.

Dupin war sich unklar, wen er zuerst vernehmen sollte. Eléna Chesneau, die zweite Chocolatière? Den Filialleiter? Maëlle Columbani, die Freundin der Toten und Chefin von *Les folies du chocolat?*

»Der ganze Komplex hier«, merkte Nevou schlecht gelaunt an, »ist ein wahres Labyrinth. Insgesamt sind es acht miteinander verbundene Häuser, auch wenn die meisten klein sind.«

Sie verstummte.

Alle Blicke lagen auf ihr, sie schien es bei dem Gesagten belassen zu wollen.

»Worauf wollen Sie hinaus?« Dupin wollte es wirklich wissen.

»Dass es fünf verschiedene Wege gibt, die zu dem Raum führen, in dem es wahrscheinlich passiert ist. Ich habe es eben ausprobiert.«

Sie hatte recht. Es war ein Labyrinth. Genau wie die fantastische Schokoladenfabrik von Willy Wonka, an die Dupin immer wieder denken musste.

Gerade erreichte eines der Boote, die die Glénan-Inseln mit dem Festland verbanden, den Hafen. Weiß und elegant. Der Kontrast zum tiefen, kitschigen Blau des Himmels und dem dunklen Petrol des Hafenbeckens war wunderbar, die mächtigen Heckwellen schrieben eine weiße Signatur auf die Wasseroberfläche.

»Eine missliche Sache noch, Monsieur le Commissaire«, Nolwenn machte ein strenges Gesicht, »ich kann es Ihnen leider nicht ersparen.«

Dupin war alarmiert.

»Was machen wir mit dem Präfekten?«

Er hatte ihn tatsächlich völlig vergessen.

Für gewöhnlich hätte Locmariaquer sich längst mit beleidigten Vorwürfen gemeldet, weil er nicht augenblicklich vom Kommissar persönlich informiert worden war. Der Präfekt befand sich offiziell »in seinen wohlverdienten Ferien«, so die Sprachregelung, die er selbst verordnet hatte. Und zwar in Kanada. Bei Montreal. An einem See, zum »Hiken«. In Wahrheit weilte er zwei Wochen in einer Nobel-Abnehmklinik, versteckt im idyllischen Hinterland der Côte d'Azur. Da, wo die Stars und Sternchen, die Reichen und Schönen hinfuhren, um vor dem Sommer ein paar Kilos zu verlieren. Dass er zwei Wochen lang sehr schwer zu erreichen wäre, hinge, so die Sprachregelung, mit dem nicht existierenden Empfang in den kanadischen Wäldern zusammen. Dass er deutlich dünner aus den Ferien käme, würde mit den vielen Hiking-Touren begründet werden. Es war grotesk. Vor allem, weil mittlerweile so gut wie jeder das Geheimnis kannte, aber alle mitspielten. Er selbst hatte sich nur wenigen anvertraut, um Szenarien für eventuelle Notfälle zu besprechen. Aber so war es bei solchen Geschichten: Wenn mehr als zwei Menschen etwas wussten, wussten es alle.

»Wir briefen einfach seine Mitarbeiterin. Die soll ihm dann mitteilen, was sie für wichtig hält«, sagte Dupin.

»Ich denke«, meldete sich Kadeg zu Wort, »der Präfekt sollte unbedingt und unmittelbar selbst informiert werden, damit er jederzeit eingreifen …«

»Es läuft, wie ich gesagt habe. Und Sie, Kadeg – Sie übernehmen das regelmäßige Briefing an die Mitarbeiterin des Präfekten«, unterbrach ihn Dupin.

Der Inspektor schien hin- und hergerissen. Es kam, wie Dupin vermutet hatte: Der Stolz, dem Präfekten – und seiner Mitarbeiterin – direkt berichten zu können, überwog.

»Das bedeutet, dass ich von allen permanent mit den wichtigsten Informationen versorgt werde …«

»Selbstverständlich«, unterbrach ihn Dupin. »Sie sind verantwortlich für die gesamte Kommunikation.« Ihm fiel noch etwas ein. »Auch mit den Journalisten.«

Kadegs Grinsen wurde immer breiter.

»Ich rede nun mit der zweiten Chocolatière, Madame Chesneau«, entschied Dupin. »Dann mit dem Filialleiter. Dann schaue ich mir Adeline Mazagos Büro an.« Er wandte sich an Nolwenn. Sie war es, die für gewöhnlich alles perfekt organisierte. Allerdings schien sie sich nicht angesprochen zu fühlen. »Anschließend fahre ich nach Trégunc. Ich will mich bei Adeline Mazago zu Hause umsehen. Dann vernehme ich Madame Columbani.«

»Madame Chesneau hat noch in der Schatzkammer zu tun. Da finden Sie sie«, informierte Le Menn ihn. »Monsieur

Corentin Dehame, der Filialleiter, hält sich in seinem Büro auf, über der Boutique auf der Rue Vauban. Adeline Mazagos Büro befindet sich übrigens genau darüber, im Dachgeschoss.«

»Nach Abschluss der Befragung schicken wir alle anderen Mitarbeiter nach Hause«, ergänzte Nevou.

»Schatzkammer?« Dupin blickte Le Menn fragend an.

»So nennen sie das Kakaolager. – Ganz hinten, die Zufahrt erfolgt über die Rue Militaire.« Das Sträßchen direkt an der Stadtmauer.

Dupin stand auf: »Also dann los! Nevou und Kadeg, Sie recherchieren zu Verbrechen in der Schokoladenindustrie. – Le Menn und Riwal, Sie zu den Personen, die ich gerade aufgezählt habe.« Dupin dachte nach. »Riwal, Sie versuchen weiterhin, Bixente Mazago und seine Schwester zu erreichen. – Und Le Menn, Sie fragen schon mal bei Madame Columbani nach, wo sie sich zur Tatzeit aufgehalten hat. – Nolwenn, Sie …«

»Ich komme mit Ihnen.« Nolwenn erhob sich.

Mit einer Frage hatte der Satz nichts zu tun gehabt, es war eine imperative Feststellung gewesen. Mittlerweile waren alle aufgestanden.

»Ich …«, begann Dupin, dann wurde er von dem penetranten Ton seines Handys unterbrochen.

Claire.

»Verdammt!«, entfuhr es ihm.

Sie waren verabredet gewesen. Um sechzehn Uhr, zum Kaffeetrinken nach seiner Konfrontationstherapie, er hatte sich den Nachmittag extra freigenommen. Ihre Eltern hatten dazukommen sollen. »Hélène und Gustave« – es glich einer festen Formel, es gab sie nur im Doppelpack – waren auf der Durchreise nach La Rochelle, zu Hélènes Schwester. Regelmäßig, wenn Claires Eltern diese Fahrt unternahmen, machten sie einen »kleinen Schlenker« und kamen »kurz in Concarneau vorbei«. Dieses Mal blieben sie, glücklicherweise, nicht über Nacht, sie hatten vor, am Abend weiterzufahren. Dupin mochte seine Schwiegereltern. Eigentlich. Sie waren nur – etwas kompliziert. Sprich: Dupin wurde jedes Mal verrückt. Hélène redete ohne Punkt und Komma, auch ohne Semikolon; jeder noch so vage Gedanke, jedes noch so leise und unbestimmte Gefühl wurde zu Worten. Wie auch immer: Claire hatte ihm so lange gut zugeredet, bis er einem Treffen zugestimmt hatte. »Ein Kaffee. Auf der Terrasse vom *Amiral,* na gut«, hatte er kapituliert. Und es sofort bereut.

»Das darf nicht wahr sein.«

Dupin trat ein paar Schritte zur Seite und nahm den Anruf mit gesenkter Stimme an.

»Claire, ich …«

»Wo bist du, Georges? Was machst du?«

»Wie ist das, Claire, wenn man in flüssiger Schokolade ertrinkt?«

Claire mochte es, wenn er sie bei medizinischen Fragen zurate zog. Es war ein guter Einstieg in ein schwieriges Gespräch.

»Wir warten auf dich, Georges!«

Sie war nicht amüsiert.

»Wir haben einen Mord, Claire.« Dann eben so. »Die Leiche wurde gerade gefunden.«

»Ist das eine deiner abenteuerlichen Ausreden, wenn es um meine Eltern geht?«

»Ich würde nie einen Mord erfinden.«

Was Claire ihm allerdings zuzutrauen schien.

»Wer soll es denn sein? Und wo?«

»Du kennst doch die Mazago-Familie, oder? Die von *Zerua.*«

Claire vergötterte *Zerua* geradezu.

»Klar.«

Eine sehr kurze Antwort.

»Adeline Mazago. – Man hat sie tot in einem Schokoladenbottich gefunden. Offenbar ist sie …«

»Also stimmt das?«

»Natürlich.«

»Sie ist in einem Schokoladenbottich ertrunken?«

»Wir wissen es noch nicht genau. Eventuell war sie bereits tot.«

»Das hoffe ich für sie. Nichts ist schlimmer als ein langsamer, qualvoller Tod durch Ertrinken.«

»Wie gesagt, wir …«

»Na gut, das heißt wahrscheinlich, dass du nicht kommen kannst.«

»Genau.«

»Und ich bin alleine mit den beiden.«

»Es tut mir sehr leid.«

Es hatte wie eine Beileidsbekundung geklungen.

»Meine Mutter hat eben noch gesagt, dass es bestimmt wieder einen Toten gibt. Und du nicht kommen kannst.«

»Beim letzten Besuch gab es keinen einzigen Toten!« Es war im Februar gewesen. Ein ruhiger Monat. »Das war nur ein einziges Mal, ich …«

»Immerhin ist es ein Fall vor Ort! Und du musst nicht auf fernen Inseln mit mysteriösen Meerjungfrauen ermitteln.«

»Das waren …«

»Bis heute Nacht dann, Georges. Wahrscheinlich wird es ja spät werden.«

»Ich melde mich noch mal, Claire!«

»Mach das!«

»Und grüß deine Elt…«

Claire hatte aufgelegt.

Dupin stand einen Moment regungslos da, dann schüttelte er sich und kehrte zu den anderen zurück.

»Alles okay, Chef?«

Es war Riwal, der fragte, aber Dupin sah die neugierigen Blicke aller.

»Legen wir los!«, gab er das Signal.

»Ich gehe mir mal die beiden Segelboote im Hafen anschauen«, kündigte Kadeg an.

»Die Recherche zu den kriminellen Machenschaften in der Welt der Schokolade ist wichtiger«, stellte Dupin klar, »ich …«

»Kommen Sie!« Nolwenn hatte bereits die Terrassentür erreicht. »Nicht trödeln, Monsieur le Commissaire!«

Was hatte Nolwenn vor?

Der lang gezogene Raum war so steril weiß wie der Produktionsraum. Ganz und gar nicht steril, sondern äußerst sinnlich waren dagegen die Aromen, die die »Schatzkammer« erfüllten. Es duftete nicht nur nach Schokolade, sondern auch nach Kaffee. Bitter, aber mit einer süßlichen Note. Ein verwirrender Duft. Wie ein schweres Parfüm. Dupin roch Heu, Holz, Rauch. Und frische Pilze, den herben Geruch, den sie verströmen, wenn man sie gerade aus dem Wald geholt hat.

An der hinteren Wand stand über ein Dutzend Holzpaletten, darauf große, prall gefüllte grobe Leinensäcke, in sieben, acht Lagen gestapelt, fast bis auf Kopfhöhe. Mattschwarze Aufdrucke: »*Zerua* – Product of Venezuela«. Es würde für viele Hundert Tafeln Schokolade reichen. Gegenüber an der Wand entdeckte Dupin eine schmale Tür. Daneben ein einzelner, verloren aussehender Schrank.

Nolwenn hatte den Raum vor ihm betreten, Dupin hatte eigentlich fragen wollen, aus welchem Grund sie bei dem Gespräch mit Eléna Chesneau unbedingt dabei sein wollte, es aber erst einmal gelassen.

»Hier ist sie nicht«, stellte Nolwenn fest und klang fast empört. Sie scannte die Paletten mit den Leinensäcken, als könnte sich jemand dazwischen versteckt haben.

Dupin steuerte geradewegs auf die schmale Tür zu, die nur angelehnt zu sein schien. Nolwenn folgte ihm.

Sie betraten einen weiteren weiß gestrichenen Raum. Auch hier befand sich eine Armada an Maschinen. Wieder aus Edelstahl. Und wieder waren sie durch allerlei Röhren und Leitungen miteinander verbunden, von denen einige in den Wänden verschwanden. Die Herstellung von Schokolade war offenbar ein höchst komplexer Prozess.

Vor einer der Maschinen stand ein Lastenwagen mit Gummirädern, darauf einer der Säcke aus dem Lager. Eine junge Frau war über ihn gebeugt. Das musste sie sein, Eléna Chesneau. Wenngleich nicht viel von ihr zu sehen war. Ein fast knielanger hellblauer Arbeitskittel, eine Hygienehaube, die ihr Haar bedeckte, nicht die kleinste Strähne war zu sehen. Eine eng anliegende braune Cordhose ragte unter dem Kittel hervor, weiße Sneakers. Keine Vejas.

Die junge Frau hatte sie nicht bemerkt. Was gewiss an dem Lärm lag, der den Raum erfüllte. Verschiedenste Geräusche gleichzeitig, ein Zischen, Surren, Rauschen, Mahlen.

Was den Raum ebenfalls erfüllte, war ein verrückter Duft, vielfach intensiver noch als in der Schatzkammer. Tropische Früchte, Feige, Dattel, Zitrus und Orange, aber auch Pflaume, Rosine, Jasmin und Rose.

Nolwenn und Dupin näherten sich der jungen Frau, sie hielt ein Rohr aus Edelstahl in der Hand, das in dem Leinensack steckte.

»Madame Chesneau?« Nolwenn sprach sie mit lauter Stimme an.

Jäh richtete sich die Chocolatière auf, sie schien sich erschreckt zu haben.

»Ja?«

»Wir sind von der Polizei und haben ein paar wichtige Fragen an Sie.«

Kein Gruß, kein Prolog, Nolwenn ging – wie meistens – den direkten Weg.

»Commissariat de Police«, ergänzte Dupin mit betont sanfter Stimme, »das ist Nolwenn Brijantez. Mein Name ist Georges Dupin.«

»Ich weiß.«

Sie blickte Nolwenn und Dupin ernst an.

»Ich meine, ich kenne Sie. – Es ist alles entsetzlich.«

Die Bemerkung hing seltsam in der Luft. Eléna Chesneau wirkte aufgewühlt.

»Leider vermag ich zur Aufklärung überhaupt nichts beizutragen. Das habe ich eben schon Ihrer Kollegin gesagt. Mir ist heute nichts Besonderes aufgefallen. Auch in den letzten Tagen nicht. Und Madame Mazago wirkte ganz normal.«

»Wann haben Sie sie das letzte Mal gesehen?«, wollte Dupin wissen.

»Wir haben heute Morgen ein paar Minuten gesprochen, sie war hier bei mir.«

Eléna Chesneaus Gesicht hatte klare, bestimmte Züge.

»Und worüber haben Sie da gesprochen?«

»Über Obst und Opern.«

»Obst und Opern?«

»Wir fanden beide, dass wir jetzt für den Sommer noch ein paar Kreationen mit bretonischem Obst machen sollten. Blaubeeren, Himbeeren, Erdbeeren. Das wollten wir schon letztes Jahr. Da war Monsieur Pichard dagegen.« Ein kurzes Zögern, dann: »Dieses Jahr ist er einverstanden.«

Nolwenn stellte sich genau vor sie. »Wer hat Adeline Mazago ermordet, Madame Chesneau, was denken Sie?«

»Ich habe wirklich keine Ahnung.«

Die Chocolatière atmete tief ein, ihre Lippen zitterten ein wenig. Sie hielt das Rohr immer noch in der Hand.

»Sie war eine so wunderbare Person, ich kann mir beim besten Willen nicht vorstellen, warum ihr das jemand antun wollte.«

»Sie hatten einen Konflikt mir ihr, haben wir gehört.«

Dupin fixierte Madame Chesneau mit festem Blick.

»Es ging um Ihre Beförderung«, fuhr er fort, »um die Stelle der Chef-Chocolatière. Adeline Mazago war offenbar dagegen.«

Dupin musste es zuspitzen.

»Das denke ich nicht.«

Die Antwort war prompt gekommen.

»Ich habe keine Ahnung, wer dieses Gerücht in die Welt gesetzt hat. Auf jeden Fall ist es bösartig. – Die drei Geschwister haben es gemeinsam entschieden. Und sie haben mir ihre Entscheidung zusammen in einem offenen Gespräch erläutert. Sie haben gesagt, dass sie mich noch eine Weile ›wohlwollend beobachten‹ wollen, bevor sie mir eine derart große Verantwortung übertragen.«

»Haben Sie einmal mit Madame Mazago alleine darüber gesprochen?«

»Nein.«

Die verrückte Intensität der Aromen machte einen beinahe trunken, fand Dupin. Und wie sich alle überlagerten, überschlugen geradezu. Mittlerweile nahm er auch würzige Aromen wahr, Zimt vielleicht, Lakritz, Leder, Tabak, alles auf einmal. Und Röstaromen, ein wenig Karamell. Etwas Honig. Und Holz und Rauch.

»Warum war Monsieur Pichard gegen die Idee mit den Früchten?«

Die junge Frau warf Nolwenn einen erstaunten Blick zu.

»Das müssen Sie ihn fragen. Mir hat er es nicht erklärt.«

»Monsieur Pichard denkt, Sie hätten es ihm übel genommen, dass die Entscheidung dahin ging, ihn noch zwei Jahre länger zu halten.«

»So ein Blödsinn.« Die weiße Haube auf ihrem Kopf wackelte bedenklich. »Ich bin mit der Vereinbarung, die ich mit den dreien getroffen habe, völlig einverstanden. Außerdem kam die Idee mit den zwei Jahren ja von den Geschwistern und nicht von Pichard.«

»Sie klingen eindeutig aufgebracht«, konstatierte Nolwenn.

»Das bin ich auch. Ich verhalte mich völlig normal gegenüber Monsieur Pichard. Er kann es nur nicht ertragen, dass ihm, dem legendären Pichard, jemand nachfolgen wird. Und dann auch noch eine jüngere Frau.«

»Hat er das gesagt?«

Jetzt war es Nolwenn, die aufgebracht klang.

»Nein, aber ich spüre es.«

»Hatten Sie denn je einen Konflikt mit Adeline Mazago, Madame Chesneau? Beruflich, privat?«

»Nein.«

»Jemand anderes? Hier bei *Zerua?* Außerhalb?«

»Ich habe nie etwas von einem Konflikt mitbekommen, nein.«

»Können Sie sich ein Thema vorstellen, bei *Zerua* oder überhaupt in der Schokoladenwelt, das zu einem Grund für einen heftigen Konflikt taugt? So heftig, dass daraus ein Mordmotiv hätte entstehen können?«

Die Frage war umständlich formuliert, wusste Dupin. Entsprechend ratlos war auch der Ausdruck auf Madame Chesneaus Gesicht.

»Ich meine, gibt es zum Beispiel so etwas wie – gepanschte Schokolade? Wie es mal gepanschten Wein gab?«, versuchte er, die Frage zu präzisieren. »Kriminelle Aktivitäten in der Schokoladenproduktion? Verunreinigungen? Skandale?«

»Nicht bei den hochwertigen *Chocolatiers.*« Sie dachte nach. »Es gab mal einen riesigen Milchpulverskandal. Aber das ist bestimmt fünfzehn Jahre her. Es ging um Pulver aus China, das große Mengen an Melamin enthielt. Ein Stoff, den man als Flammschutzmittel oder bei der Herstellung akustischer Dämmplatten einsetzt. Mit Melamin kann man einen höheren Proteingehalt vortäuschen. In einigen Ländern landete das Zeug in Käse, Joghurt, Backwaren, Babynahrung und auch in Schokoladen. Billigschokoladen.«

Genau an Vorfälle dieser Art hatte Dupin gedacht.

»Milchpulver aus China ist in der EU zwar nicht zugelassen, aber in manchen Ländern eben schon. Und so gelangte jede Menge verseuchte Schokolade nach Frankreich. Was glücklicherweise schnell herauskam, sodass man sie wieder aus den Sortimenten der Discounter entfernte. Soweit ich weiß, ist es in Frankreich zu keinem Vergiftungsfall gekommen.«

Dupin erinnerte sich nicht an den Vorfall. Nolwenn offenbar schon:

»Reiner Zufall! Diese ganze Billig-Lebensmittel-Industrie – alles Verbrecher.«

Das Thema gehörte zu den vielen, die Nolwenn regelmäßig auf die Palme brachten. Und es wurden – bei der Lage der Welt – immer mehr.

»Der Gesetzgeber müsste …«

Dupin musste einschreiten:

»Erinnern Sie sich an Vorfälle jüngeren Datums – Vorfälle in Frankreich, in der Bretagne?«

»Nein. Es gibt zwar auch in Frankreich massenhaft Billigschokolade, aber von derartigen Trickserein habe ich noch nichts gehört. Die Qualität ist halt mies – aber das ist ja leider nicht illegal.«

Eléna Chesneau wirkte mittlerweile deutlich gefasster.

»Die Billigsegmente büßen seit einigen Jahren an Absätzen ein. Die Menschen greifen mittlerweile eher zu hochwertigen Erzeugnissen. Zu echter Schokoladenkunst. – Lieber weniger von etwas sehr Gutem als viel vom Schlechten.«

Ein perfekter Werbeslogan. Und sehr wahr.

»Was sind das für Maschinen in diesem Raum?«

Dupin war vor einer besonders imposanten Maschine mit einer gläsernen Front stehen geblieben. Man sah Kakaobohnen darin, zwei, drei Zentimeter groß, länglich, in verschiedenen Farben, braun, weiß, rötlich, grau.

»Hier werden die Kakaobohnen geröstet, davor«, sie deutete auf die Maschine, die ein paar Meter entfernt stand, »werden sie, nach einem Qualitätscheck, gereinigt. Das Rösten ist entscheidend, dabei entstehen Hunderte Aromen. Nach dem Rösten«, sie schritt durch den Raum, »werden die Bohnen debakterisiert und zu sogenannten Kakao-Nibs verarbeitet. Größere Splitter, die dann gemahlen werden, wobei die Kakaobutter schmilzt und eine Rohmasse entsteht, die allerdings noch extrem bitter ist.«

Dupins Respekt vor Schokolade wuchs und wuchs, alleine der Prozess der Herstellung schien faszinierend aufwendig. Irgendjemand hatte ja auf all diese Ideen kommen müssen, wie mit einer Kakaobohne zu verfahren sei.

»Ich rieche Tabak, Butter und Zimt«, stellte Nolwenn trocken fest.

Es war erstaunlich: Dupin nahm mittlerweile nussige Aromen wahr.

»Beim Rösten entstehen bis zu sechshundert flüchtige Verbindungen, die alle in der Kakaobohne angelegt sind.«

In der Stimme der jungen Frau lag nun echte Passion.

»Wobei man wissen muss, dass der Geschmack von Schokolade, wie alle Geschmäcker, vorwiegend in der Nase entsteht. Die komplexen chemischen Reaktionen durch Wärme und Speichel geschehen zwar im Mund, die Riechzellen der Nase aber sind es, die die flüchtigen Substanzen wahrnehmen. Interessant ist, dass kein einziges Aroma der Schokolade für sich genommen nach Schokolade riecht – nur die Kombination aller Aromen.«

Jetzt klang Eléna Chesneau eher nach einer Wissenschaftlerin als nach einer Künstlerin.

»Die einzelnen Aromen riechen zum Beispiel nach Pfirsichen, Gurken, grünem Tee, gekochtem Fleisch, völlig überraschend, bei Untersuchungen erkennen Probanden sogar Gerüche von Chips oder Schweiß.«

Das würde sich eher weniger für einen Werbetext eignen.

Sie wandte sich an Nolwenn:

»Mit Zimt, Butter und Tabak liegen Sie jedenfalls völlig richtig, sie gehören zu den fünfundzwanzig ›Essentials‹, wie wir die Komponenten in der Schokoladenchemie nennen, die der Schokolade ihren charakteristischen Geschmack und Duft geben. Das wurde gerade erst auf der letzten Jahrestagung der *American Chemical Society* in Denver bestätigt, die führende Institution unserer Wissenschaft weltweit. Ich nehme regelmäßig teil.«

Die Mitteilung schien der jungen Chocolatière wichtig.

»Ich habe mal ein Schoko-Tasting bei *Zerua* gemacht«, sagte Nolwenn. »So eines mit Aromenrad.«

Sie hatte bisher nichts davon erzählt – und Dupin bis zu diesem Moment auch nicht gewusst, dass es so etwas wie Schokoladenverkostungen überhaupt gab. Bei dem Wort »Aromenrad« kamen zudem äußerst ambivalente Erinnerungen hoch. Während einer Weinverkostung auf ihrer Hochzeitsreise hatte er sich mit einem komplizierten Aromenrad statt mit den Weinen selbst beschäftigen müssen. Claire hatte es geliebt.

»Es beginnt mit sieben Grundrichtungen. Fruchtig, floral, würzig, nussig, geröstet, milchig, erdig.« Nolwenn schien sich noch sehr genau zu erinnern.

»Hervorragend!«, lobte die Chocolatière.

»Ein kleines Stückchen abbrechen, zuerst das Parfüm wahrnehmen, die Augen schließen, das Stückchen ganz langsam auf der Zunge zergehen lassen und schmecken, wie sich die unterschiedlichsten Aromen freisetzen.« Nolwenn hatte tatsächlich die Augen geschlossen. »Zuerst erscheinen die fruchtigen Aromen, dann die floralen und so weiter, bis hin zum nussigen Aftertaste. Je besser eine Schokolade, desto facettenreicher.«

Es wäre im Interesse der Aufklärung dieses Falles sicherlich nicht verkehrt, wenn er etwas über Schokolade lernte – schon um die Fantasie anzuregen, worum es überhaupt gehen könnte, dennoch, langsam wurde es Dupin zu viel.

»Zunächst geht es um die Qualität der Bohnen.« Eléna Chesneau zeigte demonstrativ auf den Leinensack. »Sie brauchen die besten, die es gibt. Herkunft und das spezifische *Terroir* sind entscheidend. Wie Wein, Tee oder Kaffee nehmen auch Kakaofrüchte die Aromen und Eigenarten des Bodens und der Umgebung auf. Das *Terroir* ist der Geschmacksgeber. Bei unseren Schokoladen wollen wir genau das: das originäre, authentische Aroma zur Entfaltung bringen.«

Ihre Augen blitzten.

»Die ungemeine Vielfalt der Natur in den Anbauregionen entlang des sogenannten ›Kakaogürtels‹, einem rund zweitausend Kilometer breiten Band unterhalb und oberhalb des Äquators, spiegelt sich in der Vielfalt der Kakao-Aromen wider.«

Sie machte eine Pause und legte den Kopf schief.

»Dennoch stellt die Qualität der Bohnen gewissermaßen bloß das Geschmackspotenzial dar. Wie immer hängt dann alles von der Handwerkskunst ab. Vom Savoir-faire der Kakaobäuerinnen und -bauern. Vom Wissen über den perfekten Erntezeitpunkt. Die Dauer der Fermentation und Trocknung, die Dauer und Temperatur der Röstung, die Art des Schrotens, die Länge und Qualität des Conchierens, die Komposition von Geschmäckern und Sorten – an jeder Stelle kann es katastrophal schiefgehen.«

»Sie sind Lebensmittelchemikerin, genau wie Adeline Mazago.«

Dupin musste das Gespräch auf den Fall zurücklenken.

»So ist es. Adeline Mazago war eine passionierte Chemikerin.«

Eléna Chesneau hatte den Satz mit gesenkter Stimme gesprochen, abermals schien sie zutiefst aufgewühlt. Es dauerte eine Weile, bis sie weitersprach.

»Wie ich war sie überzeugt, dass es die Chemie ist, die unzählige Innovationen für die Schokoladenwelt überhaupt erst ermöglicht.«

»Was meinen Sie damit?«, wollte Dupin wissen.

»Ganz einfach: Um Neues kreieren zu können, neue Geschmacksrichtungen und Sorten, muss man die chemischen Bestandteile der Geschmacksgeber kennen. Die Substanzen hinter dem Geschmack.«

Chesneaus Stimme gewann ihre Lebendigkeit zurück.

»Wissenschaftler haben letztes Jahr das erste Mal sämtliche Schlüsselaromen in den verschiedenen Stadien der Schokoladenherstellung bestimmt und katalogisiert. Das Projekt ist zukunftsweisend für die Schokoladen-Alchemie – irgendwann auch für uns hier bei *Zerua*.«

Dupin hatte, wenn er ehrlich war, bei feinen Schokoladenkreationen weniger an Chemie als an Genie und Eingebung gedacht. Das Ergebnis extremer Sinnlichkeit großer Künstler. Aber wahrscheinlich war es wie immer: Tiefgehendes Wissen schadete nicht.

»Durch die umfassende Kenntnis der chemischen Profile können wir auch die Produktionsprozesse verbessern. Was wiederum zu einer Verbesserung des Produktes führt.«

»Was meinen Sie, Madame Chesneau?«, bohrte Nolwenn nach. »Konkret?«

»Indem man zum Beispiel bereits vor der Trennung der Kakaobutter von der Kakaomasse ein wenig Zucker hinzugibt. So wird die Schokolade noch samtiger, noch subtiler im Geschmack und noch zartschmelzender in der Textur. Eine kleine Veränderung, die auf chemischen Erkenntnissen basiert und Großes bewirkt. – Pichard will von diesem ganzen ›chemischen Kram‹, wie er es nennt, nichts wissen. Wir haben uns deswegen immer gestritten.«

»Es gab also doch mehr Konflikte zwischen Ihnen als nur den einen wegen Ihrer Beförderung«, stellte Nolwenn fest.

»Konflikt ist ein viel zu großes Wort. Aber eben Differenzen. Er hält das alles für Quatsch.«

»Aber er bestimmt, wo es langgeht.«

»Genau. Er ist der Chef. Er macht die Dinge auf seine Weise. – Und natürlich ist er einer der brillantesten Chocolatiers Frankreichs, ohne Zweifel.«

Es klang aufrichtig.

»Aber Sie würden es anders machen.«

»Unbedingt. – Ich werde es anders machen. Bis dahin warte ich.«

»Eine selbstbewusste Haltung – bravo«, kommentierte Nolwenn.

»Sie meinen«, resümierte Dupin, »dass sich durch das tiefgehende chemische Wissen erhebliche Vorteile ergeben könnten? Weil man mit weniger Aufwand bessere und dabei noch köstlichere Schokolade herstellen kann?«

»Theoretisch schon, natürlich. Neue Geschmäcker, neue Sorten, neue Eigenschaften. Wobei das eben zurzeit noch Zukunftsmusik ist. Ich kenne noch keinen Chocolatier, der auf diese Weise Neuerungen erarbeitet.«

»Aber theoretisch könnte es um Innovationen gehen, die auch kommerziell von großem Interesse sind, wenn ich Sie richtig verstehe?«

»Wie attraktiv sie kommerziell sein könnten, lässt sich natürlich schwer sagen. Man muss bedenken, dass es um Geschmacksfragen geht. Ich meine, einige lieben zartschmelzende Schokolade und kaufen sie bevorzugt, andere mögen den Biss und sein Geräusch. So wäre es auch mit neuen Schokoladenaromen.«

»Madame Mazago hat Ihren Ansatz und Ihre Ideen unterstützt, nehme ich an«, sagte Dupin.

»Mit Nachdruck.«

»Was heißt das? Praktisch?«

»Hier im Betrieb im Moment noch nicht viel. – Aber Adeline Mazago hat vor ein paar Wochen der Universität in Bayonne eine größere Summe für eine umfassende Studie zur Neurochemie der Schokolade überwiesen. Die beginnt im Winter, ich werde Teil des wissenschaftlichen Beirates sein. Als *Zerua*-Abgesandte.«

»Und Monsieur Pichard?«

»Das interessiert ihn wie gesagt nicht. Er nimmt eher an anderen Arten von Veranstaltungen teil.«

»Worum geht es bei der Studie?«

Dupin machte sich eine Notiz.

»Um den chemischen Sinnesrausch. Um Schokolade als Medikament, Psychopharmakon und Droge.«

Es klang exotisch.

»Das Forschungsinteresse gilt Substanzen wie Serotonin oder α-Phenylethylamin. Zwei bedeutende Glückshormone, die in Schokolade zu finden sind. Oder Theobromin: Es wirkt signifikant stimmungsaufhellend. Vor allem stimuliert es gezielt die sogenannten höheren kognitiven Funktionen, es sorgt für eine bessere Konzentrationsfähigkeit und Klarheit des Geistes. – Schokolade enthält eine Vielzahl von Stoffen, die unser Gehirn mit Energie versorgen und den Neuronen einen enormen Kick geben.«

Ein Thema, das Dupin sehr interessierte.

»Unser Gehirn macht, im besten Fall«, die junge Frau musterte ihn kritisch, zumindest hatte er den Eindruck, »zwei Prozent unserer Körpermasse aus, mehr nicht, verbraucht aber fast ein Viertel des Gesamtenergiebedarfs sowie des Blutsauerstoffs. Es benötigt einen kontinuierlichen Energiestrom, auch nachts. Das geschieht gewöhnlich über Glukose, Traubenzucker, ein elementares Kohlenhydrat. Das Problem: Glukose pusht, aber verpufft sofort. Schokolade dagegen besitzt eine Retardwirkung: Sie gibt ihre Energie über einen langen Zeitraum peu à peu ab.«

Es klang absolut überzeugend, Dupin sollte es, systematischer als bisher, mit Schokolade versuchen.

»Geradezu spektakulär ist das Tryptophan.« Ihre Augen leuchteten. »Diese Aminosäure wird im Gehirn zu Serotonin umgewandelt, einem Super-Neurotransmitter. Er leitet die Nervenimpulse von Gehirnzelle zu Gehirnzelle. Ohne ihn gibt es keine Signalübertragung.«

Dupin kannte den Gehirnzustand ohne Signalübertragung nur zu gut – wenn der Kaffee fehlte.

Die Chocolatière schien seine Gedanken zu lesen.

»Tryptophan wird allerdings nur dann in Serotonin umgewandelt, wenn ein akuter Serotoninmangel im Gehirn herrscht. Es hat also keinen Sinn, kiloweise Schokolade zu essen, ab einem bestimmten Punkt wird die überschüssige Energie einfach vom Körper gespeichert. Und zwar als Fettzellen.«

Sie musterte ihn abermals kritisch von oben bis unten, dann schob sie den Lastenwagen kommentarlos vor die Maschine, die, wenn Dupin sich richtig erinnerte, die Reinigung der Bohnen übernahm. An der Seite hing ein weißer Silikonschlauch, den die Chocolatière mit einer routinierten Bewegung in das Loch des prall gefüllten Leinensacks einführte. Anschließend drückte sie auf einen der großen Knöpfe. Augenblicklich war ein brummendes Geräusch zu hören, die Bohnen wurden ins Innere der Maschine gesaugt.

»Und natürlich dürfen wir das Koffein nicht vergessen.«

»Koffein?«

»So ist es, ja, Schokolade enthält Koffein. Wenn auch in geringerer Dosis als Kaffee oder Tee. – Ein Pflanzenalkaloid, das überaus wertvoll ist.«

Das war ganz Dupins Meinung. Er hatte nichts von dem Koffein gewusst, es machte ihm Schokolade noch sympathischer.

»Wir reden allerdings nur über dunkle Schokolade: Je höher die Prozente, desto höher die Konzentration all dieser Stoffe und desto größer ihre Wirkung. Bei *Zerua* arbeiten wir mit bis zu neunundneunzig Prozent Kakaoanteil.«

»Und diese Schokolade verkaufen Sie auch in der Boutique?« Er würde sich einen Vorrat davon anlegen.

»Selbstverständlich! Sie so herzustellen, dass sie dennoch zartschmelzend ist und nicht zu bitter – das ist die hohe Kunst. Derart hochprozentige Schokolade ist zudem äußerst mineralreich, nehmen Sie nur mal das Eisen. Eisenmangel macht müde und schwächt das Immunsystem. Schokolade ist das Lebensmittel mit dem zweithöchsten Eisengehalt überhaupt, nur Curry hat noch ein bisschen mehr.«

»Und was …«, begann Nolwenn.

»Chef!«

Riwal war in der Tür aufgetaucht, hinter ihm Nevou.

»Wir müssen Sie sprechen!«

»Was ist passiert?«, wollte Nolwenn wissen.

»Kommen Sie.«

Dupin und Nolwenn setzten sich gleichzeitig in Bewegung.

»Die Spurensicherung hat einen Handschöpfer sichergestellt, an dem sich Blut befindet.«

»Einen Handschöpfer?«

Sie folgten Riwal und Nevou durch die Schatzkammer in einen langen Flur.

»Ein spezielles Werkzeug, das sie hier benutzen. Ein Rohr aus Edelstahl, rund vierzig Zentimeter lang, vorne V-förmig schräg angeschnitten«, erklärte Riwal fachmännisch. »Scharf und recht schwer. – Zum Entnehmen von Proben, Chef. Damit sticht man die Säcke mit den Bohnen an und hat dann automatisch eine gewisse Menge davon im Rohr, das …«

»Ich habe verstanden, Riwal.«

»Genauso einen Handschöpfer hat Eléna Chesneau gerade benutzt«, stellte Nolwenn fest.

»Der Filialleiter sagt, es gibt über ein Dutzend davon«, brummte Nevou.

Sie eilten den Flur entlang, rechts und links hingen großformatige Fotografien von Kakaobäumen an den Wänden.

Schon hatten sie den Raum mit den Conchiermaschinen erreicht.

An Moschins Seite stand ein rundlicher Mann mit rötlichem Gesicht und schütterem kurzem Haar. Ein gelbes Poloshirt.

»Chef, das ist Monsieur Dehame, der Filialleiter«, sagte Riwal, als sie die beiden erreichten.

»Bonjour, Monsieur le Commissaire.«

Dupin nickte.

»Das ist es?« Nolwenn war nahe an Moschin herangetreten und begutachtete das Metallrohr, das dieser hochhielt, mit feindseligem Blick.

»Hier.« Moschin deutete mit dem Zeigefinger auf die Unterseite der abgeschrägten Spitze. »Blut.«

»Sie meinen, dass Madame Mazago damit niedergeschlagen und verletzt worden ist?«, fragte Nolwenn.

Moschin zuckte mit den Schultern.

»Werden wir sehen …«

Es war gut zu erkennen. Ein wenig verschmiert, zu einem unförmigen Klecks geronnen. Rostrot.

Moschin wirkte aus irgendeinem Grund besonders grummelig.

»Wo haben Sie es gefunden?«

»In der Ecke dahinten, zwischen den Leitungen.«

Moschin zeigte auf die Stelle am anderen Ende des Raumes. Mehrere glänzende Edelstahlrohre kamen aus der Wand. Dazwischen war der Handschöpfer kaum aufgefallen.

»Dann war sie also wirklich bereits tot oder zumindest schwer verletzt, als sie in die Schokolade geworfen wurde«, folgerte Riwal.

»Vielleicht war sie trotz der Verletzungen immer noch bei Bewusstsein. Wenn sie noch gelebt hat, war die Todesursache Ertrinken, nicht der Schlag auf den Kopf«, präzisierte Nevou.

»Werden die Handschöpfer irgendwo zentral aufbewahrt, Monsieur Dehame?«, wandte sich Dupin an den Filialleiter.

»Nein. – Aber wie gesagt, wir haben sicher fünfzehn Stück davon.«

»Wird jeder Sack Kakaobohnen damit angestochen?«

»Jeder einzelne. Um auszuschließen, dass während des Transportes etwas Unerwünschtes mit den Bohnen passiert ist.«

Es klang mysteriös. Dupin blickte Dehame fragend an.

»Schimmel. Durch zu hohe Feuchtigkeit – zum Beispiel.«

»Die Handschöpfer«, fuhr Dupin fort, »werden doch sicherlich vor allem im Lager und dem angrenzenden Raum benutzt, oder? Da, wo die Bohnen gesäubert und geröstet werden.«

»Überwiegend, ja. – Manchmal auch schon beim Ausladen, im Hof.«

»Und wer hat Zugang zu diesen Räumen?«

Der dickliche Mann wirkte ein wenig eingeschüchtert.

»Jeder. Natürlich muss man die Hygienevorschriften befolgen, wenn man sich in der Produktion aufhält, also Kittel und Hauben tragen. Aber nur in der Produktion, im Lager braucht man das nicht. Da befinden sich vermutlich die meisten der Handschöpfer. Im Schrank neben der Tür.«

»An den jeder rankommt«, folgerte Nolwenn.

»So ist es, ja.«

»Und die rohrförmigen Schöpfer lassen sich gut verstecken«, brummte Nevou. »Unter den Kitteln, zum Beispiel.«

»Ich will möglichst schnell wissen, ob es wirklich das Blut von Adeline Mazago ist«, richtete sich Dupin an Moschin. Es schien evident, dennoch.

»Ich lasse den Handschöpfer umgehend ins Labor bringen.« Moschin seufzte. »Ansonsten sind wir hier unten fertig. Wir nehmen uns jetzt Mazagos Büro vor.«

»Ich will es mir zuerst kurz ansehen«, entgegnete Dupin. »Geben Sie mir fünf Minuten.«

Moschin nickte resigniert, er kannte den Kommissar. Dupin brauchte diese Zeit. Sich in den Räumen eines Toten umzusehen, bot – jenseits der Chance, auf Hinweise oder Spuren zu stoßen – Einblicke in das Leben und die Persönlichkeit des verstorbenen Menschen.

»Fünf Minuten.« Moschin zog grummelnd davon.

»Monsieur Dehame«, wandte Dupin sich wieder an den Filialleiter, »haben Sie eine Idee, was zu dem Mord an Adeline Mazago geführt haben könnte?«

»Ich?« Dehame wirkte beinahe empört.

»Sie sind der Filialleiter«, intervenierte Nolwenn, »wenn Sie

Ihren Job gut machen, kennen Sie den Laden und die Menschen hier besser als jeder andere.«

»Ich habe es schon Ihrer Kollegin gesagt: Nein. Ich habe nicht die geringste Idee, was hier geschehen ist. Egal, wie oft Sie mich noch fragen.«

Das Rot seines Gesichtes wurde noch dunkler, Dupin vermutete eine cholerische Neigung.

»Hatte Adeline Mazago mit jemandem einen Konflikt? Eine Differenz?«, versuchte Dupin, das Gespräch zu versachlichen.

»Wie gesagt: Davon weiß ich nichts.«

Es kam wie aus der Pistole geschossen.

»Und allgemein, hier im Betrieb?«, hakte Riwal nach.

»Alle wissen, dass sich Monsieur Pichard und Madame Chesneau nicht grün sind. Gelinde gesagt.«

»Wegen der Nachfolgefrage?«

»Nicht nur deswegen.«

»Weswegen noch?«, wollte Nolwenn prompt wissen.

»Sagen wir mal so: Madame Chesneau scharrt seit einiger Zeit mächtig mit den Füßen.« Er würdigte Nolwenn keines Blickes, sprach ausschließlich mit Dupin. »Sie würde hier gerne alles übernehmen. Nicht bloß Pichards Job. Sie hat sehr spezielle, sehr andere Vorstellungen, wofür *Zerua* stehen sollte.«

So viel war klar: Dehame war auch kein Fan von Eléna Chesneau.

»Frischer Wind würde *Zerua* sicherlich guttun, Monsieur Dehame. Frischer *weiblicher* Wind!«, kommentierte Nolwenn scharf. »Viele Männer kommen einfach nicht damit klar, wenn Frauen selbstbewusst auftreten. Vielleicht ist es ja nur das?«

Der Filialleiter schaute sie nun doch an. Abermals hatte sich das Rot seiner Haut intensiviert, es gab diese Typen, Dupin kannte viele, denen man den hohen Blutdruck förmlich ansah.

»Ich meinte das ganz neutral«, versuchte sich der Filialleiter zu rechtfertigen. »Ich will Ihnen bloß bei der Untersuchung helfen.«

»Es klang kein bisschen neutral«, mischte sich jetzt auch Nevou ein.

»Gab es noch weitere Konflikte zwischen den beiden?«, fragte Dupin.

»Madame Chesneau würde gerne«, Dehame zögerte, »mehr experimentieren. Ich meine, sie misst den neuen Erkenntnissen aus der chemischen Forschung erhebliche Bedeutung zu. Monsieur Pichard gehört eher, wie soll ich sagen«, Dehame bemühte sich um Diplomatie, »zur alten Schule. Ein großer Künstler.«

Die beiden Männer hielten zusammen, daran bestand kein Zweifel.

»Sind heute neue Kakaosäcke vom Hafen hergebracht worden?«, wechselte Nevou das Thema.

»Gestern. Die beiden Boote wurden gestern Morgen entladen. Der Kakao wurde auf die vier Produktionsstandorte verteilt. Quimper, Bayonne, Morlaix, Concarneau.«

»Und die Qualitätskontrollen? Wann finden die statt? Direkt nach der Lieferung?«

»Spätestens wenn ein Sack für die Produktion aus dem Lager geholt wird. Um sicherzustellen, dass das Rohmaterial zu Produktionsbeginn auch wirklich in perfektem Zustand ist. Manchmal sieht man die Folgen der Feuchtigkeit erst Wochen oder Monate später.«

»Und wer nimmt die Proben vor?« Nevou blieb am Ball.

»Monsieur Pichard oder Madame Chesneau, je nachdem. Das ist den beiden vorbehalten. Sie allein können sagen, ob die Bohnen ihren qualitativen Ansprüchen genügen oder nicht. Kakao ist ein Naturprodukt, da gibt es natürliche Unterschiede, selbst bei der sorgfältigsten Selektion. Bevor die Bohnen zu uns kommen, werden sie nach der Ernte auf unserer Plantage in Venezuela fermentiert und getrocknet, ein empfindlicher Prozess, bei dem viel schiefgehen kann. Und dann kommt noch der lange Transport hinzu.«

»Es handelt sich offenbar um eine richtig große Plantage.« So, wie Nevou es betont hatte, klang es beinahe wie eine Kritik.

»Vierzehn Hektar. Es gibt noch viel größere. Monokulturen dann allerdings, von den großen Produzenten. Unsere Plantage wird nach strengen ökologischen Kriterien betrieben. Es sind drei Farmerfamilien, wir haben fünfzehn Festangestellte und etliche Erntehelfer. Ein kleines Dorf.«

»Monsieur le Commissaire, die Spurensicherung wartet – wir sollten uns das Büro ansehen.«

Nolwenn schien das Interesse an dem kleinen Mann verloren zu haben.

Dupin nickte, sie hatte recht. Nicht bloß wegen der Spurensicherung, die ihre Arbeit machen musste, sondern auch wegen der stattlichen Anzahl der noch ausstehenden Gespräche.

»Ich habe mir vorhin den Generalschlüssel geben lassen.« Nolwenn hielt ihn hoch wie die kleine Erkennungsfahne eines Reiseleiters.

»Vielen Dank so weit, Monsieur Dehame«, sagte Dupin. »Wir werden unser Gespräch bald fortsetzen.«

»Ich ...« Dehame schien nicht recht zu wissen, was er sagen sollte. »Natürlich, gerne ... Ich meine, ich stehe jederzeit zur Verfügung.«

Nicht selten war das Cholerische bloß die Kehrseite des Devoten und Opportunistischen. Eine gefährliche, zuweilen abgründige Mischung.

Das Büro war verschlossen gewesen, es gab keinerlei Hinweise, dass jemand gewaltsam eingedrungen war.

Das Dach war zu einem loftartigen Raum ausgebaut worden. Der architektonische Clou bestand darin, dass die Wände Richtung Norden und Süden komplett aus Glas bestanden. Auf beiden Seiten waren große gläserne Schiebetüren mit einer dezenten Aluminiumstruktur eingelassen, die auf einen schmalen Balkon führten. Das gesamte Loft erinnerte an einen Wintergarten. Ein sensationeller Raum. Noch sensationeller jedoch war der Blick, der sich auftat und unterstrich, wie sehr Concarneau den Titel »Stadt des Meeres« verdiente. Auf der einen Seite das Hafenbecken, das man auch von der Kantinenterrasse aus sah, auf der anderen Seite schaute man über die hübschen Schieferdächer der mittelalterlichen Häuser und die mächtige Stadtmauer hinweg auf den *Port de Plaisance* mit seinen zahllosen Segelbooten und dem offenen Atlantik dahinter.

Das Meer leuchtete in einem noblen Kobaltblau, das an diesem Nachmittag von keinem Blitzen, nicht einmal einem Schimmern der Sonne gestört wurde.

Nolwenn und Dupin hatten den Raum ein erstes Mal inspiziert. Im Zentrum stand ein langer Eichentisch, die darum platzierten alten Stühle schienen Einzelstücke zu sein. An der einen Seitenwand ein langes, tiefes, urgemütlich aussehendes Sofa in Safrangelb, mehrere Wolldecken in Rottönen. Zwei hohe Standboxen, eine teuer aussehende Musikanlage sowie ein deckenhohes CD-Regal zeugten davon, dass Madame Mazago auch hier ihrer Leidenschaft für die Oper und klassische Musik nachging. An der gegenüberliegenden Wand ein langer Schreibtisch aus hellem Eichenholz, darauf ein schicker Computer, vor dem sie stehen blieben. Auf dem Display lief ein Bildschirmschoner. Eine Fotoshow. Bretonische Landschaften, mediterrane Landschaften, karibische Landschaften, vielleicht Venezuela. Ab und zu Menschen.

»Das ist sie, da! Das ist Adeline!«

Dupin sah eine junge Frau in einem verwaschenen T-Shirt und schmutzigen Jeans. Sie stand vor einem Strauch, der voller knallroter Beeren war.

»Bauen sie auch Kaffee an?« Dupin hatte die roten Beeren sofort erkannt. Eine seiner Lieblingspflanzen.

»*Zerua* hatte von Anfang an auch eine kleine Kaffeeproduktion«, sagte Nolwenn. »Es gibt sie bis heute, sie ist noch immer bescheiden. Eher ein Hobby. Der Kaffee wird nur in Bayonne verkauft.«

Das hatte bisher niemand erwähnt.

Jetzt war Schnee zu sehen. Eine Skipiste. Kitschig blauer Himmel. Die Alpen, vermutete Dupin. Adeline Mazago und eine Frau auf Skiern, lachend.

»Das ist ihre Schwester. Nahia.«

Als Nächstes kam eine leere Wüstenlandschaft. Gewaltige Sanddünen.

Durch die Zufälligkeit wirkte die Abfolge der Bilder grotesk. Dupin kannte diese Fotoshows: Der Algorithmus brachte Momente zusammen, zwischen denen Jahrzehnte lagen, Tausende Kilometer und vor allem: verschiedenste Leben. Auch solche, die man längst hinter sich gelassen hatte.

»Es ist eine große, alte Unternehmerfamilie. Sie produzieren alles Mögliche.«

»*Zerua?*«

»In der Bretagne produzieren sie nur Schokolade und Kekse. Die Geschwister betreiben außerdem ein paar Bäckereien. In Morlaix und Umgebung.«

Auch das hatte bisher niemand erwähnt.

»Ich habe Le Menn bereits gebeten, einmal eine vollständige Aufstellung aller Geschäfte zu erstellen. Vielleicht geht es ja gar nicht um Schokolade.«

Dupin nickte. Noch war alles vorstellbar. Absolut alles.

»Sie wissen ja, dass die Basken und die Bretonen sich ganz besonders verbunden fühlen?«

Eine rhetorische Frage, Dupin wusste es, natürlich. Die Bretonen fühlten sich allen französischen Landesteilen verbunden, die besonders eigenständig waren, genauer: besonders widerständig. Anders formuliert: allen Regionen, die traditionell die heftigsten Konflikte mit Paris hatten.

»Wir akzeptieren die Basken.«

Nolwenn hatte den Satz wie die Patin eines Clans gesprochen.

»Niemand hat eine so autonome Tradition und Kultur wie das Baskenland und wir. Zudem eine ganz eigene Sprache. Wir sind Brüder und Schwestern in Geist und Temperament.« Nolwenn schien von ihren eigenen Worten bewegt. »Atlantiker! Bonvivants! Gourmets!«

Elementare Daseinsbestimmungen.

»Beide Regionen stellen besonderes Salz her, die einen, um ihre Butter, die anderen, um ihren Schinken zu veredeln.«

Weitere elementare Dinge, musste Dupin zugeben.

»Und in keiner anderen französischen Region wird so exzessiv gefeiert wie im Baskenland und in der Bretagne.«

Nolwenn schien endlich zum Kern der Sache vorgestoßen zu sein.

Sie holte tief Luft, sie schien noch lange nicht fertig zu sein:

»Auch im Baskenland trinkt man Cidre. Die Wahrheit ist«, sie senkte die Stimme, »dass die Basken ihn sogar erfunden haben. Die Basken – nicht wir.«

Eine unfassliche Konfession für eine Bretonin, Dupin traute seinen Ohren nicht. Es waren schließlich die Bretonen, die alles Gute und Schöne erfunden hatten, und der Cidre war ein bretonisches Herzstück.

»Und zu guter Letzt liegen beide Regionen gar nicht so weit von Frankreich entfernt.«

Dupin kannte den Scherz. Ein gewitzter Humorist hatte einmal befunden, die Bretagne sei »sehr schön und gar nicht so weit von Frankreich entfernt«.

»Aber wir sollten uns jetzt wirklich auf den Fall konzentrieren, Monsieur le Commissaire!«

Als wäre es Dupin gewesen, der davon abgelenkt hatte.

Er drückte auf die Leertaste, um die Fotoshow auf dem Computerdisplay zu beenden, augenblicklich erschien die Passwortabfrage. Dupin hatte nicht angenommen, dass Adeline Mazagos Computer ungeschützt war, dennoch, er hatte es versuchen wollen.

»Moschin wird bald hier …«

»Chef!«

Es war wie ein Déjà-vu: Riwal und Nevou kamen jäh in den Raum gestürzt.

»Was ist passiert?«

»Wir haben Bixente Mazago erreicht. Den Bruder.«

Sie kamen unmittelbar vor Dupin und Nolwenn zum Stehen.

»Er ist völlig aufgelöst. Er hatte einen langen Termin. Wir haben ihn im Auto erreicht.«

Ein Riwal'sches Stakkato.

»Er fährt jetzt nach Quimper, er will seine Schwester sehen – ich meine, die Leiche. Er ist wohl ohnehin in der Nähe, er war auf dem Weg zu seiner Frau, als wir ihn erreicht haben.«

»Ob das eine gute Idee ist, in dem Zustand Auto zu fahren – und das alleine?«, fragte Nolwenn.

»Wir wollten einen Wagen schicken, um ihn abzuholen. Aber er hat darauf bestanden, selbst zu fahren.«

»Hat er etwas gesagt?«, kam Dupin zur wichtigsten Frage. »Hat er einen Verdacht, was das Motiv gewesen sein könnte?«

»Die Nachricht war ein Schock. Er hat keine Ahnung, was geschehen sein könnte, sagt er. Es sei völlig unvorstellbar.«

»Wo war sein Termin?«

»In Auray. Ein Treffen. Um vierzehn Uhr.«

»Und niemand wusste davon? Kein Mitarbeiter, keine Assistenz?

»Nein.«

»Verdächtig«, murmelte Nolwenn.

»Ich habe ihn auch gefragt, wie wir seine ältere Schwester erreichen können. Über SMS und WhatsApp, hat er gesagt. Aber das haben wir schon versucht, Chef.«

»Ich will ihn sprechen, haben Sie ihm das auch gesagt?«

»Habe ich, Chef. Und ihm vorgeschlagen, dass Sie sich in Loc'h Louriec treffen. Vor Adeline Mazagos Haus. Das wollten

Sie sich ohnehin ansehen. Er hat auch die Schlüssel, er wohnt direkt nebenan.«

»Gut mitgedacht!«, bescheinigte Nolwenn, die Dupins Treffen normalerweise arrangierte. »Ausgezeichnet!«

Anscheinend hatte sie beschlossen, sich in diesem Fall für derartige Tätigkeiten nicht verantwortlich zu fühlen.

»Wir haben uns eben die Verbindungsnachweise von Adeline Mazago aus den letzten acht Wochen angesehen. Handy und Festnetz. – Häufigere Telefonate mit ihrem Bruder, ihrer Schwester, ihrer Freundin Maëlle Columbani. Ein paar mit Chesneau und Pichard. Viele andere Anrufe, die gehen wir noch durch. – Insgesamt nichts Auffälliges bisher, auch nicht in den letzten Tagen. Heute bloß ein Anruf von Maëlle Columbani. Um 9 Uhr 47, nur siebenundzwanzig Sekunden.«

Dupin machte sich eine Notiz.

»Das Handy selbst lag übrigens wirklich auf dem Grund des Schokoladenbottichs.«

Eine makabre Vorstellung.

»Die PIN werden die Experten wie immer nur mit Glück knacken können.«

Dupin seufzte. So war es.

»Schicken Sie mir die Liste mit den Verbindungsnachweisen, Riwal.«

Er würde sie selbst noch einmal durchgehen.

»In der Fall-Datei, Chef. Da finden Sie …«

»Wir brechen auf«, unterbrach ihn Dupin und setzte sich in Bewegung.

»Ich will nur einmal kurz zu meinem Mann, dann komme ich nach, Monsieur le Commissaire. – Fangen Sie ruhig schon einmal an.«

Ohne eine Antwort abzuwarten, verließ Nolwenn den Raum.

Dupin musste blinzeln, er hielt sich die flache Hand vor die Augen. Das Weiß des Sandes hier am *Plage de Kerlaëren* blendete in der grellen Mai-Sonne, sie flutete die Welt förmlich mit ihrem frischen Licht. Und das auch jetzt noch, um fast halb acht.

Dupin liebte diese Wochen vor dem längsten Tag des Jahres. Sie waren ein einziges Fest des Lichtes. Er verstand nur zu gut, warum dieses Datum seit jeher von so vielen Kulturen gefeiert wurde. Wobei dem Tag selbst auch immer etwas Tieftrauriges innewohnte. Dupin hatte es schon als Kind so empfunden: Obwohl der Sommer gerade erst begann und im Juli und August den Zenit erreichen würde, nahm das Licht bereits wieder ab.

Da, wo der Meeresboden sandig war, leuchtete das Wasser in einem atemberaubenden Türkis, Cyan, Azur. Vieles sprach dafür, dass der Strand bei Loc'h Louriec der schönste der Gegend war, nur einen Katzensprung entfernt von Concarneau – und doch war Dupin selten hier. Um sich dann jedes Mal zu fragen, warum er nicht häufiger kam.

Direkt hinter dem Strand erhoben sich steile Sanddünen mit dem typischen silbergrün schimmernden Dünengras, das immer eigenwillig zerrupft aussah. Ganz so, als wäre gerade eben erst ein schwerer Sturm hindurchgefegt. Hinter den Dünen verbargen sich mäandernde Wasserläufe. Moorlandschaften, mit Süßwasser gefüllt. Die meisten dieser *Étangs,* von denen es zwischen Trévignon und Concarneau etwa ein Dutzend gab, waren miteinander verbunden. Stille, ländliche Idyllen. Und Vogelparadiese.

Dupin ließ den Blick schweifen. Das Eindrucksvollste an diesem Strand war seine Weite. Er schien endlos.

Der Kiesweg, der durch ein mistelbehangenes Wäldchen zu den beiden Häusern ganz am Rand des Weilers führte, war wie viele bretonische Sträßchen namenlos. Seit fast drei Wochen hatte es nicht geregnet, der Staub war wild durch die Gegend gewirbelt, als Dupin mit seinem Wagen angekommen war. Seit Wochen machte sein geliebter alter Citroën XM seltsame Geräusche beim Gasgeben, ein dumpfes Klopfen, das aus dem Motorraum kam. Er würde zur Werkstatt fahren müssen. Was erneut lästige Gespräche mit Nolwenn nach sich ziehen würde. Sie beharrte darauf, dass er sich endlich einen neuen Wagen kaufte. »Ich finde, dass es nur in begrenztem Maße Ihre persönliche Entscheidung sein darf, welchen Wagen Sie nutzen, Monsieur le Commissaire. Sie fahren ihn für die Bretagne und die Bretonen, ja für ganz Frankreich!«, war vor ein paar Wochen der vorläufige Höhepunkt ihrer hanebüchenen Argumentation gewesen. »Stellen Sie sich vor, Ihnen entkommt ein mehrfacher Mörder, nur weil Ihr alter Wagen zu langsam ist oder während der Verfolgung liegen bleibt. Das alles wegen Ihrer Sturheit.« Ein paarmal hatte Nolwenn »den Neuen« quasi schon bestellt, erst im letzten Moment hatte Dupin es verhindern können. Objektiv war das Festhalten an seinem XM natürlich unsinnig, Anfang des Jahres waren bereits größere Reparaturen nötig gewesen, sie hatten sich auf viertausendsiebenhundert Euro belaufen, einen Betrag, der den Wert des Wagens überstieg. Aber darum ging es nicht. Es ging um den emotionalen Wert. Oder anders formuliert: Es war ein Spleen, Dupin gab es offen zu.

Der Kommissar hatte den Citroën ein gutes Stück vor den beiden Häusern stehen lassen. Monsieur Mazago war noch nicht eingetroffen. Weder an den Briefschlitzen neben den Eingangstüren noch an den Klingeln waren Namen zu lesen. Briefträger und Zusteller wussten vermutlich, wer dort wohnte, ansonsten bevorzugten die Mazagos offenbar Anonymität.

Die Häuser waren höchstens zweihundert Meter voneinander entfernt. Das Gebäude linker Hand war das letzte im Weiler, daneben begann die Natur. Ein einsamer Ort.

Elegante Bungalows aus silbrigweiß schimmerndem Holz, vermutlich in den Siebzigerjahren von demselben Architekten erbaut. Auf großzügigen Terrassen standen weiße Sonnenschirme und lange Tische. Um beide Bungalows herum erstreckten sich naturbelassene Wiesen, von kniehohen steinernen Mauern begrenzt. Prächtig gelb in Blüte stehende, mächtig ausgreifende Ginstersträucher hier und dort. Karge, raue Schönheit, eine reduzierte und gerade deswegen höchst ästhetische Landschaft.

Die Lage der Bungalows war atemberaubend. Stieg man über die Mäuerchen Richtung Meer, kamen ein paar Meter Wiese, dann direkt der feine weiße Sand. Man wohnte beinahe auf dem Strand. Ein langer mohnroter Tisch stand in den Dünen, acht Stühle um ihn herum. *Fermob,* der französische Mythos für das Leben draußen, für den Sommer, die hellen Tage und die lauen Nächte. Ein Traum. Der heute eine gespenstische Note bekam, wenn man daran dachte, dass Adeline Mazago hier vielleicht gestern Abend noch gesessen und den Sonnenuntergang bewundert hatte, jetzt aber auf der Metallbahre des gerichtsmedizinischen Labors in Quimper autopsiert wurde.

Dupin hatte an beiden Häusern geklingelt, war um sie herumgelaufen. Hatte gerufen. Nichts.

Schließlich hatte er sich auf eines der Mäuerchen gesetzt, dem Meer zugewandt. Er war froh gewesen, ein wenig allein zu sein. Er brauchte diese stillen Momente während eines Falles. Er hatte sein Notizheft herausgeholt und darin geblättert. Sein obligatorisches Personentableau nahm sich bereits ziemlich stattlich aus: »Bixente Mazago / Nahia Mazago / Benoît Pichard, Maître Chocolatier / Eléna Chesneau, Chocolatière / Corentin Dehame, Filalleiter / Maëlle Columbani, Freundin, Chefin von *Les folies du chocolat.*«

Die Stille war fast absolut, nur in einiger Entfernung, wahrscheinlich bei den *Étangs,* waren Vögel zu hören. Kein Lüftchen wehte, das Meer, der gewaltige Atlantik – unverändert spiegelglatt –, lag lautlos vor ihm. Dupin wischte sich den Schweiß von der Stirn, er hätte eine Kappe gebraucht. Die Jeans, die er trug, war viel zu dick.

Er hatte jetzt fast eine Stunde gewartet. Was war los?

Als er sein Handy hervorzog, begann es zu klingeln.

Claire.

Für gewöhnlich rief sie nicht an, wenn sie wusste, dass er in einem Fall ermittelte.

»Hallo Claire, ich …«

»Ich habe einen Notfall in der Klinik, Georges, ich bin im Wagen auf dem Weg nach Quimper. Das wird vermutlich etwas dauern. Meine Eltern haben sich entschlossen, über Nacht zu bleiben. Meine Mutter will unbedingt etwas kochen für uns, wenn wir spät nach Hause kommen.«

»Bitte?«

Dupin war nicht klar, welche der beiden Mitteilungen den eigentlichen Notfall darstellte.

»Ich wollte dir nur schnell Bescheid sagen, Georges. Ich sehe dich dann später!«

Im nächsten Moment hatte sie aufgelegt.

Mit einem Mal hörte er, wie sich ein Auto näherte. Ein schwerer Motor. Dupin stand auf. Ein SUV. Range Rover. Über Claires Anruf würde er später nachdenken müssen. Aber – was gab es da überhaupt nachzudenken? Es war ohnehin alles zu spät.

Der Fahrer steuerte auf den unbefestigten Parkplatz zwischen den beiden Bungalows zu. Er bremste abrupt. Kurz darauf flog die Tür auf. Ein Mann stieg aus.

Bixente Mazago kam auf Dupin zu. Dass er Mitte fünfzig war, sah man ihm nicht an, er wirkte deutlich jünger. Ein südländischer Typ, schwarze Haare, gebräunt. Ein markantes, kantiges Gesicht, ein attraktiver Mann, ganz ohne Zweifel. Er trug eine graue Stoffhose, ein Poloshirt aus Frottee in der gleichen Farbe. Eine klassische Fliegersonnenbrille, die er jetzt abnahm.

»Monsieur le Commissaire, bonjour – ich bin Adelines Bruder. Bixente Mazago.« Er bemühte sich um einen festen Klang in der Stimme, es gelang ihm nicht.

»Mein tiefes Beileid, Monsieur Mazago.« Dupin musterte ihn. »Es muss unerträglich gewesen sein, Ihre Schwester so zu sehen. Wir haben es mit einem fürchterlichen Verbrechen zu tun.«

Bixente Mazago schwieg eine Weile, sein Blick ruhte leer und unbestimmt auf dem Meer.

»Ich verstehe das alles nicht. Es ist ...« Wieder verstummte er, dann schaute er Dupin an. »Ich meine, ich fasse es nicht. Es ist zu schrecklich. Wie sie aussah, da auf der Bahre ... Ich habe sie heute Morgen noch gesehen. Hier, zu Hause. Sie ist kurz bei mir und meiner Frau vorbeigekommen. Bevor sie in die Fabrik gefahren ist. Sie war bester Dinge. Sie war schwimmen, ihre Haare waren noch nass, als sie losfuhr. Und dann eben auf dieser Bahre ...«

Tränen standen ihm in den Augen, das Gesicht war voller Schmerz.

»Wir werden den Täter zur Rechenschaft ziehen, Monsieur Mazago. Das versichere ich Ihnen.«

Was die tote Schwester nicht zurückbringen und auch den Schmerz nicht lindern würde.

Bixente Mazago nickte.

»Welches ist das Haus Ihrer Schwester?«

»Sie wollen es sich ansehen, habe ich gehört.«

»Das müssen wir, Monsieur.«

»Stimmt es, dass man sie erschlagen und dann erst in die Schokolade gesteckt hat? Der Gerichtsmediziner in Quimper hat sich geweigert, mir irgendetwas zu sagen. Er sei noch nicht so weit.«

»Es sieht ganz so aus, Monsieur, ja.«

Bixente Mazago drehte sich um und lief auf das Haus zu, welches das Ende des Weilers markierte. Dupin folgte ihm.

»Wir – meine Frau und ich – wohnen erst seit einem halben Jahr hier. Als die Kinder noch bei uns waren, haben wir in der Stadt gewohnt, das war praktischer. Die Häuser gehören beide Adeline, sie hat immer gewollt, dass wir hierherziehen. Sie hatte das zweite Haus lange vermietet.«

Sie steuerten auf die hölzerne Eingangstür zu, Bixente Mazago holte einen dicken Schlüsselbund aus seiner Tasche. Dupin streifte die dünnen Latexhandschuhe über und reichte Bixente Mazago kommentarlos ein Paar.

»Hatte Ihre Schwester in letzter Zeit Besuch?«

»Vorletztes Wochenende. Von Nahia.«

Auch das war eine neue Information. Sie mussten sie dringend erreichen.

»Mit der Familie oder ist sie alleine gekommen?«

»Alleine.«

»Kam sie häufiger in die Bretagne?«

»In den letzten Jahren nicht mehr. Adeline und Nahia haben sich ein wenig auseinandergelebt, früher waren sie unzertrennlich. Nahia ist seit der Geburt ihrer Kinder sehr beschäftigt, natürlich, sie hat Zwillinge bekommen.« Er sprach langsam und leise. »Nahia war schon zweiundvierzig. Und hat trotzdem wie eine Verrückte weitergearbeitet. – Irgendetwas bleibt immer auf der Strecke.«

Wieder schien ihn die Trauer beinahe zu überwältigen.

»Adeline liebte die beiden Mädchen, sie war Neas Patin.«

Bixente Mazago schloss die Tür auf. Er schien in Gedanken weit weg zu sein.

»Gab es noch andere Gründe, warum die Intensität dieser Beziehung nachgelassen hat?«

Sie traten in einen länglichen Flur, von dem mehrere Zimmer abgingen.

»Das – das ist eine gute Frage. Ich habe sie mir auch gestellt. Ich weiß es nicht, wenn ich ehrlich bin. Sprechen Sie mit meiner Schwester, sie …«

»Wir erreichen sie nicht.«

»Ich weiß, Ihr Kollege hat es mir gesagt. Ich habe es natürlich auch schon versucht. Und ihr zwei Nachrichten hinterlassen. Sie …« Abermals ein Stocken. »Sie wird sich sicher bald melden.«

»Führen Sie mich doch ein wenig durch das Haus, Monsieur.«

Eigentlich hatte Dupin vorgehabt, das Haus allein zu inspizieren, aber Adeline Mazagos Bruder kannte es sicher gut. Zudem sparte er so Zeit, er hätte das Gespräch mit ihm ansonsten im Anschluss geführt.

Es dauerte, bis eine Antwort kam.

»Natürlich.«

Bixente Mazago setzte sich in Bewegung.

»Wo ist eigentlich Ihre Frau?«

»Sie ist bei ihrer Schwester. In Quimper. – Sie stehen sich sehr nahe.«

»Verstehe«, murmelte Dupin.

Bixente Mazago schritt auf die gegenüberliegende Tür zu. Dupin folgte ihm und zog sein kleines rotes Notizheft aus der Hosentasche.

»Hier geht es direkt ins Herz von Adelines Zuhause – ihr *pièce pour vivre,* ihr Zimmer zum Leben, wie sie es nannte.«

Was sich vor ihnen auftat, war eine generöse Komposition aus Glas, Holz und Licht. Dupin hatte noch nie einen solchen Raum gesehen. Die Wand Richtung Meer – das verblüffend nah schien – war ganz aus Glas. Im Rest des Raumes wechselten sich große Glas- und Holzflächen ab. Helle, offenporige Eiche, weißlich geölt. Auch der lange Esstisch, die Stühle und der Beistelltisch vor dem azurblauen Sofa waren aus diesem Holz gefertigt.

Zwei hohe Standlautsprecher. Genau wie in Adeline Mazagos Büro gab es auch hier große Regale, die mit CDs und Büchern vollgestopft waren. Doch der Platz schien nicht zu reichen, überall im Raum – auf dem Boden, dem Sofa, dem Tisch – hatte sie Bücher und CDs verteilt, unzählige Stapel, bedrohlich hoch und schief.

Rechts ein Durchgang zu einer kleinen Küche, ein eigenes

Element des Bungalows. Davon gab es, man konnte es gut durch die Glaswände erkennen, vier weitere – alle verschachtelt ineinandergebaut.

»Es gibt noch ein Schlafzimmer, ein Arbeitszimmer und ein Gästezimmer. Aber Adeline hat eigentlich nur hier gelebt. Gelebt und gearbeitet. Nicht selten hat sie auch hier geschlafen, auf dem Sofa.«

Dupin war an den langen Tisch herangetreten.

»Was haben Sie heute Vormittag in der Fabrik gemacht, Monsieur Mazago?«

Auf dem Tisch herrschte ein wunderbares Durcheinander.

»Nichts Besonderes. Gespräche mit dem Filialleiter und ein paar Mitarbeitern. Alles Vertriebsthemen. Und ein kurzes Treffen mit Nathaël Spiquel.«

»Wer ist das?«

»Der Kapitän der *Rysfall,* unseres neuen Schiffes. Er ist auch unser Cheflogistiker.«

Der Mann, von dem Nolwenn vorhin gesprochen hatte.

»Für den Transport des Kakaos?«

»Nicht nur – für alle Waren, die von Venezuela in die Bretagne kommen, und für alle, die den umgekehrten Weg nehmen.«

»Haben Sie sich in der Fabrik getroffen?«

»Ja.«

Dupin öffnete das neue Programm auf seinem Handy – da stand der Name.

»Worum ging es bei dem Treffen?«

»Vor allem um zwei Themen. Um die Warendisposition für die Rückfahrt der Boote nach Venezuela. Und um den Kauf von zwei weiteren großen Schiffen.«

»Noch mehr Kakao?«

»Nein. Die Kapazitäten der beiden Boote reichen für unseren Bedarf. Wir wollen den CO_2-neutralen Transport von Waren über den Atlantik als eigene Dienstleistung in größerem Stil anbieten. Und nicht bloß das.«

»Was meinen Sie?«

»Eine umfassende, streng ökologische Logistik. Vom Ort der Erzeugung bis zum Ort der Fabrikation und des Verkaufs. – Der Handel mit den südamerikanischen Staaten boomt, das Interesse ist riesig. Denken Sie nur an Brasilien. Wir bekommen von überall Anfragen.«

Es war das erste Mal, dass Dupin von einem solchen Logistikprojekt hörte. »Wir wollen Segelboote und elektrische Laster nutzen, die ausschließlich mit Ökostrom fahren. Wind, Wasser, Sonnenenergie. – Und das Ganze zu günstigen Preisen, die fünftausend Kilometer Transport kosten nicht einen Cent Sprit.«

»Und diese neuen Boote, kaufen Sie die auch über Monsieur Brijantez?«

Nolwenns Mann. Es würde Dupin nicht verwundern.

»Nathaël ist auch mit ihm im Gespräch, ja. Wir waren sehr zufrieden mit der Vermittlung der *Rysfall*. Und so sind wir ja erst an Nathaël gekommen. Ein großer Glücksfall für uns.«

Dupin hatte den Kapitän auf die – immer längere – Liste der Personen gesetzt, die er so bald wie möglich sprechen wollte.

»Und Sie haben Monsieur Brijantez für seine Vermittlungsleistung bezahlt?«

»Natürlich, ja.«

»Was produzieren Ihre Firmen alles?«, wechselte Dupin das Thema abrupt. Er stand noch immer vor dem Tisch: Neben Büchern, CDs, Zeitungen und Magazinen fand er eine Opernbroschüre – *Parsifal*, eine Pariser Aufführung –, einen Fotoapparat, dicke Bildbände, Ansichtskarten aus Biarritz, eine Gebrauchsanweisung für einen Standmixer, zwei Taschenmesser, eine altertümliche Bonbonniere, mehrere dicke Kerzen, Steine, Muscheln, einen Sonnenhut, Sonnencreme, einen Obstkorb, zwei Flaschen Rotwein.

»Hier oben, ich meine: in der Bretagne, produzieren wir hauptsächlich Schokolade. Außerdem bretonische Kekse und andere Backwaren. *Kouign-amann, Gâteau breton*. Concarneau, Quimper und Morlaix sind unsere Standorte. Darüber hinaus gibt es ein paar Bäckereien im Nord-Finistère. Jeweils mit angeschlossenem Café. Um Morlaix herum. Sechs Stück. Da verkaufen wir unter anderem unsere Schokolade und Kekse, kleine Flagstores sozusagen. Des Weiteren bieten wir ein überschaubares, sorgsam ausgewähltes Sortiment von Nahrungsmitteln für den täglichen Bedarf, das funktioniert hervorragend. Gemüse, Obst, Milchprodukte. Alles bio, lokal, saisonal.«

Der bretonische Dreiklang.

»Adeline hatte geplant, Mini-Buchläden zu integrieren. Das war ihre neueste Idee. Literatur gehörte zu ihren großen Leidenschaften, Sie sehen ja all die Bücher, die hier herumliegen. – Es sollte eine kleine, aber fein kuratierte Auswahl geben, auch zum Schmökern im Café.«

Es klang großartig.

»Mit diesen Café-Bäckereien wollen wir nächstes Jahr auch in den Westen und in den Süden des Finistère expandieren. Zuerst soll es eine Filiale in Quimper geben, dann auch eine in Concarneau. Es war Adelines Lieblingsprojekt, das ganze Konzept stammt von ihr. Sie hat auch die Einrichtung entworfen. Das«, Bixente Mazagos Stimme wurde abermals brüchig, »das Gestalten von Räumen war ein Faible von ihr.«

Er deutete mit dem Kinn auf den Tisch. *Côté Ouest, Côté Sud, Marie Claire Maison, Maison Française*, alles schien versammelt, Dupin kannte die Magazine von Claire. Dazwischen lagen Ausgaben zweier chemischer Fachzeitschriften: *Angewandte Chemie* und *Lebensmittelchemie*. Streng wissenschaftliche Magazine, nach den Covern zu urteilen.

Bixente Mazago war Dupins Blick gefolgt.

»Da kam Adeline ja sozusagen her, aus der Lebensmittelchemie. Auch wenn sie im engeren Sinne gar nichts mehr damit zu tun hatte, ist die Chemie immer ein großes Interesse von ihr geblieben.«

»Ein Steckenpferd, das sie mit Madame Chesneau teilte«, bemerkte Dupin, der eine der Ausgaben in die Hand genommen hatte. »Aromastoff-Polymer-Interaktionen in Rotwein« lautete der Aufmacher.

»Unbedingt, ja. Adeline schätzte Eléna Chesneau sehr. Sie teilten die Leidenschaft für molekulare Aromen.«

Ein kurzes Innehalten, das Dupin bemerkte.

»Aber nicht nur deswegen – ganz allgemein. Adeline hielt große Stücke auf sie, genau wie Nahia und ich. Eléna Chesneau hat eine große Zukunft vor sich, da bin ich mir sicher, in der französischen Schokoladenwelt gibt es derzeit wahrscheinlich kein interessanteres Talent als sie.«

Große Worte.

»Das ist seltsam, Monsieur. Es heißt, Adeline Mazago hätte Vorbehalte gehabt, ihr die Chefposition zu geben, wenn Monsieur Pichard in Rente geht.«

»Ich habe von diesem Gerücht gehört.« Er atmete tief ein. »Totaler Quatsch. Das Gegenteil ist wahr. Sie hat sie enorm geschätzt. Wir alle drei haben sie enorm geschätzt. Es gab keinerlei Differenzen in dieser Frage.«

»Aber?«

»Wir wollten nur nichts übereilen. Es geht ja nicht bloß um die Filiale hier in Concarneau, sondern um die gesamte zukünftige Linie für *Zerua*. Sie würde unser Haus im besten Falle, und so wollen wir es, für mehrere Jahrzehnte prägen. Sie verstehen sicher, dass ein solcher Schritt gut überlegt sein muss. Auch ökonomisch hängt alles von ihr ab. Wir müssen uns bei diesem Schritt sehr sicher sein.«

Bixente Mazago hatte offenbar das Gefühl, sich verteidigen zu müssen.

»Außerdem müssen wir uns erst noch von ihren anderen Qualitäten überzeugen.«

»Was bedeutet das?«

Sie standen immer noch an dem langen Tisch.

»Führungsqualitäten, Management-Qualitäten.«

Dupin ließ den Blick über die Regale gleiten. Er hätte selbst nicht sagen können, wonach er suchte, aber das war nichts Ungewöhnliches für ihn.

»Und wozu braucht sie diese? Als erste Chocolatière, meine ich.«

Bixente Mazago schaute ihn irritiert an.

Dupin hatte sich vom Tisch gelöst und steuerte auf das Bücherregal zu.

»Ich dachte, die wichtigste Qualität des Maître Chocolatier bestünde in seiner extraordinären kreativen Fantasie? Er soll der Künstler sein, oder? – Und ausgerechnet ein Künstler soll Managementqualitäten haben?«

»Natürlich geht es hauptsächlich um das Kreative. Aber heutzutage braucht es auch auf diesen Positionen zusätzliche Fähigkeiten. Die Zeiten haben sich verändert.«

Vielleicht war das das Problem. So kamen allenthalben Manager auf Positionen, auf denen eigentlich Ideen gefragt waren, die die Welt veränderten, im Kleinen wie im Großen. Starke, zukunftsweisende Ideen, der Kern von allem. Und genau das, die kreative Fantasie, fehlte überall. So gab es immer weniger aufregende Innovationen in der Welt, dafür wurde das Alte und Mittelmäßige, das Berechenbare, immer »effizienter« gemanagt. Ein Thema, das Dupin in Rage bringen konnte. »Und das sah Ihre Schwester Adeline genauso?«

Ein kurzes Zögern.

»Wir drei waren uns völlig einig, glauben Sie es mir.«

Wenn jemand derart kategorisch die Harmonie beschwor, war etwas faul. Zudem: Es gab keine tiefen menschlichen Beziehungen ohne Ambivalenz und Differenz.

»Wie geht es jetzt weiter für Eléna Chesneau?«

»So, wie wir es ihr offiziell mitgeteilt haben. Wir schauen eine Zeit lang genau hin, wie sie sich macht, dann entscheiden wir endgültig. Ich habe eigentlich keinen Zweifel, dass sie es wird.«

Dupin wandte sich vom Bücherregal ab – eine beeindruckende Mischung aus Literatur und Sachbuch, Klassikern und Neuem, Französischem und Internationalem – und lief auf die große Glaswand Richtung Meer zu. Dort stand ein schmaler Schreibtisch.

»Sie sagten, Ihre Schwester hat meistens hier in diesem Raum gearbeitet und nicht in ihrem Arbeitszimmer?«

Ein wunderbarer Ausblick. Ein Streifen verwischtes Grün, dann das alte Mäuerchen, wieder ein Streifen Grün und – den abfallenden Strand sah man nicht – darüber das Blau, das in das noch größere Blau überging, Meer und Himmel waren fast nicht zu unterscheiden.

»Genau. Aber nicht nur an dem Schreibtisch hier. Auch auf dem Sofa, am Esstisch, auf der Terrasse. Immer mit ihrem Notebook.«

Bixente Mazago deutete auf die Glaswand, jetzt erst bemerkte Dupin die Schiebetür. Es sah so aus, als könnte man die gesamte rechte Seite öffnen, man wohnte beinahe draußen.

Dupin sah ein zusammengeklapptes nachtblaues Notebook auf dem kleinen Schreibtisch. Drumherum Stapel von Büchern.

»Ist es das – das Notebook Ihrer Schwester?«

»Ja.«

Behutsam klappte Dupin den Bildschirm hoch und drückte eine Taste. Augenblicklich wurde er aufgefordert, ein Passwort einzugeben. Moschin hatte einen IT-Experten in seinem Team, er würde sich das Notebook vornehmen. Aber auch er fand in der Regel keinen Zugang. Aufgrund avancierter Sicherheitsmechanismen, die nicht einmal die Hersteller selbst austricksen konnten, würden sie voraussichtlich nicht an die Daten herankommen.

»Sie kennen nicht zufällig das Passwort Ihrer Schwester?«

»Nein.«

Dupin klappte das Notebook wieder zu und inspizierte den Schreibtisch.

Ein Buch über die Geschichte der Schokolade. Mit einer Unmenge eingeklebter Zettel. Daneben ein weiteres Buch: *Die Chemie der Schokolade.* Dupin nahm es in die Hand und blätterte darin. Ein detailliertes Inhaltsverzeichnis, ein echter Wälzer, auch hier Dutzende Zettel. Außerdem Anstreichungen und Anmerkungen. Dupin gehörte selbst zu den leidenschaftlichen Kritzlern, seine Bücher waren nach der Lektüre nahezu unlesbar für andere. Er suchte nach Passagen, die nicht – wie der Großteil des Buches – vor allem aus chemischen Darstellungen und Formeln bestanden.

»Hat sich noch eine andere Person auf den Job des Chef-Chocolatiers beworben?«

»Nein. Zumindest nicht direkt.«

Bixente Mazago stand ein paar Schritte seitlich von Dupin und beobachtete ihn neugierig.

»Kakao und seine Inhaltsstoffe« lautete eine der Kapitelüberschriften. Tatsächlich schienen es Hunderte Stoffe zu sein, die Liste füllte mehrere Seiten, und das bei winziger Schrift. Da war er, der Wunderstoff: Theobromin. »Theobromin wirkt anregend auf das Zentralnervensystem und steigert die Pulsfrequenz und die Harnausscheidung.« Letzteres hatte die Chocolatière nicht erwähnt.

»Was heißt das, Monsieur, ›nicht direkt‹?«

»Man kennt sich in der Branche. Wir wissen genau, welche Talente es in den anderen interessanten Häusern gibt.«

Es klang betont offensiv.

»Und natürlich ist man im Gespräch. Alle wissen ja, dass sich die Epoche von Pichard ihrem Ende nähert. Da gibt uns die eine oder der andere schon einmal ein, sagen wir, dezentes Zeichen.«

»Hatte jemand ernsthaftes Interesse an der Stelle?«

Natürlich könnte es um dieses Thema gehen. Zurücksetzungen, Demütigungen, Verletzungen, ob real erlittene oder nur empfundene, gehörten zu den häufigsten Mordmotiven.

»Nein. Zumindest weiß ich nichts davon. Aber Adeline hatte viel engere Kontakte zur kreativen Szene.«

Dupin blätterte immer noch durch das Buch. Schaute sich einige der Anstreichungen an.

»Hat Ihre Schwester Ihnen gegenüber einmal von einer Person gesprochen, die sie besonders schätzte und gerne bei *Zerua* gesehen hätte?«

»Es gab sicher ein paar, die sie interessant fand, auch wenn ich mich nicht konkret an sie erinnere. Aber sie war der festen Überzeugung, dass wir das größte Talent schon bei uns haben.«

Dupin legte das Chemiebuch zurück und griff nach dem Buch über die Geschichte der Schokolade. Auch hier Anstreichungen, Ausrufezeichen, Notizen. Er schaute sich ein paar Stellen an und legte es zurück.

»Es gibt noch eine Reihe anderer Firmen, die Ihnen gehören und nicht hier oben, sondern im Baskenland beheimatet sind, wenn ich richtig informiert bin.«

Auf Bixente Mazagos Gesicht erschien ein vorsichtiges Lächeln.

»Schon als Kinder haben wir drei immer ›oben‹ und ›unten‹ gesagt. Die Atlantikküste hoch, die Atlantikküste runter. *Le pays breton – le pays basque*. Von Pornic, dem äußersten Süden der Bretagne, nach Capbreton im Norden des Baskenlandes ist es ja wirklich nur ein Katzensprung.«

Ein gewaltiger Katzensprung. Wenn Dupin nicht ganz falsch lag, waren es vierhundert, fünfhundert Kilometer.

»Und ›unten‹, was für Firmen sind dort angesiedelt?«

»Traditionelle baskische Firmen, die unsere Familie seit Generationen führt.«

Es blieb völlig vage.

»Nämlich?«

»Im Lebensmittelsektor stellen wir drei baskische Spezialitäten her: Bayonne-Schinken, Idiazábal-Käse von den Latxa-Schafen und Piment d'Espelette.«

Dupin wäre beinahe ein »Lecker« herausgerutscht.

»Dann gibt es noch eine Textilfirma. *Argia,* der älteste und größte französische Hersteller von Espadrilles. Eine baskische Ikone, wir exportieren sie in die ganze Welt.«

Unter anderem an Dupins Füße. Er liebte Espadrilles, an heißen Tagen gab es nichts Besseres. Leicht, luftig, aus Leinen, die Sohle aus Hanfseil. Sie mochten fragil wirken, waren aber das genaue Gegenteil: extrem widerstandsfähig. Und das Schönste: Sie verkörperten den Sommer. Die Espadrilles-Saison hatte bereits begonnen, Dupin hatte vor zwei, drei Wochen angefangen, sie zu tragen, schon das bereitete ihm gute Laune.

Er hatte den Schreibtisch hinter sich gelassen und war zum Sofa gegangen. Auch hier standen Kerzen, auf kleinen bunten Untersetzern.

»Das sind große Firmen, die Sie da besitzen. Da kommt ganz schön was zusammen.«

Dupin kannte *Argia,* natürlich. Alle Franzosen kannten *Argia*. Genau wie alle das großartige Piment aus Espelette kannten. Ganz Frankreich benutzte es. Auf eine feine Art pikant, ohne scharf zu sein, ein kultivierter Chili. Eines der drei Dinge, die man – abgesehen von wunderbarem Fleisch – für ein perfektes Entrecôte brauchte. Dazu nur noch Fleur de Sel und frischen Pfeffer. Man röstete das Piment mit dem Salz in der Pfanne, dann kam das Fleisch hinein, und erst wenn das Entrecôte auf dem Teller lag, wurde Pfeffer hinzugegeben.

»*Argia* heißt übrigens Licht«, erklärte Bixente Mazago.

Jenseits des ikonischen Charakters all dieser Produkte: Dass die drei Geschwister derart vermögend waren, hatte Dupin nicht gewusst.

»Das alles ist nicht unser Verdienst, wir führen nur fort, was die Mazagos vor uns geschaffen haben.«

Es klang angemessen demütig. Und endgültig nach Mafia. *Die Mazagos …*

»Begonnen hat alles mit der kleinen Schokoladenfabrik eines mutigen Urahnen Anfang des 18. Jahrhunderts. Xabi Mazago. Die Schokolade war der Grundstein von allem. Deswegen kümmert sich unsere Schwester auch so liebevoll um unsere baskische Schokoladenfabrik.«

Dupin war – fürs Erste – fertig mit dem Raum, Adeline Mazagos *pièce pour vivre*.

»Ich würde gerne einmal einen Blick in die anderen Zimmer werfen.«

Er lief bereits Richtung Tür, Bixente Mazago folgte.

»Die Unternehmen befinden sich alle zu hundert Prozent im Besitz von Ihnen und Ihren Geschwistern? Und Ihnen gehört jeweils ein Drittel?«

»Genau so ist es.«

Sie betraten nun einen deutlich kleineren Raum. Das Arbeitszimmer. Auch hier war die Wand Richtung Meer ganz aus Glas. Der Schreibtisch – wesentlich größer als der im anderen Zimmer eben – schien abermals hauptsächlich als Ablage für Bücher, Broschüren und Zeitschriften zu dienen.

»Ihre Schwester Nahia und Sie besitzen nun je fünfzig Prozent, vermute ich?«

Potenziell ein gewaltiges Motiv.

Die Antwort kam prompt, das Thema schien Bixente Mazago kein bisschen unangenehm zu sein:

»So ist es. Der Gesellschaftsvertrag sieht vor, dass im Todesfall eines Gesellschafters ohne rechtmäßige Erben die Anteile in der Familie bleiben und an das Unternehmen gehen.«

Dupin war vor dem Schreibtisch stehen geblieben.

»Also an Sie und Ihre Schwester.«

»An die Gesellschaft. Die jetzt Nahia und mir gehört.«

»Und im Falle Ihres Todes?«

Die Frage klang unabsichtlich makaber.

»Ginge erst einmal alles an Nahia. Die bei ihrem Tod wiederum die Gesellschaft an unsere Kinder vererben würde, an Nahias und meine. Wir drei waren uns immer einig, dass die Firma voll und ganz in der Familie bleiben soll – sämtliche Besitzanteile. Nur so können wir unsere Autonomie bewahren. Wie wir es seit dreihundert Jahren handhaben.«

»Gab es in letzter Zeit zwischen Ihnen dreien Uneinigkeiten bei der Führung des Unternehmens?«

»Niemals. Nein.«

Eine kategorische Auskunft.

»Schwer vorstellbar, Monsieur. Sie haben fortwährend Entscheidungen zu treffen gehabt, kleine, große, ganz große, da werden Sie doch mitunter verschiedener Meinung gewesen sein?«

»Bei kleineren Dingen sicherlich. Aber nicht bei den großen Entscheidungen, auf die es ankommt.«

Dupin hatte sich vom Schreibtisch abgewandt. In dem Regal – deutlich kleiner als im Wohnzimmer – standen vor allem Fachbücher über Chemie. Und Ordner, sicher ein Dutzend.

»Unterlagen aus Adelines Studium«, erklärte Bixente Mazago.

»Worum ging es bei den großen Entscheidungen der letzten Zeit?«

»Vor allem um die neue Logistik-Unternehmung, von der ich Ihnen eben erzählt habe. Und um die Expansion unserer Buchcafés.«

Dupin hatte nach einem der Ordner gegriffen und blätterte darin. Es sah tatsächlich nach klassischen Seminarmitschriften aus. »Mikrobielle Kulturen in den verschiedenen Lebensmitteln … Wichtig: Beziehung zwischen Enzymaktivität und Wasseraktivität in trockenen Lebensmitteln!« Dupin verstand kein Wort. »Enzyme: Biokatalysatoren, die den Ablauf bestimmter chemischer Reaktionen steuern. Kommen in allen Organismen vor. Insgesamt 1500 bis 2000 Enzyme, die meisten auch für die Lebensmittelchemie relevant …«

»Als Adeline vor ein paar Wochen in Paris war, hat sie eine Kooperation mit der Reihe ›Classiques‹ von *Livre de Poche* vereinbart. In unseren Cafés wird es ab Herbst eine Art Klassiker-Ecke geben, mit einer Auswahl von hundert Titeln aus der Reihe. Damit fangen wir an. Adeline hat immer gesagt, dass man gerade die feinsten Dinge allen zugänglich machen müsse.«

Dupin war erneut beeindruckt. Von den Ideen und den Leidenschaften dieser offenbar sehr außergewöhnlichen Frau, vor allem aber von ihrer Haltung.

»Und Ihre Schwester war an der Logistik-Geschäftsidee genauso interessiert wie Sie, Monsieur Mazago?«

»Sicher nicht. – Aber sie hat daran geglaubt, weil ich daran geglaubt habe. Außerdem hat sie alle Projekte unterstützt, bei denen es um ein umfassendes ökologisches Engagement ging.«

Bixente Mazago hatte sich der Glaswand Richtung Meer zugewandt, seine Blicke verloren sich in der atlantischen Ferne.

»Wir wollen mit diesem Projekt nicht bloß dazu beitragen, die weitere Erderwärmung zu verhindern, sondern auch die fortschreitende Zerstörung der Meere und Artenvielfalt. Dieser Aspekt ist Adeline immer sehr wichtig gewesen.«

Aus dem Mund ihres Bruders klang es nach einem Werbetext.

»Die Zerstörung des Planeten könnte auch bei einer Lösung des CO_2-Problems unvermindert weitergehen, wenn wir die Art und Weise, wie wir wirtschaften, nicht grundlegend verändern. Und genau darum geht es bei diesem Projekt. Um die Idee einer neuen Art des Warenaustausches, eine ökologische Neuausrichtung von Produktion, Transport, Handel und Konsum. Und natürlich, ja – das hat Adeline sehr interessiert.«

Alles war auf diesen letzten, emphatischen Satz hinausgelaufen.

Dupin hatte den Ordner zurückgestellt und nahm die feine Staubschicht auf den äußersten Rändern der Regalbretter in den Blick. Es gab keine Spuren, die darauf hindeuteten, dass einer der Ordner kürzlich hervorgeholt worden war.

»Selbst wenn es ernsthafte Differenzen zwischen Ihnen gegeben hätte, wäre das vermutlich niemals nach außen gedrungen.« Dupin sprach betont gelassen. »Niemand hätte es je mitbekommen.«

Bixente Mazago versuchte sich an einem Lächeln.

»Wir sind keine Sekte, nur eine Familie, die eng verbunden ist. Genau das ist unsere Stärke.«

Dupin ging in den Flur zurück, um sich den nächsten Raum anzusehen. Bixente Mazago folgte anstandslos.

»Warum ist Ihr Vater damals eigentlich in die Bretagne gekommen?«

»Wegen der Liebe. Er hat sich in eine Bretonin verliebt. Unsere Mutter. Eine waschechte Concarnoise. Er war achtundzwanzig, sie neunzehn.«

»Hat er schon davor Schokolade hergestellt?«

»Ja.«

Sie betraten das Gästezimmer. Dupin blieb abrupt stehen.

Das große Bett, das ein Drittel des Zimmers einnahm, sah so aus, als wäre es eben erst verlassen worden. Die hellblau bezogene Bettdecke lag halb auf dem Boden, ebenso eines der Kopfkissen. Auf der Matratze stand eine große rote Keramiktasse mit einem Milchkaffeerest, auf dem Beistelltischchen ein Teller mit einem halben Croissant. Über einem Stuhl hing ein rosa Badehandtuch.

»Es sieht so aus, als hätte Ihre Schwester Besuch gehabt.«

»Sie haben recht.« Bixente Mazago schien verwirrt. »Aber wir haben niemanden gesehen. – Meine Frau und ich, meine ich. Keine andere Person, keinen anderen Wagen. Weder gestern noch vorgestern.«

»Wer könnte bei Ihrer Schwester übernachtet haben?«

Es könnte von großer Bedeutung für den Fall sein.

Dupin holte sein Handy hervor.

»Ich kann es Ihnen nicht sagen.«

Er schien nachzudenken.

»Maëlle vielleicht. Maëlle Columbani. Ihre Freundin, die Chefin von …«

»Ich weiß.«

»Sie hat Adeline heute Morgen im Büro besucht, da habe ich sie kurz gesehen. Vielleicht ist sie schon gestern Abend gekommen. Und hat hier geschlafen.«

»Einen Moment bitte, Monsieur. – Ich muss kurz telefonieren.«

Bixente Mazago blickte verdutzt.

Dupin ging in den Flur zurück und wählte Le Menns Nummer.

Wie immer war die Polizistin augenblicklich am Apparat.

»Was gibt es?«

»Maëlle Columbani – hat sie irgendetwas davon gesagt, dass sie bei Adeline Mazago übernachtet hat?«

»Kein Wort. Ich habe selbst mit ihr gesprochen. Sie war fix und fertig. Wirklich extrem mitgenommen.«

»Sie ist zurück nach Morlaix gefahren, oder?«

»Genau. Und Sie weiß, dass Sie sie sprechen wollen. Heute noch. Ihre Handynummer steht in der Datei. Sie müssten ihr nur noch sagen, wann und wo.«

Dupin musste unbedingt mit Nolwenn reden. Ohne ihre tatkräftige Hilfe fing es an, kompliziert zu werden.

»Mache ich.«

Er sollte am besten direkt von hier aus zu Maëlle Columbani fahren. Er würde ein wenig mehr als eine Stunde brauchen, aber es ging nicht anders.

»Sonst noch Neuigkeiten, Le Menn?«

»Docteur Reglas hat mitteilen lassen, dass er sich bald bei Ihnen meldet.«

Es war typisch: Der große Forensik-Star meldete sich nicht einfach, er ließ annoncieren, es zu gedenken …

»Und die Spurensicherung wird jetzt gleich bei Ihnen auftauchen. Sie waren noch in der Fabrik beschäftigt.«

»Was ist mit Kadeg?«

Dupin hätte sich von ihm erläutern lassen sollen, was genau er am Hafen und auf den Segelschiffen vorhatte. Nicht, dass Kadeg bloß wieder irgendeinem seiner Spleens nachging, von denen es immer mehr gab, seit er vor zwei Jahren seine große Erbschaft gemacht hatte. Das viele Geld hatte seinen Charakter zwar nicht verändert – selbstverliebt war er schon zuvor gewesen –, aber doch seine Haltung. Hatte er Dupins Autorität schon früher nicht ernst genommen, war sie ihm nun fast gleichgültig geworden.

»Keine Ahnung.«

»Na gut, dann bis später, Le Menn.«

Dupin legte auf. Er blieb im Flur stehen.

Er öffnete die Fall-Datei. Doppelklickte auf Maëlle Columbanis Namen.

Da war sie. Die Handynummer.

Dupin hatte fast schon aufgegeben, als endlich jemand abnahm.

»Ja?«

Die Antwort war leise gewesen, hatte ein wenig orientierungslos geklungen.

»Madame Columbani?«

»Am Apparat.«

Sie bemühte sich, mit fester Stimme zu sprechen, aber es wirkte beinahe so, als hätte Dupin sie aus dem Schlaf geholt.

»Commissaire Georges Dupin, Commissariat de Police Concarneau.«

Es dauerte, bis sie reagierte.

»Ach, Sie sind es.«

Eine abermalige Pause.

»Ich kann es immer noch nicht fassen. Es ist zu schrecklich.«

»Das ist es. Wir ermitteln auf Hochtouren. – Ich würde Sie gerne sehen, Madame, das wissen Sie ja bereits. Ich denke, ich werde«, Dupin warf einen Blick auf seine Uhr, »spätestens gegen zweiundzwanzig Uhr bei Ihnen sein, zuvor aber habe ich eine wichtige Frage: Haben Sie letzte Nacht bei Adeline Mazago übernachtet?«

»Das habe ich. Ja. – Ich hatte heute Morgen um acht Uhr einen Termin in Lorient.«

Mit einem Mal wirkte sie gefasst.

»Adeline hat es mir gestern angeboten, als wir am Nachmittag telefoniert haben. Ich übernachte ab und an bei ihr. – Gestern war ich allerdings erst um kurz vor elf bei ihr. Wir waren beide völlig erschöpft, wir haben nicht mal mehr ein ganzes Glas Wein geschafft. Heute Morgen musste ich dann überstürzt los, ich verkalkuliere mich leider häufig mit der Zeit. Adeline hat gesagt, ich soll alles stehen und liegen lassen. Sie hat mir noch ein Croissant und Kaffee gebracht. Sie ist überzeugte Frühaufsteherin.«

»Und nach Ihrem Termin haben Sie Adeline Mazago noch in ihrem Büro besucht?«

»Das war spontan. Concarneau lag auf dem Weg, ich hab kurz angerufen und bin vorbeigefahren. Wir haben einen Kaffee getrunken, dann bin ich nach Morlaix zurück.«

»Bei diesem kurzen Treffen – haben sie da noch über etwas anderes gesprochen?«

»Nein.«

»Und Ihre Freundin schien Ihnen wie immer?«

»Sie war bestens gelaunt.«

»Wir sprechen gleich ausführlicher, Madame, ich breche hier in wenigen Minuten auf.«

Natürlich hatte Dupin noch eine ganze Reihe anderer Fragen.

»Ich bin mittlerweile zu Hause, nicht mehr in Morlaix, aber Sie haben ja meine Adresse.«

»Ich habe die Adresse. Bis gleich, Madame.«

»Au revoir, Monsieur.«

Dupin hatte aufgelegt und setzte sich in Bewegung. »Monsieur Mazago«, Dupin rief in das Gästezimmer hinein, als er an der Tür vorbeilief, »ich habe mein Telefonat beendet.«

Im nächsten Moment betrat er den letzten Raum.

Er sah sich um.

Ein Schlafzimmer zum Wohlfühlen. Im Zentrum: Ein großes Bett mit hohem Kopfteil aus dem gleichen hellen Eichenholz wie die anderen Möbelstücke. Es war sicher alles von einem Schreiner angefertigt worden. Der Clou: Vom Bett aus konnte man durch die Glasfront das Meer sehen. Und natürlich den Himmel. Ein berückendes Panorama. Es musste ein unglaubliches Gefühl sein, hier zu schlafen. Feine Leinenbettwäsche in *Glaz,* der bretonischen Farbe des Meeres, ein changierendes Blau-Grün-Grau.

»Haben Sie etwas entdeckt?«

Bixente Mazago stand im Türrahmen.

»Nein. – Ich habe mit Madame Columbani gesprochen, es war tatsächlich sie, die hier übernachtet hat und heute Morgen überstürzt losmusste.«

»Dachte ich es mir doch.«

Dupin stand vor einem Einbauschrank, der die gesamte linke Wand des Schlafzimmers einnahm. Keine Griffe, die Türen hatten einen verborgenen Druckmechanismus.

»Suchen Sie eigentlich etwas Bestimmtes, Monsieur le Commissaire?«

Dupin drehte sich zu Bixente Mazago um und nahm ihn fest in den Blick:

»Alles, was uns helfen könnte, zu verstehen, worum es hier geht, Monsieur.«

Er wartete einen Moment, der Mann hielt seinem Blick stand.

»Die Hinweise verbergen sich manchmal an unerwarteten Orten. Es können kleine, überraschende Details sein.«

So war es. – Manchmal.

Dupin ließ von Mazago ab. Er öffnete eine der Schranktüren und warf einen Blick hinein.

Kleidung, Kleidung, Kleidung. Zudem Bettwäsche und Handtücher, Decken und Kissen. Nichts Auffälliges.

Dupin wandte sich zur Tür. Er wollte aufbrechen.

»Ich danke Ihnen, Monsieur Mazago, ich …«

»Ah! Da sind Sie ja, Monsieur le Commissaire! – Und Monsieur Mazago.«

Nolwenn. Plötzlich stand sie in der Tür.

»Mein tiefstes Beileid, Monsieur Mazago.«

»Vielen Dank.« Er nickte, sichtlich bewegt. »Ich weiß, dass Sie Adeline kannten. Sie und Ihr Mann. Die beiden spielen – spielten im selben Petanque-Team.«

»Und das meisterhaft. Ihre Schwester war eine absolut großartige Frau, Monsieur. In jeder Hinsicht. Was dieses scheußliche Verbrechen noch scheußlicher macht. Wir werden alles tun, Monsieur Mazago«, Nolwenn beugte sich vor, »wirklich alles, um den Mord an Ihrer Schwester zu …« Sie schien das richtige Wort zu suchen.

»Um den Täter seiner gerechten Strafe zuzuführen«, beendete Dupin den Satz rasch.

Nolwenn, schoss es ihm durch den Kopf, hatte in ihren bisherigen Fällen noch keines der Opfer so gut gekannt wie Adeline Mazago. Was bedeutete, dass Vorsicht geboten war. Sie war persönlich involviert.

»Wie auch immer«, Nolwenns Stimme bebte, »wir kriegen den Täter. Oder die Täterin. Und wenn wir ihn haben, dann …«

»Ich bin hier fertig, Nolwenn. – Ich habe mit Maëlle Columbani telefoniert, wir haben uns bei ihr zu Hause verabredet. Ich fahre direkt hin.«

Dupin setzte sich in Bewegung.

»Eine gute Idee«, stimmte Nolwenn mit Nachdruck zu.

»Und Sie, Monsieur?«, richtete der Kommissar sich an Bixente Mazago.

»Ich fahre zu meiner Frau. Sie ist bei ihrer Schwester in Quimper. Sie erwarten mich.«

Mit einem Mal wirkte Bixente Mazago restlos erschöpft. Es war nur allzu verständlich.

»Tun Sie das, Monsieur Mazago. Das wird Ihnen guttun.«

Sie hatten die Haustür inzwischen erreicht und traten ins Freie.

»Würden Sie mich bitte informieren, sobald es irgendetwas Neues gibt, Monsieur le Commissaire?«

»Selbstverständlich.« Dupin nickte. »Nur eine Frage noch, Monsieur.«

Bixente Mazago sah ihn neugierig an.

»Was war das für ein geheimnisvoller Termin, den Sie um vierzehn Uhr in Auray hatten? Nicht einmal Ihre Mitarbeiterin wusste, wen Sie da treffen.«

»Sehr gut, so sollte es sein.« Bixente Mazago hatte die Augenbrauen hochgezogen. »Es handelt sich nämlich bloß um allererste Sondierungsgespräche.«

Er machte es spannend.

»Ich spreche mit der *Brûlerie d'Alré* – ob wir zukünftig für sie den Kaffee aus Südamerika und Afrika in die Bretagne bringen. Die *Brûlerie* legt großen Wert darauf, dass diese Gespräche erst einmal streng vertraulich bleiben. Sie haben natürlich schon einen Logistiker.«

»Die *Brûlerie d'Alré?*«

Bixente Mazago nickte bedeutungsvoll. Für einen Moment hatte Dupins Gesicht vor Glück aufgeleuchtet. Sein bretonischer Lieblingskaffee. *Léa – Blend Maison* hieß sein Favorit der Rösterei aus Auray. Hundert Prozent Arabica,würzig, stark und dabei zugleich ganz sanft, samtig im Mund – und ja, schokoladig.

»Auray – das ist weniger als eine Stunde Fahrt von Concarneau. Sie haben die Fabrik gegen zwölf Uhr verlassen, der Termin war um vierzehn Uhr. Was haben Sie in der verbleibenden Stunde getan?«

Bixente Mazago starrte Dupin einen Moment lang ungläubig an, dann entspannten sich seine Züge.

»Sie müssen das fragen, ich weiß.«

Er klang niedergeschmettert.

»Ich habe mir am Eingang der *Ville Close* ein Eis gekauft und bin ein bisschen herumgelaufen, ich hatte ja Zeit. Mein Wagen stand auf dem Parkplatz beim *Chantier*. Nicht weit entfernt von unseren Schiffen.«

Dupin kannte den Eisladen. Himmlisch.

»Das war es schon, Monsieur Mazago. Vielen Dank. – Und zögern Sie nicht, mich anzurufen, wenn Ihnen noch etwas einfällt.«

Der schockartige Schmerz lähmte, machte konfus, wusste Dupin. Manchmal erinnerte man sich erst später.

»Auch wenn es noch so klein und unbedeutend scheinen mag.«

Ein wichtiger Nachsatz.

»Das mache ich.«

Er streckte Dupin die Hand entgegen. Ein fester, verbindlicher Händedruck.

»Also, au revoir.« Bixente Mazago wandte sich ab und lief über den Kiesweg auf seinen Wagen zu. Dupin und Nolwenn folgten mit einigem Abstand.

»Haben Sie etwas Interessantes gefunden? In Adelines Haus, meine ich?«

»Nichts, was uns weiterbringt, nein.«

Nolwenn verließ den Kiesweg und steuerte auf Dupins Citroën zu.

»Nicht verzweifeln, Monsieur le Commissaire. Das wird schon«, sagte sie. »Vielleicht hilft uns Madame Columbani ja weiter. Ich wollte sie schon immer mal kennenlernen.« Sie legte die Hand auf den Griff der Beifahrertür. »Nevou hat mich rasch hier abgesetzt. Wir können zusammen fahren.«

Dupin zog die Augenbrauen hoch. »Sie meinen, Sie wollen mit zu …«

Sein Handy unterbrach ihn jäh. Er warf einen Blick auf das Display.

Reglas. Er nahm den Anruf eilig an.

»Was gibt es?«

»Neue Erkenntnisse!«

Höchstes Pathos schwang in der Stimme des Gerichtsmediziners mit.

»Adeline Mazago ist tatsächlich in der Schokolade ertrunken. Das heißt, sie ist erstickt. Ein besonders grausamer Tod.« Eine dramaturgische Pause. »Aber sie wird dabei höchstwahrscheinlich bereits bewusstlos gewesen sein. Der Mörder hat sie mit dem Handschöpfer ziemlich genau an der Schläfe getroffen. – Ich habe vorhin mit Moschin telefoniert: Es ist ihr Blut, das an dem Rohr klebt, eindeutig.«

Er hielt inne, um seine Worte wirken zu lassen.

Bixente Mazago hatte seinen Wagen gestartet und fuhr los.

»Und die Neuigkeit?«

Er hatte die Frage polemisch formuliert, obwohl er wusste, dass es durchaus eine Neuigkeit war: Der Tathergang stand nun fest.

Nolwenn hatte die Beifahrertür geöffnet.

»Ich habe zudem den Todeszeitpunkt ermitteln können: Der Tod ist um dreizehn Uhr eingetreten. Plus/minus eine Stunde.«

Reglas, der Große, klang nicht so selbstherrlich wie sonst.

»Plus/minus eine Dreiviertelstunde«, korrigierte Dupin ihn. »Um 12 Uhr 15 lag Adeline Mazago noch nicht in der Schokolade, um 13 Uhr 45 wurde sie in dem Bottich gefunden.«

»Ich ermittle die wissenschaftlichen Fakten«, brauste Reglas auf. »Mit der Realität habe ich nichts zu tun, Dupin! Das ist Ihre Sache!«

Ein irrwitziger Satz.

»Wurden auf der Tatwaffe Fingerabdrücke oder DNA gefunden?«

»Gar nichts. Das hätte ich natürlich als Erstes erwähnt.«

Bevor Dupin noch etwas erwidern konnte, hatte der Gerichtsmediziner aufgelegt.

»Kommen Sie schon, Monsieur le Commissaire. Wir haben eine ganze Stunde Fahrt vor uns!« Nolwenn stieg in den Wagen.

»Wenn ich Sie richtig verstehe, wollen Sie mit zu Maëlle Columbani fahren?«

»Selbstverständlich.« Sie zog die Tür zu.

Dupin ging um den Wagen herum und stieg auf der Fahrerseite ein.

»Abgesehen von der Tatsache, dass ich das Opfer persönlich kannte – Sie haben mir ein Versprechen gegeben, Monsieur le Commissaire. Den letzten Fall haben Sie ganz ohne mich gelöst, erinnern Sie sich?«

Er erinnerte sich sehr gut. Nolwenn war mit ihrem Mann auf einer Reise gewesen, um ihre Silberhochzeit zu feiern. Nur deswegen war sie bei der letzten großen Ermittlung nicht dabei gewesen.

»Sie haben gesagt, ich wäre beim nächsten Fall ›an vorderster Front‹ dabei. Ich gehe davon aus, dass Sie Ihr Wort halten werden.«

Dupin war sich sicher, weder ein Versprechen gegeben noch eine Formulierung wie »an vorderster Front« benutzt zu haben. Absurd.

Er zögerte kurz, dann ließ er den Motor mit einem langen, tiefen Seufzer an.

Die Steinchen spritzten auf, der Wagen zog eine dicke Staubwolke hinter sich her, rechts und links Felder voller Sonnenblumen, die – noch mit fest verschlossenen Köpfen – dem Himmel entgegenwuchsen.

»Ich brauche einen Kaffee.«

Es gab Zustände, in denen man nicht mehr wusste, ob man einen Satz laut ausgesprochen oder ihn nur gedacht hatte, Dupin ging es nicht selten so. Der letzte *petit café* lag Stunden zurück. Unhaltbare Zustände, kein Wunder, dass sie noch nicht weiter gekommen waren.

»Hier, nehmen Sie!« Nolwenn hielt Dupin ein Stück Schokolade hin. »Ich habe uns mit einigen Tafeln aus dem Shop eingedeckt. Nur bester Stoff. Die mit Rosa Pfeffer aus Chile. Eine mit Earl Grey und eine mit Piment d'Espelette. – Die hier ist mit achtzig Prozent Kakaoanteil und Arabica-Kaffee, eine andere hat sogar fünfundneunzig Prozent. Was die stimulierende Wirkung angeht, sind das Wunderwaffen. Hochpotente Wachmacher, neuronale Booster, Sie haben es gehört. – Das hier«, sie deutete auf das Stück, das sie abgebrochen hatte, »ist die Sorte mit dem Kaffee.«

»Besser als nichts«, murmelte Dupin und nahm es entgegen. Zunächst hatte ihm ein »Nein, danke« auf den Lippen gelegen. Er vermutete hinter dem freundlichen Angebot eine kalkulierte längerfristige Strategie: Nolwenn wollte ihn vom Kaffee abbringen. Dieselbe Mission, auf der sich sein Hausarzt befand. Und Claire. Lächerlich.

»Ein superpraktisches Format!«, sagte Nolwenn begeistert. »Kompakter, dünner, länglicher als gewöhnliche Tafeln. Nur fünfundsiebzig Gramm. So isst man weniger davon.«

Eine abenteuerliche Logik, fand Dupin.

»Dabei so hübsch verpackt! Ich lege mal ein paar Tafeln ins Handschuhfach. Und eine behalte ich in der Handtasche.«

Dupin hatte Nolwenn noch nie ohne ihre Handtasche gesehen. Eine schwarze Ledertasche, von der Form her ähnelte sie einem Beutel, ein nobles, weiches Material, das mit den Jahren eine schöne Patina bekommen hatte. Die Tasche schien unverwüstlich. Rein objektiv war sie nicht allzu groß, doch was sie zu fassen vermochte, war erstaunlich. Ein physikalisches

Phänomen. Wie die von Mary Poppins. Alles, wirklich alles schien darin Platz zu finden.

»So haben wir ein kleines Energiedepot. Das werden wir sicherlich gut gebrauchen können.«

Nolwenn hatte offensichtlich noch einiges vor.

»Den Kaffee will ich trotzdem.«

Keine Schokolade der Welt konnte Kaffee ersetzen, nicht einmal die fabelhafteste Wunderschokolade. Aber eventuell half sie ja zusätzlich. Immerhin, Koffein war enthalten. Und noch weitere Zauberstoffe. Theobromin, hatte Dupin sich gemerkt. Und *theos* – hieß das nicht »Gott«? Außerdem hatte er seit dem Frühstück nichts gegessen. Und jetzt war es neun Uhr abends.

Er steckte sich das Stück in den Mund. Es war in der Tat erstaunlich, wie zart die achtzigprozentige Schokolade im Mund schmolz. Er schmeckte alle möglichen Aromen, aber natürlich stach eines besonders hervor: das der Kaffeebohnen. Exquisit.

»Ihr Mann vermittelt eventuell zwei weitere große Segelboote an *Zerua*, habe ich von Monsieur Mazago erfahren.«

Diesen Satz hatte Dupin ausgesprochen, den zweiten – »Davon haben Sie mir nichts gesagt!« – nur gedacht. Aber natürlich hatte Nolwenn ihn dennoch gehört.

»Ich hatte keine Ahnung davon, mein Mann hat es mir eben erst erzählt.«

Nolwenn wirkte keineswegs defensiv. Dupin hatte sie in den vierzehn Jahren ihrer Zusammenarbeit überhaupt noch kein einziges Mal defensiv erlebt.

»Er hat mich gefragt, ob er sich besser zurückhalten sollte, zumindest bis der Fall aufgeklärt ist.«

Dupin war erleichtert. Er hätte es sonst selbst vorgeschlagen.

»Ich habe ihm gesagt, dass er verrückt ist.«

»Was meinen Sie?«

Dupin hatte die scharfe Kurve am Ende der Sonnenblumenfelder ein wenig zu schnell genommen, der Citroën ächzte bedrohlich. Und wieder war dieses hässliche Klopfgeräusch im Motor laut und deutlich zu hören.

Sie erreichten die Landstraße Richtung Concarneau. Von dort aus würden sie auf die Vierspurige auffahren.

»Na, dass er sich auf keinen Fall zurückziehen soll. Das würde komisch wirken. Geradezu verdächtig.«

»Meinen Sie nicht, dass es viel verdäch…«

Dupin wurde von seinem Handy unterbrochen.

Eine unbekannte Nummer.

Er nahm das Gespräch über die Freisprechanlage an.

»Commissaire Dupin – ja?«

»Hier Nahia Mazago.«

Das war unerwartet.

»Wir versuchen seit heute Mittag, Sie zu erreichen, Madame.« Dupin war erleichtert. »Haben Sie …«

»Ich habe gerade mit meinem Bruder gesprochen. Ich …«

Sie verstummte für einen Moment.

»Er hat es mir gesagt.«

Eine längere Pause entstand.

»Es ist fürchterlich, Madame, ich weiß. Es tut mir aufrichtig leid, das …«

»Ich sehe mich außerstande, darüber zu sprechen, Monsieur.«

Ihre Stimme klang brüchig.

»Sie müssen nach Bayonne kommen, Monsieur le Commissaire. Und zwar so schnell es geht.«

»Aus welchem …«

»Ich muss Ihnen etwas zeigen.«

»Und was? Was müssen Sie mir zeigen?«

»Ich habe es gestern Abend entdeckt.«

»Was haben Sie entdeckt?«

»Ich denke, ich weiß, warum meine Schwester ermordet wurde.«

»Sie wissen, was das Motiv war?«

»Ja.«

»Weiß Ihr Bruder davon?«

»Nein.«

»Sie haben es ihm nicht erzählt?«

»Nein.«

Dupins Gedanken rasten.

»Werden Sie bedroht, Madame? Befinden Sie sich in Gefahr?«

»Nicht akut. Ich meine, ich werde nicht verfolgt oder so. Aber ich denke«, sie zögerte, »es könnte durchaus sein, dass ich mich in Gefahr befinde.«

»Können Sie nicht zumindest eine Andeutung machen, was …«

»Ich bitte Sie, Monsieur le Commissaire – kommen Sie nach Bayonne.«

»Wir sind schon unterwegs, Madame Mazago!«, schaltete sich Nolwenn ein. »Machen Sie sich keine Sorgen!«

»Wer spricht da?«

Sie war hörbar irritiert.

»Ich bin es, Madame Mazago: Nolwenn Brijantez. Wir haben uns schon mal getroffen. Eine Bekannte Ihrer Schwester. Ich arbeite mit Commissaire Dupin an dem Fall, ich sitze neben ihm im Wagen.« Mit bestimmtem Ton schob sie nach: »Wir kommen gemeinsam.«

»Ich verstehe.«

»Wäre es nicht das Beste, ich würde meinen Kollegen aus Bayonne zu Ihnen schicken, Madame? Der wäre in wenigen Minuten da und …«

»Wie gesagt, Madame Mazago«, intervenierte Nolwenn, »wir sind schon unterwegs.«

Dupin wollte protestieren. Er ließ es. Auch wenn es ihm nicht gefiel, dass Nolwenn wie selbstverständlich das Ruder in die Hand nahm – die Fahrt nach Bayonne schien in der Tat dringlicher als das Gespräch mit Madame Columbani.

»Wir kommen zu Ihnen, Madame Mazago.«

Dupin trat auf die Bremse. Wenn sie nach »unten« wollten, in den Süden, mussten sie genau in die andere Richtung.

»Sie wollen mit dem Wagen kommen?«

»Es ist 21 Uhr 15, Madame. Für einen Flug oder Zug ist es zu spät.«

»Sie werden mitten in der Nacht eintreffen.«

»Schneller geht es nicht, Madame«, sagte Nolwenn.

»Wo halten Sie sich gerade auf?«, wollte Dupin wissen.

»Bei uns in der Schokoladenfabrik. Im alten Zentrum von Bayonne. – Hier bin ich sicher.«

»Wir kommen dorthin. Wenn etwas ist, melden Sie sich sofort, Madame Mazago.«

»Das tue ich.«

Sie legte auf.

Dupin wendete mit quietschenden Reifen und trat das Gaspedal durch.

»Übrigens, Monsieur le Commisaire«, Nolwenns Ton war streng, »Ihr Kollege in Bayonne ist *eine Kollegin*. Commisaire Amaïa Unarte, erinnern Sie sich nicht an den Artikel im *Ouest-France* über sie letztes Jahr? Sie hat einen großen Schmugglerring hochgenommen.«

»Vage.«

An den Namen erinnerte er sich nicht mehr.

»Was ist es wohl, was Nahia Mazago entdeckt hat?«

Das war die Frage, die ihnen nun bis zur Ankunft in Bayonne durch den Kopf gehen würde.

»Wir werden sehen«, brummte Dupin.

Sie waren bei Pont-Aven auf die N 165 aufgefahren. Die bretonische Autobahn. Bis dahin hatten sie beide eine Reihe von Telefonaten geführt, alle mussten à jour sein. Sie hatten auch Madame Columbani über die Planänderung informiert.

»So frei, wie die Autobahnen jetzt sind – und so, wie Sie rasen –, brauchen wir sechs Stunden«, resümierte Nolwenn, die

die Routenplanung übernommen hatte. »Wenn alles gut geht, sind wir zwischen drei und vier Uhr da.«

Die Tachonadel zitterte bei 170 Stundenkilometern.

In einem großen geschwungenen Bogen ging es geradewegs die Atlantikküste hinunter, immer parallel zum Meer.

»Rechnen wir mal mit zwei Stunden vor Ort, dann kommen wir um fünf, sechs Uhr wieder los. Und wären um elf, zwölf zurück – wenn wir nicht in den Berufsverkehr geraten.«

Vannes, Lorient – da träfe es sie, sie würden nichts daran ändern können.

»Wir könnten morgen direkt zu Madame Columbani fahren. Und von dort zurück nach Concarneau, um Nathaël Spiquel zu treffen.«

»Unbedingt.«

Das einzige Problem: Nolwenns Plan sah weder einen Puffer für unvorhergesehene Ereignisse noch Schlaf vor. Dupin brauchte zwar nicht viel davon, aber ein bisschen schon.

Nolwenn schien seine Gedanken erraten zu haben:

»Wir halten zwischendurch für ein paar *petits cafés*. Und denken Sie an die Hochprozentigen, die wir mitführen. Achtziger. Fünfundneunziger.«

Wie Nolwenn es formulierte, klang es nach Waffenkalibern.

»Da kann gar nichts schiefgehen.«

Was nicht bedeutete, dass es keine Tortur werden würde.

Nolwenn fuhr den Sitz nach hinten, so weit es ging. Sie schien es sich bequem machen zu wollen.

»Wenn Sie nicht mehr können, übernehme ich das Steuer. Bis dahin arbeite ich.«

Sie griff in die Handtasche, die zwischen ihren Füßen stand, holte das kleine Notebook hervor und klappte es auf. Anschließend machte sie sich routiniert an ihrem Handy zu schaffen.

»So – die mobile Zentrale steht. Beinahe so gut wie im Kommissariat! Wir sind mit 5G und sicherer VPN-Leitung unterwegs, wunderbar.«

Dupin war beeindruckt.

Sein erstes Ziel war die große Tankstelle bei Lorient. Die *petits cafés* dort waren absolut passabel, nur waren sie unverschämt winzig, man musste immer mehrere nehmen. Dort würden sie sich auch mit Sandwiches eindecken. Ein paar Flaschen Cola. Und Wasser.

Nolwenn tippte weiter auf ihrem Handy herum.

»Ich muss noch kurz ein paar private Anrufe erledigen.«

»Klar.«

Sie würden, es blieb nicht aus, hier im Wagen für viele Stunden eine innige Gemeinschaft bilden.

Nolwenn lehnte sich auf dem Beifahrersitz, so weit es ging, nach rechts, drückte den Kopf an die Fensterscheibe.

»Hallo, Marie?«

Die Gegenseite sprach offenbar leise, Dupin hörte nichts.

Nolwenn senkte die Stimme: »Mit der Aktion morgen früh wird es leider nichts, Marie … Nein, nein, nicht wegen der Polizei. Ich habe zu tun, wir sind in einem Fall … Ja, genau. Adeline Mazago, in ihrer eigenen Schokolade ist sie ertrunken … Klar, wir brauchen schnell einen neuen Termin für die Aktion.«

Wie immer, wenn Dupin zufällig etwas von Nolwenns Privatleben mitbekam, klang es mysteriös. Er wusste, dass sie in diversen gesellschaftlichen Projekten, Initiativen und Bewegungen aktiv war. Stets war sie an irgendwelchen Aktionen beteiligt. Proteste. Mahnwachen. Solidaritätsmärsche. Dupin hatte keinen Zweifel, dass Nolwenn dabei auf der richtigen Seite stand, dennoch hielt er es für besser, nicht genauer nachzufragen. »Legalität« war für Nolwenn eine eher elastische Kategorie, zumindest, wenn es um ihre multiplen Engagements ging.

»Ja, ja. – Ich kann jetzt nicht reden, Marie. Ich melde mich später.«

Schon hatte Nolwenn aufgelegt.

Ohne Anstalten zu machen, das Gespräch zu kommentieren, wählte sie eine weitere Nummer.

»Bonjour, hier Nolwenn Brijantez. Ich rufe an wegen der Sperrgutlieferung.«

Hatte sie gerade wirklich »Sperrgutlieferung« gesagt?

»Eben, deswegen rufe ich an. Wir müssten die Lieferung verschieben. Morgen geht es nicht. Ich würde mich in den nächsten Tagen wegen des neuen Termins melden … Prima! Bis dann.«

Schon hatte sie das nächste mysteriöse Gespräch beendet. Um unverzüglich eine weitere Nummer zu wählen:

»Hallo? Ist da der Landmaschinenverleih von Pierre de Soy? … Nolwenn Brijantez hier, bonsoir. Wie gut, dass ich Sie noch erreiche. Ich rufe an wegen meiner Reservierung. Ich muss sie leider erst einmal stornieren … Ausgezeichnet. Ich melde mich dann noch mal … Ja. Bis bald.«

Sie legte auf.

»Was haben Sie …« Dupin ließ es.

»Ich bin gleich fertig, Monsieur le Commissaire. Nur noch zwei Anrufe.«

Dupin schob den Sitz ein Stück nach hinten. Dann trat er das Gaspedal bis zum Anschlag durch.

Mittlerweile waren sie anderthalb Stunden unterwegs, bisher war alles glatt gelaufen. Was hieß: Dupin hatte sich erfolgreich mit Kaffee versorgt, er hatte zwei getrunken und zwei mitgenommen. Zudem drei Sandwiches mit Schinken und Käse – der Klassiker, zwei hatte er bereits gegessen –, drei Flaschen Cola und ein Fläschchen Wasser. Auch Nolwenn hatte sich bevorratet.

Gerade fuhren sie in siebzig Metern Höhe über die Loire. Die elegant geschwungene Brücke erhob sich kühn und hellblau aus der flachen Landschaft, es war spektakulär. Dupin fuhr immer noch zu schnell. Schon viermal war er geblitzt worden, auf der Brücke passierte es zum fünften und sechsten Mal. Der Papierkram würde ein riesiger Akt werden, sie fuhren durch acht Départements, was hieß: acht Verwaltungsstellen. »Egal«, hatte Nolwenn lapidar kommentiert.

Sie hatte Nathaël Spiquel erreicht, der sich bei einem »Geschäftsessen« befand und sich im Anschluss zurückmelden wollte. Es wäre eine gute Gelegenheit, schon einmal ein paar Worte mit ihm zu wechseln.

»Das hört sich gar nicht gut an im Motorraum, Monsieur le Commissaire. Das ist ein bösartiges Klopfen, wenn Sie mich fragen.«

Dupin hatte nicht gefragt.

»War der Wagen nicht gerade in der Werkstatt? Für aufwendige Reparaturen?«

Eine rhetorische Frage.

Sie hatten das südliche Ufer der Loire erreicht. Bald würden sie Pornic passieren. Wo Claire und Dupin vor zwei Jahren ihre Hochzeitsreise begonnen hatten und dabei in einen vertrackten Fall verwickelt worden waren.

»Diese Fahrt ist ein gutes Beispiel, Monsieur le Commissaire.«

Dupin hätte es sich denken können, sie war noch nicht fertig mit dem Thema.

»Mit einem neuen Wagen wären wir sicherlich eine Stunde früher da! Überlegen Sie mal!«

Eine groteske Argumentation. Schneller hätte er hier selbst mit einem waschechten Sportwagen nicht fahren können. Es waren zwar nicht viele Autos unterwegs, aber sie hatten die Fahrbahn nicht für sich allein.

»Das ist doch völliger Quatsch, Nolwenn«, setzte Dupin zu einer energischen Entgegnung an, als ihn das Handy mit seinem lauten, technischen Piepsen unterbrach. Ein ganz und gar unerträgliches Geräusch, Dupin war sich sicher, es kam direkt aus der Hölle.

Eine unbekannte Nummer.

»Hier Nathaël Spiquel. Sie wollten mich sprechen.«

Kürzer konnte kurz angebunden nicht klingen.

»Das wollten wir. Unter anderem, um Ihnen zu sagen, dass wir morgen Nachmittag zu Ihnen kommen werden.«

»Ganz schlecht.«

»Bitte?«

»Morgen ist ganz schlecht.«

»Es tut mir leid, Monsieur, aber das ist uns egal.«

»Morgen kommen Waren. Freitag wäre wirklich besser.«

Es klang nicht einmal aggressiv. Eher sachlich, als hätte er seinen Kalender gewissenhaft geprüft.

»Wir sind so gegen fünfzehn Uhr bei Ihnen, Monsieur Spiquel. Wir treffen uns an den Booten.«

Dupin fiel ein, dass Kadeg sich noch nicht gemeldet hatte, seit er angekündigt hatte, sich dort umzusehen. Es war nie ein gutes Zeichen, wenn man während einer Ermittlung nichts von Kadeg hörte.

»Aber ich habe dem Inspektor doch schon alles gesagt.« Nun klang er genervt. »Dieser Mann hat mich mit Fragen regelrecht gelöchert. – Ein Terrier.«

»Inspektor Kadeg?«

»Es ging endlos.«

»Ich verspreche Ihnen, dass wir es morgen kurzhalten werden, Monsieur. – Die wichtigste Sache schon vorab: Waren Sie heute Mittag bei den Segelschiffen? Zwischen 12 Uhr 15 und 13 Uhr 45?«

»In diesen Tagen bin ich von frühmorgens bis abends auf den Booten.«

»Gibt es Zeugen, die Sie in diesen anderthalb Stunden dort gesehen haben?«

»Ich laufe da viel umher. Ab und an halte ich mich in meiner Kabine auf. Am Computer. Das ist mein Büro.«

»Und da sind Sie dann alleine, wollen Sie sagen?«

»So ist es.«

Die Segelschiffe verfügten sicher über Beiboote, mit ihnen würde es nicht mehr als drei, vier Minuten dauern, um zu dem Steg an der Nordseite der Altstadt zu gelangen. Und von dort wäre man im Nu bei der Schokoladenfabrik. Im Hof, wo die Schokolade angeliefert wurde.

»Für Ihre durchgängige Anwesenheit auf den Schiffen gibt es also keine Zeugen.«

»Nein.«

»Was natürlich äußerst bedauerlich für Sie ist, Monsieur.« Dupin ließ den Satz einen Moment wirken. »Alles Weitere besprechen wir morgen. Um fünfzehn Uhr bei den Booten.« Es war keine Feststellung, sondern ein Befehl. Im gleichen Tonfall fügte Dupin ein »Bonne nuit« hinzu.

In der Leitung war noch kurz eine Art Brummen zu hören, dann legte Spiquel auf.

Dupin wandte sich zu Nolwenn: »Wie gut kennen Sie Monsieur Spiquel?«

»Nur oberflächlich. Mein Mann kennt ihn besser.«

»Sind die beiden befreundet?«

»Das wäre zu viel gesagt. Sie trinken manchmal zusammen ein Bier in einer der Hafenkneipen. Aber auch nicht häufig. Spiquel hat eine raue Schale. Er wirkt schroffer, als er ist. In Wahrheit …« Sie legte den Kopf schief. »Aber wer weiß? Wie gesagt, ich kenne ihn nicht wirklich gut. Jetzt, wo ich selbst im Außeneinsatz ermittle, sollte ich solche Sätze nicht sagen, ich …«

Das Piepsen des Handys.

Dupin erkannte die Nummer sofort – es war seine eigene. Die Festnetznummer. Claire war wieder zu Hause.

Mit empathischer Stimme nahm er den Anruf an: »Ist alles gut gelaufen bei dir?«

»So weit schon. – Wir haben es uns hier, so gut es geht, gemütlich gemacht. – Und ich habe extra etwas für dich gekocht, ich hoffe, du freust dich.«

Es war nicht Claire.

»Mein normannisches Rinder-Pot-au-feu, das du so gerne magst. Das mit den sechs Gemüsesorten. Es köchelt seit neun Uhr. Wann wirst du denn da sein, Georges?«

Claires Mutter. Es durfte nicht wahr sein.

»Ich ermittle in einem Fall, Hélène.«

»Aber das heißt doch nicht, dass du nichts essen kannst, oder? Wie willst du einen Mordfall lösen, wenn du nicht bei Kräften bist. Das ist doch …«

»Ich befinde mich auf dem Weg ins Baskenland. Ich bin erst morgen Mittag wieder zurück.«

»Du fährst ins Baskenland? Was willst du denn da?«

»Der Fall.«

»Und das Pot-au-feu?«

»Solche Gerichte werden mit jedem Aufwärmen besser, sagst du immer.«

Eine gute Antwort. Außerdem war es die Wahrheit.

»Das stimmt allerdings nur sechs, sieben Tage lang, dann …«

»Ich esse es morgen, Hélène. – Ich freue mich schon darauf.«

»Ich habe extra diese kleinen lila Rübchen genommen, die du so …«

»Ich muss jetzt hier weitermachen.«

»Das heißt, du kommst heute Nacht gar nicht mehr nach Hause? Weiß Claire das schon?«

»Ich … ich muss jetzt Schluss machen, Hélène. Ich melde mich.«

Dupin legte schnell auf.

Unwillkürlich warf er einen kurzen Blick zu Nolwenn. Auf ihrem Gesicht lag ein amüsiertes Schmunzeln.

»Völlig absurd«, entfuhr es dem Kommissar.

Eine Weile schwiegen sie.

»Um nach Clisson zu kommen, würde man gleich abfahren.«

Dupin hatte keinen blassen Schimmer, was Nolwenn sagen wollte.

»Die Tigerin.«

»Die Tigerin?«

»Jeanne de Belleville, die bretonische Tigerin. Da steht ihre Burg. In Clisson.«

»Verstehe.«

Nolwenns größte Heldin. Die Patin ihres Spitznamens im Kommissariat. Die erste Piratin der Weltgeschichte. Sie lebte Mitte des 14. Jahrhunderts, ein paar Jahrzehnte vor der Geburt ihrer berühmten Namensvetterin Jeanne d'Arc. Die Tigerin hatte es mit der gesamten Flotte des dekadenten französischen Königs aufgenommen, um sich für die Enthauptung ihrer großen Liebe zu rächen.

»Da müssen Sie unbedingt mal mit Claire hin.«

Dupin nickte gedankenverloren.

Die Grenze war nicht mehr weit. Bald würden sie die Bretagne verlassen.

DER ZWEITE TAG

Es war kurz vor vier, sie waren gut durchgekommen. Zwei weitere intensive Kaffeestopps und einmal tanken, mehr Pausen waren nicht drin gewesen.

Die Nacht war sternenklar, die ganze Küste hinab – La Rochelle, Saintes, Bordeaux – hatte sich nicht ein einziges Wölkchen gezeigt, dafür ein fast voller Mond, der die ewigen Meerespinien rechts und links der Autobahn in ein fahles Licht getaucht hatte. Eben hatte Claire angerufen, sie war um 2 Uhr 40 zu Hause gewesen. Und hatte brav mitten in der Nacht noch einen Teller Pot-au-feu gegessen. Hélène war wach geblieben, sie hatte »auf das Kind gewartet«. Dupin war seiner Schwiegermutter ehrlich dankbar gewesen, Claire hatte völlig erschöpft gewirkt, auch wenn alles gut gegangen war. »Der Patient lebt. Wir haben ihn gerettet.« Ein Satz, den Dupin selbst nach erfolgreich getaner Arbeit nie sagen konnte. Aber »Wir haben den Täter« war auch nicht schlecht.

»Die Manufaktur liegt mitten im Zentrum. Allées Marines. Neben dem kleinen *Jardin Léon Bonnat.* Direkt am Adour. – Kennen Sie Bayonne?«

»Ein wenig.«

Dupin war ein einziges Mal hier gewesen, und das auch nur für einen Tag. Mit Véro, einer Verflossenen, es war lange her, vierzehn, fünfzehn Jahre bestimmt. Sie hatten eine Woche in

Bidart verbracht, einem kleinen Badeort direkt im Süden von Biarritz. Oberhalb eines unberührten grellgrünen Tals, das in einer atemberaubenden Bucht mündete. *La Plage d'Erretegia.* Eingerahmt von imposanten Felsen schaukelte das Meer dort fröhlich hin und her. Durch die Strömungen kam der weiße Sand nie zur Ruhe, jede Welle trug ihn mit sich, was die verrücktesten Farbschattierungen im Türkis und Azurblau des Meeres erzeugte. Von dort aus hatten sie einen Ausflug nach Bayonne gemacht. Dupin hatte die Stadt sehr gemocht. Überall Wasser, gleich mehrere Flüsse, der stattliche Adour, der das Meer bis in die Stadt führte und einen atlantisch-salzigen Geruch verströmte. Und genau dort, entlang der Ufer, spielte sich das heitere Stadtleben ab. Dutzende Cafés, eins neben dem anderen, man lebte draußen. Eine prachtvolle Altstadt mit kleinen Gässchen, aber nicht strahlend-protzig renoviert, sondern von der Patina vieler Jahrzehnte gezeichnet. Eine ganz und gar authentische Stadt. So wie Dupin es mochte.

»Hier rechts über die Brücke«, instruierte ihn Nolwenn. »Wir müssen auf die andere Seite des Adour.«

Nolwenn hatte beinahe die gesamte Fahrt über das Notebook auf dem Schoß gehabt, diverse Recherchen erledigt und Dupin mit Informationen versorgt. Zeitungsartikel über die Familie Mazago. »Les Mazagos«. *Sud Ouest, La République des Pyrénées, Ouest-France*. Hier »unten« waren sie anscheinend so etwas wie ein Mythos. Etwas Relevantes hatten Nolwenns Recherchen leider nicht ergeben. Womit sie allerdings Erfolg gehabt hatte: Dupin mit Bemerkungen über das Klopfgeräusch nervös zu machen. Dass es stetig an Lautstärke zunehme. Was – dummerweise – stimmte. Er musste wirklich dringend zur Werkstatt.

Abgesehen von einem heftigen Müdigkeitsanfall um kurz vor eins war Dupins Zustand bemerkenswert stabil geblieben. Die letzte Cola, das letzte Sandwich sowie die hochprozentige Schokolade – eine ganze Tafel – hatten geholfen. Vor allem, musste Dupin zugeben, Letzteres.

Der Adour schimmerte fahl im Mondlicht, bald hatten sie das andere Ufer erreicht.

»Jetzt wieder rechts. Immer am Fluss entlang.«

Ein paar Minuten später fuhren sie auf den Besucherparkplatz der Schokoladenfabrik. Ein wunderschönes altes Industriegebäude, vermutlich vom Anfang des 19. Jahrhunderts, ganz aus Backstein, ein wenig verschachtelt, aufwendig modernisiert. Eine echte Willy-Wonka-Fabrik, dachte Dupin.

Er hatte den Motor gerade abgestellt, als ein Gesicht vor dem Fenster der Fahrerseite erschien. Er zuckte zusammen.

»Nahia Mazago«, sagte Nolwenn.

Dupin öffnete die Tür und stieg aus.

»Ich bin froh, dass Sie da sind, Monsieur le Commissaire. Sehr froh.«

»Bonjour, Madame.«

»Bonjour, Madame Brijantez«, wandte sich Nahia Mazago an Nolwenn, die ebenfalls ausgestiegen war und zu ihnen trat.

Nahia Mazago war das Alter nicht anzusehen, Dupin hätte sie auf Anfang vierzig geschätzt, dabei war sie Anfang fünfzig, wusste er. Braun-rötliche Haare, auf elegant nachlässige Weise zum Pferdeschwanz gebunden, einzelne Strähnen fielen ihr trotzig ins Gesicht. Ein breiter Mund, ein warmes Lächeln. Sie trug einen schlichten schwarzen Pullover und eine schwarze Hose. Schwarze Espadrilles mit Absätzen. Im Baskenland war es mit den Espadrilles so wie mit den Streifenpullis in der Bretagne: Die Menschen trugen sie tatsächlich, nur für Unkundige waren sie Klischees.

»Ich hoffe, die Fahrt war okay?«

»Was wollen Sie uns zeigen, Madame?«

Es war nicht der Moment für Plaudereien.

»Kommen Sie.«

Umgehend marschierte sie los, ganz so, als hätte sie nur auf das Signal gewartet.

Sie liefen zu einem großen, offen stehenden Tor mit einer betonierten Rampe.

»Hier wird alles angeliefert. Vorgestern Abend kam die neue Ladung Kakaobohnen. Sie werden mit den beiden Segelschiffen direkt von unseren Plantagen in Venezuela nach …«

»Wir sind im Bilde«, kürzte Dupin die Sache ab.

Nahia Mazago – Dupin und Nolwenn dicht hinter ihr – war die Stufen an der Seite der Rampe hochgeeilt und betrat das Gebäude. Auch innen hatte man die Backsteine der alten Industriearchitektur bewahrt und mit starken Deckenstrahlern perfekt in Szene gesetzt.

»Hier befindet sich unser Lager«, erklärte Mazago.

»Die Schatzkammer«, bemerkte Nolwenn.

»Genau.«

Nahia Mazago lächelte. Ein schwaches Lächeln.

An der hinteren Wand standen Holzpaletten, auf denen große naturfarbene Leinensäcke gestapelt waren. Genau wie im Lager in Concarneau.

Auf dem Boden lagen drei Säcke, sie waren fast über die gesamte Länge in der Mitte aufgeschnitten, Kakaobohnen verteilten sich über die Fliesen und verströmten ihren intensiv-verrückten Duft. Auf einem Lastenwagen lag ein weiterer Sack, auch er war aufgeschnitten.

Nahia Mazago schritt auf den Wagen zu.

»Ich habe vorgestern Abend Proben genommen.«

Sie deutete auf einen Handschöpfer, der auf dem Boden lag. Daneben zwei Messer.

»Und dabei habe ich dies hier entdeckt.«

Nolwenn und Dupin hatten sich direkt neben sie gestellt.

Nahia Mazago fischte ein flaches, längliches Paket aus dem Sack. In grüne Folie eingewickelt.

»Wir experimentieren gerade damit, die Kakaobohnen noch vor Ort, auf der Plantage in Venezuela, zu Kakaomasse zu verarbeiten. Bislang werden die Bohnen in unseren Fabriken gemahlen. Für den Transport würden wir die Paste dann zu Blöcken in dieser Form und Größe pressen und einschweißen.« Sie deutete mit dem

Kinn auf das Paket in ihrer Hand. »Aber wir sind in der Testphase. Noch machen wir das gar nicht. Unsere Chocolatiers wollen erst einmal herausfinden, ob man wirklich keine Aromen einbüßt, wenn zwischen den Arbeitsschritten zwei, drei Wochen liegen.«

»Was heißt das?«

Dupin hatte keine Ahnung, was Nahia Mazago ihnen sagen wollte.

»Und warum befindet sich jetzt schon ein solcher Block in dem Sack?«, fragte Nolwenn.

»Eben. Genau diese Frage habe ich mir auch gestellt. Und ihn mir genau angesehen.«

Nahia Mazago zeigte auf das Paket.

»Schauen Sie!«

Die Ecke der Folie war abgeschnitten.

»Die Größe, die Form, das Gewicht – alles mehr oder weniger so, wie wir es uns vorgestellt haben. Aber«, sie steckte den Finger in die Öffnung, »das ist keine Schokolade.«

Vorsichtig zog Nahia Mazago den Finger wieder heraus. Weißes Pulver rieselte aus dem Paket. Die Fingerspitze sah aus wie mehlbestäubt.

Eine Weile herrschte Stille.

»Kokain«, durchbrach Nolwenn sie schließlich. »Das ist Kokain, habe ich recht?«

Ihre Stimme vibrierte hörbar.

»Ja.«

»Darf ich?«

Dupin griff nach dem Block.

»Selbstverständlich.«

Dupin steckte selbst einen Finger in das Pulver und führte ihn zum Mund.

»Glauben Sie es mir«, Nahia Mazago presste die Sätze leise hervor, »es ist Kokain. Sehr reines Kokain. – Ich habe in unserem Labor in Bordeaux eine Probe analysieren lassen.«

»Wahnsinn«, brach es aus Nolwenn hervor.

»Das darf nicht wahr sein«, entfuhr es Dupin.

»Jetzt ist klar, worum es hier geht«, konstatierte Nolwenn, die grünblauen Augen weit aufgerissen. »In den Kakaosäcken wird Kokain geschmuggelt. Von Südamerika nach Frankreich.« Nach einem kurzen Innehalten fuhr sie fort: »Kokain in Kakao oder Kaffee zu verstecken, ist eine der effektivsten Methoden. Hunde oder elektronisch-chemische Detektoren haben fast keine Chance. Und was könnte unverdächtiger sein? Segelboote einer noblen bretonischen Öko-Schokoladenfirma. Da gibt es höchstens ab und zu ein paar Stichproben – und das war's.«

Dupin hatte begonnen, in der Schatzkammer auf und ab zu laufen, während er sich die Haare raufte. Was Nolwenn da ausformulierte, war ein plausibles Szenario, natürlich. Der Drogenschmuggel nahm Jahr für Jahr zu, und längst hatten die Drogenhändler entdeckt, dass es viel ungefährlicher war, über kleinere Häfen zu operieren als über die ganz großen. Sie fanden die fantasievollsten Wege, Drogenfahnder auszutricksen und den Stoff zu verstecken. Dupin hatte in Concarneau noch nicht damit zu tun gehabt, aber er las die polizeilichen Bulletins, die an alle Polizeistationen entlang der französischen Küste geschickt wurden.

»Eine raffinierte Idee. Perfekt geradezu!«

Dupin hätte es anders formuliert, aber Nolwenn hatte nicht unrecht.

»Ist es nur dieses eine Paket? Ich meine, hier in diesem Sack?« Dupin war vor dem Lastenwagen stehen geblieben.

»Nur das eine. In den drei anderen Säcken, die ich kontrolliert habe«, sie deutete auf den Boden, »ist nichts.«

»Die übrigen Säcke haben Sie noch nicht kontrolliert?«

»Ich habe dann aufgehört, wegen möglicher Spuren.«

»Wie viele der Säcke sind neu?« Dupin wies auf die Paletten.

»Fast alle. Nur die untere Reihe stammt von einer vorherigen Ladung. Es sind dreißig neue.«

Dupin begann abermals, im Raum auf und ab zu laufen.

»Als ich das Ergebnis der Analyse bekam und dann von dem Mord an Adeline erfuhr, war mir sofort klar, dass es da einen Zusammenhang gibt. Das ist doch kein Zufall.«

»Extrem unwahrscheinlich«, bestätigte Nolwenn, die immer noch auf den Kokainblock starrte.

»Nur gibt es verschiedene denkbare Szenarien.«

Dupins Gedanken rasten.

»Eines ist natürlich, dass Sie und Ihre Geschwister es sind«, er sah Nahia Mazago an, »die diesen Drogenhandel betreiben. Dass Sie drei, oder einer von Ihnen, die Transport- und Logistikwege missbrauchen.«

»Aber warum sollte ich Sie verständigen, wenn ich daran beteiligt wäre?« Sie starrte ihn ungläubig an.

»Es war doch Bixente Mazago, Ihr Bruder«, Nolwenn sprach mit Grabesstimme, »der sich das mit den Segelschiffen ausgedacht hat, oder? Es war seine Idee. Und jetzt hat er sogar vor, daraus eine große Logistik-Unternehmung zu machen. Die eine geradezu ideale Plattform für derartige kriminelle Machenschaften böte.«

Es war Dupin auch schon durch den Kopf gegangen, es würde tatsächlich perfekt passen.

»Und es ist Nathaël«, fuhr Nolwenn fort, »der die gesamte Logistik organisiert. Und zudem immer selbst mitreist.« Sie hielt kurz inne. »Wow! Es wäre brillant. Er könnte alle Vorgänge quasi ununterbrochen überwachen.«

»An ihn habe ich auch gedacht«, sagte Nahia Mazago. »Aber«, sie warf Nolwenn einen vorwurfsvollen Blick zu, »meinen Bruder zu verdächtigen, ist grotesk. Ich lege die Hand für ihn ins Feuer. Er würde so etwas nie tun. Weder Drogenhandel noch …«

Sie brach ab. Ihr Gesicht war fahl geworden, beinahe weiß.

»Warum sollte er das tun? Die Geschäfte laufen prima. *Zerua* geht es blendend. Und nicht nur *Zerua*. Dem gesamten Familienunternehmen. Warum sollte Bixente das alles aufs Spiel setzen?«

»Genau da liegt einer der großen Defekte von uns Menschen.« Nolwenn kam auf eines ihrer Lieblingsthemen zu sprechen. »Die meisten können einfach nie genug bekommen. Die Gier wird immer größer, je mehr sie haben. Sie kriegen den Hals nicht voll und …«

»Warum haben Sie Ihrem Bruder nichts von dem Fund erzählt? Direkt nachdem Sie das Kokain entdeckt haben oder zumindest als er Sie wegen der tragischen Nachricht angerufen hat?«, unterbrach Dupin sie.

Es dauerte, bis sie antwortete.

»Ich – ich weiß es nicht. Ich …«

Es wirkte, als wäre sie über sich selbst schockiert.

Nolwenn wiegte den Kopf. »Ihr Bruder und Nathaël Spiquel könnten Komplizen haben. Warum nicht? Zum Beispiel der frustrierte Chef-Chocolatier, der am Ende seiner Karriere steht? Die vielleicht ja doch krankhaft überambitionierte zweite Chocolatière? Der immer zu kurz gekommene Filialleiter? Alle könnten erpicht darauf sein, sich etwas dazuzuverdienen – und das eben nicht zu knapp. Ich meine, je nachdem, welche Mengen hier verschifft werden, geht es um Millionengeschäfte.«

Nolwenns Spekulationen waren so voreilig wie luftig. Dennoch, natürlich könnte alles genau so sein.

»Oder Ihre Schwester war gar nicht die Lichtgestalt, für die sie alle gehalten haben. Und sie hat die Drogen geschmuggelt. Was ihr dann auf irgendeine Weise zum Verhängnis wurde.«

Ein Szenario, das für Nahia Mazago offenbar schon als vage formulierte Theorie schwer auszuhalten war.

»Völlig ausgeschlossen«, brach es aus ihr hervor. »Niemals! Meine Schwester ist das Opfer, nicht die Täterin! Und doch, ja – sie war genau das, ihr ganzes Leben lang: eine Lichtgestalt.«

»Unsere Aufgabe ist es, konsequent jeden zu verdächtigen, Madame, und zwar so lange, bis wir den Verdacht ausräumen können«, belehrte Nolwenn sie.

Eine gute, kompakte Formel für die gesamte Polizeiarbeit, fand Dupin.

»Ich denke«, kam er auf die unmittelbare Situation zurück, »das hier sind sechs, sieben Kilo.«

»Ziemlich genau sieben Kilo«, sagte Nahia Mazago, »ich habe es gewogen. Und ein wenig recherchiert. Für ein Kilo Kokain bezahlt man in Südamerika zurzeit rund zweitausend Euro, beim Verkauf in europäischen Metropolen kriegt man rund vierzigtausend Euro dafür.«

Genau das war der Antrieb bei diesem mörderischen Geschäft: Es ging um eine immense Gewinnspanne. Allein bei dem Paket, das Dupin in der Hand hielt, sprächen sie über einen Gewinn von etwa zweihundertfünfzigtausend Euro. Steuerfrei.

»Warum haben Sie sich vorgestern Abend nach dem Fund nicht direkt bei der Polizei gemeldet?« Dupins Augen verengten sich. »Ihre Schwester könnte vielleicht noch leben.«

Eine harte Aussage. Aber so war es.

Nahia Mazagos Gesicht erstarrte bei Dupins Worten. Abermals war alle Farbe daraus gewichen.

»Ich wollte erst ganz sicher wissen, ob es wirklich Kokain ist. Bevor ich irgendetwas unternehme. Zur Polizei gehe. Denn wenn es sich um Kokain handelt, das war mir sofort klar, hätte das enorme Konsequenzen. Katastrophale Konsequenzen. Es könnte das Ende unseres Unternehmens sein – all unserer Firmen, der ganzen Familien-Holding. Also wollte ich mir sicher sein, verstehen Sie? Nur deswegen habe ich nicht sofort reagiert.«

»Oder«, Dupin betrachtete sie mit festem Blick, »Sie wollten die Angelegenheit hinter verschlossenen Türen und in der Familie regeln, so wie Sie es immer tun.«

Nahia Mazago schüttelte fassungslos den Kopf.

»Das denken Sie nicht wirklich, oder? Mir ist durchaus bewusst, dass es sich um eine gravierende Straftat handelt, für die man lange ins Gefängnis geht.«

»Was wäre, wenn es nur dieses eine Paket gäbe?«, warf Nolwenn plötzlich ein. »Nur ein einziges?«

Eine gute Frage.

»Es ist das Erste, was wir prüfen müssen«, befand Dupin. »Ob sich in den anderen Säcken noch mehr Kokain findet.«

»Es wäre seltsam, wenn wir nicht mehr finden würden, oder?«

»Das könnte nur ein Versuchsballon gewesen sein«, überlegte Dupin laut.

»Sie meinen, um zu sehen, wie es läuft, bevor sie es mit größeren Lieferungen wagen?«, sagte Nahia Mazago.

Es wäre möglich.

»Oder sie beschränken sich absichtlich auf Mengen dieser Größe«, warf Nolwenn ein. »Und minimieren auf diese Weise das Risiko, dass das Rauschgift entdeckt wird. Und auch den Verlust, sollte es entdeckt werden. – Es könnten kleinere Händler sein. Oder auch eine neue Strategie der großen Akteure. – Wie oft fahren die Boote im Jahr hin und her?«

»Sechsmal. Sie brauchen rund fünfundzwanzig Tage für eine Strecke. Dann sind sie für gewöhnlich vier, fünf Tage im Hafen, zwei Tage laden sie aus, zwei Tage laden sie ein, und schon geht es wieder los.«

»Das wären bei zwei Booten zwölf Lieferungen im Jahr. Selbst wenn es immer nur ein Paket wäre«, folgerte Nolwenn, »sprächen wir über etwa drei Millionen Euro Gewinn.« Sie pfiff. »Wow. *Pas mal du tout.*«

»Wie viele Säcke haben die beiden Schiffe für gewöhnlich geladen?«

Dupin wollte so viele Fakten wie möglich zusammentragen.

»Hundertzwanzig.«

»Und ist festlegt, welcher Sack wohin kommt? Zu welcher *Zerua*-Manufaktur?«

»Nein. Das ist auch völlig egal. Es sind Bohnen aus derselben Ernte.«

»Und«, Dupin kam auf einen anderen Punkt zu sprechen, »was ist das für ein Labor, bei dem Sie heute waren?«

»Lebensmittel-Analysen. Adeline«, sie hielt kurz inne und sprach dann mit brüchiger Stimme weiter, »Adeline hat es aufgebaut. In Zusammenarbeit mit dem berühmten *Laboratoire d'Analyses Alimentaires* in Bordeaux. Schon wegen der Weine ist Bordeaux zu einem Zentrum für Lebensmittel-Labore geworden.«

Dupin hatte das dringende Bedürfnis, sich hinzusetzen. Mit einem Mal, ganz plötzlich, spürte er heftige Erschöpfung. Ihm war schwindelig. Es war ein langer, anstrengender Tag gewesen. Ein verrückter Tag. Eben noch wollte er in ein wackeliges, winziges Bötchen im Hafen von Trévignon steigen, um sich »seinen Ängsten zu stellen«, jetzt stand er – nach dem Fund eines in Schokolade ertränkten Mordopfers – mit sieben Kilo Kokain in der Hand Hunderte Kilometer von zu Hause entfernt im Herzen des Baskenlandes. Und das um Viertel vor fünf Uhr morgens.

Ginge es tatsächlich um Drogen, wäre es ein Fall ganz neuen Ausmaßes. Das Paket hier wäre bloß die Spitze des Eisbergs. Mit so etwas hatte Dupin es in der Bretagne noch nie zu tun gehabt. Völlig »unbretonisch« gewissermaßen. Aber so war es, die Welt war, das musste er anerkennen, zum größten Teil unbretonisch – und es schien immer schlimmer zu werden. Bisher war die Bretagne eine der letzten Oasen irdischer Glückseligkeit gewesen. Dupin riss sich zusammen.

Was waren das für seltsame melancholische Gedanken? Lächerlich. Es musste an der Entkräftung liegen.

»Wie viele Mitarbeiter des Labors wissen davon, dass es sich bei der Probe um Kokain handelt, Madame Mazago?«

Der Schwindel hatte so plötzlich nachgelassen, wie er gekommen war. Dupin ging an den Paletten entlang, während er sprach.

»Nur Francine. Die Laborleiterin. Aber eigentlich weiß auch sie nichts, ich meine, ich habe nur eine kleine Menge mitgenommen und nicht gesagt, woher ich die Substanz habe.«

»Hat sie nicht gefragt?«

»Doch. Aber ich habe nur gesagt, es sei eine lange Geschichte. Ich denke, dass sie von irgendeiner privaten Angelegenheit ausgeht.«

»Wann genau haben Sie das Paket gefunden?«, wollte Dupin wissen.

»Um ungefähr einundzwanzig Uhr.«

»Könnte es jemand in der Fabrik mitbekommen haben?«

»Es war ja schon spät, ich war alleine im Lager. Ich denke nicht. Eigentlich ist es ausgeschlossen. – Aber es könnte sich jemand gewundert haben, warum ich das Lager dann zugeschlossen habe. Und es heute den ganzen Tag verschlossen geblieben ist. Das kommt sonst nie vor.«

»Wenn sich das herumgesprochen hat, und das hat es mit ziemlicher Sicherheit«, sagte Nolwenn, »dann musste der Täter oder ein eventueller Komplize davon ausgehen, dass das Kokain gefunden wurde. Und ist gewarnt. Irgendjemand, der Zugang zum Lager hat, muss ja vorgehabt haben, das Paket so schnell wie möglich aus dem Sack herauszuholen.«

Das war ein wichtiger Punkt, Dupin hatte es sich eben schon gefragt: Warum hatte die Person das Kokain nicht umgehend gesichert? Ihr musste doch bewusst gewesen sein, dass sich das Risiko einer zufälligen Entdeckung von Stunde zu Stunde erhöhte.

»Ich möchte Sie bitten, uns eine Liste der Angestellten zu geben, die in diesem Bereich arbeiten oder sich häufig hier aufhalten«, wies Dupin Nahia Mazago an.

»Ich denke«, warf Nolwenn ein, »dass alle Mitarbeiter infrage kämen, nicht bloß diejenigen, die sich in diesem Bereich aufhalten. Das Paket mit dem Kokain zu holen, wäre eine Sache von wenigen Minuten, wenn man weiß, in welchem Sack es versteckt ist.«

»Aber warum hat die Person das nicht schon in Concarneau getan?«

Nahia Mazago stellte eine wichtige Frage.

»Im Hafen, beim Ausladen? Oder während des Transports mit dem Laster?«

»Offenbar«, Nolwenn atmete bedeutungsvoll ein und aus, »sollte es hier geschehen. In Ruhe. Beim Ausladen im Hafen herrscht geschäftiges Treiben. Ich vermute mal, dass die Kakaosäcke hier das allererste Mal seit ihrer Ankunft in Frankreich unbeobachtet gelegen haben.«

Nahia Mazago schien nachzudenken. »Sie haben völlig recht.«

»War der Sack eigentlich verschlossen? Verschlossen und unversehrt?«, fragte Dupin.

»Ja. Mir ist nichts aufgefallen.«

Die Säcke sahen alle völlig unauffällig aus. Was überhaupt nichts hieß, wusste Dupin.

»Sie gehen davon aus, dass der Sack seit der Abfüllung auf der Plantage in Venezuela nicht geöffnet wurde?«

»Es sieht so aus.«

Dupin wandte sich von den Paletten ab und sah Nahia Mazago an.

»Es könnte durchaus sein, dass Sie sich in Gefahr befinden, Madame.«

Es hatte bedrohlicher geklungen, als er es beabsichtigt hatte.

»Aber selbstverständlich schützen wir Sie. Ihnen wird nichts passieren«, sagte Nolwenn. »Sie brauchen keine Angst zu haben.«

Genau die zeigte sich jetzt auf Nahia Mazagos Zügen.

»Ich veranlasse, dass Sie rund um die Uhr bewacht werden,

bis wir die Sache aufgeklärt haben«, versuchte Dupin sie zu beruhigen.

»Ich …« Nahia Mazago brach ab.

»Wir bringen Sie jetzt erst einmal nach Hause, Madame Mazago.«

Nolwenn war um einen warmen, aufmunternden Tonfall bemüht.

»Wo wohnen Sie?«

»Außerhalb der Stadt, Richtung Berge.«

Hinter der Stadtgrenze begannen die ersten Hügelketten der Pyrenäen, Dupin erinnerte sich.

»Aber ich habe hier ganz in der Nähe eine Stadtwohnung. Es sind nur ein paar Minuten zu Fuß.«

»Wie gesagt, wir begleiten Sie, Madame.«

Sie würden kein Risiko eingehen.

»Danke. – Ich bin Ihnen sehr dankbar.«

»Also, dann los.«

Nahia Mazago setzte sich in Bewegung, Nolwenn lief dicht neben ihr. Dupin folgte mit einigem Abstand.

Sie traten in den Frühsommermorgen hinaus. Wie lau er war, bemerkte Dupin erst jetzt. Es waren sicher zwanzig Grad.

Sie liefen am Fluss vorbei, überquerten eine prachtvolle Straße und erreichten einen nicht minder prachtvollen Park. Es war kein Mensch unterwegs, auch kein Auto. Nichts, absolute Stille.

Dupin hatte sich noch weiter zurückfallen lassen.

Er hatte vergeblich versucht, Riwal zu erreichen. Aber Kadeg kannte sich vermutlich ohnehin besser mit diesem Thema aus. Internationale Drogenkriminalität, das war genau seine Kragenweite.

Kadeg war sofort dran, unfassbar, es war fünf Uhr morgens.

»Sind Sie es, Monsieur le Commissai…«

»Kadeg! Signifikante Drogenfunde in der Bretagne, Kokain im Speziellen. – Erinnern Sie sich an irgendwelche Vorfälle in letzter Zeit?«

»Saint-Nazaire, 18. April. Dreißig Beamte, angeführt von der BAC, haben in einem Keller vierzehn Kilo Kokain sichergestellt«, es schoss geradezu aus Kadeg hervor.

Die BAC, *la Brigade anti-criminalité*, war eine hochgerüstete nationale Einheit, die den schwierigen Kampf gegen die Drogenkriminalität führte.

»Ein gravierender Schlag gegen die Drogenmafia«, fügte er hinzu.

Das war es, woran Dupin gedacht hatte. Saint-Nazaire, da waren sie vorhin vorbeigefahren. Der riesige Hafen, die imposanten Bootswerften, dort, wo die Brücke über die Loire führte.

Sie hatten den Park durchquert. Nahia Mazago und Nolwenn waren mittlerweile zwanzig, dreißig Meter vor ihm – und liefen an einem herrlichen Palais vorbei, das *Hôtel de Ville*. Die *Mairie*.

»Woher kam das Kokain?«

»Verschifft wurde es über Mexiko, soweit ich weiß.«

»Und wie wurde es eingeschleust?«

Sie erreichten einen großzügigen Platz vor dem *Hôtel de Ville*, stimmungsvoll beleuchtet. Unter hübschen Kaskaden standen kleine Tische und Stühle, die zu einem Café gehörten.

Nolwenn und Nahia Mazago waren in ein angeregtes Gespräch vertieft, Dupin sah, wie seine Kollegin energisch gestikulierte.

»Das ist nicht klar. Man hat zehn Männer verhaftet. Die meisten kleinere Fische. Aber auch zwei Strippenzieher. Die bisher allerdings schweigen. Das tun sie ja immer. Sie wissen, dass sie tot sind, wenn sie reden, da schützt sie auch das Gefängnis nicht.«

»Franzosen?«

»Ja.«

Jetzt überquerten sie eine breite Brücke, die sich über einen Fluss spannte, der hier in den Adour floss. Auf der anderen Seite lag ein hübsches Stadtviertel aus dem 19. Jahrhundert.

»Woher?«

»Einer aus Orléans, einer aus Bordeaux. – Aber«, Kadeg senkte die Stimme dramatisch, »vergessen Sie es, Monsieur le Commissaire. Ich habe schon alles kontrolliert.«

»Was meinen Sie, Kadeg?«

Dupin hatte wirklich keinen blassen Schimmer.

»Na, das mit den Drogen. Ob es bei unserem Fall um Drogen geht. Ob die Familie Mazago oder jemand anderes die Segelschiffe für Drogenhandel nutzt. Ich bin mit einem Hund durch die Boote gegangen.«

»Sie sind was?«

»Ich habe doch gesagt, ich gehe zum Hafen und schaue mir alles an.«

Sie waren in eines der hübschen Altstadtsträßchen eingebogen. Rue Frédéric Bastiat. Vierstöckige elegante Stadthäuser, auch hier: mit sympathischer Patina. Das Schöne hatte seinen Charme und Flair behalten dürfen.

»Sie haben den Verdacht, dass mit den Schokoladenschiffen Drogen geschmuggelt werden, mit keinem Wort erwähnt, Kadeg!«

»Ich habe nicht nur an harte Drogen gedacht. Es könnte sich ja auch um einen groß angelegten Tabakschmuggel handeln. Oder Alkohol. Rum, Tequila, Mezcal. Wissen Sie, was alleine der Zigarettenschmuggel für gigantische Ausmaße hat?«

»Auch davon haben Sie kein Wort gesagt!«

»Sie sagen doch immer, wir sollen selbst denken – nicht nur mitdenken.«

»Das ist auch richtig, aber …«

Es war müßig.

»War Nathaël Spiquel die ganze Zeit anwesend, als Sie sich die Boote angesehen haben?«

»Am Nachmittag ja, am frühen Abend, als ich mit dem Hund kam, nicht mehr.«

»Woher hatten Sie eigentlich den Drogenhund?«

»In Rennes angefragt.«

»In Rennes angefragt? Da mussten Sie doch ...«

Es hatte keinen Sinn.

Dupin konnte sich die Situation lebhaft vorstellen. Kadeg, wie er die Anti-Drogen-Operation leitete. Der große Chef.

Dupin besann sich auf die Sache: »Aber der Hund hat nirgends angeschlagen?«

»Nein. Ich bin dann noch ins Lager von *Zerua* – auch da nichts. Drogen können wir eigentlich ausschließen, auch wenn ...«

»In einem der Kakaosäcke befinden sich rund sieben Kilo reinstes Kokain, Kadeg, ich habe es gerade in der Hand gehabt. In Bayonne, im Lager von *Zerua*.«

»Kokain? – Bei *Zerua?*«

»Exakt.«

»Das kann nicht sein!«

»Ein verschweißtes, flaches, längliches Paket. Es stammt aus der Ladung, die Dienstag am späten Abend in Bayonne ankam, direkt vom Hafen in Concarneau.«

»Dann lag ich also doch absolut richtig. Ich hatte völlig recht. – Es geht um Drogen. Wir haben es mit Drogenkriminalität zu tun!«

Kadeg klang kein bisschen entsetzt.

»Kokain in Concarneau. Wie in Caracas. Concarneau und Caracas, wer hätte das gedacht?«

Eine kurze Pause.

»Aber wir werden hart zuschlagen.«

»Was wir tun werden, Kadeg, ist seriös ermitteln. Wir klären, wem es gehört, wer es geschmuggelt hat. Und das nur, um eines herauszufinden: Hat das Kokain etwas mit dem Mord zu tun? Ist der Drogenschmuggler der Mörder oder vielleicht ein Handlanger? Wie hat sich die Geschichte abgespielt? Das sind die Fragen, die uns beschäftigen, Kadeg! Hören Sie?«

Er musste den Appell so nachdrücklich wie möglich formulieren.

»Das Vorgehen gegen den internationalen Drogenhandel überlassen wir der BAC!«

»Verstehe.«

Kadeg klang zutiefst enttäuscht.

»Die abermalige Durchsuchung der Boote, des Lagers und der Fabrik, damit haben wir nichts zu tun. Das machen die Experten – ist das klar?«

»Ja.«

Dupin sah schon die Schlagzeilen vor sich. »Kokain in Concarneau: Die weiße Pest erobert die blaue Stadt« … »Schnee in der Bretagne« … Die Dinge gingen jetzt ihren Weg, es ließ sich nicht aufhalten.

»Gut, das war es schon, Kadeg. Und jetzt schlafen Sie weiter!«

»Was machen wir mit der Presse?«, kam Kadeg dem Auflegen Dupins zuvor.

»Mit der Presse?«

»Ich habe für morgen – für heute eine kleine Pressekonferenz einberu…«

»Eine was?«

Kadeg war wirklich von allen guten Geistern verlassen.

»Sie haben mir die Kommunikationsstrategie offiziell übertragen, erinnern Sie sich?«

»Aber nicht, damit Sie Pressekonferenzen veranstalten!«

»Informell, Monsieur le Commissaire, informell. Ich halte es für klüger, in regelmäßigen Abständen Informationen an alle zu geben.«

»Haben Sie es ›Pressekonferenz‹ genannt?«

»Ja.«

»Dann korrigieren Sie es zu ›vorläufige Mitteilungen über den vorläufigen Stand der Ermittlungen‹.«

Dupin fiel noch etwas ein.

»Ich denke, der Präfekt besteht auf seinem exklusiven Recht, Pressekonferenzen abzuhalten.«

Genau so war es. Kadeg schien tatsächlich länger nachdenken zu müssen.

»Natürlich. Natürlich. Ich korrigiere das.«

»Was wollten Sie denen eigentlich mitteilen, Kadeg?«

»Ich denke, wir …«

»Wir geben so wenig Informationen wie möglich raus, verstanden? Wir wissen noch gar nichts, wir glauben oder vermuten erst recht nichts. Sie referieren die bekannten Fakten, und das war es.«

Auch wenn es ein unkalkulierbares Risiko war, Kadeg informell mit der Presse sprechen zu lassen, war Dupin froh, dass er die Kommunikation übernahm. Es war ihm sehr recht, damit nichts zu tun zu haben.

»Also auch das mit den Drogen?«

Ein heikler Punkt, es würde einen riesigen Aufschrei geben. Doch es war nur eine Frage der Zeit, bis die Medien Wind davon bekämen.

»Nur die Fakten. Nüchtern vorgetragen. Verstehen Sie, was ich meine?«

»In Ordnung«, brummte Kadeg. »Aber Sie müssen zugeben: Ich wusste es, ich …«

Schon hatte Dupin aufgelegt. Nolwenn und Madame Mazago waren vor einem der hübschen alten Stadthäuser stehen geblieben. Dupin beschleunigte den Schritt und gesellte sich zu ihnen.

»Hier ist die Wohnung, ganz oben, im dritten Stock«, sagte Madame Mazago, sie klang erschöpft. »Hoch schaffe ich es alleine.«

»Wie gesagt, wir informieren die Kollegen, dann ist in ein paar Minuten jemand hier.« Nolwenn lächelte ihr aufmunternd zu.

»Sehe ich Sie später? Wie geht es weiter?«

»Wir telefonieren, Madame Mazago«, antwortete Dupin. »Leider müssen wir umgehend zurück in die Bretagne, wir haben Termine.«

Und es wurden immer mehr.

»Die örtliche Polizei wird die Fabrik absperren, die *Brigade anti-criminalité* und die Spurensicherung werden sich alles genau anschauen. Dann wissen wir auch, ob es noch mehr Pakete mit Kokain gibt.«

Nahia Mazago war blass, Tränen standen ihr in den Augen. Sie hatte sich in den letzten Stunden mit aller Kraft zusammengerissen, jetzt konnte sie nicht mehr. Nolwenn hatte es ebenfalls bemerkt.

»Sie brauchen dringend etwas Ruhe, Madame.«

»Ich … Haben Sie vielen Dank. Für alles.«

»Das ist doch selbstverständlich«, sagte Nolwenn sanft. »Bonne nuit. Versuchen Sie zu schlafen, Madame Mazago.«

»Bonne nuit, Madame«, verabschiedete sich auch Dupin.

Nahia Mazago gab den Türcode ein, im nächsten Augenblick verschwand sie im Hausflur.

Bald waren die Fenster im dritten Stock erleuchtet gewesen, Nolwenn und Dupin hatten sich auf den Rückweg zur Schokoladenfabrik gemacht. Sie hatten sich rasch verständigt, wer welche Anrufe übernehmen würde, und losgelegt.

Dupins erstes Telefonat hatte Commissaire Amaïa Unarte gegolten. Trotz der frühen Stunde hatte er sie sofort erreicht. Natürlich hatte die Kommissarin aus Bayonne wissen wollen, warum Dupin sie nicht sofort eingeschaltet hatte. »Wenn ich es richtig verstehe, hat sich Nahia Mazago bereits gestern Nacht gemeldet und angekündigt, Ihnen etwas Wichtiges zeigen zu wollen, das in Zusammenhang mit einem Mord steht – etwas, das sich auf meinem Terrain befindet.« Ein heikler Punkt. Dupin hatte erwidert, dass Madame Mazago sich vertraulich an ihn gewandt hatte – weil er nun einmal der ermittelnde Kommissar im Mordfall ihrer Schwester war. Außerdem habe er zu diesem Zeitpunkt nicht gewusst, ob der Fund wirklich relevant sei. »Trotzdem hätten Sie mich bereits zu diesem Zeitpunkt in Kenntnis setzen müssen.« Streng genommen hatte Kommissarin Unarte natürlich recht. Dupin hatte nachdrücklich versprochen, sie von nun an stärker einzubeziehen, und sich förmlich entschuldigt. »Ich hätte es genauso gemacht wie Sie«, hatte sie daraufhin erklärt. Damit war die Sache erledigt gewesen. Sie hatte angekündigt, einen Wagen zu Nahia Mazagos Haus zu schicken und später selbst bei ihr vorbeizufahren. Selbstverständlich – so groß war Bayonne nicht – kannte sie die Unternehmerin persönlich. »Die Mazagos sind eine alte baskische Institution.« Darauf, dass in Bayonne in größerem Stil mit Kokain gehandelt wurde, gebe es bislang keinerlei Hinweise. Hin und wieder komme es zu Cannabis-Funden in der Stadt, aber der letzte große Fall, in dem es um härtere Drogen gegangen sei, habe sich 2014 abgespielt. Damals war eine Tonne Kokain in einem Versteck inmitten der *zone industrielle* gefunden worden. Dupin erinnerte sich an den Fall. Die sichergestellte Menge hatte einen Marktwert von rund hundert Millionen Euro gehabt. Das Kokain war von Kolumbien aus über den Regionalflughafen von Biarritz eingeschmuggelt worden, nicht über den Seeweg. Damals waren zehn Männer aus Spanien, Holland, Frankreich und Kolumbien verhaftet worden. Die Behörden hatten die ausgeklügelte Operation zwei Jahre lang vorbereitet.

Dupins Gespräch mit dem regionalen Chef der BAC – ein gewisser Kevin Pinel – war weniger erfreulich gewesen: Stakkatohaft hatte er einen Katalog mit sicher zwei Dutzend Punkten abgearbeitet. Auf Dupins Frage, ob er und seine Behörde von

Drogenschmuggel-Aktivitäten in Concarneau und Bayonne wüssten, die mit dem Fall in Verbindung stehen könnten, hatte er nur barsch geantwortet: »Sie halten sich da komplett raus, Commissaire! Wir übernehmen! Das ist eine Nummer zu groß für das Kommissariat in Concarneau.« Dupin war beinahe der Kragen geplatzt. »Es ist unsere Aufgabe«, hatte er schließlich gesagt, »den Mord an Adeline Mazago aufzuklären und den Täter dingfest zu machen. Im Zuge dessen wird das Kommissariat von Concarneau *alles* unternehmen, was nötig ist.« »Alles, was mit dem Kokain zu tun hat, ist *unsere* Angelegenheit«, hatte der Kommandant geantwortet. Genau betrachtet waren es natürlich rhetorische Nebelkerzen gewesen. Aber Dupin hatte seine ermittlerische Souveränität verteidigen müssen. Die Brigade werde sich sofort auf den Weg machen, hatte der Kommandant erklärt.

»Und?«, wollte Nolwenn wissen, als sie beim Auto angekommen waren und die Telefone wegsteckten.

Sie brachten sich gegenseitig auf den neuesten Stand.

»Die Mannschaft ist komplett im Bilde«, beendete Nolwenn ihren Bericht.

Dupin holte den Autoschlüssel aus seiner Hosentasche hervor.

»Also los. Zurück in die Bretagne.«

»Es ist doch verrückt, Monsieur le Commissaire. Immer dreht sich alles um irgendwelche Pflanzen aus Südamerika. Überlegen Sie mal: Kakao, Kaffee, Kokain. Und der ganze Tabak! Oder Rum, Tequila, Mezcal. Die Vegetation dort hat es wirklich in sich.«

Es klang skurril – aber von der Hand zu weisen war es nicht.

Dupin hatte die Wagentür geöffnet und war im Begriff einzusteigen.

»Nein. Jetzt fahre ich«, sagte Nolwenn bestimmt. »Und Sie machen die Augen zu. Es ist gleich sechs. Wir haben keine Minute geschlafen und müssen später topfit sein.«

Dupin würde nicht richtig schlafen können, aber für ein paar Minuten die Augen zuzumachen, wäre nicht verkehrt.

»Gut. Wir wechseln uns ab. Sie die erste Hälfte, ich die zweite.«

Dupin übergab Nolwenn den Zündschlüssel und lief zur Beifahrerseite.

Sie stiegen ein.

»Na dann.«

Nolwenn drehte den Schlüssel um.

Ein leises Klicken.

»Sie müssen den Schlüssel ganz herumdrehen.«

»Hab ich.«

Sie versuchte es erneut.

Eigentlich war das Klicken ein gutes Zeichen. Zuerst klickte es, dann sprang der Wagen – normalerweise – an. Aber nicht jetzt.

Nolwenn wiederholte den Vorgang ein paarmal.

»Ich habe es Ihnen gesagt: Das Klopfen im Motor war bösartig.«

Wortlos stieg Dupin aus und lief um den Wagen herum. Das durfte nicht wahr sein.

»Lassen Sie es mich mal versuchen.«

Er öffnete die Fahrertür.

Nolwenn blickte ihn mit gerunzelter Stirn an und blieb sitzen.

»Ich meine: Ich kenne meinen Wagen. Er hat so seine Macken.«

»Nicht nur Ihr Wagen, Monsieur le Commissaire.«

Widerwillig stieg sie aus.

Dupin setzte sich, griff nach dem Zündschlüssel – und zögerte. Nolwenn schaute zu.

Er gab sich einen Ruck und drehte den Schlüssel beherzt um.

Nichts.

Und noch einmal – nichts. Und wieder nichts.

»Er ist hinüber. Ich habe Sie gewarnt.«

Dupin nahm wortlos die Taschenlampe aus dem Handschuhfach, stieg aus, klappte die Motorhaube hoch und arretierte sie.

Nolwenn stellte sich neben ihn.

Es sah alles völlig normal aus. Was kein gutes Zeichen war. Meistens hieß das nämlich, dass der Schaden ernsthafterer Natur war. Dupin war kein Laie, aber auch kein Experte – ungünstig, wenn man einen derart betagten Wagen fuhr.

Eine Weile stand er stumm da, dann brach es aus ihm heraus: »So ein Scheiß!«

»Und Ihre Diagnose?« Ein unverhohlen süffisanter Tonfall.

Dupin stieß einen schweren Seufzer aus.

»Vielleicht kam das Geräusch von einem defekten Einspritzer. Zu viel Benzin im Zylinder. Zu hoher Kompressionsdruck, daher das Klopfen. Auf Dauer geht der Motor dann kaputt.«

Er hätte auf Nolwenns Warnung hören sollen.

»Und nun? Es ist kurz vor sechs. Ich vermute mal, einen Mechaniker erreichen Sie nicht vor acht oder neun Uhr. Und der wird sich den Wagen in der Werkstatt ansehen wollen. – Wir müssten einen Abschleppdienst rufen.«

Dupin ging vor der Motorhaube auf und ab.

»Das kann doch alles nicht wahr sein.«

»Jenseits grundlegender philosophischer Erwägungen, Monsieur le Commissaire«, Nolwenn bemühte sich in keiner Weise, die Süffisanz in ihrer Stimme zu drosseln, »wie kommen wir jetzt zurück? Und zwar schnellstmöglich? Mit diesem Wagen ganz sicher nicht.« Sie hob die Augenbrauen. »Unsere Optionen sind ein Leihwagen, die Bahn oder ein Flugzeug.«

Dupin überlegte kurz, noch den Helikopter ins Spiel zu bringen, aber er ließ es bleiben.

»Ich …« Ihm war eine Idee gekommen. »Moment.«

Er griff nach seinem Handy, lief zum schmiedeeisernen Geländer am Fluss und drückte die vorletzte Nummer, die er gewählt hatte.

»Ja?«

Dupin hörte Motorengeräusche, die Kommissarin saß offenbar im Auto.

»Noch einmal Commissaire Dupin hier.«

»Ja?«

»Es gibt Probleme mit unserem Wagen. Er muss in die Werkstatt.« Es hatte keinen Sinn, lange um den heißen Brei herumzureden. »Hätten Sie vielleicht ein Fahrzeug, das Sie uns für die Rückfahrt überlassen könnten, Commissaire Unarte? Ich kümmere mich darum, dass es morgen umgehend wieder zu Ihnen zurückkommt.«

Während Dupin sprach, spürte er, dass ihm die Situation doch peinlicher war, als er gedacht hatte. Sein Wagen gab einfach den Geist auf – was sagte das über den Zustand des Kommissariats in Concarneau aus?

»Wir verfügen in Bayonne über fünf Dienstwagen, die alle gebraucht werden.« Eine Pause, dann: »Aber für unsere bretonischen Freunde tun wir doch alles! Ich organisiere das. Wann brauchen Sie das Auto?«

»Sofort.«

»Sofort ist kompliziert. – Sagen wir, in einer Stunde? Ich spreche mit Biarritz.«

»Das wäre wunderbar, Commissaire Unarte. Sehr freundlich!«

»Wo stehen Sie?«

»Auf dem Parkplatz der Schokoladenfabrik.«

»Dann sehen wir uns dort.«

»Ich danke Ihnen vielmals.«

Schon hatte sie aufgelegt.

Dupin kehrte zu Nolwenn und seinem Citroën zurück.

Er hatte es eben nicht bemerkt: Nolwenn sah erschöpft aus. Völlig entkräftet.

»Wir kriegen einen Wagen, Nolwenn. Commissaire Unarte lässt uns einen bringen. Er ist in einer Stunde da.«

»Eine Stunde?«

Nolwenn schien ganz und gar nicht zufrieden.

»Was macht das für einen Eindruck, frage ich mich? Da

sehen Sie, in welche Situationen Sie unser stolzes Kommissariat mit Ihrer albernen sentimentalen Bindung zu einem Oldtimer bringen!«

Glücklicherweise schien sie beschlossen zu haben, das Thema nicht weiter auszureizen.

»Ich habe auch einmal nach Flügen geschaut. Um 8 Uhr 30 gibt es einen von Biarritz nach Paris. Von Paris könnten wir um 10 Uhr 15 nach Brest fliegen. Wir wären um 11 Uhr 5 da. Dort wird uns sicher ein Wagen zur Verfügung gestellt, ich würde die Kollegen gleich anrufen.« Sie blickte auf ihre Uhr. »Wegen des Berufsverkehrs wären wir mit dem Auto deutlich später da. Denken Sie an das Nadelöhr Bordeaux. Katastrophal.«

Dupin setzte sich deprimiert in seinen Wagen, er würde es noch ein letztes Mal versuchen.

Es passierte, was zuvor passiert war: nichts. Nur das Klicken.

»Verdammt!«

Dupin konnte es immer noch nicht fassen: Sein Wagen war kaputt. Richtig kaputt.

Sie verloren wertvolle Zeit. Und er konnte nichts daran ändern, das war das Schlimmste. Das Gefühl von Ohnmacht, nichts hasste er mehr.

»Na gut, wir fliegen.« Resigniert stieg er aus.

»Dann buche ich rasch.«

»Tun Sie das.«

Er würde derweil ein paar Schritte am Flussufer entlanglaufen.

Ein tiefes, dunkles und doch zugleich leuchtendes, irisierendes Blau. Die blaue Stunde hatte eingesetzt. Sie markierte einen Transit: Die Nacht war vorbei, der Tag noch nicht geboren.

Die letzte Phase, hatte Claire ihm erklärt, nannte man »goldene Stunde«, eine verwirrend-poetische Übertreibung, fand Dupin. In Wahrheit waren es nur wenige Minuten. Was aber tatsächlich stimmte: dass die Welt für einen Moment golden aufflammte, kurz bevor die Sonne über den Horizont kletterte.

»Alles okay?«, unterbrach Nolwenn jäh Dupins Gedanken. Sie stand noch am Wagen und hatte die Frage zu ihm herübergerufen. Er drehte sich um und lief zu ihr.

Sie hatte bereits alles organisiert.

»Tickets sind gekauft, und die Fluggesellschaft weiß Bescheid. Wir sollten spätestens um 8 Uhr 15 am Gate sein«, sagte sie, als Dupin den Wagen erreichte. »Ein kleiner Flughafen, wir brauchen von hier aus mit dem Taxi keine zehn Minuten.« Sie warf einen kurzen Blick auf die Uhr. »Das heißt, wir könnten jetzt noch ein bisschen schlafen, Monsieur le Commissaire. Und wenn Sie mich fragen, dann sollten wir das unbedingt tun.«

Sie deutete mit dem Kopf auf Dupins Wagen.

»Sie meinen … Danke, nein, ich bin nicht müde, Nolwenn.« Natürlich war das nicht die Wahrheit. »Aber wenn Sie etwas schlafen wollen – unbedingt.«

Der Gedanke, Schulter an Schulter mit ihr im Auto ein Nickerchen zu machen, bereitete ihm Unbehagen. Bei aller Sympathie: Sie war eine Kollegin.

»Ich bitte Sie, Monsieur le Commissaire. Irgendwann klappen Sie mir sonst zusammen. Sie sind keine dreißig mehr. Wir haben es wahrscheinlich mit international agierenden Verbrechern zu tun, die Kartelle schrecken vor nichts zurück. Vor gar nichts. Da müssen wir hellwach sein.«

»Ich denke nicht, dass …«

Ein ohrenbetäubender Lärm. Polizeisirenen, die aus dem Nichts zu kommen schienen, hallten über den Fluss.

»Da kommt Ihre neue Freundin, nehme ich an. Mit der gesamten Truppe. Vielleicht ist auch schon die BAC dabei.«

Einen Augenblick später rasten die Wagen über die Brücke und kamen mit quietschenden Reifen auf dem Parkplatz der Schokoladenfabrik zum Stehen. Zwei dunkle SUVs, ein großer, neuer Citroën – ein Zivilfahrzeug mit aufgestecktem Blaulicht – und drei kleinere Polizeiautos.

Das hatten sie nun davon, nicht rechtzeitig weggekommen zu sein. Dupin würde mit allen sprechen müssen. Und alle würden die Sache mit dem Oldtimer der Polizei aus Concarneau mitbekommen, für den schon die Strecke ins Baskenland zu viel war.

»Daran können Sie sich ein Beispiel nehmen, Monsieur le Commissaire. Ein schicker DS7 – genau den könnten Sie auch fahren!« Nolwenn echauffierte sich nun regelrecht. »Ich sage Ihnen, jetzt ist es vorbei mit meiner Langmütigkeit! Nach diesem Fiasko wird ein neuer Wagen angeschafft. Und wenn Sie es nicht tun, dann tue ich es für Sie!«

Die Frau, die den Citroën gefahren hatte, stieg aus und kam zu ihnen.

»*Das* ist Ihr Wagen?«

Die Bemerkung ersetzte den Gruß.

»Das ist mein Wagen.«

Dupin straffte die Schultern.

»Ein *XM Exclusive*, drei Liter, vierundzwanzig Ventile, zweihundert PS und auch noch in Nachtblau. Wahnsinn. – Anfang der Neunziger, schätze ich. Wunderschön! Ein Liebhaberstück!«

Dupin wusste nicht, was er sagen sollte. Er strahlte über das ganze Gesicht.

»Bonjour übrigens.« Die Frau nickte. »Ich bin Commissaire Unarte. Aber das haben Sie sich sicher schon gedacht.«

Die Kommissarin war jung, vielleicht Mitte dreißig. Lange pechschwarze Haare. Jeans, ein weißes, weites T-Shirt. Ein warmes Lächeln und Wangen mit Grübchen.

»Von mir aus tauschen wir die Wagen, ich nehme Ihren, auch mit dem Defekt, kein Problem!« Sie wies mit dem Kinn auf ihren

DS. »Eine tolle Maschine, absolut – aber das hier«, liebevoll betrachtete sie Dupins XM, »das ist ein Auto mit Charakter!«

Dupin hatte selten einen derart zerknirschten Ausdruck auf Nolwenns Gesicht gesehen.

»Meine Rede.«

Commissaire Unarte lief um Dupins Wagen herum, ihre Augen funkelten.

»Super gepflegt. Fantastisch. Kanten, überall Kanten. Nicht diese gefälligen Rundungen, die später modern wurden! Eine visionäre Gestaltung, hier war ein Designer am Werk, der noch an technische Utopien geglaubt hat! Aber«, sie blieb abrupt vor Nolwenn und Dupin stehen, »genug der Schwärmerei. Es ist alles organisiert. Ich habe einen Wagen für Sie, er …«

»Ungemein freundlich, Commissaire Unarte«, unterbrach Dupin sie mit sanfter Stimme, »aber wir haben uns entschieden zu fliegen. Wir sparen dadurch viel Zeit. Und ich muss Ihnen ja nicht sagen, was …«

»Sie haben vollkommen recht. Der Flieger um 8 Uhr 30 nach Paris?«

»Genau. Ich hoffe, es hat Ihnen nicht zu viel Mühe gemacht, uns einen Wagen zu beschaffen.«

»Kein Problem!« Sie nahm es beeindruckend locker. »Privat fahre ich übrigens einen *CX 25 GTI Turbo,* ein 85er, waldgrün, und ich habe den besten Mechaniker der ganzen Küste. Wenn Sie mögen, sorge ich dafür, dass er sich um Ihren Wagen kümmert.«

Dupin hätte sie umarmen können.

»Das wäre fantastisch. Tausend Dank!«

»Gut, dann lasse ich ihn abschleppen. – Aber zurück zur Sache: Seit Ihrem Anruf vorhin habe ich über die Vorgänge hier nachgedacht. Und wissen Sie was?«

Eine rhetorische Frage.

»Ich glaube nicht, dass die Familie da mit drinhängt. – Die Mazagos und Drogen? Niemals. Jemand muss sie ihnen untergeschoben haben.«

»Warum sind Sie sich so sicher?«

»Ein Gefühl. Ich kenne sie alle drei, Nahia am besten. – Die Mazagos sind eine ganz alte baskische Familie. Eine sehr stolze Familie. Zuweilen mögen sie sektiererisch wirken, aber nur, weil sie die Traditionen und Werte ihrer Ahnen hochhalten. Sie sind vorbildhafte Unternehmer. Sozial, ökologisch. Zudem mäzenatisch engagiert, in Kunst und Kultur, der Wissenschaft, im Sport. Sie schwingen nicht bloß große Reden wie die meisten anderen, sie tun tatsächlich viel Gutes. Für die Region und weit darüber hinaus. Ich bin nicht naiv, ohne Frage wird es auch dunkle Geheimnisse geben. Aber Drogen und Morde, nein!«

Sie wischte sich eine störrische Haarsträhne aus dem Gesicht.

»Natürlich kann ich mich täuschen.« Ein verschmitztes Lächeln umspielte ihre Lippen. »Das hat es schon gegeben. Selten, aber es kam vor. – Wie auch immer: Ich werde mir hier jetzt erst einmal alles ganz genau ansehen. Und«, sie deutete auf die beiden schwarzen SUVs, »dafür sorgen, dass die Spezialkräfte nicht zu viel Blödsinn anstellen. – Wollen Sie noch einmal mit rein, Commissaire?«

Dupin wäre beinahe ein rabiates »Auf keinen Fall!« herausgerutscht. Auf eine weitere Auseinandersetzung mit dem Chef der Spezialbrigade konnte er gut verzichten, das Telefonat hatte ihm gereicht.«

»Ich habe gesehen, was ich sehen musste.«

Das hatte albern geklungen.

»Ich meine, informieren Sie mich bitte, wenn es Neuigkeiten gibt.«

»Ich halte Sie auf dem Laufenden.«

»Danke.«

»Natürlich unter der Prämisse, dass Sie es ebenfalls tun.«

»Ich …« Dupin zögerte.

Er verpflichtete sich äußerst ungern dazu, jemandem während laufender Ermittlungen Bericht zu erstatten. Ein ewiger Streitpunkt mit dem Präfekten. Aber es ging nicht anders.

»Gut. So machen wir es.«

»Also dann.«

Schon war die Kommissarin im Begriff, sich abzuwenden.

»Nur das noch«, beeilte sich Dupin. »Wo bekommt man hier um die Uhrzeit einen passablen Kaffee?«

»Eine sehr sympathische Frage.« Die Kommissarin lächelte. »Ich bin hoffnungslos koffeinabhängig.«

Unglaublich, es wurde immer besser. Die Kommissarin war eine durch und durch bemerkenswerte Persönlichkeit.

»Ab sieben Uhr hat das Café vor dem *Hôtel de Ville* geöffnet. Sie haben eine *Suprema IV*. Die mit dem Pre-Infusionssystem. Wahnsinn.«

Mit diesen verheißungsvollen Worten drehte sie sich um und begab sich zur Fabrik.

Dupin stand einen Moment andächtig da. Die *Suprema* war eine seiner Lieblingskaffeemaschinen. Vollständig mechanisch, kein bisschen Plastik, nur Edelstahl.

Nolwenn öffnete die Wagentür.

»Na gut, ich ruhe mich etwas aus, und Sie machen es sich derweil in Ihrem *Suprema*-Himmel gemütlich. Wir werden sehen, was die bessere Strategie ist.«

Nolwenn war selten griesgrämig. Jetzt schon.

»Ich hole Sie um Viertel vor acht vor dem Café ab. Dann fahren wir zum Flughafen.«

Das klang nach einem Plan.

»So machen wir es.«

Nolwenn stieg ein und schob den Sitz nach hinten.

Dupin holte noch schnell eine der Schokoladentafeln aus dem Handschuhfach und steckte sie sich in die Hosentasche, nur sicherheitshalber, dann spazierte er zum zweiten Mal an diesem Tag den Fluss entlang.

Der Kommissar hatte Glück. Der überaus freundliche Kellner, der die Terrasse für den Tag vorbereitete, versprach, sich schon jetzt, eine Viertelstunde vor Beginn der Geschäftszeit, um einen Kaffee zu kümmern. »Sobald die Maschine aufgeheizt ist.« Dupin musste einen verzweifelten Eindruck gemacht haben. »Zwei Doppelte, bitte.« Danach würde er weitersehen.

Dupin entschied sich für einen Tisch ganz am Rand. Nahe dem Adour, man konnte ihn sehen und riechen. Die einzigartige Kombination süßlicher und salziger Aromen, die nur Gewässer verströmten, in denen sich Meerwasser mit Flusswasser vermischte.

Mittlerweile hatte sich die Sonne kühn über den Horizont geschwungen. Der geheimnisvolle Feuerball hatte sich entschieden, die Welt zu Beginn des Tages in ein zartes Lila zu tauchen, der Morgen kam friedlich daher.

Der Platz vor dem prachtvollen *Hôtel de Ville* war mit hellen großen Granitplatten gepflastert, die silbrig schimmerten. Rechts die Altstadt, links der breite Adour, an dessen Ufer sich zwei Möwen kreischend um ein Stück Brot stritten. Über einem Gässchen, das in die Altstadt führte, hing ein großes Band: »Bienvenue à la 561e Foire au jambon de Bayonne«. Von der Messe zu Ehren des legendären Bayonner Schinkens hatte Dupin bereits gehört. Noch waren die Stände geschlossen. Eine wundervolle Vorstellung, durch eine ganze Straße voller Schinken zu laufen und überall etwas zu probieren.

Schon auf dem Weg hierher hatte er darüber nachgedacht – »hier unten« fühlte sich alles sehr anders an als in der Bretagne. Das Licht, die Farben, die Stimmung, die Luft, die Aura – es war gar nicht leicht zu benennen, was es war. Vielleicht das: Er befand sich eindeutig im Süden, *le Sud*, wie es die Franzosen nannten. Von hier bis zur spanischen Grenze waren es keine zwanzig Kilometer, man befand sich am südlichen Ende der gewaltigen Bucht von Biskaya, die sich von den Pyrenäen bis zur galizischen Hafenstadt A Coruña und im Nordwesten bis Audierne erstreckte.

Dupin nahm sich vor, einmal mit Claire herzukommen, er war aufrichtig begeistert. Aber es war gerade nicht der Moment, Reisepläne zu schmieden.

Er rieb sich das Gesicht. Die fundamentale Müdigkeit nach der schlaflosen Nacht verstärkte das Gefühl noch, sich in einem verrückten Traum zu befinden. Ein solcher Zustand, Dupin kannte das, multiplizierte jedwede Empfindung und trübte den Blick. Keine guten Voraussetzungen für die Ermittlungsarbeit, bei der ein wacher, messerscharfer Verstand vonnöten war.

Er hatte gerade sein rotes Heftchen hervorgeholt, als der Mann mit dem Tablett erschien. Auf ihm die sehnsüchtig erwarteten doppelten *petits cafés*.

»Ein baskisches Frühstück? So eines kriegen Sie in Paris nicht!«

»Bretone! Ich bin Bretone«, schoss es aus Dupin hervor.

»Viel besser! Für unsere bretonischen Freunde gibt es natürlich nur die feinsten Spezialitäten.«

Der Kellner hielt Dupin eine Karte hin.

»Unser Käsekuchen ist göttlich. Außen dunkel, beinahe verbrannt, aber eben nur beinahe, leicht karamellisiert, im Inneren weich und cremig, wie Sie es noch nie erlebt haben. Mit frischer Vanille. Wir essen ihn schon zum Frühstück. – Oder eher etwas Herzhaftes?«

»Ich …«

Dupin hatte ablehnen wollen, aber gebot nicht die Vernunft, ganz im Interesse der Ermittlungen, dass er sozusagen auf Vorrat aß? Wer wusste schon, wann er wieder etwas bekäme.

»Ein Stück Käsekuchen, gerne.«

Er griff nach der Karte.

»Dann bringe ich den schon mal, und Sie schauen in Ruhe, was Ihnen sonst noch schmecken könnte.«

Der Mann verstand sich auf seinen Beruf, so viel war klar.

Neben heißen und kalten Getränken bot die Karte verschiedenste Köstlichkeiten, zum Frühstück und auch zum Mittagessen, das hier bis sechzehn Uhr serviert wurde. Das Baskenland war – der Bretagne ebenbürtig – ein Schlaraffenland, ein kulinarisches Paradies, es war ein Jammer, dass er nicht die Zeit haben würde, all die schmackhaften Dinge zu kosten. Bei dem Gedanken an die Pintxos, die erlesenen baskischen Tapas, die von kleinen Holzspießchen zusammengehalten wurden, lief ihm nun doch das Wasser im Mund zusammen. Die baskischen Städte veranstalteten große Pintxo-Wettbewerbe.

Dupin fiel etwas ein, er griff zu seinem Telefon. Die »Fall-Datei«. Schnell fand er die Nummer, nach der er gesucht hatte.

Es klingelte eine Weile.

»Hier Dehame – hallo?«

Dupin hatte den Filialleiter vermutlich geweckt, er hatte vergessen, wie früh es war.

»Hier Commissaire Dupin. Als Filialleiter überblicken Sie sämtliche Abläufe, haben Sie gesagt.«

»Genau.«

»Sie sind also auch für die«, wie sollte er es nennen, »die Disposition der Kakaobohnen zuständig. Für die Festlegung der Mengen, die bestellt werden.«

»Das gehört zu meinen Aufgaben, ja. Warum?«

»Also haben Sie viel mit der Plantage in Venezuela zu tun, vermute ich.«

»Viel würde ich nicht sagen.« Dehame klang immer noch nicht ganz wach. »Ich übermittle der Leiterin der Plantage die Bestellung, ja. Aber die Logistik und der Transport werden nicht von mir, sondern von …«

»Nathaël Spiquel erledigt, das wissen wir. – Die Kakaosäcke, die von der Plantage kommen, sind alle gekennzeichnet und nummeriert, richtig?«

»Natürlich. Warum frag…«

»Wir haben heute in einem der Säcke sieben Kilo reinstes Kokain gefunden, Monsieur Dehame. Was sagen Sie dazu?«

Eine ausgeklügelte Befragungsstrategie sah anders aus, das war Dupin bewusst.

»Bitte?«

»Sieben Kilo Kokain, in einem Kakao-Sack, der Teil der letzten Lieferung war. Er kam Dienstagabend in Bayonne an.«

»Das kann ich nicht glauben.«

Dehame wirkte jetzt hellwach.

»Die Menge reicht, um für viele Jahre ins Gefängnis zu wandern. Wenn Sie etwas damit zu tun haben, packen Sie lieber auf der Stelle aus, Monsieur Dehame. Ihre Kooperationsbereitschaft wird sich mildernd auf das Strafmaß auswirken.«

»Sie … Sie verdächtigen *mich?*«

Dupin konnte nicht sagen, ob die Empörung echt war. Der kleine rundliche Mann schien einen Hang zur Theatralik zu haben.

»Selbstverständlich, Monsieur.«

Genau so war es.

Dehame schien mit der Fassung zu ringen.

»Das ist infam! – Ich werde das nicht auf mir sitzen lassen, mein Cousin ist Anwalt. Ich werde ihn umgehend hinzuziehen.«

»Tun Sie das, Monsieur. Offenbar sehen Sie einen Grund, sich verteidigen zu lassen.«

»Ich werde dieses Telefonat jetzt beenden, Monsieur le Commissaire.«

»Dann einen schönen Tag noch, Monsieur.«

Dehame legte auf.

Ein aberwitziges Gespräch, Dupin steckte das Handy weg.

»Da bin ich schon wieder!«

Der Kellner.

Schon der Duft, den das Stück Kuchen verströmte, war himmlisch. Vor allem, da er sich mit dem Kaffeeduft vermischte.

»*Et voilà!*«

Im Nu stand der Teller vor Dupin auf dem Tisch.

»Und was kann ich Ihnen noch bringen?«

Dupin war überfordert. »Alles«, hätte er beinahe gesagt. Er merkte erst jetzt, wie hungrig er war.

»Ich empfehle unser Rührei mit baskischer Chorizo und Sakari-Soße, eine weitere Spezialität des Hauses. Eine Soße, die Rapsöl, Essig, Piment d'Espelette, Honig und siebzehn Kräuter enthält. Äußerst herzhaft, aber nicht scharf. – Und natürlich unsere *Brioche perdue à la confiture de cerises noires.* Wir rösten die Brioche in salziger Butter, die Kirschmarmelade ist selbstverständlich hausgemacht. – Sie werden verrückt.«

Dupin glaubte es aufs Wort.

»Gerne.«

»Die Brioche?«

»Beides.«

Dupin klappte die Karte zu. »Und ein Stück Idiázabal.«

Der exquisite Hartkäse aus der unpasteurisierten Milch dieser ganz besonderen Schafe. Dupin mochte ihn sehr.

»Leicht oder mittelpikant? Ungeräuchert oder geräuchert? Wenn geräuchert: Buchen- oder Weißdornholz?«

Genau in diesen kulinarischen Differenzierungen zeigte sich die Kultur einer Region, das war Frankreich – wunderbar.

»Jeweils ein kleines Stück.«

»Gute Wahl. – Möchten Sie auch den Bayonner Schinken probieren? Ich meine, es geht ja nicht anders. Wenn Sie uns schon besuchen! Sie haben die Wahl, sieben, neun oder zwölf Monate gereift, Sie …«

»Ein kleines Assortiment, bitte.«

Dupin wollte ja nicht unhöflich sein. Die Basken waren wie die Bretonen berühmt für ihre übergroße Gastfreundschaft. Und ihren Stolz. Den er tunlichst nicht verletzen wollte. Dennoch, es nahm – auch wenn alles streng im Interesse der Ermittlungen geschah – die Ausmaße eines veritablen Exzesses an.

»Und das war es dann«, sagte er schnell.

»Wie bedauerlich! Aber gut!«

Dupin fühlte sich ein bisschen wie die beiden berühmtesten Bretonen der Welt, Asterix und Obelix, die bei den Nachbarvölkern allerhand Abenteuer erlebten, auch kulinarische.

»Warten Sie!«

Dupin fiel noch etwas Wichtiges ein.

»Ich nehme noch zwei große Sandwiches mit so viel baskischem Käse und Schinken wie möglich. Könnten Sie die einpacken?«

Nolwenn musste sich ebenfalls stärken.

»Sehr gerne.«

Der Kellner entfernte sich frohgemut.

Dupin trank den ersten *petit café*. Auf die *Suprema IV* war Verlass, der Kaffee war perfekt, sehr stark, dabei weich im Geschmack und himmlisch cremig.

Dupin musste sich konzentrieren. Auf das Wesentliche.

Während er mit der einen Hand in seiner Tasche nach einem Kugelschreiber suchte, nahm er mit der anderen die Gabel und genehmigte sich einen ersten Bissen. Der Kellner hatte nicht zu viel versprochen: So einen Käsekuchen hatte er noch nie gegessen. Es war, als hätte man konzentriertes irdisches Glück im Mund, eine ambrosische Creme. Dupin schloss kurz die Augen. Allein die Konsistenz, das Samtige, die – Konzentration! Auf das Wesentliche! Dupin riss sich zusammen.

Es war denkbar, dass Adeline Mazago von dem Kokain gewusst hatte und deswegen sterben musste. Aber wie hatte sie davon erfahren? Es war doch ihre Schwester gewesen, die die Drogen gefunden hatte, nicht sie. Oder hatte auch Adeline Mazago Kokain entdeckt, in einem der Säcke in Concarneau? Hatte sie jemandem davon erzählt, vielleicht der falschen Person? Oder hatte sie auf ganz andere Weise Wind von der Sache bekommen? Hatte es ihr jemand gesagt? Es *mussten* mehrere Personen beteiligt gewesen sein. Hatte eine davon geplaudert?

Es gab unzählige offene Fragen. Was bedeutete: Sie wussten noch nicht viel. Eigentlich fast nichts.

Dupin begann, seine Notizen durchzugehen.

»Kakaosack seit Abfüllung in der Plantage nicht geöffnet«, stand dort dick unterstrichen. Wie alle Notizen der letzten Stunden derart hingekritzelt, dass er äußerste Mühe hatte, sie zu entziffern.

Die Person, mit der sie zuerst sprechen sollten, war Spiquel. Eindeutig. Als Cheflogistiker steuerte und kontrollierte er alles. Und da es sich nicht um riesige Containerschiffe handelte, die eine unüberschaubare Menge an Produkten in gigantische Häfen beförderten, müsste es ihm auffallen, wenn auf den Booten etwas Ungewöhnliches vor sich ging.

Dupin zog sein Handy hervor und wählte Riwals Nummer.

»Guten Morgen, Chef.«

Der Inspektor klang ausgesprochen heiter. Manchmal war es schwer auszuhalten, wie resilient Riwal war.

»Ich will doch zuerst mit dem Cheflogistiker sprechen und erst danach mit Madame Columbani. Können Sie das arrangieren?«

Eigentlich rief Dupin Nolwenn für so etwas an.

»Mache ich, Chef. Nolwenn hat mich schon damit beauftragt.«

»Bitte?«

»Sie sagte, das Gespräch mit Nathaël Spiquel habe jetzt Vorrang. Haben Sie das nicht besprochen?«

»Nein.«

»Wie lustig, dann hatten Sie beide genau den gleichen Einfall und …«

»Sehr lustig.«

Nolwenn hatte behauptet, sie wolle schlafen. Und was tat sie? Sie führte Telefonate. Das war das eine. Das andere: Warum legte sie eigenständig Termine um?

»Nolwenn sagt, Spiquel sei jetzt der Hauptverdächtige. Auch wenn ihr Mann und sie ihn eigentlich schätzen.«

»Spiquel ist so verdächtig wie jeder andere«, brummte Dupin. »Wo sind Sie gerade, Riwal?«

»Kadeg, Nevou, Le Menn und ich haben uns um sieben Uhr im Kommissariat verabredet, ich bin gerade eingetroffen, die anderen sind auch schon da.«

»Nolwenn und ich kommen vom Flughafen direkt zum Hafen. Dort sehen wir uns dann.«

»In Ordnung, Chef. Nolwenn hat bereits einen Wagen organisiert. Einen Citroën DS7, sie sagt, dann können Sie sich schon mal daran gewöhnen und …«

Der Inspektor brach jäh ab.

»Riwal!«, drang es aus der Leitung. Es waren laute Geräusche zu hören, schnelle Schritte.

Dupin erkannte die Stimme. Le Menn. Sie schien ins Büro gestürmt zu sein.

»Legen Sie auf!«

»Das ist der Chef!«

»Umso besser. – Sagen Sie ihm, wir haben noch einen Toten.«

»Was?«

Riwal und Dupin hatten beide geschrien.

Dupin war so heftig von seinem Stuhl hochgeschnellt, dass dieser laut scheppernd umfiel.

»Der Bruder. Bixente Mazago.«

Dupin presste das Handy fest ans Ohr.

»Ermordet?«, fragte Riwal.

»Eindeutig. Eine fatale Wunde an der Schläfe. Er wurde vor seinem Haus in Trégunc gefunden.« Le Menn berichtete im Stakkato. »Ein Mitarbeiter der Müllabfuhr. Nicht weit von seinem Wagen.«

»War er alleine?«

Jetzt war es Dupin, der Riwal ins Ohr geschrien hatte.

»Ich stelle Sie mal laut, Chef.«

Eine gute Idee.

»War seine Frau in der Nähe?«

»Nein.«

»Le Menn und ich machen uns sofort auf den Weg, Chef.«

»Ist schon jemand vor Ort?«

»Zwei Gendarmen aus der neuen Gendarmerie in Trégunc«, antwortete Le Menn.

»Und?«

Dupin hörte wieder Schritte, Riwal schien seinen Schreibtisch zu verlassen.

»Die Kollegen sind gerade erst angekommen. Mehr Infos haben wir nicht.«

Eine der vielen Unarten Dupins: ungeduldig lauter Fragen zu stellen, obwohl er wusste, dass sie noch niemand beantworten konnte.

Er holte eilig einen Schein aus seinem Portemonnaie und klemmte ihn unter eine der beiden Kaffeetässchen.

Das war es dann mit dem baskischen Gelage.

»Die Gendarmen sichern gerade den Tatort. Alles vorschriftsmäßig«, sagte Le Menn.

Dupin spurtete los, er nahm den Weg, den er gekommen war.

»Die Tatwaffe?«

Gleich würde er den Park erreichen.

»Bisher noch keine Spur. Aber wie gesagt, sie sind erst seit ein paar Minuten da.«

Nolwenn und Dupin würden frühestens gegen Mittag vor Ort sein.

»So ein Scheiß.«

Er war gerade dabei, die Straße zu überqueren, als ihn jemand rief.

»Monsieur le Commissaire! – Monsieur le Commissaire!«

Nolwenn.

Er sah sie zwischen zwei Bäumen. Sie musste quer durch den Park gerannt sein.

»Bixente Mazago. Er wurde erschlagen! Er ist tot!«, schallte es ihm entgegen.

Dupin zeigte mit der linken Hand auf sein Handy, um ihr zu bedeuten, dass er bereits im Bilde war.

»Melden Sie sich, wenn Sie vor Ort sind, Riwal! Umgehend!«

»Machen wir, Chef.«

Schon hatte der Inspektor aufgelegt.

Im nächsten Augenblick standen sich Dupin und Nolwenn schnaufend gegenüber.

»Wir können nicht erst mittags in … », begann er, Nolwenn unterbrach ihn sofort:

»Wir fahren zum Rugby-Stadion, der Polizei-Helikopter wartet dort.«

Dupin lag eine Bemerkung auf den Lippen, er verkniff sie sich.

Nolwenn zuckte mit den Schultern.

»Das ist eine absolute Ausnahme. Ein Notfall. Genau dafür, und nur dafür, sind die Helikopter …«

»Unarte kann uns hinfahren.«

Sie spurteten in Richtung der Schokoladenfabrik.

»Das ist doch der reine Wahnsinn!«, keuchte Nolwenn. »Jemand löscht die Mazagos aus!«

»Und?«

»Ich bin eben erst angekommen, Chef«, sagte Riwal am anderen Ende der Leitung.

Dupin drückte das Handy ans Ohr und sah sich um. Der Hubschrauberlandeplatz befand sich direkt neben dem imposanten Stadion, Rugby war der Lieblingssport der Basken.

»Sehen Sie, was der für eine Power hat«, hatte Nolwenn während der rasanten Fahrt in Commissaire Unartes Wagen gerufen. Nicht nur das Tempo, auch der Fahrstil der Kommissarin war abenteuerlich gewesen. Mit quietschenden Reifen war sie nach wenigen Minuten vor dem Stadion zum Stehen gekommen. Die Rotorblätter des Helikopters drehten sich bereits, Nolwenn und Dupin liefen rasch auf ihn zu.

»Erzählen Sie, Riwal!«

»Bixente Mazago liegt gar nicht vor seinem Haus.«

Im Lärm des Helikopters war er schwer zu verstehen.

»Was meinen Sie?«

»Die Leiche liegt vor dem Haus seiner Schwester. Drei, vier Meter entfernt, auf dem Kiesweg. Und neben ihm im Gras haben die Gendarmen den Schlüssel von Adeline Mazagos Haus gefunden. Ich denke mal, ihr Bruder wollte da rein. Oder war schon drin.« Eine Pause. »Ich stehe gerade neben ihm, Chef.«

Es klang makaber.

»Gibt es Anzeichen, dass jemand gewaltsam in Adeline Mazagos Haus eingedrungen ist?«

Dupin musste nun schreien. Er blieb kurz stehen. Das Gespräch war zu wichtig.

»Nein. Das haben die Kollegen schon gecheckt. Aber natürlich könnte der Mörder nach der Tat im Haus gewesen sein. Mit den Schlüsseln, die hier im Gras liegen. Vielleicht hat er sie danach dort platziert. – Aber im Moment sind das alles nur Spekulationen.«

Riwal hatte vollkommen recht.

»Ich habe auf der Fahrt mit Bixente Mazagos Frau telefoniert, Chef. Ich wollte, dass sie es von uns erfährt. Die Männer von der Müllabfuhr haben die Leiche gesehen, natürlich spricht sich das jetzt rum wie ein Lauffeuer.«

Es waren die schrecklichsten Gespräche, die der Beruf des Polizisten mit sich brachte.

»Gut gemacht, Riwal.« Dupin seufzte. »Wie hat sie reagiert?«

»Sie hat es noch nicht verstanden, würde ich sagen. Ich habe zwei Kolleginnen aus Quimper zu ihr geschickt.«

»Hat sie gesagt, warum ihr Mann heute Morgen derart früh nach Trégunc gefahren ist? – Er hat doch, wie sie, in Quimper bei seiner Schwägerin geschlafen, oder?«

»Ja, sie haben dort übernachtet. Bixente Mazago war heute früh in der Fabrik in Concarneau mit dem Filialleiter und anderen leitenden Angestellten verabredet. Davor wollte er sich noch zu Hause umziehen, hat er seiner Frau gesagt. Er ist um kurz nach sechs in Quimper los, also kann er noch nicht lange in Loc'h Louriec gewesen sein, als es passiert ist.«

»Wissen wir, wann der Termin mit Dehame und den Mitarbeitern stattfinden sollte?«

»Um neun.«

»Und es war Bixente Mazago, der das Treffen veranlasst hat?«

»Ja. Er hat eine Mail geschrieben.«

»Die beiden Chocolatiers, Pichard und Chesneau, sollten sie auch dabei sein?«

»Ja.«

»Wir müssen los«, Nolwenn packte Dupin am Arm, »Sie können im Hubschrauber weitertelefonieren. – Mit dem Mikrofon im Helm. Da müssen Sie auch nicht so schreien.«

»Riwal, es geht los.«

»Gut, Chef. Sie fliegen mit dem superschnellen Eurocopter AS350, damit sind Sie in etwa eineinhalb Stunden da.«

»Bixente Mazago darf nicht bewegt werden, Riwal, hören Sie? – Und auch im Haus wird nichts angerührt. In beiden Häusern nicht!«

Dupin legte auf. Dann rannten Nolwenn und er auf die offene Schiebetür des Helikopters zu. Eine junge Polizistin hielt ihnen die Helme hin.

Eine Minute später hoben sie ab.

Praktischer ging es nicht. Sie waren auf der Wiese neben den Bungalows gelandet. Nolwenn und er hatten während des Fluges zahllose Telefonate geführt. Er war sich sicher, mindestens zweimal den Namen Marie gehört zu haben. Und einmal das Wort »Sperrgut«.

Dupins mit Abstand schwerstes Gespräch war das mit Nahia Mazago gewesen. Zuerst ihre Schwester, nun ihr Bruder – ein unvorstellbarer Schmerz.

Zunächst war sie für eine Weile verstummt, Dupin hatte mehrmals nachfragen müssen, ob sie noch dran sei. Als Nahia Mazago dann zu sprechen begonnen hatte, hatte sie kaum mehr als ein Stammeln herausgebracht. Bald hatte es an ihrer Tür geklingelt. Commissaire Unarte. Dupin war froh, dass sie so rasch eingetroffen war. Er hatte völliges Vertrauen in die Bayonner Kommissarin, und das war selten.

In regelmäßigen Abständen hatte er Riwal angerufen und sich nach dem Stand der Ermittlungen in Trégunc erkundigt. Der Inspektor kannte Dupins Marotte und hatte ihm jedes Mal geduldig erklärt, dass es keine Neuigkeiten gebe und er sich andernfalls sofort melden würde.

Nevou und Kadeg hatten begonnen, die Personen, die in der Fall-Datei standen, nach ihren Alibis für den mutmaßlichen Tatzeitpunkt zu befragen.

Extrem unerfreulich war das neuerliche Telefonat mit dem Chef der BAC gewesen. Kommandant Pinel. Er war ein klassisches Alphamännchen. Pinel hatte die beiden Segelschiffe, die vier *Zerua*-Fabriken in Quimper, Concarneau, Morlaix und Bayonne sowie die Privathäuser und Büros der Mazagos mittels einer Eilverfügung aus Paris zum exklusiven Terrain seiner Operation bestimmt. Fortan sollten Dupin und sein Team bei ihm eine Genehmigung einholen müssen, um dort ermitteln zu dürfen.

Natürlich galt das Interesse des Drogenfahnders, Dupin hatte dafür sogar Verständnis, nicht den Morden und noch weniger den Opfern selbst. Sie waren Nebenfiguren, ein bedauerlicher Kollateralschaden in einem grausamen Konflikt. Pinels Ziel war es, ein internationales Netzwerk zu zerschlagen. Natürlich war der Kampf gegen die Kartelle wichtig, aber Dupins Aufgabe war eine andere. Ihn interessierten die beiden jäh und gewaltsam aus dem Leben gerissenen Menschen, Adeline und Bixente Mazago. Ein solches Verbrechen durfte nicht ungeahndet bleiben.

Das überaus scharfe Wortgefecht zwischen Dupin und dem Chef der BAC hatte mit einer Art Erschöpfungs-Patt geendet. Mit sehr viel gutem Willen konnte man Pinels abschließende Worte durchaus so auslegen, dass das Commissariat de Police Concarneau tun durfte, was nötig war, um die Morde aufzuklären. Unter der Prämisse, dass man sich bei bedeutsamen neuen Erkenntnissen gegenseitig unterrichtete. Was unter diese Kategorie fiel, war durchaus Interpretationssache, hatte Dupin bei sich gedacht.

Immerhin würde Pinels Mannschaft – bis auf eine kleine Vorhut – erst gegen Mittag in Concarneau aufschlagen.

Eine Neuigkeit hatte der Brigadechef bereits zu vermelden gehabt: In den anderen Säcken, die sich im Bayonner Lager befunden hatten, war kein weiteres Kokain gefunden worden. Die Untersuchungen der Ware in den Fabriken in Quimper, Morlaix und Concarneau standen noch aus.

»Willkommen zurück in der Heimat!«, sagte Riwal. Le Menn und er waren Dupin und Nolwenn entgegengelaufen.

»Bixente Mazago wurde nicht bewegt?«

»Nein, Chef. Wie versprochen. Reglas ist außer sich, Chef, ich will Sie nur vorwarnen. Er will sich an den Präfekten wenden.«

Dupin stürmte los, Le Menn und Riwal folgten prompt.

»Und der Kiesweg? Irgendwelche verwertbaren Spuren?«

»Nein. Diesen Gefallen hat uns der Mörder nicht getan. Er ist vermutlich auf dem buschigen Gras geblieben. Die Spurensicherung hat jedenfalls nichts gefunden.«

Dupin erreichte die Leiche.

Bixente Mazago sah schlimm aus. Wirklich schlimm.

Sein Kopf – die ganze rechte Seite – war entstellt. Der Gegenstand, den der Täter benutzt hatte, schien massiver gewesen zu sein als der rohrartige Handschöpfer, mit dem Adeline Mazago attackiert worden war. Das Auge schien direkt getroffen worden zu sein, es sah grässlich aus. Alles war aufgequollen, Blut, Haut, Fleisch, zähe Flüssigkeiten verschiedener Farben hatten sich vermengt.

Dupin ging in die Hocke.

Er hatte schon einige übel zugerichtete Tote gesehen – dieser Anblick war besonders grausam. Er schluckte. Ungefähr da, wo Bixente Mazago jetzt lag, hatten sie sich gestern Abend von ihm verabschiedet.

»Dieses Mal sind Sie definitiv zu weit gegangen, Dupin! Das wird Konsequenzen haben. Dienstrechtliche, disziplinarische Konsequenzen. Ich werde den Präfekten in Kanada anrufen! Höchstpersönlich! In seinen Ferien! Das ist mir völlig egal.«

Dupin musste schmunzeln, Reglas schien der Einzige zu sein, der nicht wusste, was es mit der »Operation Kanada« auf sich hatte.

»Ich sage es Ihnen, Dupin! Locmariaquer wird mir zustimmen. Sie boykottieren meine Arbeit! Und erschweren die Aufklärung des Mordes an Bixente Mazago. Die Leiche hätte schon längst im Labor sein können. Ich hätte vielleicht schon jetzt Erkenntnisse gehabt, die zur Lösung des Falls führen würden. Wie oft ist das in der Vergangenheit schon so gewesen?«

Dupin hatte sich erhoben und lief langsam um den Toten herum. Er hatte keine Lust zu antworten. Wozu auch?

»Kein einziges Mal, Docteur«, sagte Le Menn lapidar. »Aber es wäre schön, wenn es mal so wäre, wir wären froh, den Fall nicht immer alleine lösen zu müssen.« Sie machte eine kurze Pause, dann fügte sie hinzu: »Die wesentlichen Informationen haben wir übrigens schon. Bixente Mazago ist um sechs Uhr in Quimper losgefahren. Also wird er gegen 6 Uhr 25 hier angekommen sein. Und um 6 Uhr 42 hat ihn die Müllabfuhr gefunden. Ein Todeszeitpunkt, der auf siebzehn Minuten eingrenzbar ist, so präzise ist Ihre Einschätzung selten.«

Dupin war begeistert. Aber die Polizistin war noch nicht fertig:

»Und was die Todesursache anbelangt, tippe ich mal auf eine Kopfverletzung.«

Es war Le Menn tatsächlich gelungen, Reglas aus dem Konzept zu bringen, es dauerte eine Weile, bis er reagierte.

»Dass die Wunde nun so aufgequollen ist, macht es wesentlich schwerer zu bestimmen, welche Art von Gegenstand von dem Täter als Mordwaffe benutzt wurde«, presste er mit dünner Stimme hervor.

Dupin hatte sich auf den Kiesweg gestellt, mit dem Rücken zum Meer, vier, fünf Meter von Bixente Mazagos Körper entfernt. Dann war er ein paar Schritte nach links und rechts gegangen, den Blick starr auf den Weg, die Leiche und den Hauseingang gerichtet.

»Impertinent!« Reglas war rot angelaufen. »Die Dupin-Schule! So infam wie ihr Meister«, tobte er. »Aber ich habe das nicht nötig. Ich regle das über den Präfekten, Sie werden sehen, was Sie davon haben!«

Schimpfend zog er von dannen.

Dupin ging erneut in die Hocke, er konzentrierte sich. Dann stand er auf und lief geradewegs auf die Leiche zu.

»Ich denke, es hat Mazago erwischt, als er ankam. Er hat seinen Wagen geparkt, wollte in das Haus seiner Schwester und wurde einige Meter vor der Eingangstür niedergeschlagen. Höchstwahrscheinlich ist er von der Attacke überrascht worden, es sieht nicht nach einem Kampf aus.«

»Das Szenario scheint mir auch das plausibelste, Chef«, bestätigte Riwal. »Umgezogen hat er sich jedenfalls nicht. Obwohl er es vorhatte – oder zumindest behauptet hat, es vorzuhaben.«

Es war eine wichtige Unterscheidung, die Riwal da vornahm.

»Ich habe seine Frau gefragt, was er anhatte, als er heute früh das Haus in Quimper verlassen hat.«

Klug. Sehr klug.

»Wenn es stimmt«, meldete sich Nolwenn zu Wort, »dass Bixente in das Haus seiner Schwester wollte, dann wird er dafür einen guten Grund gehabt haben. Irgendwas wollte er dort erledigen.«

»Es muss jedenfalls etwas Wichtiges gewesen sein«, brummte Dupin und lief zur Haustür. »Vielleicht wollte er etwas holen.«

»Oder nur etwas nachgucken«, sagte Le Menn.

»Oder etwas hineinbringen«, ergänzte Nolwenn.

»Alles denkbar«, murmelte Dupin.

So war es.

»Noch mehr Kokain?« Riwal hatte mit düsterer Stimme gesprochen.

»Adeline hatte mit dem Kokain nichts zu tun! Niemals!«, protestierte Nolwenn. »Vielleicht hat man ihr oder der Familie den Stoff untergeschoben …« Sie riss die Augen auf. »So wird es sein! Jetzt finden wir plötzlich ein Paket Kokain in Adelines Haus. Das noch nicht da war, als Sie und die Spurensicherung es sich angesehen haben. Wie perfide das wäre!« Nolwenn ballte die Hand zur Faust. »Dann wäre der Täter gekommen, um etwas zu bringen, und nicht Bixente.«

Dupin nickte. Auch das war ein mögliches Szenario.

»Sind die Hausschlüssel im Gras schon untersucht worden?«, wandte Dupin sich an Riwal.

»Ja. Was die Spurensicherung hier vor Ort machen konnte, hat sie gemacht. Ohne etwas zu finden, das uns weiterbringen könnte.«

Riwal holte einen Plastikbeutel hervor. Darin befand sich der dicke Schlüsselbund.

»Ich habe sie an mich genommen.«

Dupin erinnerte sich, der Schlüsselanhänger war ihm gestern

Abend aufgefallen, als Bixente Mazago die Tür aufgeschlossen hatte. Er hatte die Form einer Schokoladentafel im typischen *Zerua*-Design.

»Was ist mit seinem Handy?«

»Er hatte es in der Hosentasche, die Spurensicherung hat es an sich genommen. Ein iPhone, das gleiche Modell wie seine Schwester. Natürlich gesichert mit einem Code.«

»Verbindungsnachweise?«

»Beantragt.«

»Gut«, nickte Dupin. »Wir gehen rein.« Er duckte sich unter dem gelben Absperrband hindurch.

»Im Anschluss schaut sich die Spurensicherung das Haus noch mal an, Chef. Ich soll ihnen Bescheid geben, wenn wir fertig sind.«

»Gut.«

Riwal streifte sich die dünnen Handschuhe über und holte den Schlüsselbund heraus, es dauerte einen Moment, bis er den passenden Schlüssel gefunden hatte.

Ein laut vernehmliches Klicken war zu hören.

Der Inspektor drückte die Tür auf.

Sie hatten zunächst eine schnelle Runde durch das Haus gedreht. Auf den ersten Blick waren keine Veränderungen festzustellen, es sah alles so aus, wie Dupin es bei seiner ersten Besichtigung vor gut vierzehn Stunden vorgefunden hatte. Nur das Notebook fehlte, die Spurensicherung hatte es mitgenommen.

Noch einmal inspizierten sie alle Räume gründlich. Dupin fiel auch jetzt nichts Besonders auf.

»Auch die BAC wird sich das Haus bald vorknöpfen, Chef«, sagte Riwal. »Die kennen sich mit so was aus, die finden jedes Versteck.«

Mittlerweile hatten sie sich in Adeline Mazagos »Lebenszimmer« versammelt.

»Verdammt.«

Dupin war ganz und gar unzufrieden. Zudem wurde die Müdigkeit immer dramatischer. Langsam fragte er sich, wie er den Tag überstehen sollte.

Er fuhr sich unwirsch durch die Haare.

»Ich will mir auch Bixente Mazagos Haus ansehen.«

Rasch ging er zum Ausgang, Nolwenn, Riwal und Le Menn folgten ihm.

Er war gerade nach draußen getreten, als sein Handy klingelte.

Kadeg.

»Ja, genau – ich bin es«, nahm er den Anruf mürrisch an, »Commissaire Georges Dupin, und das höchstpersönlich.«

»Aber das weiß ich doch, Commissaire«, entgegnete Kadeg irritiert.

»Was gibt es?«

»Nevou und ich sind mit den Befragungen durch. Es hat ein wenig gedauert, bis wir alle erreichen konnten.«

»Und?«

»Steht alles in unserer Fall-Datei, Commissaire.«

Dupin stöhnte. »Referieren Sie kurz, Kadeg. – Nur das Wichtigste!«

»Referieren?«

»Referieren!«

Dupin blieb stehen und schaltete den Lautsprecher an. So würde er nicht alles wiederholen müssen.

»Wie gesagt, es steht alles in knappen Worten in …«

»Kadeg!«

»Also gut, die Kurzfassung: Es hat niemand ein echtes Alibi.«

Dupin wartete. Der Inspektor schien es tatsächlich dabei belassen zu wollen.

»Kadeg!«

»Alle behaupten, zwischen 6 Uhr 15 und 6 Uhr 45 im Bett gewesen zu sein und noch geschlafen zu haben.«

»Und das steht so in der Fall-Datei?«, rutschte es Dupin heraus.

»Ja, Sie …«

»Monsieur Pichard, Madame Chesneau, Monsieur Dehame, Maëlle Columbani und Nathaël Spiquel – alle haben sie noch geschlafen? Und sie waren alle allein? – Spiquel wird doch sicher schon wach gewesen sein, heute werden Waren angeliefert.«

»Er sagt, er sei um drei Uhr nachts ins Bett gegangen und sei um sieben Uhr aufgewacht. Er war allein, ja. Genau wie Madame Columbani und Eléna Chesneau. Monsieur Pichard hingegen lag im Bett mit seiner Frau. Monsieur Dehame gibt ebenfalls an, geschlafen zu haben.«

Es war lächerlich, Kadeg klang patzig wie ein Kind.

»Natürlich können wir die Aussagen eigentlich nicht überprüfen. Die Ehefrauen von Monsieur Pichard und Monsieur Dehame haben ja angeblich geschlafen. Unter Umständen hätten sie es also gar nicht bemerkt, wenn ihre Männer für eine Stunde unterwegs gewesen wären.«

Dupin dachte an Claire. Wenn sie einmal schlief, dann so tief und fest, dass er eine Party im Schlafzimmer veranstalten könnte, ohne dass sie etwas mitbekäme.

»Außerdem könnten sie auch einfach lügen, um ihre Ehemänner zu schützen.«

»Ich habe um«, Dupin dachte nach, »kurz vor sieben Uhr mit dem Filialleiter telefoniert.«

Er hätte das unangenehme Telefonat fast vergessen.

»Da war er …« Dupin stockte, er hatte sagen wollen, dass er noch im Bett gewesen sei. Aber ehrlich gesagt wusste er es natürlich nicht, auch wenn Dehame verschlafen gewirkt hatte. Er hatte ihn auf dem Handy erreicht, er hätte überall sein können.

»Und wo haben sich die Befragten aufgehalten, als Sie mit ihnen gesprochen haben?«

»Spiquel haben wir gerade erst erreicht. Er ist seit 7 Uhr 45 im Hafen, sagt er.«

»Und warum haben Sie ihn eben erst erreicht?«

»Vielleicht weil er beschäftigt war?«

»Und die anderen?«

»Columbani war im Auto, auf dem Weg in die Fabrik. Die drei Mitarbeiter von *Zerua* waren noch zu Hause. Bixente Mazago hatte sie ja für neun Uhr einbestellt. – Das soll jetzt übrigens nachgeholt werden, auch ohne Bixente Mazago.«

»Verstehe. In der Fabrik?«

»Im *Amiral.*«

»Im *Amiral?*«

»Warum denn nicht?«

Dupin hätte beinahe geantwortet: »Weil es *mein* Ort ist.«

Es fühlte sich seltsam an, wenn sich Berufliches und Privates derart vermischten.

»Noch etwas, Kadeg?«

»Wir schauen uns jetzt mal die Konten von allen an. – Vielleicht finden wir auffällige Transaktionen. Es könnte aber natürlich auch versteckte Konten geben. Geheime Geldwege.«

»Und die Pressekonferenz? Haben Sie die Ankündigung korrigiert?«

Dupin hatte es beinahe schon wieder vergessen.

»›Vorläufige Mitteilungen zum vorläufigen Stand der Ermittlungen‹, so wird es nun angekündigt, ja.«

Kadeg klang kleinlaut, das kam selten vor.

»Wann findet das Ganze noch mal statt?«

»Um elf Uhr.«

»Und was tun Sie bis dahin?«

Nur sicherheitshalber.

»Ich informiere die Mitarbeiterin des Präfekten.«

»Bitte?«

»Na, ich bin doch dafür verantwortlich …«

»Bis später, Kadeg.« Dupin legte auf.

Alle um ihn herum hatten gespannt zugehört.

»Kein Kommentar«, sagte Dupin und lief schnurstracks auf Bixente Mazagos Haus zu.

»Der Filialleiter, der Kapitän und die beiden Maîtres Chocolatiers – das sind die entscheidenden Mitarbeiter, oder?«

Er sprach, ohne sich umzudrehen, Nolwenn, Riwal und Le Menn waren direkt hinter ihm.

»In der Filiale schon. In Quimper gibt es noch einen Kaufmann, der für die gesamte Schokoladen- und Kaffeeproduktion aller vier Filialen zuständig ist. Er gehört zur Geschäftsleitung, ohne allerdings selbst Geschäftsführer zu sein. Geschäftsführer sind«, Riwal räusperte sich, »*waren* nur die drei Geschwister. Was heißt: Das Unternehmen gehört jetzt zu hundert Prozent Nahia Mazago.«

Das war Dupin schon im Hubschrauber durch den Kopf gegangen. Nahia Mazagos Vermögen hatte sich innerhalb von vierundzwanzig Stunden verdreifacht. Die fundamental wichtige Frage, wer von einem Verbrechen am meisten profitierte, war in diesem Fall einfach zu beantworten. Und nicht selten war es diese Antwort gewesen, die sie auch in den kompliziertesten Fällen zum Täter geführt hatte. Aber sie konnten an diesem Punkt nicht ausschließen, dass es noch jemanden gab, der vom Tod der Geschwister profitierte.

»Und dieser Kaufmann, was ist das für ein Typ?«

Er hatte gerade zum ersten Mal von ihm gehört.

»Scheidet eigentlich aus, Chef. Ist im Urlaub. Seit fast zwei Wochen. Auf Kreta. Kommt Sonntag zurück.«

»Ich habe länger mit ihm telefoniert«, übernahm Le Menn. Sie hatten die Eingangstür von Bixente Mazagos Haus fast erreicht. »Gestern schon – und eben ein zweites Mal. Ein relativ junger Mann, zweiunddreißig. Eher der prosaische Typ. Aber schon drei Kinder.«

Für Le Menn schienen die beiden Fakten nicht zusammenzupassen.

»Er war schockiert, klar, aber zusammengebrochen ist er nicht. Das ist wohl nicht seine Art.«

»Sehen Sie Gründe, warum wir uns näher mit ihm beschäftigen sollten?«

»Im Augenblick nicht«, sagte Le Menn.

Riwal öffnete die Eingangstür.

Sie traten in den Flur. Bixente Mazagos Haus schien exakt gleich geschnitten zu sein wie das seiner Schwester, nur spiegelverkehrt.

»Was wir unbedingt unter die Lupe nehmen müssen, ist die Plantage in Venezuela«, sagte Nolwenn mit Nachdruck. »Wer leitet sie?«

»Sandrine Thépault. Vierundvierzig Jahre alt«, sagte Le Menn. »Lebensmittelchemikerin, wie Adeline Mazago und Eléna Chesneau.«

»Das Kokain muss dort in den Sack gelangt sein, wo er befüllt und verschlossen wurde«, sagte Nolwenn.

Dupin nickte. Es war richtig, sich mit dem Ort zu beschäftigen, wo alles seinen Anfang nahm.

»Die Spurensicherung«, ergänzte Riwal, »hat sich noch einmal die Nähte des Leinensacks angesehen, in dem sich das Kokain befand. Sie schließen aus, dass er geöffnet und neu zugeschweißt wurde. Bei diesem Material würde man das erkennen.«

Eine wichtige Information. Dupin war im Flur stehen geblieben und hatte sein kleines Clairefontaine herausgeholt.

»Ich habe vor einer halben Stunde mit Madame Thépault telefoniert«, sagte Le Menn. »Da war eine venezolanische Spezialeinheit schon dabei, auf der Plantage alles abzusperren. Sie werden alles auf den Kopf stellen.«

»Die Morde kann sie nicht begangen haben – dennoch könnte sie eine zentrale Figur sein«, stellte Riwal fest. »Sie muss ja nicht einmal selbst im Drogengeschäft tätig sein, sie könnte bestochen worden sein. Das ist bei den Kartellen in Südamerika gängige Praxis.«

»Ich bin dafür, sie auf der Stelle einzufliegen«, sagte Nolwenn.

»Sie ist zwar Französin, Bretonin, aber im Moment könnten wir sie nicht zwingen.« Riwal war skeptisch. »Dann bitten wir sie eben«, entschied Dupin. »Allerdings mit Nachdruck.«

»Ich kümmere mich darum«, sagte Nolwenn.

Der Raum, den Adeline Mazago in ihrem Haus als universelles »Lebenszimmer« genutzt hatte, war hier ein schlichtes Wohn- und Esszimmer. Während die Einrichtung seiner Schwester einen sublimen Sinn fürs Ästhetische verriet, hatte Bixente Mazago verschiedene moderne Möbel willkürlich nebeneinandergestellt. Nichts passte zusammen. An den Wänden hingen großformatige Meeresfotografien.

»Was macht Bixente Mazagos Frau eigentlich?«

Dupin und die anderen hatten sich um den Esstisch versammelt.

»Sylvie Mazago. Direktorin eines Gymnasiums in Quimper«, informierte sie Riwal. »Le Menn und ich wollen gleich zu ihr fahren, sie ist noch immer im Haus ihrer Schwester. Bisher habe ich ja nur mit ihr telefoniert.«

Das war wichtig. Natürlich. Eigentlich hätte er das gerne selbst getan, aber die anderen Gespräche gingen erst einmal vor. Sie mussten sich aufteilen.

»Machen Sie das.«

Dupin lief zu dem schmalen, langen Sofa. Minimalistisches Design, schwarzes Leder, es sah nicht sonderlich bequem aus.

»Ist sie häufig bei ihrer Schwester?«

»Anscheinend. Die Schwester und ihr Mann besitzen ein großes herrschaftliches Haus in der Rue Élie Freron.«

Dupin kannte die Straße. Claire hatte ein paar Jahre ganz in der Nähe gewohnt, nachdem sie für ihn in die Bretagne gezogen war.

»Da hat das Paar eine kleine Einliegerwohnung, die Sylvie Mazago gerne nutzt. Aber auch ihr Mann hat dort wohl nicht selten übernachtet.«

Gegenüber dem Sofa befand sich ein mächtiger Fernseher, sicher fünfundsiebzig Zoll, vermutete Dupin. Der Dreh- und Angelpunkt des gesamten Zimmers, so schien es. So einen großen Bildschirm hatte er noch nie in einem privaten Raum gesehen.

»Beide Segelschiffe verfügen über Webcams, Chef, Bixente Mazago konnte die Fahrt über den Atlantik auf dem Fernseher mitverfolgen«, sagte Riwal, der Dupins beeindruckten Blick bemerkt hatte.

Auf dem Sofatisch stapelten sich Zeitungen und Zeitschriften, Dupin sah *Ouest-France* und *Le Figaro,* ein paar Ausgaben *Marie-Claire*. Ein einziges Buch: *Planet Ozean – Unser Leben hängt vom Meer ab.* Daneben lag ein Aktenordner. Beeindruckend dick. Dupin nahm ihn in die Hand. »Merkblatt über gewerbliche Wareneinfuhren – Venezuela«.

»Sehr interessant«, kommentierte Nolwenn, die sich neben Dupin gestellt hatte.

Es handelte sich anscheinend um ein offizielles Dokument der venezolanischen Regierung. Ganze dreihundertvierzig Seiten. Dupin ging das Inhaltsverzeichnis durch:

»Zollanmeldung / Warenbegleitpapiere / Vorübergehende Einfuhr / Zollfreizonen / Zolltarif / Steuer auf Gewerbeerzeugnisse / Warenumsatzsteuer …«

Mittlerweile hatten sich auch Le Menn und Riwal um Dupin versammelt.

»Bixente Mazago hat sich offenbar bereits gezielt darauf vorbereitet, das Logistik-Unternehmen auszubauen«, kommentierte Riwal.

Einzelne Passagen waren angestrichen, einige gleich doppelt.

»Die Erlaubnis, ausländische Waren einzuführen, erteilt das

Finanzamt. Für die Zollanmeldung ist der Einführer verantwortlich. Wenn der Einführer ein Unternehmen ist, kann er die Zollabfertigung nur über den Geschäftsführer, einen dazu ausgewählten Mitarbeiter oder einen Mitarbeiter eines verbundenen oder kontrollierten Unternehmens (Tochter- oder Schwestergesellschaft bzw. einen Zollagenten) vornehmen lassen.«

Dupin verstand kein Wort. Wie sollte er herausfinden, ob irgendetwas davon für ihre Ermittlungen relevant war?

»Riwal, gehen Sie das einmal durch und fotografieren Sie die Anstreichungen.«

»Mach ich, Chef.«

Riwal trug den Ordner zum großen Tisch und setzte sich.

Dupin stellte sich vor die große Glasfront. Auch hier bot sich einem das gleiche berückende Panorama wie in Adeline Mazagos Haus.

Gemächlich lag das Meer da, ein diskreter hellblauer Traum.

»Sie sind hundemüde, Monsieur le Commissaire. Wir müssen etwas tun.«

Nolwenn war neben ihn getreten. Tatsächlich hatte er sich einen Moment lang in diesem Anblick verloren, als schliefe er mit offenen Augen.

»Nein, nein, es geht schon«, log Dupin.

Beinahe hätte er gefragt, was sie vorschlagen wollte. Wollte sie ihn nach Hause ins Bett schicken?

Ihm fiel ein, dass er noch die fünfundneunzigprozentige Schokolade hatte. Die würde helfen. Er griff in seine linke hintere Hosentasche. Der Geschmack mochte sensationell sein, das Format praktisch, die Verpackung edel – aber auch eine *Zerua*-Schokolade vertrug es nicht, wenn sie stundenlang der Körperwärme ausgesetzt war. In seiner Hosentasche war eine echte Sauerei entstanden. Schon als Kind und Jugendlicher war er Experte darin gewesen, die absurdesten Dinge in seinen Hosentaschen zu bunkern. Es war selten gut ausgegangen.

»Schauen Sie mal, was ich gefunden habe.«

Le Menn hielt eine Broschüre in der Hand. Sie war aus der Küche ins Wohnzimmer getreten.

»Für die geplante Expansion des Logistikgeschäfts. – Es lag auf der Arbeitsplatte.«

Dupin, Nolwenn und Riwal stellten sich neben sie.

Die Werbebroschüre eines Elektrotrucks. »Volvo präsentiert: der neue maßangefertigte *FH Aero Electric.*« Ein imposantes Gefährt. »Konfigurieren Sie den für Ihr Geschäft perfekt passenden elektrischen Lkw. Wählen Sie zwischen mehreren Achskonfigurationen, Fahrerhausgrößen und anderen Optionen.«

»Und hier!«

Le Menn zog ein zusammengefaltetes DIN-A4-Blatt aus der Broschüre heraus.

»Eine Mail von Nathaël Spiquel«, sagte sie, »an Bixente Mazago. Von letzter Woche Freitag: ›Hier Infos über das neue Modell, ich würde jetzt wie besprochen drei davon bestellen – EIN JAHR Lieferzeit. Gruß, Nathaël‹. – Da geht es um eine ganz schön große Investition. Die neuen Modelle liegen bei rund vierhunderttausend Euro das Stück. Ich habe mich erkundigt«, führte Le Menn weiter aus. »Der Staat übernimmt zwar achtzig Prozent der Mehrkosten, die im Vergleich zum Kauf eines konventionellen Trucks entstehen, dennoch.«

»Die beiden haben wirklich sehr eng zusammengearbeitet«, stellte Dupin fest.

»Das ist nicht verwunderlich. – Spiquel sollte ja das neue Geschäftsfeld verantworten«, sagte Nolwenn. Es wirkte ein wenig parteiisch. »So etwas wie die Beschaffung neuer Lastwagen gehört zu seinen Aufgaben.«

Dupin war ein wenig schwindelig. Er lief in den Flur und trat in das anliegende Zimmer. Wie im Haus von Adeline Mazago wurde es offenbar als Gästezimmer genutzt. Ein breites Bett, ein Schrank, an dessen Tür zwei Hoodies hingen. Davor ein Paar Basketballschuhe.

»Wie alt sind die Söhne noch mal?«

Nolwenn, die Dupin gefolgt war, wusste es vermutlich.

»Zweiundzwanzig und vierundzwanzig. Der eine lebt in Bordeaux, der andere in Paris, hat Riwal erzählt.«

Dupin öffnete den Schrank, warf einen schnellen Blick hinein – allerlei Bettzeug und Handtücher –, schloss ihn wieder und betrat das angrenzende Zimmer. Die gleiche Einrichtung.

»Für den zweiten Sohn vermutlich«, kommentierte Nolwenn. »Aber es sieht nicht so aus, als hätte sich hier in letzter Zeit jemand aufgehalten.«

So war es. Das Bett war nicht bezogen. Dupin warf auch hier einen Blick in den Schrank. Immerhin, hier lag ein Stapel T-Shirts, an der Kleiderstange hingen ein Jackett und zwei hellblaue Hemden.

Das vierte Zimmer war das Schlafgemach von Bixente Mazago und seiner Frau. Es sah aus, als hätte Adeline Mazago es eingerichtet. Alle Möbel waren aus hellem Eichenholz gefertigt. Beige Leinenbettwäsche, ein hochfloriger Teppich in Taubenblau, es sah urgemütlich aus. Dupin schaute auch hier in die Schränke. Sie waren vollgestopft mit Kleidung.

»Ich habe nichts Auffälliges gefunden, Chef.« Le Menn betrat den Raum. »Zumindest nicht auf den ersten Blick.«

Dupin nickte langsam.

In der Ecke stand ein Schreibtisch, auf dem sich eine klassische Briefablage befand. Ein Fach für ungeöffnete Post, eines für geöffnete. Dupin griff zu den obersten Blättern. *Taxe foncière*, die Grundsteuer. Darunter ein Bescheid vom Stromversorger *EDF* und ein Angebot, das Dach staatlich subventioniert mit einer Solaranlage aufrüsten zu lassen. Die Rechnung eines Gärtners.

Offenbar alles private Unterlagen.

»Le Menn, gehen Sie das hier einmal penibel durch, auch die ungeöffneten Briefe.«

»Bevor die Spurensicherung kommt?«

»Bevor die Spurensicherung kommt. Und die Truppen von Pinel«, bestätigte Nolwenn, bevor Dupin antworten konnte.

Die BAC. Nolwenn hatte das unerfreuliche Telefonat mit dem Kommandanten mitbekommen.

»Na gut – das war es dann hier.«

Dupin verließ das Schlafzimmer, warf einen schnellen Blick ins Bad und ging auf den Ausgang zu.

»Ich fahre zum Hafen«, sagte er über die Schulter.

»Und ich komme mit. Schließlich kenne ich Nathaël.«

Das war kein Argument. Aber Nolwenns Tonfall machte deutlich, dass sie keinen Widerspruch duldete.

»Chef! Ich bin durch! So viele Anstreichungen waren es gar nicht«, rief Riwal.

Dupin und Nolwenn waren ins Freie getreten, nun kam auch der Inspektor hinterher.

»Und?«

»Nichts, was auf den ersten Blick für uns relevant sein könnte. Aber ich habe alle Markierungen fotografiert und in die Fall-Datei geladen. Sie können sie sich noch mal selbst anschauen.«

»Das werde ich.«

Dupin setzte sich in Bewegung.

»Übrigens – der Mietwagen verzögert sich. Nehmen Sie ruhig meinen Peugeot, Chef. Ich fahre dann bei Le Menn mit. Und leihe mir später das Auto meiner Frau.«

Dupin hatte völlig verdrängt, dass sein Wagen noch in Bayonne stand. Er stöhnte.

Natürlich konnte Nolwenn sich einen bissigen Kommentar nicht verkneifen: »Ein Problem, das wir ohne Ihre groteske Sentimentalität und Sturheit nicht hätten!«

»Sie können den Wagen ruhig bis zum Ende der Ermittlungen nutzen, Chef«, sagte Riwal. »Ist doch klar.«

»Tausend Dank, Riwal.«

Dupin war dem Inspektor ehrlich dankbar. Forschen Schrittes ging er auf die geparkten Autos zu. Um mit einem Mal abrupt stehen zu bleiben, Nolwenn wäre fast in ihn hineingelaufen.

»Da fehlt etwas!« Es war ihm plötzlich in den Sinn gekommen. »Ich bin mir sicher – da fehlt etwas.«

»Geht es Ihnen gut, Monsieur le Commissaire?«

Nolwenn klang besorgt.

»In Adeline Mazagos Haus!«

Dupin war sich sicher, dass er sich nicht täuschte.

Er machte jäh kehrt und stürmte auf das Haus der Toten zu.

»Ist das eine Ihrer berühmten Eingebungen?«

Es klang nicht ironisch, eher hoffnungsvoll. Riwal und Le Menn beeilten sich, Nolwenn und Dupin einzuholen.

»Gestern Abend lag es noch da.«

Unmittelbar vor der Haustür blieb der Kommissar stehen.

»Riwal, der Schlüssel.«

»Hier, Chef.«

Riwal schloss auf.

Wortlos trat Dupin ein, streifte sich noch einmal die Handschuhe über und bog nach rechts ab, in Adeline Mazagos »Lebenszimmer«. Er hielt direkt auf den Schreibtisch zu.

Da lag ein Buch. *Die wahre Geschichte der Schokolade*. Mit vielen Zetteln und Anstreichungen. Genau wie bei dem anderen Buch, das daneben gelegen hatte – nur, dass dieses jetzt fehlte. Es war weg.

»Was suchen Sie?«, wollte Nolwenn wissen.

»Hier lag gestern noch ein zweites Buch. Als ich mit Bixente Mazago hier war. Und jetzt ist es weg.«

»Was für ein Buch?«

»*Die Chemie der Schokolade*. Ein Fachbuch.«

»Ein ganzes Buch über die Chemie der Schokolade?«

Le Menn schien es nicht glauben zu können.

»Die chemische Zusammensetzung von Schokolade ist äußerst komplex«, begann Riwal reflexhaft. »Man muss nur einmal …«

»Jemand hat es weggenommen«, unterbrach Dupin ihn und steuerte auf das Bücherregal zu.

»Alle suchen den Bungalow ab!«, wies er seine Kollegen an. »*Die Chemie der Schokolade*. Großformatig. Eine stilisierte Schokoladentafel auf dem Cover.«

Nolwenn griff nach ihrem Handy und wählte eilig eine Nummer.

»Ah, Monsieur Moschin. Hier Nolwenn! Eine ganz dringende Bitte. – Schauen Sie sich umgehend die Fotos an, die Sie vom Schreibtisch in Adeline Mazagos Haus gemacht haben.«

Nolwenn war brillant. Natürlich. Auf den Bildern musste das Buch zu sehen sein.

»Nein, nicht der Schreibtisch im Arbeitszimmer, sondern der in dem großen Raum.«

»Ja, ich warte.«

Es dauerte eine Weile. Auch Le Menn und Riwal hatten sich gespannt um Nolwenn geschart.

»Gut – sehen Sie da ein Buch? *Die Chemie der Schokolade* ist der Titel, auf dem Cover … Großartig. Können Sie uns die Aufnahme bitte sofort schicken?«

»Fragen Sie Moschin, ob er es mitgenommen oder an einen anderen Platz gelegt hat!«

Nolwenn musste Dupins Frage nicht wiederholen, der Kommissar hatte sie so laut gestellt, dass der Chef der Spurensicherung es gehört hatte.

»Monsieur le Commissaire«, Nolwenn drehte sich zu Dupin, »ich soll Sie fragen, ob Sie ernsthaft vom langjährigen Chef der Spurensicherung wissen wollen, ob er während einer Untersuchung willkürlich Gegenstände aus dem Haus eines Mordopfers entwendet oder umplatziert hat.«

Dupin schüttelte zerknirscht den Kopf.

»Das war es schon, Monsieur Moschin«, Nolwenn bemühte

sich, besonders freundlich zu klingen, »wir danken Ihnen sehr … Das kann ich Ihnen leider nicht sagen, Monsieur Moschin, es handelt sich um eine seiner Eingebungen, Sie wissen schon. Er hat uns, wie immer, noch nicht in seine Überlegungen eingeweiht … Nein, wie gesagt: keine Ahnung. Aber Monsieur le Commissaire wird es uns sicher gleich erzählen. – Au revoir.«

Nolwenn legte auf.

Umgehend richteten sich alle Blicke auf Dupin.

»Ich weiß es doch auch noch nicht«, knurrte er. »Aber wenn jemand das Buch entfernt hat, muss es von Bedeutung sein.«

Dupin lief zur Tür, er wollte noch einmal in den anderen Zimmern nachsehen.

»Wenn die Spurensicherung die Haustür nach der Untersuchung abgeschlossen hat und es keine Anzeichen für ein gewaltsames Eindringen gibt, ist es am wahrscheinlichsten, dass es der Mörder war, der das Buch heute früh aus dem Haus geholt hat. Nachdem er Bixente Mazago getötet und ihm den Schlüssel abgenommen hat.«

Dupin hatte das Gästezimmer erreicht, in dem Maëlle Columbani geschlafen hatte. Le Menn, Riwal und Nolwenn folgten.

Er sah sich in dem Zimmer um, alles sah exakt so aus wie am Abend zuvor.

Auch hier keine Spur von dem Buch.

»Warum sollte der Täter sich die Mühe machen, ein Chemiebuch über Schokolade zu entwenden? Gibt es einen Zusammenhang mit dem Kokainfund?«

Es waren zentrale Fragen, die Riwal stellte. Dupin hatte keine Antworten darauf.

Sie standen wieder im »Lebenszimmer«, als Dupin sein Handy hervorholte.

Rasch wählte er eine Nummer.

»Moschin? Hier Dupin. Haben Sie zufällig die Anstreichungen in dem Chemiebuch dokumentiert?«

Moschin schwieg einen Moment.

»Sie fragen, ob wir jedes einzelne Buch der umfassenden Bibliothek von Madame Mazago nach Anstreichungen abgesucht haben, Seite für Seite? Und diese dann abfotografiert haben?«

»Also nicht?«

Wieder brauchte Moschin eine Weile, um zu antworten.

»Natürlich nicht.«

»Ich verstehe. Danke, Monsieur Moschin. – Bis bald.«

Schon hatte der Kommissar das Gespräch beendet und wandte sich zum Gehen.

»Verdammt!«

Natürlich ging es nicht um das Buch an sich, sondern um irgendetwas, das darinstand. Etwas, das höchstwahrscheinlich von Adeline Mazago markiert worden war. Er hätte selbst Fotos machen sollen, Dupin ärgerte sich. Aber – woher hätte er wissen sollen, dass genau dieses Buch von Relevanz war? Und noch war es eine Hypothese, mehr nicht.

»Also, zum Hafen!«

Dupin trat ins Freie. Abermals überkam ihn ein heftiger Erschöpfungsanfall, er stützte sich an der Hauswand ab. Diese bleierne, enervierende Müdigkeit, der Schwindel, wie sollte das nur weitergehen?

Der *Quai Est,* an dem die beiden Segelboote lagen, war massiv. Seit mehr als hundert Jahren trotzte er den Gezeiten und der Witterung. Ein kompakter Kranwagen stand zum Be- und Entladen bereit. Sie waren nur einen Katzensprung vom *Chantier* mit seiner traumhaften Terrasse entfernt, von der aus man einen grandiosen Blick auf den gesamten Hafen und die *Ville Close* hatte. Gestern hatte Dupin von der *Zerua*-Kantine aus auf den Kai geschaut, jetzt stand er dort und versuchte, die

Manufaktur zwischen den anderen Häusern der *Ville Close* auszumachen.

Riwal und Le Menn waren nach Quimper gefahren, um mit Bixente Mazagos Frau zu sprechen. Der Inspektor hatte mittlerweile auch die Verbindungsnachweise von Bixente Mazagos Mobiltelefon und Festnetzanschluss erhalten und versprochen, sich bald dazu zu melden.

Der Abschnitt des Kais, in dem die großen Segelboote lagen, war mit mobilen Zaunelementen abgesperrt worden, die man hier in Concarneau während der zahllosen Festivals einsetzte, die im Sommer stattfanden. Innerhalb der Absperrung parkten vier Wagen. Ein bulliger schwarzer SUV, ein großer schwarzer Van, ein dunkelblauer Kombi – auf allen dreien das aufgesetzte Blaulicht der BAC – sowie ein bescheidener roter Ford.

»Einen Augenblick.«

Dupin bog unversehens scharf nach links ab und steuerte geradewegs auf das *Chantier* zu. Es ging nicht anders. Streng im Interesse des Falls.

Nolwenn war stehen geblieben.

Schon im Eingang traf Dupin auf Ingrid, die Chefin. Er mochte sie sehr. Mickaël, ihr Mann, war der Koch. Ein exzellenter Koch.

»Dieses Mal habt ihr mächtig zu tun, ihr Armen!«, begrüßte sie Dupin.

Er nickte.

»Einen doppelten *petit café,* den trinke ich schnell im Stehen, und einen zum Mitnehmen.«

»Geht klar.«

Sofort verschwand Ingrid hinter der Bar.

Dupins Blick fiel auf die große gekachelte Wand des Restaurants, seine Freundin Valérie Le Roux, die berühmte Keramikkünstlerin und Grafikerin, hatte sie gestaltet. Stilisierte Fischköpfe, drei Stück, riesig, geometrisch in Flächen zerlegt, beinahe kubistisch, intensiv leuchtende Farben. Rot, Orange, Gelb.

Es geschah wieder – Dupin befiel ein plötzlicher Schwindel. Er sah sich nach einem leeren Tisch um und setzte sich.

»Alles in Ordnung?«, rief Ingrid, die ihn offensichtlich beobachtet hatte.

»Alles in Ordnung. Nur kein Schlaf.«

»Dann nutz den Moment mal für 'ne kleine Pause!«

Sie hatte recht.

Dupin schloss die Augen, nur eine Sekunde, das würde helfen. Nur ganz kurz.

»Monsieur le Commissaire?!«

Es war Nolwenns Stimme. Er hörte sie seltsam undeutlich. Als käme sie aus weiter Ferne.

»Was ist?«

»Sie sind eingenickt. – Hier, trinken Sie!«

Sie hielt ihm die Tasse mit dem doppelten *petit café* unter die Nase, als wäre sie ein Döschen mit Riechsalz.

»Ein paar Minuten Schlaf, ein *café* – und schon sind Sie wieder fit, Sie werden sehen!«

»Ein paar Minuten?« Erschrocken erhob er sich. »Das kann nicht sein.«

»Aber das ist doch nicht schlimm, Monsieur le Commissaire. Ingrid hat mich nur gerufen, weil sie sich Sorgen machte.«

Erst jetzt bemerkte Dupin den kleinen Menschenauflauf im Restaurant. Alle starrten ihn an.

Er leerte die Tasse in einem Schluck. Er war tatsächlich eingeschlafen. Das durfte nicht wahr sein.

»Wir haben ja noch genug Schokolade, Monsieur le Commissaire. Die hochprozentige! Wenn Sie merken, dass Sie derartig abbauen, dann essen Sie etwas davon!«

Dupin würde nichts über den Zustand der Schokolade in

seiner Hosentasche verraten. Aber im Prinzip hatte Nolwenn recht, er sollte sich erneut bevorraten.

»Und hier der Doppelte zum Mitnehmen.« Ingrid hielt Dupin einen kleinen Becher mit Deckel hin. »Und der ist für Sie!« Ingrid reichte Nolwenn einen weiteren Becher. »Geht aufs Haus! Wir sind froh, wenn wir die Polizei unterstützen können. So ein abscheuliches Verbrechen. Und das in Concarneau! Kokain in der Blauen Stadt, wohin soll das noch führen?«

»Danke, sehr freundlich«, sagte Nolwenn. Auch ihr war die Müdigkeit anzusehen.

Mit demonstrativ energischem Schritt verließ Dupin das Restaurant, Nolwenn hatte Mühe, ihm zu folgen. Er lief jetzt direkt auf die beiden Boote zu.

»Das ist ein abgesperrter Bereich, Monsieur. Sie haben hier nichts verloren!«, herrschte ihn jemand von der Seite an.

Ein Mann, kurze Haare, der Schnitt so kantig wie die Gesichtszüge. Schwarze Jeans, schwarzes Hemd, etwa Mitte vierzig. Er stand direkt neben dem bulligen schwarzen SUV, an dem Dupin vorbeimusste. Zu den beiden Schiffen waren es keine fünfzehn Meter mehr.

Dupin lief ungerührt weiter, als hätte er ihn nicht gehört.

»Haben Sie nicht verstanden?«

Der Mann preschte auf ihn zu.

»Commissaire Dupin, Commissariat de Police Concarneau.« Dupin machte keine Anstalten, stehen zu bleiben. »Und wer sind Sie?«

Für einen Moment schien der Mann irritiert. Dupin hatte es schon oft erlebt, er wusste, dass er nicht aussah wie ein Kommissar. Jetzt, übernächtigt, ungeduscht, mit dem Kaffeebecher in der Hand, sicher noch weniger als sonst.

»Kevin Pinel, Kommandant der *Brigade anti-criminalité*. Wir haben tele…«

»Können Sie sich ausweisen?«

»Bitte was?«

Dupin lief weiter auf die Boote zu, er hatte sie fast erreicht.

Der Kommandant stürmte hinter ihm her.

»Ich muss mich hier nicht ausweisen, ich …«

»Das kann jeder sagen.«

»Ich leite die ganze …« Er stockte. »Wir haben heute Morgen telefoniert.«

Der Mann schien nicht zu wissen, ob er ratlos oder wütend sein sollte.

»Na gut! – Bonjour, Monsieur Pinel. – Das«, Dupin zeigte auf Nolwenn, »ist meine Kollegin Nolwenn Brijantez.«

Der Mann wirkte immer noch verwirrt, am Telefon hatte er einen robusteren Eindruck gemacht.

Die beiden Schiffe lagen direkt hintereinander, die Namen am Bug waren gut lesbar: »Aventur« und »Rysfall«. Auf dem Deck der *Aventur* waren einige Polizisten der Spezialkräfte zu sehen, zudem drei Hunde.

Auf der *Rysfall* hantierte ein Mann hinter der Reling mit einem dicken Tau. Nathaël Spiquel, vermutete Dupin.

Auch als Laie sah man es sofort: Die *Rysfall* war für die Fahrt auf hoher See gerüstet. Schnittig und elegant, aber solide gebaut, um es mit meterhohen Wellen aufnehmen zu können. Im Rahmen der »Konfrontationstherapie« von Edith Pallu hatte Dupin sich kurze Videos anschauen müssen, die Szenen des Kampfs von Booten mit dem tobenden Meer zeigten. Sie hatte ihm allerdings nur jene vorgespielt, in denen das Boot gewann und nicht das Meer.

»Wenn Sie mich entschuldigen würden, Monsieur Pinel. Ich bin mit diesem Herrn da verabredet.« Dupin deutete auf den Kapitän. Ohne eine Reaktion abzuwarten, hielt er auf die *Rysfall* zu und betrat die breite Planke, die auf das Deck führte.

Pinel lief hinter ihm her. »Sie haben mir nichts von dieser Verabredung gesagt, wir hatten doch vereinbart, dass Sie sich zuerst bei uns …«

»Ich nehme an, Sie haben bereits mit Nathaël Spiquel gesprochen.«

Dupin blieb stehen – er befand sich nun genau in der Mitte der Planke, unter ihm glitzerte das Wasser.

»Außerdem gehe ich davon aus, dass Sie sich bereits bei mir gemeldet hätten, wenn bei Ihrer Aktion Kokain oder andere illegale Substanzen gefunden worden wären?«

Trotz aller Antipathie wäre es natürlich nützlich, den Ermittlungsstand der BAC zu kennen.

»Bisher haben wir nichts gefunden.«

Dupin hatte nicht mit einer Antwort gerechnet.

»Auch in Quimper und Morlaix nicht?«

»Nein.«

Ein zerknirschter Blick.

»Sie haben alle Kakaosäcke kontrolliert und nichts gefunden außer Kakao?«

»Sieben Kilo mit einem Marktwert von zweihundertachtzigtausend Euro sind ein kapitaler Fund.«

Der nicht der Brigade zu verdanken war, hatte Dupin auf der Zunge gelegen.

»Das heißt: auf den Booten hier, in den Büroräumen, Wohnungen, Häusern – nirgendwo die geringste Spur von Kokain?«

»Nein. Es ist wirklich seltsam.«

Dupin sah, dass Nolwenn auf dem Kai stehen geblieben war und das Handy am Ohr hatte.

»Was genau finden Sie daran seltsam?«

»Es handelt sich um sehr reines, hochwertiges Kokain, wahrscheinlich aus Bolivien, sagt unser Labor. Nur die ganz großen Kartelle dealen derart reinen Stoff. Wenn wir davon etwas finden, dann eigentlich immer in größeren Mengen.«

»Und wenn die Kartelle die Strategie verändern? Viele einzelne Pakete auf verschiedenen Booten? Um das Risiko zu minimieren?«

»Viel zu umständlich für die großen Player. Aber bei kleineren – vielleicht.«

Die Kollision mit dem Brigadechef entwickelte sich unerwarteterweise zu einem vernünftigen Gespräch, ohne dass ihm der Mann dabei sympathischer geworden wäre. Wahrscheinlich war es das: Mit einem Auftritt wie dem, den Dupin gerade hingelegt hatte, verschaffte man sich bei solchen Typen Respekt. Es war deprimierend.

»Könnte es sich um eine Art Testlauf handeln? Um zu sehen, ob der Weg sicher ist?«

»Dafür ist die Menge eigentlich zu groß, beziehungsweise: das Kokain zu rein.«

»Also gibt es«, schlussfolgerte Dupin, »bis auf dieses eine Paket keinerlei Hinweise, dass wir es mit einem großen, international agierendem Kartell zu tun haben?«

»Das Paket reicht völlig. Sieben Kilo, was wollen Sie mehr?«

»Und haben Sie Hinweise dafür gefunden, dass die Mazago-Geschwister daran beteiligt waren?«

»Das Kokain befand sich in einem *ihrer* Kakaosäcke, es wurde auf *ihrer* Plantage dort platziert, wurde mit *ihrem* Schiff nach Frankreich und mit *ihrem* Lastwagen nach Bayonne gebracht.«

Dupin hatte verstanden, der Mann sprach dennoch weiter.

»Und lag dann dort in *ihrem* Lager. – Noch was?«

Dupin fühlte sich plötzlich, als hätte er etwas getrunken. Die Müdigkeit zeitigte komische Effekte.

»Das muss nichts heißen.«

»Bitte?«

»In Adeline Mazagos Haus ist ein Buch verschwunden. Über Nacht. Ein Buch über die Chemie der Schokolade.«

Der Mann starrte Dupin an.

»Und was soll das bedeuten?«

»Ich weiß es nicht. Aber ich bin mir sicher, dass es wichtig ist. Wie es aussieht, hat der Mörder es nach seiner Tat aus dem Haus geholt. Seltsam, oder?«

»Ich verstehe kein Wort. Was hat das mit dem Kokain zu tun?«

»Genau das ist die Frage. Eine der Fragen. Und eigentlich sollte ich sie Ihnen stellen, Sie sind der Experte.«

Der Mann runzelte die Stirn.

»Glauben Sie, das hängt zusammen?«, fragte Dupin. »Könnte man aus Kakao durch bestimmte chemische Prozesse Kokain herstellen?«

Er war auf dem Gebiet der Chemie absoluter Laie. Er wusste, dass es sich komisch anhörte, was er da von sich gab.

»Was reden Sie da? Kokain aus Kakao? Das ist doch völliger Blödsinn!«

Die Idee war wahrscheinlich wirklich abstrus.

»Na gut, Monsieur. – Immerhin haben wir uns dieses Mal nicht nur angeschrien.«

Dupin wandte sich jäh ab.

»Und außer dem verschwundenen Chemiebuch haben Sie keine neuen Erkenntnisse?«

»Wir tappen im Dunkeln.«

Es war die traurige Wahrheit.

»Aber sobald sich das ändert, melde ich mich sofort. Wie verabredet.«

Bevor Pinel noch etwas sagen konnte, eilte Dupin die Planke hinauf und sprang an Deck.

Nathaël Spiquel stand nun im Heck des Schiffs. Er hatte den Kommissar längst bemerkt.

In das Deck waren zwei große Ladeklappen eingelassen, sie waren geschlossen. Die Kabine, die nur vorne, zum Navigieren, ein Fenster besaß, ließ sich durch massive Schiebetüren betreten.

»Ich will direkt zur Sache kommen, Monsieur Spiquel«, sagte Dupin anstelle einer Begrüßung. »Wenn man sich die Fakten anschaut, landet man schnell bei Ihnen.«

Er war nicht in der Stimmung für Prologe.

Spiquel war etwa fünfzig, das kurze lockige Haar und der Dreitagebart schimmerten bereits silberweiß. Die Sonne und die Gischt hatten die Haut ledrig gegerbt, er sah aus wie ein alter Seebär. Eine Zigarette hing locker im Mundwinkel, die Hände hatte er tief in den Hosentaschen vergraben.

»Dieselbe Leier wie bei dem anderen Typen.«

Der Kapitän deutete mit dem Kinn Richtung Kai, wo der Kommandant der BAC sich nicht von der Stelle gerührt hatte und sie unverhohlen beobachtete.

»Die Morde, das Kokain – alles ich? Na, wie Sie meinen, Monsieur.«

Er wirkte belustigt.

»Sie sind Herr über die Logistik. Sie waren auf der Plantage, Sie waren beim Beladen dabei, auf der Fahrt, beim Entladen. Sie hätten das Kokain ohne Probleme in den Sack schmuggeln können. Und Sie haben kein Alibi, weder für die Zeit, in der Madame Mazago ermordet worden ist, noch für heute Morgen, als ihr Bruder sterben musste.«

»Wenn ich es war, der das Kokain geschmuggelt hat, warum habe ich es dann nicht aus dem Kakaosack herausgeholt, bevor die Ware weitertransportiert wurde?«

Er nahm die Zigarette nicht mal zum Sprechen aus dem Mund, es sah aus, als wäre sie festgeklebt. Trotz des – vermutlich – exzessiven Rauchens hatte Spiquel eine athletische Figur, beeindruckend breite Schultern und mächtige Armmuskeln.

»Weil es hier in Concarneau keinen guten Moment dafür gab. Unmittelbar nach der Ankunft wurden die Säcke ausgeladen und abtransportiert.«

»Ich habe hier rund um die Uhr zu tun, Monsieur, seit wir mit den Booten eingelaufen sind, und das wird sich bis übermorgen nicht ändern, wenn die Boote wieder ablegen. Ich hätte gar keine Zeit, nach Bayonne zu fahren.«

»Dann haben Sie einen Komplizen. Zumindest einen Handlanger, der Ihnen hilft.«

Spiquel seufzte tief, ging zur Reling und lehnte sich dagegen. »Das ist doch alles völliger Blödsinn.«

Spiquel stützte sich mit den Unterarmen auf das Geländer, ganz so, als wollte er in Ruhe das entzückende Panorama genießen. Im Hafen ging es jetzt, gegen Mittag, immer geschäftiger zu. Schiffe fuhren ein und aus. Die meisten davon, man sah es, waren gerüstet für die Fahrt über den offenen Atlantik, das wildeste aller Weltmeere. Dutzende kleinere Boote schaukelten brav neben den weißen pyramidenförmigen Bojen, kleine Fahnen an den Masten und Heckstangen flatterten müde in der leichten Brise.

»Ich liebe meine Stadt. Glauben Sie mir, ich habe Hunderte Hafenstädte gesehen in meinem Leben, aber keine ist wie unsere, denken Sie …«

»Ich bin nicht gekommen, um …«, unterbrach ihn Dupin, um im nächsten Augenblick selbst unterbrochen zu werden.

»Ich halte Sie für einen intelligenten Mann.« Spiquels Blick wanderte über die *Ville Close*. »Sie wissen doch, dass ich die Abläufe bei *Zerua* kenne. Einige der Säcke kommen schon in den Tagen unmittelbar nach der Lieferung in die Produktion, da werden die ersten Proben entnommen. – Und Sie glauben, als verschlagener Drogendealer wäre ich so dumm, dieses Risiko einzugehen? Natürlich hätte ich als Cheflogistiker eine Möglichkeit schaffen können, das Kokain hier direkt am Tag der Ankunft aus den Säcken zu holen, was denken Sie? Sehr einfach sogar.«

»Die Zollbehörden hätten jederzeit auftauchen können, um die Ladung zu kontrollieren. Solange das Kokain im Kakao war, bestand nur eine geringe Gefahr, dass es entdeckt wird. Das ist ja der Trick.«

Dupin fand seine Argumentation selbst nur halb zufriedenstellend. So groß war das Paket nicht, Spiquel hätte es tatsächlich leicht sofort von Bord schaffen können.

»Ach, denken Sie, was Sie wollen! Mir egal.«

Dupin stützte sich mittlerweile ebenfalls auf der Reling ab. Er spürte, wie ihn ein neuerlicher Müdigkeitstaumel erfasste.

»Was haben Sie nun vor, Monsieur Spiquel? Es ist äußerst unwahrscheinlich, würde ich sagen, dass Nahia Mazago das geplante Logistikprojekt weiter verfolgen wird. Die Karte, auf die Sie sicherlich gesetzt haben.«

Dupin klammerte sich am Geländer fest, der Schwindel zwang ihn beinahe in die Knie.

»Ich meine, Bixente Mazago hatte große Pläne, von denen Sie ungemein profitiert hätten. Und das alles ist jetzt zerplatzt.«

Spiquel wandte Dupin das Gesicht zu. »So ist es.« Er deutete mit den Händen eine Explosion an. »Aber wenn die Familie nicht selbst in die Sache mit dem Kokain verwickelt ist, wird *Zerua* fortbestehen. Was bedeutet, dass die Firma weiter Kakao importieren muss. Meinen Job werde ich behalten.«

»Vielleicht bauen Sie ja jetzt selbst ein ähnliches Projekt auf. Ein großes nachhaltiges Logistik-Unternehmen.«

»Die Idee ist zu gut. Ja. Wer weiß?« Er zuckte mit den Achseln. »Natürlich nur, wenn ich nicht im Gefängnis lande.« Ein ironisches Lächeln umspielte seinen Mund. Er zündete sich eine neue Zigarette an der alten an.

Dupin hatte versucht, möglichst unauffällig ein Stück Schokolade aus der Hosentasche hervorzuholen. Doch in der Mittagshitze hatte sie sich endgültig in eine klebrige Masse verwandelt.

»Sagen wir einmal, Sie sind nicht der Drogendealer und Mörder, Monsieur. – Wer ist es dann?«

Spiquels Züge veränderten sich, sein Blick fixierte einen unbestimmten Punkt im Hafenbecken. Er blieb eine Weile stumm. Dann sprach er mit tiefer, sonorer Stimme.

»Das Drogengeschäft ist ein monströser Krake, Monsieur. Und dieser Krake hat die gesamte Welt im Würgegriff. Es gibt unzählige Kartelle, kleine, größere, große und ganz große, sie agieren international, ganze Staaten sind involviert, mächtigste Männer. Und alle kommen auf immer verrücktere Ideen, wie sie ihre Ware in der ganzen Welt verteilen können. Die Grausamkeit, mit der sie dabei vorgehen, kennt keine Grenzen.«

Aus dem Mund eines anderen hätten diese Sätze pathetisch geklungen, Spiquel äußerte sie wie eine prosaische Diagnose.

»Das mag sein. Aber mich interessiert bloß eines: Wer hat auf einer relativ überschaubaren venezolanischen Kakaoplantage einer relativ überschaubaren bretonischen Schokoladenfirma sieben Kilo Kokain in einen Kakaosack gepackt und wollte es auf diesem Weg nach Frankreich schmuggeln – und hat dafür zwei Morde begangen?«

»Ich weiß es nicht. Ich bin fast nie hier, und wenn doch, dann immer nur für ein paar Tage. Und außer Bixente und diesem Bürokraten Dehame kenne ich eigentlich niemanden so richtig. Also werde ich auch niemanden einfach so verdächtigen.«

Dupin hatte es getan: Während Spiquels Antwort hatte er mit dem rechten Daumen, Zeige- und Mittelfinger etwas von der Schokolade aus der Hosentasche geholt und in seinen Mund befördert. Und dann die Finger abgeleckt. Er hatte etwas tun müssen gegen die Erschöpfung.

»Ein echter Chocoholic, wie ich sehe.«

Dupin ging auf die Bemerkung nicht ein.

»Sie haben Adeline Mazago, Nahia Mazago und Sandrine Thépault vergessen, Letztere kennen Sie sogar ziemlich gut, vermute ich.«

»Deuten Sie da etwas an?«

»Tue ich das? Sie arbeiteten eng mit ihr zusammen.«

»Exakt. Und nur das.«

Dupin löste sich von der Reling. Er glaubte, tatsächlich einen Effekt der Schokolade zu spüren. Er wusste, dass man auch von fünfundneunzig Prozent Kakao keine Wunder erwarten konnte – aber immerhin, ein bisschen half es.

»Warum eigentlich nur ein Paket?« Auch Spiquel trat von der Reling weg. »Haben Sie sich das schon mal gefragt, Commissaire? Das lohnt sich doch fast nicht. Da hätte ich ein paar Kilo mehr mitgenommen. Die Menge ist zu groß für kleine Fische und viel zu klein für große.«

»Bei einem Verkauf auf dem westeuropäischen Markt sprechen wir über einen Gewinn von etwa zweihundertfünfzigtausend Euro.«

»Das ist doch gar nichts! Ich meine, wenn man schon das Risiko eingeht, dann investiert man doch mehr als zehntausend Euro!«

»Wie kommen Sie auf diese Zahl?«

»Die Ernten sind exzellent, die Produktivität dieses Jahr besonders hoch. Im Moment kriegen Sie das Kilo in Südamerika für umgerechnet tausendfünfhundert. Macht zehntausendfünfhundert Euro für die Menge, die in Bayonne gefunden wurde. Das ist doch keine Summe! Überlegen Sie mal, was für Potenziale da liegen.«

Spiquel war Geschäftsmann, das stand fest.

»Ich bin sicherlich kein Drogenexperte, Monsieur. Aber ich kenne mich ein wenig aus in der Welt und …«

»Monsieur le Commissaire!«

Nolwenns forscher Ruf unterbrach den Kapitän. Sichtlich aufgebracht stürmte sie über die Planke und blieb unmittelbar vor Dupin stehen.

»Ich muss Sie sprechen!«

Dupin deutete zum Vorderdeck. »Ich bin gleich zurück«, sagte er dann in Richtung des Kapitäns.

»Salut, Nathaël!« Nolwenn begrüßte ihren Bekannten erst jetzt. »Die Biere mit Yannaïck retten dich hier nicht, das ist dir sicherlich klar. Du bist unser Hauptverdächtiger, egal, wie gut wir uns kennen.«

»Klar.« Spiquel lächelte.

Am Bug angekommen, schoss Nolwenn umgehend los: »Madame Thépault zeigt sich sehr, sagen wir mal, unkooperativ. Sie weigert sich einzufliegen.«

»Vielleicht aus guten Gründen.«

»Wir haben leider keine Möglichkeit, sie zu zwingen«, fuhr Nolwenn fort. »Aber ich habe da eine Idee, Monsieur le Commissaire.«

Schon jetzt klang es bedenklich konspirativ.

»Wir geben Madame zu verstehen, genügend Indizien zu haben, um sie vorübergehend festnehmen zu können. Und dass sie sich aussuchen kann, wo das geschehen soll: auf französischem Boden in rechtlich-zivilisierter Art – oder in Venezuela durch die Einsatzkräfte der dortigen Anti-Drogen-Spezialeinheit.«

»Das wäre eine Form von …« Dupin brach ab.

»Sehr gut, Monsieur le Commissaire. – So machen wir es.«

Er zögerte. Es ging um zwei brutale Morde und den Schmuggel von sieben Kilo Kokain. Und es war so gut wie sicher, dass die Drogen auf der Plantage in den Kakaosack gelangt waren. Im Verantwortungsbereich von Madame Thépault. Das rechtfertigte unter Umständen unorthodoxe Methoden, um sie persönlich befragen zu können.

»Wenn sie wirklich Dreck am Stecken hat«, sagte Nolwenn, »dann kann sie uns sogar dankbar sein für die Erpressung! Dort verhaftet zu werden – das ist nicht lustig. Sie müsste heilfroh sein, dass wir sie vor dieser Hölle bewahren!«

Es klang, als hätte Nolwenn Erfahrungen aus erster Hand.

»Die Mutter wohnt übrigens auf der Presqu-île de Crozon, habe ich herausgefunden. Wenn Sandrine Thépault doch unschuldig sein sollte, kann sie die Gelegenheit für einen Besuch nutzen. Auf Staatskosten, wir zahlen ja den Flug.«

Eine Nolwenn'sche Argumentation par excellence.

Sie drehte sich forsch um und ging von Bord.

Dupin seufzte, fuhr sich einmal heftig durch die Haare und kehrte zu Spiquel zurück. Eines der Boote, die zu den Glénan fuhren, glitt an der *Rysfall* vorbei, eine Handvoll Touristen stand an Deck und blickte neugierig herüber.

»Wenn Sie gestatten, würde ich jetzt auch gerne gehen, Monsieur.«

Spiquel klang das erste Mal süffisant.

»Sie haben doch reichlich Zeit, Monsieur Spiquel. Bis die Boote wieder freigegeben werden, wird es dauern.«

»Ich bin hundemüde.«

Es war ihm anzusehen.

»Wann haben Sie Monsieur Mazago zum letzten Mal gesehen?«

Er versuchte es mit einem weiteren Stück Schokoladenmasse.

»Gestern Abend.«

»Wann genau?«

Mit derselben Technik wie zuvor bugsierte Dupin die klebrige Schokolade in den Mund. Spiquel kommentierte es nicht.

»So um 21 Uhr 15.«

»Nach unserem Treffen?«

Dupin war mit Bixente Mazago kurz vorher im Haus seiner Schwester gewesen. Dort hatte Mazago gesagt, er würde zu seiner Schwägerin nach Quimper fahren. Den Plan, Spiquel im Hafen zu besuchen, hatte er nicht erwähnt.

»Welches Treffen?«

»Egal. Hier auf dem Boot? Ist er hergekommen?«

»Ja.«

»Was hat er hier gemacht?«

»Ich weiß es nicht. Es sind seine Boote. Ich war auf der *Aventur*. Er hier auf der *Rysfall*.«

»Sie meinen, Sie haben gar nicht miteinander gesprochen?«

»Doch, aber nur ein paar Worte. Er war ja auch nicht lang da.«

»Worüber haben Sie gesprochen?«

»Er hatte mir grünes Licht für eine Bestellung von drei neuen Elektrolastwagen gegeben, gestern habe ich die Auftragsbestätigung bekommen – das habe ich ihm gesagt.«

»Dieses kurze Gespräch, war das, nachdem er hier auf dem Boot war?«

Die Schokolade wirkte, man konnte es deutlich spüren. Dupin griff abermals in die Hosentasche.

»Ja. Das war auf dem Kai. Bevor er wieder gefahren ist.«

»Hatte er eine Tasche dabei? Oder etwas in der Hand?«

»Nein.«

»Ganz bestimmt nicht?«

»Nein.«

Dupin lief auf dem Heck auf und ab.

»Verdammt!«

Immer, wenn man in diesem Fall glaubte, einen Schritt weitergekommen zu sein, tat sich eine Wand auf.

»Und Adeline Mazago? Wann haben Sie sie das letzte Mal gesehen?«

»Das habe ich doch schon gestern Ihrem Kollegen gesagt.«

»Dann sagen Sie es mir auch noch einmal.«

»Am Vormittag, so um 10 Uhr 45. Aber auch nur kurz. Da war ich in der Fabrik. Ich habe dort ein Büro. Und zwei Mitarbeiter. Auch wenn ich da nur selten bin. Ich hasse Büros.«

An sich ein sehr sympathischer Zug, fand Dupin.

»Was machen Ihre Mitarbeiter den ganzen Tag?«

Bislang hatte sie niemand erwähnt.

»Wir organisieren die gesamte Logistik. Den Import der Kakaobohnen. Und den Export der Waren, die wir mit nach Venezuela nehmen.«

»Worüber haben Sie bei Ihrer Begegnung mit Adeline Mazago gesprochen?«

»Über die Qualität des Kakaos.«

Den er im Mund hatte, ging es Dupin durch den Kopf. Er hatte die Tafel – alles, was nicht in der Hosentasche festhing – mittlerweile fast ganz gegessen. Aber es waren ja auch nur fünfundsiebzig Gramm.

»Was heißt das?«

»Dass Madame Thépault die Qualität noch einmal verbessert hat. – So kratzbürstig Thépault auch ist, sie ist doch eine Meisterin.«

Es klang nach aufrichtiger Anerkennung.

»Hat sie über Chemie gesprochen?«

»Über Chemie?« Spiquel blickte Dupin fragend an.

»Über irgendeinen Aspekt der Schokoladenchemie?«

»Sicher nicht, nein. Aber ich bin nicht so der Chemiker.«

»Na gut, Monsieur Spiquel. Das war es für den Moment. – Wo wohnen Sie eigentlich?«

»Auf der Halbinsel von Cabellou.«

Spiquel deutete mit einer vagen Kopfbewegung Richtung Osten. Eine Nobelgegend Concarneaus. Eine wunderschöne Halbinsel, gespickt mit kleinen Buchten und Stränden.

»Sie wohnen alleine?«

»Ja.«

»Keine Lebensgefährtin, kein Lebensgefährte?«

»Nein.«

»Ich muss darauf bestehen, dass Sie in der Stadt bleiben, Monsieur.«

»Klar doch.«

»Dann noch einen schönen Tag. Wir sehen uns sicherlich ganz bald wieder.«

Dupin steuerte auf die Planke zu.

»Coach Pallu« wäre stolz auf ihn. Er hatte sich eine Dreiviertelstunde auf einem Boot aufgehalten. Ein Boot, das im Wasser lag. Ein großes Überseeschiff zudem – und er hatte sich kein bisschen komisch gefühlt. Seine Schwindelanfälle gingen zweifellos ausschließlich auf das Konto der Müdigkeit.

Sie flogen mit hundertzwanzig Stundenkilometern durch die Monts d'Arrée. Früher einmal das höchste Gebirge der Welt. Heute maß der Mont Roc'h Ruz, die höchste Erhebung – die gerade auf ihrer linken Seite vorbeihuschte –, bescheidene

385 Meter. Die berühmte Straße, die sie entlangfuhren, war die einzige direkte Verbindung zwischen dem »Norden« und »Süden« des Finistère, dem Kanal und der Biskaya. Die Berge lagen genau in der Mitte, in einer halben Stunde würden sie bei Maëlle Columbani ankommen.

Die wildromantische Heidelandschaft mit ihrem hohen, buschigen Gras, den leuchtenden Ginsterbüschen und unzähligen Mooren kam Dupin heute noch bizarrer vor, sie strahlte eine beinahe metaphysische Aura aus. Wie ein psychedelischer Trip durch die Szenerie eines düsteren Fantasyfilms, so fühlte es sich an. Was durchaus auch an seinem Schlafmangel liegen konnte.

Riwals Peugeot war zu imposanten Fahrleistungen in der Lage, musste Dupin zugeben. Eigentlich ein Mittelklassefahrzeug, besaß es, wie die »Nationale Einsatzwagen-Richtline« es vorschrieb, einen starken Motor. 240 PS.

»Vielleicht lassen Sie besser Nolwenn die Strecke durch die Berge fahren, der Wagen ist nagelneu, Chef«, hatte Riwal vorsichtig gesagt, als er Dupin den Schlüssel überlassen hatte. Dieser hatte die Angst in den Augen des Inspektors gesehen. Eine ganz und gar unbegründete Angst. Dupins Fahrstil mochte »äußerst dynamisch« sein, wie Claire es ausdrückte, aber er hatte, und das bedeutete etwas, in seinen vierzehn bretonischen Jahren nicht einen einzigen Unfall verursacht. Sämtliche Beulen, die sein geliebter XM erlitten hatte, gingen ausnahmslos auf bösartiges Fremdverschulden zurück.

Riwal selbst fuhr nun in Le Menns Wagen mit, Dupin hatte während der Fahrt mit ihm telefoniert. Der Inspektor hatte von dem Gespräch mit Bixente Mazagos Frau in Quimper berichtet. Es musste schrecklich gewesen sein. Trotz der Valium, die sie genommen hatte, war sie wie von Sinnen gewesen. Es war nur allzu verständlich. Behutsam hatten Le Menn und Riwal ihr ein paar Fragen gestellt, jedoch nichts Relevantes erfahren. Ebenso wenig von den beiden Söhnen, die bereits auf dem Weg zu ihrer Mutter nach Quimper gewesen waren, als Riwal sie erreicht hatte, und die sich gleichermaßen in einem Schockzustand befanden. Sie hatten keine Vermutung, wer ihrem Vater – und ihrer Tante – nach dem Leben getrachtet hatte. Auch die Verbindungsnachweise von Bixente Mazagos Handy, die Le Menn und Riwal durchgegangen waren, hatten keine neuen Erkenntnisse zutage gefördert; nichts schien in irgendeiner Weise verdächtig.

Nolwenn hatte ebenfalls diverse Telefonate während der Fahrt geführt, unter anderem wieder mit Marie. Und einem Landmaschinen-Verleih. Da war es, wenn Dupin es richtig verstanden hatte, um einen Termin in der kommenden Woche gegangen. Und um drei Fahrzeuge. Gerade erst hatte sie aufgelegt.

»Der Fall wird ja zu einem echten Roadtrip, Monsieur le Commissaire.«

Roadtrip – ein Begriff, der in seiner Heiterkeit so gar nicht zu einer Mordermittlung passen wollte. Dennoch stimmte es: Dupin hatte während eines Falles noch nie so viel Zeit im Auto verbracht.

»Wir sollten …«, begann er, als er vom Lärm seines Handys unterbrochen wurde.

Er nahm den Anruf über die Freisprechanlage entgegen.

»Ja?«

»Hier Commissaire Unarte. Ich bin noch immer bei Nahia Mazago. Sie schläft gerade.«

Es rauschte fürchterlich.

»Die Verbindung ist schlecht. Wir sind in den Bergen.«

»Berge? Sind Sie nicht längst zurück?«

Natürlich, die Kommissarin aus Bayonne dachte, er spreche von den Pyrenäen. Dupin hatte keine Lust, es zu erklären.

»Salut, Commissaire Unarte, hier Nolwenn – ich bin mit dem Commissaire im Wagen.«

»Das bretonische Dream-Team, immer unterwegs. Ich habe etwas Interessantes erfahren. Nahia Mazago hat bei dem letzten geschäftlichen Treffen der drei Geschwister vor zwei Wochen ein ausdrückliches Votum gegen die großen Logistikpläne formuliert. Bixente Mazago wollte erste Investitionen tätigen, sie war dagegen. Der Dissens ist auf ihren Wunsch sogar in den Protokollen festgehalten worden.«

»Was heißt das?«

Das war wirklich interessant.

»In der Praxis erst einmal gar nichts. Es war ein Votum, kein Veto. Aber sie hat ihre Position klar formuliert. Es war das erste Mal, dass so etwas zwischen den Geschwistern vorgekommen ist. Konkret ging es um Investitionen von rund zwanzig Millionen Euro. Es sollten drei Schiffe und mehrere Elektrotrucks gekauft werden.«

»Sie haben sich also richtig zerstritten?«

»In der Sache schon, ja. Bixente war leidenschaftlich dafür, es war sein Projekt, Nahia dagegen. Adeline stand in der Mitte, sah wohl die Argumente beider Seiten. Am Ende hat sie zugestimmt. Und Nahia hat sich entschieden, kein Veto einzulegen. Laut Geschäftsordnung müssen strategische Entscheidungen einstimmig getroffen werden, das gilt auch für Investitionen von über einer halben Million Euro. Mit einer einzigen formellen Gegenstimme wäre das Projekt zu Fall gebracht worden. – Wir sprechen bei den Mazagos von einer Familien-Holding, es gibt ein strenges Prozedere, die können ihre Geschäfte nicht beim Abendessen mit ein paar Gläsern gutem Wein regeln.«

Es war ungeheuerlich. Weder Bixente noch Nahia Mazago hatten etwas davon erzählt – im Gegenteil: Sie hatten nur von geschwisterlicher Harmonie geschwärmt. Was nichts anderes hieß, als dass sie ihn belogen hatten.

»Das bedeutet«, rekapitulierte Dupin, »Nahia Mazago hat ihre abweichende Meinung geäußert und im Protokoll festhalten lassen – aber ihren Bruder dennoch machen lassen.«

»So ist es.«

Skurril. Aber so ging es in solchen Familien wahrscheinlich zu.

»Hat das Festhalten der abweichenden Meinung überhaupt irgendwelche Konsequenzen?«

»Nein. Aber es ist natürlich ein starkes Zeichen. Wie gesagt: Das hat es noch nie gegeben, seitdem die drei die Gruppe führen. Nahia Mazago ist vorletztes Wochenende extra noch einmal zu ihrer Schwester gefahren, sagt sie, um darüber zu sprechen. Adeline wollte wissen, warum sie so vehement dagegen war.«

Auch über die Beweggründe für dieses Treffen hatte Nahia Mazago ihnen also nicht die Wahrheit gesagt. Überhaupt: Warum hatte sie das nicht alles schon heute früh erzählt?

»Und aus welchen Gründen ist Nahia Mazago so entschieden gegen das Projekt?«

»Sie ist der Meinung, dass dieses Vorhaben nicht zur Holding passt. Zudem hat sie Angst, dass man ein solches Projekt richtig groß denken müsste, um es wirklich profitabel werden zu lassen. Das aber würde die Kapazitäten der Familien-Holding sprengen. Man wäre gezwungen, eine Aktiengesellschaft zu werden. Und dagegen würde sie, das hat sie bereits angekündigt, tatsächlich ihr Veto einlegen.«

Es war, da gab es nichts zu beschönigen, ein tiefgreifendes Zerwürfnis.

»Nahia Mazago ist trotzdem dafür, weiterhin auf CO_2-neutrale, nachhaltige Produktions- und Lieferketten zu setzen. Sie will sie nur nicht ausbauen.«

»Interessant«, kommentierte Nolwenn trocken. »Die beiden, die für das Projekt waren, sind jetzt tot. Und Nahia Mazago entscheidet fortan ganz alleine.«

»Sie meinen, dass Nahia die beiden loswerden wollte? Dann wäre die Sache mit dem Kokain nur Ablenkung gewesen, eine Inszenierung. – Glauben Sie das wirklich?«

Unarte schien es jedenfalls nicht zu glauben.

»Ich glaube gar nichts«, sagte Nolwenn knapp. Dupin musste schmunzeln: Eigentlich war das sein Spruch.

»Ich weiß nicht«, sagte Unarte, »Nahia Mazago hätte einen Auftragsmörder engagieren müssen. – Es wäre eine besonders brutale Geschichte. Und Nahia Mazago eine besonders brutale Person.«

Es traf den Nagel auf den Kopf.

»Was natürlich nicht auszuschließen ist«, fügte Unarte hinzu.

»Na, wir werden sehen.« Nolwenn wirkte beinahe beschwingt. »Wie wäre es mit einem kleinen Update von uns aus der Bretagne?« Sie drehte sich zu Dupin: »Sie oder ich, Monsieur le Commissaire?«

Eine rhetorische Frage. Noch bevor Dupin reagieren konnte, begann Nolwenn den Bericht. Kurz hatte er protestieren wollen, aber sie hatte recht. Es war wichtig, die Kommissarin auf Stand zu bringen.

Schon ging es in die nächste Kurve, bald würden sie die Berge hinter sich lassen.

Dupin merkte, wie sich ein neuer Erschöpfungsanfall anbahnte. Er griff nach der Schokolade, die Nolwenn beim Losfahren in die Mittelkonsole gelegt hatte.

Niemand hatte Dupin gesagt, dass sich Maëlle Columbanis Haus auf einer Insel befand. Mitten in der Bucht von Morlaix.

Ein schmaler, unförmiger Klecks nördlich von Carantec, einem kleinen Örtchen, das auf der Spitze einer sich weit in die Bucht hineinwagenden Landzunge thronte.

»Sie haben unterschlagen, dass wir auf eine Insel müssen«, brummte Dupin griesgrämig. Er hatte es gerade auf dem Bildschirm des Navigationssystems gesehen. Sie waren nur noch wenige Kilometer entfernt.

Sie würden ein Boot nehmen müssen. Sicherlich eine dieser winzigen Nussschalen. Und das in Dupins miserablem Zustand – ausgeschlossen. Nolwenn war das letzte Stück gefahren, der Müdigkeitsanfall auf der Landstraße war zu mächtig gewesen, sie hatten getauscht.

»Die Île Callot ist nur bei Flut eine Insel, Monsieur le Commissaire, bei Ebbe ist sie mit dem Festland verbunden. Es gibt sogar eine asphaltierte Straße, über die man bequem hinüberfährt. Und gerade ist Ebbe!«

»Und wie lange noch?«

»Na gut, zugegeben – das Wasser müsste schon bald wieder auflaufen. Dennoch, wir haben sicher noch zwei Stunden, also kein Grund zur Sorge.«

Die Vorstellung, auf einer Straße zu fahren, die nur wenig später im Meer versinken und von Krebsen und Hummern besiedelt würde, gefiel Dupin ganz und gar nicht.

Inzwischen hatten sie den kleinen, pittoresken Hafen von Carantec erreicht. Von hier aus sah man sie: die – tatsächlich ordentlich asphaltierte – Straße, die wie ein Strich auf die Insel zulief.

Als sie den Hafen hinter sich gelassen hatten und auf die Île Callot zufuhren, vergaß Dupin seine Bedenken, gebannt betrachtete er die berückende Landschaft, die am Fenster vorbeizog: eine eigentümlich karge Welt aus nassem Sand, dunklen Steinen und schroffen Felseninseln, so weit das Auge reichte. Eine faszinierende Ödnis.

Über allem schwebte ein kitschiger blauer Himmel, der mit hübschen Wattewölkchen dekoriert war.

»Na, immerhin regnet es nicht«, lautete Nolwenns trockener Kommentar.

Das war sie: die Arroganz der Südbretonen. Das Nordfinistère bedeutete Regen, Kälte, Unbill.

Der Sand schien derart grobkörnig zu sein, dass er keine Priele, nicht einmal Pfützen hielt – nirgends war Wasser zu sehen, nicht einmal am Horizont. Dafür roch man es umso intensiver. Dupin hatte das Fenster heruntergelassen, der Fahrtwind wirkte belebend. Salz und Jod wirbelten wild durch den Wagen. Die Luft war kein bisschen kühler als bei ihnen im Süden, es waren an die dreißig Grad, vermutete Dupin. Claire, die Wissenschaftlerin, hatte ihm erst letztens erklärt, dass die sommerlich erhitzte Luft voller Aerosole des Meeres war. Was hieß, dass man den Atlantik buchstäblich mit jedem Atemzug einsog, durch den Mund, die Nase, bis tief in die Lungen, wo die zahllosen Mineralien und Spurenelemente dann ins Blut gelangten und weitertransportiert wurden. Bis ins Gehirn. Dupin gefiel der Gedanke: Der Atlantik belebte seine grauen Zellen.

Es war schon wieder passiert: Er war abgeschweift. So ging das nicht. Dupin richtete sich im Autositz auf, versuchte, sich zu konzentrieren. Sie mussten einen Doppelmörder fassen, und er sinnierte über den Atlantik in seinem Gehirn. War das nur die Müdigkeit? Hatte die zweite Chocolatière gestern nicht von einem chemischen Rausch gesprochen? Sie erreichten die Île Callot.

»Wissen wir, welches Haus es ist?«

Allzu viele schien es auf dem Inselchen nicht zu geben, Straßennamen und Hausnummern würde man hier vergeblich suchen.

»Direkt das hier vorne links, wenn ich es richtig verstanden habe.«

Nolwenn verlangsamte und bog scharf links ab.

Plötzlich fuhren sie auf einen kleinen grünen Hügel zu, seltsam, Dupin hatte ihn bisher nicht bemerkt. Zehn, fünfzehn Meter hoch, kreisrund, etwa dreißig Meter im Durchmesser, dicht bewachsen mit struppigem Dünengras. Hierhin retteten sich die Inselbewohner bei Sturm- und Springfluten, dachte Dupin unwillkürlich, wenn der Rest der Insel Teil des Meeresbodens wurde, so wie die Straße, die zu ihr führte.

Das Haus lag, nicht weit entfernt, rechts vom Hügel. Es war strahlend weiß, nicht allzu groß, ein altes Fischerhaus vermutlich.

»Das ist es«, erklärte Nolwenn überflüssigerweise. »Da wohnt sie.«

Im nächsten Moment sahen sie einen alten himmelblauen

R4, der davor stand. Sie hielten direkt daneben. Dupin strahlte, er liebte dieses Auto. Vielleicht sollte er sich so einen zulegen, jetzt da sein Wagen kaputt war.

Nolwenn hatte den Motor gerade abgestellt, als eine blonde Frau aus dem Haus trat, die Haare zu einem kurzen Pferdeschwanz gebunden.

Sie stiegen aus, die Frau kam entschiedenen Schrittes auf sie zu.

Dupin schätzte sie auf Ende dreißig. Barfuß. Leger gekleidet, ein dunkelblaues Top, eine dunkelblaue, maritim anmutende Stoffhose, darüber eine Kochschürze aus orangefarbenem Leinen. Maëlle Columbani, die famose Köchin. Dupin musste unwillkürlich an das Lamm in Schokoladensoße denken.

»Da sind Sie ja«, begrüßte sie sie. Es klang, als wollte sie hinzufügen: endlich.

»Bonjour, Madame Columbani.«

Nolwenn wirkte reserviert, Dupin kannte den Tonfall.

»Bonjour«, nickte er.

»Worum geht es bei dieser zutiefst abscheulichen Geschichte, Monsieur le Commissaire?«

Es klang ein wenig aufgesetzt, fand Dupin.

»Das wollten wir Sie fragen, Madame Columbani.«

»Ich halte das mit dem Kokain für völlig absurd.«

Ein kurioser Satz, in zweifacher Hinsicht. Der Drogenfund war ein Fakt, und im Moment war es schwer vorstellbar, dass er nicht mit den Morden zusammenhing.

»Nahia und Bixente hatten nichts damit zu tun, niemals. Und Adeline sowieso nicht. Vielleicht hat sie es nur aufgedeckt. Herausgefunden, dass ihre Logistikkette für den Transport genutzt wurde – und musste sterben. Wie ihr Bruder.«

In medias res, es war schnell gegangen. Eigentlich mochte Dupin das: kein Geplänkel.

»Wie gesagt: absurd. Da geht es um etwas ganz anderes.«

Es war bemerkenswert, mit welcher Bestimmtheit Madame Columbani sprach.

»Und um was?«

»Ich habe keinen blassen Schimmer.«

Maëlle Columbani wirkte eher zornig als traurig über den Verlust ihrer Freundin. Aber jeder trauerte anders.

»Bixente Mazago wollte ein großes Logistik-Unternehmen aufbauen. Die Geschwister haben sich deswegen heftig gestritten.«

Maëlle Columbani starrte Dupin mit ihren stechend hellgrünen Augen an, als sei sie erstaunt, was er alles wusste.

»Hat Ihnen Nahia von dem Zerwürfnis erzählt?«

Dupin nickte vage.

Sie standen immer noch neben Riwals Peugeot. Columbani machte keine Anstalten, sie ins Haus zu bitten.

»Nahia war strikt dagegen. Adeline hat sie dazu gebracht, zumindest kein Veto einzulegen.«

»Das wissen wir bereits.«

»Wissen Sie auch, dass Bixente angekündigt hat, sich auszahlen zu lassen und das Projekt alleine umzusetzen, sollte Nahia weiter mauern? Adeline war sich nicht sicher, ob er es tatsächlich getan hätte.«

Die Geschichte wurde immer dramatischer. Es war höchste Zeit, noch einmal mit Nahia Mazago zu sprechen.

»Dennoch – ich denke nicht, dass das irgendetwas mit den Morden zu tun hat.« Sie schien noch einmal nachzudenken. »Nein, auf keinen Fall. Ausgeschlossen.«

Eine kühne These. Natürlich könnte ein solches Zerwürfnis ein Motiv sein, jemanden umzubringen, die Zukunft des Familienunternehmens stand auf dem Spiel.

»Es ging um gewaltige Investitionen«, sagte Nolwenn. »Wenn Unternehmungen dieser Größenordnung scheitern, ist das schnell existenzbedrohend.«

»Sie haben anscheinend keine richtige Vorstellung davon, auf welchem Vermögen die Mazagos sitzen, Madame.«

Es stimmte. Bedauerlicherweise.

Dupin hatte sein kleines rotes Clairefontaine herausgeholt und machte sich eine Notiz.

»Außerdem war die Sache doch durch. Die Diskussionen geführt, die Positionen markiert – und Bixente konnte handeln. Adeline wäre es ohne Zweifel gelungen, zwischen ihren Geschwistern zu vermitteln, da bin ich mir sicher.«

Auf ihren Zügen erschien ein melancholisches Lächeln.

»Adeline hatte vor, bald ein paar Tage ins Baskenland zu fahren, hat sie gesagt. In das alte Haus der Familie bei Espelette.«

»Wann?«, fragte Dupin. Nahia Mazago hatte davon nichts erzählt. Aber vielleicht hatte sie es nicht gewusst.

»Sie hat kein Datum genannt.«

»Wollte Sie ihre Schwester treffen?«

»Keine Ahnung, davon hat sie nichts gesagt. Aber vermutlich schon.« Sie schüttelte den Kopf. »Ich weiß es nicht. Wirklich nicht. Vielleicht wollte sie auch nur mal für sich sein.«

Dupin machte sich eine weitere Notiz.

»Wissen Sie von anderen Konflikten, die es zwischen den Geschwistern gab?«

»Von keinem, der zu den zwei Morden geführt haben könnte.«

Maëlle Columbanis Art zu sprechen hatte etwas Apodiktisches.

»Also?«, hakte er nach.

»Sagen wir so: Es war kein gutes Jahr für die drei. Bisher waren sie wirklich immer ein Herz und eine Seele, ich erinnere mich an keine größeren Differenzen, geschäftlich nicht, persönlich nicht. Und dieses Jahr dann gleich zwei Zerwürfnisse. Wegen des Logistikprojekts. Und wegen der Entscheidung über Pichards Nachfolge.«

»Auch das war also ein richtiger Konflikt«, schlussfolgerte Nolwenn grimmig.

»Erbittert, ja. Adeline wollte unbedingt, dass Eléna Chesneau die neue Maître Chocolatière wird. Sie hielt sie für absolut brillant. Nicht nur weil sie ihre Leidenschaft für Chemie geteilt hat. Sie habe eine künstlerische Vision und eine unglaubliche Fantasie, hat sie immer gesagt. – Und ich teile Adelines Begeisterung. Wenn sie nicht meine Freundin gewesen wäre, hätte ich Chesneau längst mit einem königlichen Vertrag abgeworben. Ein größeres Talent finden Sie nicht in der Schokoladenwelt, ihre Ideen sind zukunftsweisend.«

Interessant, aber um Chesneaus Genius ging es hier nicht.

»Und der Konflikt?«, drängte Dupin.

»Bixente war strikt dagegen. Er hat vorgeschlagen, zuerst systematische Konsumentenstudien vornehmen zu lassen. Welche Kreationen kommen besonders gut an, was wünschen sich die Käufer? Welche Entwicklungen gibt es in der Süßwarenwelt, wohin geht der Trend? Adeline hat so etwas verachtet.«

Harte Worte.

»Mit der Inthronisierung von Chesneau wäre eine Entscheidung gefallen, die wegweisend für die nächsten Jahrzehnte gewesen wäre.«

»Und Nahia, wie hat sie sich in diesem Konflikt positioniert?«, fragte Nolwenn.

»Sie hat es im Prinzip so gemacht wie Adeline bei der Logistiksache: eine neutrale Position eingenommen. Und den Vorschlag gemacht, eine Art Moratorium zu erlassen, für zwei Jahre, um die Frage gemeinsam in Ruhe zu erörtern.«

Jetzt war klar, was passiert war.

»Das hat die Situation gerettet. Bixente sollte damit auch die Zeit gegeben werden, einen eigenen Kandidaten zu suchen. Aber natürlich ging es, wenn man ehrlich ist, nicht nur um die Personalfrage, sondern um das grundlegende Konzept, um die zukünftige Ausrichtung. Wie in allen Firmen heutzutage. Was und wer will man sein?«

»Das Treffen der beiden Schwestern am vorletzten …«

Dupins Handy. Kadeg.

Widerwillig nahm er den Anruf an.

»Es ist gerade schlecht, Kadeg, ich melde mich, wenn …«

»Ich habe den Fall gelöst, Monsieur le Commissaire.«

»Bitte?«

»Ich meine, zumindest teilweise. – Größtenteils.«

»Was soll das heißen? Was … Warten Sie, Kadeg!« Er wandte sich an Maëlle Columbani. »Einen Moment, Madame, ich bin gleich zurück.«

»So, jetzt, Kadeg.«

Dupin lief an dem grünen Hügel vorbei.

»Ich habe mir ja die Bankdaten aller *Zerua*-Mitarbeiter der vier Standorte angesehen.« Eine unnötige Pause. »Absolut bemerkenswert, was die BAC so alles möglich macht. Wenn ein begründeter Verdacht auf Drogenkriminalität besteht, kriegen sie offenbar alle Informationen, die sie wollen, und zwar sofort.«

Das war ganz nach Kadegs Geschmack, so viel war klar.

»Und?«

»Ich habe einen Volltreffer gelandet.«

Es folgte eine weitere überflüssige Pause.

»Ich habe die Daten durch einen KI-gestützten DAA laufen lassen.«

»Was heißt das, Kadeg?« Dupin würde noch verrückt.

»*Deep Analysis Approach*, absolut bemerkenswert. Es heißt, dass …«

»Kadeg!«

»Vor einem Monat sind zweihunderttausend Euro auf ein gut verstecktes Konto von Sandrine Thépault in Venezuela eingegangen. Am 12. April. Von einem anonymen, bisher nicht identifizierten Konto auf den Fidschi-Inseln. Ich vermute, dass es unmöglich sein wird, den Inhaber zu finden.«

»Zweihunderttausend Euro?«

»Wenn das kein eindeutiger Beweis ist! Es geht um Kokain!«

»Hm.«

Die Wahrscheinlichkeit, dass die anonyme Überweisung nichts mit dem Kokain zu tun hatte, war äußerst gering. Es war ein Indiz, das die Leiterin der Plantage ins Zentrum ihrer Ermittlungen rücken ließ. Noch war nicht ersichtlich, welche Rolle Thépault zufiel, wie bedeutsam sie wirklich war. Dennoch, es war ein erster Durchbruch. Auch wenn sie natürlich nicht die Person gewesen sein konnte, die die Morde ausgeführt hatte.

»Ich habe bereits mit Kevin Pinel von der Brigade gesprochen: Er sagt, es handele sich um ein ›prototypisches Muster‹. Haben Sie gehört? Um ein …«

»Sie haben Pinel angerufen?«

Es war unfassbar – aber darum ging es im Moment nicht.

»Selbstverständlich. Das ist eine Nummer zu groß für uns, Monsieur le Commissaire. Wir haben es hier mit der globalen Drogenmafia zu tun.«

Dupin hatte Mühe, an sich zu halten.

»Ja, und?«

»Was meinen Sie mit …«

»Gibt es noch weitere Überweisungen, Kadeg? Irgendwelche Kontobewegungen, Abbuchungen?«

»Nein.«

»Nur diese eine Überweisung?«

»Nur diese eine Überweisung.«

Dupin hatte die Sandfläche der Bucht betreten, die jetzt, bei Ebbe, endlos schien. Er hätte eine Kappe gebraucht, die Sonne knallte ihm auf den Kopf. Stellenweise hatte sie die oberste Schicht des Schlicks trocknen lassen, helle Flecken mischten sich in das tiefe Graubraun. Hier und dort lag ein Stein zwischen den Algen, die in allen Formen und Farben auftraten.

»Haben Sie auch die Konten der drei Geschwister geprüft?«

»Unauffällig. Die privaten Konten zumindest. Aber natürlich ist das ungleich komplizierter, die Holding ist nicht klein. Insgesamt sind es Dutzende Gesellschaften und Untergesellschaften. Das liegt nun in den Händen der Brigade, sie arbeiten mit nationalen Expertenteams der Geheimdienste in Paris zusammen. Und die wiederum mit den Geheimdiensten unserer Verbündeten, sodass ...«

»Ich verstehe.«

»Commandant Pinel lässt Sandrine Thépault umgehend von den venezolanischen Behörden verhaften. Dann soll sie nach Paris überstellt werden.«

»Nach Paris? Die BAC übernimmt vollständig?«

»Wir werden Thépault sicher nicht zuerst verhören können, Monsieur le Commissaire. Wie gesagt, wir haben es jetzt mit der interna...«

»Ich denke, die Aufklärung der zwei Morde sollte Priorität haben.«

Es war völlig unsinnig, mit Kadeg darüber zu diskutieren.

»Vergessen Sie es, Kadeg. Ich kläre das mit Pinel.«

Eine weitere Welle der Müdigkeit überrollte Dupin. Wie ein Tsunami, so fühlte es sich an.

»Auf jeden Fall wissen wir jetzt, dass es noch mehr Kokain geben muss. Was die Ermittlungen ebenfalls einen riesigen Schritt voranbringt.«

»Warum denken Sie, dass es noch mehr gibt?«

Dupin war weiter in die Bucht hineingelaufen. Ihm stand der Schweiß auf der Stirn. Sand, Sand, Sand. Wo war das Meer?

»Überlegen Sie doch mal! Zweihunderttausend Euro für den Schmuggel eines einzigen Pakets. Das wäre ein schlechter Deal für den Auftraggeber. Commandant Pinel sieht es übrigens auch so.«

Ein Grund, skeptisch zu sein, fand Dupin. Aber natürlich, Kadeg hatte einen Punkt.

»Genial, oder?«

»Was?«

»Der enorme Ermittlungserfolg.«

»Wir werden noch sehen, was ...«

Dupin ließ es bleiben. Der Inspektor gefiel sich zu sehr in der Rolle des Masterminds im Kampf gegen die internationale Drogenmafia. Und auch wenn Dupin es ungern zugab, es war in der Tat beeindruckend.

»Gut gemacht, Kadeg.«

Die Worte waren Dupin einfacher über die Lippen gekommen, als er gedacht hätte.

»Danke, Monsieur le Commissaire.«

Die meisten Menschen tickten sehr einfach, Kadeg fühlte sich wirklich geschmeichelt.

»Das Dumme ist, dass es noch etwas dauern wird, bis die BAC Thépault verhören wird. Erst dann haben wir die Chance zu erfahren, wer noch alles dazugehört. Wer die Komplizen hier vor Ort sind.« Kadeg sprach plötzlich mit gedämpfter Stimme. »Wenn sie es überhaupt verrät. Der Kodex der Kartelle ist brutal.«

Der Satz klang wie ein Zitat aus einem schlechten Thriller.

»Die Verräter ereilt ihr Schicksal oft schon im Gefängnis – zuweilen bereits in der Untersuchungshaft. Sie könnte von Glück reden, wenn sie ihr einfach nur die Kehle durchschneiden.«

Kadegs Worte waren drastisch. Aber, wusste Dupin, es war die Wahrheit.

»Weitere Neuigkeiten, Kadeg? Wie war das Treffen mit der Presse?«

Dupin hatte erstaunlicherweise noch keine Katastrophenmeldungen vernommen.

»Brillant, Monsieur le Commissaire. Brillant.«

Dupin seufzte.

»Gut, dann bis später, Kadeg. Nolwenn und ich sind bei Maëlle Columbani.«

»Ich denke nicht«, schoss es aus Kadeg hervor, »dass sie Thépaults Komplizin ist.«

»Bisher haben wir auch keinen Grund, das zu vermuten, Kadeg.«

»Für mich ist der Fall klar. – Nahia Mazago war es. Wer sonst?«

»Nahia Mazago?«

»Genau.«

»Und Spiquel? Der erste Chocolatier, der Filialleiter? Oder Eléna Chesenau? Was spricht gegen sie?«

»Nahia Mazago, sage ich nur.«

Kadeg war nicht zu bremsen.

»Und warum?«

»Ich habe KIZPAVA gefragt.«

»Bitte?«

»Die Künstliche Intelligenz zur pro-aktiven Verbr…«

»Ich weiß, Kadeg«, log Dupin. Er würde sich nie merken können, wofür das Akronym stand. »Sie haben den Computer mit allen Daten des Falles gefüttert?«

»Nur mit den wesentlichen.«

»Und dann hat er Nahia Mazagos Namen ausgespuckt?«

»Hat er.«

»Die Mörderin kann sie nicht gewesen sein«, wies Dupin ihn auf einen wesentlichen Sachverhalt hin.

»Aber die entscheidende Strippenzieherin!«

»Sagen Sie bitte Bescheid, bevor Sie Nahia Mazago von Ihren neuen Freunden verhaften lassen.«

Es klang wie ein Witz, aber Dupin wollte auf Nummer sicher gehen.

»Wo sind Sie eigentlich, Kadeg?«

»In der Zentrale.«

Kadegs Ausdruck für das Kommissariat.

»Dann bis später.«

Dupin legte auf.

Er merkte erst jetzt, wie weit er gelaufen war. Plötzlich stand er vor einem weiteren dieser merkwürdigen runden Hügel. Auch dieser trug eine Kappe aus Dünengras.

Wo war er? Dupin blickte sich um. Immerhin, das andere

Hügelchen am Rande der Insel war noch zu sehen. Es waren vielleicht siebenhundert Meter.

Ohne eine bestimmte Absicht zu verfolgen, stapfte Dupin hinauf, dabei behielt er das Telefon in der Hand. Er wählte Unartes Nummer. Es gab Neuigkeiten. Wichtige Neuigkeiten. Es dauerte, bis die Kommissarin abnahm. Dupin hatte die Kuppe des Hügelchens erreicht, er schnaufte. Das musste die Müdigkeit sein, sie raubte einem alle Kraft.

»Dupin – einen Moment«, meldete sich die Kommissarin endlich. »Ich rufe Sie sofort zurück.«

Der Empfang war exzellent, schon beim Gespräch mit Kadeg war es ihm aufgefallen.

»Kein Problem. Ich warte.«

Schon hatte die Kommissarin aufgelegt.

Unglaublich, hier oben war das Panorama noch einmal ein völlig anderes. Das westliche Ufer der Bucht, sprich das Ende der Sandwelt, war nicht weit. Von unten war es nicht zu erkennen gewesen, man sah Häuser und eine Kirche. Es musste Saint-Pol-de-Léon sein. Daneben lag Roscoff. Wo die Engländer am liebsten Urlaub machten und wo die Zwiebeln herkamen, die berühmtesten der Bretagne, ganz Frankreichs. Blickte man Richtung Norden, sah man das Wasser, das Dupin zuvor vergeblich gesucht hatte. Da war es. Es kam zurück.

Dupin setzte sich, nur für einen Moment. Der feine Sand zwischen dem Dünengras war weich und warm. Er sollte Riwal anrufen. Um von den zweihunderttausend Euro auf Sandrine Théaupaults Konto zu erzählen. Wobei Kadeg ihn vermutlich schon informiert hatte.

Aber erst einmal musste er auf den Rückruf der Kommissarin warten.

Dupin erhob sich, er fühlte sich mit einem Mal verblüffend wach.

Die Kommissarin hatte sich zurückgemeldet. Und vorgeschlagen, sie noch einmal in Bayonne zu besuchen. Man könne sich viel besser unterhalten, wenn man sich persönlich sehe. Es war eine gute Idee, fand er, sie hatte völlig recht, dieses ewige Telefonieren nervte.

Was Dupin erstaunlicherweise erst jetzt bemerkte, war, dass gleich hinter dem Ufer der Bucht die Ausläufer der Pyrenäen begannen. Er betrachtete die grünen, sanft geschwungenen Hügelketten, die in der Ferne zu majestätischen Bergen anwuchsen. Die charakteristischen scharfkantigen Gipfel mit ihren blendend weißen Kuppen leuchteten vor dem blauen Himmel. Rechts von ihm lag der Atlantik, er meinte, Bayonne am Horizont erkennen zu können. – Ja, nun sah er die Stadt ganz deutlich, den Meeresarm, den großen Platz mit den hellen Granitsteinen, den Park. Er sprang in die Höhe, eine Brise trug ihn fort und setzte ihn mehrere Meter weiter behutsam auf dem Schlickboden ab. Federnd erhob er sich erneut in die Lüfte, riesige, sanft dahinschwebende Sprünge. Möglich gemacht, bemerkte er jetzt, durch die Wunder-Espadrilles, die er trug. Er konnte es fühlen, eine unbekannte Energieform ging von ihnen aus, Dupin staunte. »Ionenantrieb«, erklärte plötzlich Riwals Stimme aus dem Off. So wäre er im Nu bei der Kommissarin. Die grünen, harmonischen Landschaften, die er unter sich sah, waren mit Puderzucker bestreut. Aber war es wirklich Puderzucker? Irgendetwas in ihm ahnte, dass es etwas anderes war. Er schreckte zusammen.

Jemand schrie. Laut, fürchterlich laut.

»Monsieur le Commissaire! – Monsieur le Commissaire!«

Die Stimme war vertraut. Aber wo kam sie her?

»Was tun Sie da?«

Eine seltsame Frage.

Dupin schlug die Augen auf.

Da war Nolwenn. Und nicht nur Nolwenn: die ganze Realität.

Seine Kollegin stand am Fuße des Hügelchens.

»Wir haben uns Sorgen gemacht, Monsieur le Commissaire!«

Das durfte nicht wahr sein. Er war schon wieder eingeschlafen.

»Sie waren fünfundvierzig Minuten weg. Und sind nicht ans Telefon gegangen. – Nach Ihrer irrwitzigen Aktion letztes Jahr auf Ouessant sorgt man sich ja sofort, wenn man Sie in der Nähe des Wassers allein lässt.«

Ein absurder Satz, vor allem, wenn er sich auf einen bretonischen Küstenbewohner bezog.

»Fünfundvierzig Minuten?«

Zehn, fünfzehn davon war er umherspaziert und hatte mit Kadeg telefoniert, maximal. War er wirklich für eine halbe Stunde weggenickt? Und hatte nicht einmal das Telefon gehört?

»So langsam kommt auch das Meer zurück, Monsieur le Commissaire.«

Nolwenn stand mit den Füßen bereits knöcheltief im Wasser.

»Und was soll das, sich da oben auf dem Hügel zu verstecken? – Ich meine, ich verstehe, dass Sie müde sind, aber schauen Sie mich an! Dabei sind doch Sie der Kommissar! Mit dem Gehalt eines Kommissars!«

Sehr eigenwillige Assoziationsketten, fand Dupin.

Er hatte vorsichtig begonnen, zu ihr hinabzusteigen.

»Es gibt bedeutende Neuigkeiten, Nolwenn«, sagte er rasch.

Er war – nicht ohne sich zuvor die Schuhe abzustreifen – bei ihr angekommen und stand nun ebenfalls bis zu den Knöcheln im Wasser. Mit knappen Worten rekapitulierte er das Gespräch mit Kadeg.

»Immerhin. Das ist doch schon mal was!«, sagte sie. »Diese Thépault war mir von Anfang an suspekt. Die Morde kann sie allerdings nicht begangen haben.« Nolwenn schüttelte den Kopf. »Wenn man es genau betrachtet, sind wir keinen Schritt weitergekommen. Eigentlich wissen wir noch immer so gut wie nichts.«

Nolwenn-typische Gedankensprünge – sie erinnerten Dupin an seinen Traum –, aber er verstand, was sie meinte. Und stimmte ihr im Kern zu, auch wenn er die Lage nicht ganz so schwarz sah. Obwohl, doch, eigentlich schon.

Das kühle Wasser an den Füßen tat gut, auch wenn sich sein Kopf immer noch konfus anfühlte.

Er brauchte Kaffee. Unbedingt und auf der Stelle.

»Ich rufe Locmariaquers Mitarbeiterin an«, Nolwenn redete sich in Rage, »Fastenkur hin oder her, der Präfekt muss jetzt eingreifen. Wir müssen mit dieser Frau sprechen. Er muss sie nach Frankreich holen, egal wie.«

»Wo ist eigentlich Madame Columbani?«

»In ihrem Haus. Sie arbeitet heute Nachmittag wohl von dort aus. Sie hat um achtzehn Uhr einen Termin, es …«

Dupins Telefon.

Kommissarin Unarte.

»Rebonjour, Madame.«

Ein blödsinniger Gruß.

»Es hat etwas länger gedauert. – Komplizierte Gespräche mit diesem Superagenten der BAC.«

Unarte war Dupin schon zuvor äußerst sympathisch gewesen, ihre offenkundige Aversion gegen Pinel steigerte diese Sympathie noch.

»Grüßen Sie die Kommissarin von mir«, sagte Nolwenn, die auf einmal wieder viel fröhlicher klang. Sie hatte so laut gesprochen, dass Unarte es gehört hatte.

»Grüßen Sie sie zurück!«

»Ich soll zurückgrüßen«, richtete Dupin brav aus und kam sich albern vor.

»Aus welchem Grund hatten Sie angerufen, Dupin?«

Richtig. Er hatte sie sprechen wollen, nicht umgekehrt.

»Einer meiner Inspektoren hat eine Entdeckung gemacht.«

Dupin berichtete, was Kadeg herausgefunden hatte.

»Verstehe. Pinel hat in unserem Telefonat nichts davon erwähnt, unglaublich.«

Dupin war gerade durch eine besonders tiefe Passage gewatet, die Hose war nun bis zu den Knien nass.

»Sie sagen es«, brummte er.

»Es wird selbst für die BAC nicht leicht, Thépault nach Frankreich zu kriegen. Und wenn sie zu einem Kartell gehört, wird sie ohnehin kein Sterbenswörtchen sagen.«

»Ich weiß. – Was macht Nahia Mazago? Und wo sind Sie gerade?«

Dupin hatte Stimmen im Hintergrund gehört.

»Sie hat einen Termin mit dem Juristen der Familien-Holding. Es gibt wohl ein dringendes Problem, das umgehend gelöst werden muss. Es geht um größere Zahlungen, die fällig sind. Um das Thema Liquidität. Bisher brauchte es bei größeren Summen immer die Unterschriften von mindestens zwei der drei Geschwister. Das muss sofort geändert werden. – Ich habe sie begleitet und stehe im Vorzimmer der Kanzlei, mitten in Pau. Hier ist der Verwaltungssitz und auch der Sitz der Präfektur.«

Sozusagen das Quimper des Départements Pyrénées-Atlantiques.

»Mein Inspektor hält Nahia Mazago für die Drahtzieherin.«

Dupin wusste selbst nicht genau, warum er diese These weitergab.

»Ich halte sie eher für das nächste Opfer. Und das will ich unter allen Umständen verhindern.«

»Ich verstehe.«

Es stimmte, wenn sie nicht selbst hinter den Verbrechen steckte, könnte sie sich in akuter Gefahr befinden. Anders als Commissaire Unarte und Kadeg hatte Dupin sich jedoch noch nicht festgelegt, wen er verdächtigte.

»Ich schätze sie. Und ich mag sie«, gestand Unarte offenherzig. »Außerdem wäre es eine Tragödie für das Baskenland. Wir würden enorm viel verlieren, ohne die Mazagos wäre das Baskenland nicht mehr das, was es ist.«

Es war eine echte Konfession.

Sie waren noch etwa zweihundert Meter vom Ufer entfernt.

»Wir sind gerade bei Maëlle Columbani«, Dupin fiel ein, dass er Unarte auch davon hatte berichten wollen.

Er fasste zusammen, was sie erfahren hatten.

»Ja, okay. Das ist allerhand.« Die Kommissarin wirkte verstimmt. »Ich meine, wir haben eben erst gesprochen, Nahia Mazago und ich. Sie hat kein Wort davon gesagt, dass Bixente gedroht hat, sich auszahlen zu lassen. Was die Familien-Holding gesprengt hätte. Und das Zerwürfnis über Pichards Nachfolge hat sie auch nicht erwähnt.«

Dupin war, so komisch es klang, froh, dass er nicht der Einzige war, der angelogen wurde.

»Wie lange geht der Termin mit dem Anwalt noch, denken Sie? Ich würde gerne noch einmal mit Nahia Mazago sprechen.«

»Keine Ahnung. Sie ist seit einer halben Stunde drin. Ich vermute mal, das kann noch eine Weile dauern.«

»Sagen Sie ihr, sie soll mich anrufen, wenn sie fertig ist.«

»Mache ich! Bis später, Dupin.«

»Bis später, Commissaire.«

Sie waren wieder zurück am Ufer der Insel. Kurz darauf erreichten sie Madame Columbanis Haus.

Diese stand bereits in der Haustür. Sie schien Dupin und Nolwenn im Auge behalten zu haben.

»Ich habe ihn gefunden, Madame Columbani.«

Es klang, als spräche Nolwenn von einem entlaufenen Hund.

»Er lag auf einem der Hügel in der Bucht und …«

»Wichtige Telefonate«, unterbrach sie Dupin. »Wo waren wir stehen geblieben?«, fragte er Maëlle Columbani, die ein Stück auf sie zugelaufen war.

»Ihre Mitarbeiterin und ich haben schon alles geklärt. – Und wegen Ihrer Phobie, dieser Angst vor dem Meer – ich würde sagen, Sie sollten sich jetzt wirklich aufmachen.«

Dupin würde auf beide Bemerkungen nicht eingehen.

»Kennen Sie Sandrine Thépault? Die Leiterin der Plantage von *Zerua* in Venezuela?«

Ein kurzes Zögern.

»Nein.«

»Nein? Sie haben gezögert, Madame.«

»Ich habe sie einmal getroffen. Vor ein paar Jahren. Auf einem Fest von *Zerua*. Ich glaube, es war der fünfzigste Geburtstag der Filiale in Concarneau. – Das war es. Ein einziges Mal.«

»Warum haben Sie dann zuerst Nein gesagt?«, hakte Nolwenn nach.

»Weil ›kennen‹ sicherlich das falsche Wort ist.«

Nolwenn zog die Augenbrauen hoch.

»Wissen Sie, ob Madame Thépault häufiger nach Frankreich kommt? Dienstlich, meine ich?«

»Keine Ahnung. Da müssen Sie Nahia fragen, oder jemanden bei *Zerua*.«

»Wie läuft das eigentlich in Ihrer Manufaktur, Madame Columbani – haben Sie auch eine eigene Plantage, importieren Sie die Ware auch mit eigenen Schiffen? *Zéro émission?*«

»Wir haben keine eigenen Plantagen, nein. Wir kaufen bei ausgesuchten Produzenten, die auf ihren Plantagen äußerst strenge soziale und ökologische Kriterien erfüllen. Selbstverständlich CO_2-neutral. Allerdings kommen die Kakaobohnen auf konventionellem Wege zu uns nach Morlaix. Wir kompensieren das zwar mit Projekten im brasilianischen Urwald, dort, wo unsere Bohnen herkommen, dennoch, eigentlich hätte ich es gerne anders.«

»Haben Sie mal über eine Kooperation nachgedacht, könnten die Schiffe von *Zerua* die Bohnen nicht für Sie transportieren?«

Noch einmal ein auffälliges Zögern.

»Ehrlich gesagt war ich mit Bixente darüber im Gespräch. –

Das heißt, wir haben das Gespräch gerade erst begonnen. Im April. Auf den beiden Schiffen, die *Zerua* besitzt, gibt es nicht genug Platz. Aber er war ja dabei, noch mehr Schiffe anzuschaffen. Sein Plan war es, Transportkapazitäten zu verkaufen.«

»*Les folies du chocolat* hat mit Bixente Mazago darüber verhandelt, Kunde seiner Logistik-Unternehmung zu werden?«

Auch das hatte noch niemand erwähnt.

»Ja, und?«

»Wusste Adeline Mazago davon?«, fragte Nolwenn.

»Na klar. Es war ja ursprünglich ihre Idee.«

Es wurde immer interessanter.

»Adeline Mazago hat Ihnen vorgeschlagen, Ihre Kakaobohnen mit *Zeruas* Segelschiffen einzuführen?«, wiederholte Dupin.

»Nicht nur das: Sie hat mir vorgeschlagen, die gesamte nachhaltige Logistikkette zu nutzen. Bis hin zur Auslieferung mit neuen Elektrotrucks.«

»Wie weit waren die Gespräche gediehen?«

»Ich habe mein starkes Interesse bekundet, bis zum Herbst wollte mir Bixente ein konkretes Angebot machen.«

Nolwenn schaute besorgt in Richtung der Bucht und runzelte die Stirn.

»Wir müssen wirklich los, Monsieur le Commissaire.«

Dupins Blick folgte ihrem. Dort, wo sich vorhin eine schier endlose Sandfläche ausgebreitet hatte, glitzerte nun Wasser. Nur die asphaltierte Straße, die leicht erhöht lag, war noch zu sehen. Es würde nicht mehr lange dauern, bis auch sie überflutet wäre.

»Das wird jetzt schon eng«, nickte Columbani.

Dupin wandte sich schnurstracks Riwals Wagen zu.

»Hat Ihre Freundin«, er sprach im Gehen, »in letzter Zeit besonderes Interesse an der Chemie der Schokolade gezeigt?«

»Was meinen Sie damit?«

»Auf ihrem Schreibtisch lag ein wissenschaftliches Buch. *Die*

Chemie der Schokolade. Adeline Mazago hatte zahlreiche Stellen markiert.«

»Und?«

»Das Buch ist letzte Nacht oder heute Morgen aus ihrem Haus entwendet worden.«

Dupin hatte den Wagen erreicht, Nolwenn lief zur Beifahrertür.

Er sah Maëlle Columbani prüfend an.

»Bitte?«

Es blieb keine Zeit für Erklärungen.

»Und wir fragen uns jetzt, was das Ziel ihrer Recherche war. Wissen Sie etwas darüber, haben Sie eine Idee?«

»Mir hat sie nichts davon erzählt. Aber bei ihr zu Hause lagen stets wissenschaftliche Zeitschriften und Bücher rum. – Keine Ahnung.«

»Sie haben es nicht gesehen, als Sie vorgestern bei ihr waren?«, wollte Nolwenn wissen. Auch sie hatte die Wagentür bereits geöffnet.

»Wie gesagt, wir saßen nur fünf Minuten auf dem Sofa, haben ein Glas Wein getrunken und sind dann ins Bett gegangen.«

»Und in diesen fünf Minuten, worum ging es da?«

Dupin hätte die gleiche Frage gestellt, Nolwenn war nur schneller gewesen.

»Darum, dass wir beide fürchterlich überarbeitet sind. Dass wir das eigentlich immer sind. Und dass wir jedes Mal, wenn wir uns beieinander darüber beklagen, feierlich festhalten, nun wirklich etwas kürzertreten zu wollen. Es dann aber natürlich nicht tun, weil wir am Ende alles, was wir tun, zu sehr lieben. Diese Konversation führen wir seit zehn Jahren, mittlerweile ist es eine Art Sketch geworden, am Ende bekommen wir dann jedes Mal einen Lachanfall …«

Sie brach ab. Zum ersten Mal war ihre Trauer spürbar. Ein tiefer Schmerz.

Wie auf ein geheimes Zeichen hin stiegen Dupin und Nolwenn gleichzeitig in den Wagen. Dupin hatte gesehen, dass das Wasser an einzelnen Stellen schon über die Straße schwappte.

Aber eine Frage hatte er noch.

»Ihr Termin heute um achtzehn Uhr – worum geht es da?«

Er hatte es vorhin schon fragen wollen.

»Ich bereite einen neuen Video-Podcast vor. Für die Webseite von *Bretons en cuisine.* Ich mache das eigentlich einmal die Woche. Herzhafte Schokoladengerichte, meine Spezialität. Ich hätte schon längst fertig sein müssen. Aber ich habe Probleme mit einem Rezept.«

Sie seufzte.

»Geschmorte Hirschkeule in einer Soße aus Speck, rosa Zwiebeln, Rotwein, *crème double* und Schokolade. Und«, ihre Stirn legte sich sorgenvoll in Falten, »Anis, Pfeffer, Kardamom. Aber irgendetwas stimmt mit den Gewürzen noch nicht.«

Dupin hätte liebend gerne mehr erfahren, ihm war das Wasser im Mund zusammengelaufen. Aber ihnen blieb keine Zeit mehr, er ließ den Motor an.

»Und Sie«, Nolwenn, die ihre Tür bereits zugezogen hatte, rief mit lauter Stimme durch den Wagen, »können uns wirklich keinen Zeugen nennen, der bestätigen kann, dass Sie heute Morgen zwischen 6 Uhr 15 und 6 Uhr 45 hier waren?«

Maëlle Columbani schien kurz nicht zu wissen, was sie sagen sollte.

»Leider nein. Ich war ganz alleine. Und habe noch geschlafen.«

»Dann vielen Dank, Madame. Sie hören von uns«, verabschiedete sich Dupin.

»Sie haben meine Nummer.«

Dupin zog die Tür auf seiner Seite zu.

Das Meer spritzte nach rechts und links, als der Peugeot mit verwegenem Tempo auf das Festland zuhielt. Die Straße war mittlerweile durchgängig von einer dünnen Wasserschicht bedeckt. Es musste so aussehen, ging es Dupin durch den Kopf, als führen sie über das Meer.

Ein Wunder.

»Hier raus! Rechts! – Rechts, Monsieur le Commissaire!«

Die Ausfahrt, die sie hätten nehmen müssen, glitt an ihnen vorbei. Dupin hatte sie mit voller Absicht verpasst und verließ den Kreisverkehr an der nächsten. Im letzten Moment hatte er dort ein Schild gesehen: *Moulin d'Elise – Boulangerie.* Und »Boulangerie« hieß: Kaffee.

Kurz darauf erreichten sie das Ziel, es war eine dieser schmucklosen Bäckereien, die direkt an der Straße lagen – gänzlich unidyllisch, aber nicht selten phänomenal, was die Qualität betraf.

Ein Sandwichparadies, wunderbar. Es war kurz nach halb vier, Dupin war nicht nur extrem müde, sondern auch extrem hungrig. Zwar hatte er heute bereits Essen für einen ganzen Tag bestellt – das Frühstücksdesaster in Bayonne –, davon aber nicht einen Bissen genommen. Er durfte nicht daran denken, was ihm entgangen war, er hatte es immer noch nicht verwunden.

»Einmal *L'Auvergnat*, einmal *Chèvre-miel*«, bestellte Dupin für sich, Nolwenn, die ihm Auto geblieben war, hatte gesagt, ihr reiche ein Sandwich. »Und eins mit Gemüse und indischem Curry.«

Dupin freute sich besonders auf den famosen *Fourme d'Ambert* aus der Auvergne, sein Lieblingsschimmelkäse wurde hier auf einem Bett aus Salat und Frischkäse serviert.

»Und drei doppelte *cafés* und zwei Wasser, bitte.«

»Darf es noch etwas sein?«

»Zwei *Paris-Brest*. Und zwei *tartes au citron*.«

Schon beim Hereinkommen hatten das Gebäck aus Brandteig und die leuchtend gelbe Tarte ihn angelacht. Nolwenn würde sicher nicht Nein sagen, sie liebte Zitronentartes.

Die Leckereien sahen nicht nur himmlisch aus, sie enthielten auch Zucker, Unmengen von Zucker, und das wiederum bedeutete: Energie. Natürlich war der Effekt von kurzer Dauer, aber nur so würden sie sich, Dupin machte sich keine Illusionen, über den Tag retten können. An Schlaf war erst einmal nicht zu denken.

»Das war es dann?«

Die junge Frau blickte Dupin neugierig an.

»Ich denke schon, ich …«

Das laute, unerträgliche Piepsen seines Handys unterbrach ihn.

Eine ausländische Nummer. Die Vorwahl kannte er nicht.

Er trat einen Schritt zur Seite.

»Hier Commissaire Georges Dupin, bonjour.«

Ein lautes Rauschen und Knacken, dann: »Hier Sandrine Thépault.«

Das war eine echte Überraschung.

»Ich bin die Angestellte von *Zerua* in …«

»Ich bin im Bilde, Madame. Ich weiß auch von den zweihunderttausend Euro, die Sie von einem Konto auf den Fidschi-Inseln …«

»Sie müssen mir helfen, Monsieur le Commissaire.«

Es klang verzweifelt, fürchterlich verzweifelt.

»Was meinen Sie, Madame?«

»Ich bin keine Drogendealerin! Ich habe überhaupt nichts mit Drogen zu tun.«

Dupin presste das Telefon fest ans Ohr. Sie war schwer zu verstehen.

Er hatte die Boulangerie verlassen.

»Ich habe einen ganz schlimmen Fehler gemacht. Ich dachte, es wäre eine einzigartige Gelegenheit, aber natürlich war das falsch. Und natürlich wusste ich es eigentlich.« Sie sprach schnell, gehetzt. »Ich habe einen Anruf bekommen. Vor zwei Monaten. Eine …« Der Rest des Satzes ging im Rauschen unter.

»Eine was?«

»Eine Computerstimme. Der Anrufer hat mir zweihunderttausend Euro versprochen, wenn ich ein eingeschweißtes Paket in einem der Schokoladensäcke verstaue. – Ich habe natürlich gefragt, warum ich das tun solle und was in dem Paket sei. Die Antwort war, dass zur Bedingung des Jobs gehöre, keine weiteren Fragen zu stellen. Ich habe sofort abgelehnt. Natürlich.«

Dupin hatte begonnen, auf dem Parkplatz hin und her zu laufen.

»Und?«

»Der Anrufer hat gesagt, er würde sich am nächsten Tag wieder melden, ich solle noch einmal darüber nachdenken. Niemand würde davon erfahren. Und das Geld komme auf ein Konto, das man extra für mich bei einer venezolanischen Privatbank anlegen würde. Eine Überweisung, die nicht zurückzuverfolgen sei. Ich habe gesagt, dass sich meine Antwort nicht ändert, wenn er mich noch mal fragt. Das werde man ja morgen …«

»Und was? Das letzte Wort habe ich nicht verstanden.«

»Man werde es morgen *sehen,* hat er gesagt und aufgelegt. – Der Anrufer hat sich dann aber nicht am nächsten Tag, sondern erst eine Woche später wieder gemeldet.« Sie schwieg kurz. »Es war schrecklich. Ich hatte angefangen, mir vorzustellen, was ich mit so viel Geld alles tun könnte. Vor allem hier in Venezuela. Ich habe mich gefragt, ob es nicht verrückt wäre, es nicht zu tun.«

Wieder eine Pause. Dupin wusste, dass man Menschen Zeit lassen musste, wenn sie sich etwas von der Seele redeten.

Natürlich hatte er viele Fragen. Natürlich hätte Thépault ahnen müssen, was sich in dem Paket befand. Aber es wäre müßig, ihr das vorzuhalten. Und ihn interessierte etwas anderes.

»Dann … Es ging alles ganz schnell und einfach. Zwei Tage nach meiner Zustimmung bekam ich per Threema die Daten eines Kontos zugeschickt, mit Passwort und allem. Es lief auf meinen Namen. Eine Woche später kam eine Mitteilung, dass ich das Paket in einem Postfach am Bahnhof von Cúmana abholen könne, den Schlüssel bekäme ich mit der Post. – Das war es auch schon.«

»Und woher wussten Sie, in welchem Sack Sie das Paket verstecken sollen?«

»Das habe ich auch gefragt. – Es sei egal, war die Antwort. Ein beliebiger Sack der nächsten Lieferung sollte es sein.«

»Egal? Wie sollte der Empfänger dann wissen, wo sich das Kokain befindet? So konnte er ja nicht einmal vorhersagen, wo es landet. In Bayonne, Morlaix, Quimper oder Concarneau.«

»Das habe ich mich natürlich auch gefragt. – Ich weiß es nicht.«

»Kam Ihnen das nicht komisch vor? Auch, dass man Ihnen eine derart hohe Summe bezahlt – für das eine Paket? Das steht doch in keinem Verhältnis.«

»Doch, klar. Ich habe darüber auch nachgedacht.«

»Und wie soll ich Ihnen jetzt helfen, Madame?«

»Hier in Venezuela werden sie mir meine Geschichte nicht glauben. Und mich behandeln, als wäre ich eine überführte Drogendealerin. Wegen der Summe werden sie denken, dass ich richtig tief mit drinstecke.«

Thépaults Stimme hatte sich verändert, man hörte ihre Panik.

»Wissen Sie, wie es hier zugeht? Bitte holen Sie mich nach Frankreich, ich werde ein vollständiges Geständnis ablegen.«

Es klang verzweifelt – und sie hatte allen Grund dazu.

Im Kampf gegen die Drogen und bei einem Vorfall dieser Dimension hatte Venezuela das Recht, sie festzunehmen und anzuklagen, auch wenn sie französische Staatsbürgerin war.

»Ich befürchte, dass wir da beim besten Willen nichts ausrichten können, Madame. – Es sei denn, Sie wissen doch, wer die Hintermänner sind. Wer Sie beauftragt hat. Dann könnten Sie mit den Behörden verhandeln.«

»Aber ich weiß es wirklich nicht. Glauben Sie mir nicht?«

Eine berechtigte Frage.

»Es geht hier nicht darum, was ich glaube, Madame. – Ich kann nicht ausschließen, dass Sie lügen.«

Ein längeres Schweigen. Die Störgeräusche nahmen wieder zu.

»Sie können also gar nichts für mich tun? Das kann doch nicht wahr sein. Sie müssen mir helfen! Ich bin Französin!« In die Panik in ihrer Stimme mischte sich Wut. »Sie werden jeden Moment kommen und mich mitnehmen.«

»Ich werde natürlich unverzüglich einen Antrag auf Überstellung nach Frankreich stellen, Madame. Einen Dringlichkeitsantrag. Das ist alles, was ich tun kann.«

Wieder rauschte es für einige Sekunden in der Leitung, bis Thépault antwortete.

»Au revoir, Monsieur.«

Sie hatte aufgelegt.

Dupin verstand ihre Verzweiflung. Er würde Nolwenn bitten, sich um die Angelegenheit zu kümmern. Sie wusste, was zu tun war. Und niemand war beharrlicher als sie. Aber Dupin bezweifelte, dass es in diesem Fall helfen würde.

Er lief zum Auto.

»Da sind Sie ja endlich«, empfing Nolwenn den Kommissar, als er einstieg, »ich …«

»Sandrine Thépault. Sie hat mich gerade angerufen.«

Dupin fasste das Telefonat zusammen.

»Das war unglaublich naiv. Und deshalb denke ich, dass sie die Wahrheit sagt. Eine so dumme Geschichte kann man sich doch gar nicht ausdenken.«

Dupin war sich da nicht so sicher. Strategische Inkompetenz, das war eine beliebte Taktik, nicht nur, wenn man ein Verbrechen verheimlichen wollte.

»Ich werde es auf jeden Fall mit allen …«

Nolwenns Handy. Schnell nahm sie den Anruf entgegen.

»Gerade ist es schlecht, Marie, ich …«

Die ominöse Marie. Die ominöse Aktion.

»Ach du meine Güte!«

Dupin runzelte die Stirn.

»Wie gesagt«, Nolwenn senkte die Stimme, »wir müssen aufpassen. Die Polizei.«

Er biss sich auf die Lippen, auch dieses Mal wäre es sicher klüger, sich nicht in Nolwenns private Angelegenheiten einzumischen.

»Klar, ich habe Spraydosen.«

Es wurde immer bunter.

»Du Arme – du schaffst das schon. Wie immer! – Ich muss jetzt weiter, Marie, bis bald.«

Sie beendete den Anruf und wandte sich Dupin zu, als wäre nichts gewesen.

»Wo waren wir stehen geblieben?«

»Sandrine Thépault. Sie sagten, Sie würden es …«

»Natürlich«, nahm Nolwenn den Faden wieder auf, »ich werde mit allen Mitteln versuchen, sie aus Venezuela rauszubekommen. So etwas hat niemand verdient!« Sie begann, auf ihrem Handy herumzutippen.

»Vielleicht sollten Sie …«

Schon wieder wurde Dupin von seinem Telefon unterbrochen. Langsam reichte es ihm.

Er stieg aus, ging ein paar Schritte und warf erst dann einen Blick auf das Display.

»Christine/Le Noroît«, stand darauf.

Die wunderbare Inhaberin der Kneipe an der Pointe de Trévignon, in der Dupin so gerne saß. Gegenüber an der Kaimauer hatte gestern die Konfrontationstherapie stattgefunden.

»Christine?«

»Salut Georges, Pascal hat gesagt, ich solle dich anrufen und es dir sagen.«

Mit ihrem Ehemann Pascal führte sie das *Le Noroît*.

»Was sagen?«

»Nahia Mazago. Sie war vorletztes Wochenende zweimal

hier bei uns. Freitag und Samstag, jeweils für etwa eine Stunde. So um sechs, ein bisschen später vielleicht. Sie hat sich mit diesem Benoît Pichard getroffen. Dem Maître Chocolatier von *Zerua*.«

»Nahia Mazago und Benoît Pichard? Zweimal?«

»Genau.«

Auch das war bemerkenswert. Weder Pichard noch Nahia Mazago hatten diese Treffen erwähnt.

»Warst du selbst da?«

»War ich.«

»Hast du mitbekommen, worüber sie gesprochen haben?«

»Leider nicht. Da war die Hölle los. Das erste richtig schöne Frühsommer-Wochenende.«

»Kennst du die beiden? Ich meine, persönlich?«

»Nicht wirklich. Nur Adeline. Sie kam manchmal. Ich meine, sie hat in der Nähe gewohnt. Und einmal hatte sie ihre Schwester dabei. Aber das ist zwei, drei Jahre her. – Diesen Pichard kenne ich nur aus Zeitungsartikeln.«

»Ungefähr eine Stunde, sagst du?«

»Ungefähr eine Stunde.«

»Könnte jemand anderes etwas von ihrer Unterhaltung mitbekommen haben?«

»Soll ich mal rumfragen?«

Das klang vielversprechend. Das war der Vorteil, wenn man zu Hause ermittelte. Man hatte ein paar Augen und Ohren mehr.

»Unbedingt. Danke.«

»Na gut. – Ich melde mich.«

»Bis dann, Christine.«

Schon hatte sie aufgelegt.

Dupin stand nachdenklich neben Riwals schickem Wagen.

Auf einmal ging es Schlag auf Schlag. Nur – wohin würden all die neuen Informationen sie führen?

Schließlich öffnete er die Wagentür.

Nolwenn telefonierte aufgebracht: »Das ist mir völlig egal! Ich erwarte Ihren baldigen Rückruf, Monsieur!«

Dupin kannte diesen Tonfall.

Einen Moment später hatte sie aufgelegt, ohne sich zu verabschieden.

Als Dupin ins Auto stieg, lächelte sie.

»Paris, das Außenministerium! Irgendein Wichtigtuer, der manchmal im Nationalen Sicherheitsrat sitzt. ›Ich sehe da eher schwarz‹, meint er – was soll das heißen? Dass es sich gar nicht lohnt, es zu versuchen? Man resigniert und ergibt sich seinem Schicksal? Schwarz sehen kann jeder! Heutzutage ist das groß in Mode. Bloß kämpfen – das will keiner mehr!«

Das war sie: Nolwenn in nuce.

»Anscheinend hat sich Nahia Mazago vorletztes Wochenende, als sie bei ihrer Schwester war, zweimal mit Pichard getroffen.«

Dupin gab wieder, was er gerade von Christine erfahren hatte.

»Unfassbar. Da fahren wir extra nach Bayonne! Es geht um die Morde an ihren Geschwistern. Und um Drogenhandel noch dazu. Und sie verschweigt uns fast alles!« Nolwenn war entrüstet. »Das ist doch wirklich …«

Dupins Telefon. Riwal. Diesmal blieb er sitzen.

»Ja?«

»Pichard, der erste Chocolatier. Jemand hat ihm vor seinem Haus aufgelauert und ihn bedroht, sagt er.«

Dupin saß nun kerzengerade.

»Wo? Was heißt das?«

Er stellte den Lautsprecher an, damit er später nicht alles wiederholen müsste.

»Pichard ist vor ein paar Minuten nach Hause gekommen.

Da hat er jemanden am Haus gesehen, sagt er. Er sei zurück zu seinem Auto gelaufen. Die Person sei ihm gefolgt. Sie hatte etwas in der Hand, einen Stock oder so. Er konnte es nicht genau erkennen. Die Person trug einen dunklen Hoodie mit Kapuze, glaubt er.«

Dupin startete den Wagen.

»Wo ist Pichard jetzt?«

Es war verrückt, sie hatten gerade über ihn gesprochen.

»Bei uns im Kommissariat. Er ist direkt hergekommen. Nevou ist bei ihm.«

»Wo befindet sich sein Haus?«

»Zwischen Trévignon und Trégunc. Aber nicht direkt am Meer, sondern in dieser Märchenlandschaft dahinter.«

Dupin kannte sie sehr gut. Eine verwunschene Gegend, die aus Urwäldchen, Wiesen, Feldern, Bächen und Weihern bestand.

»In einem der Weiler dort. Es gibt nur vier Häuser. Kadeg ist bereits unterwegs.«

»Alleine?«

»Ja.«

»Schicken Sie jemanden mit.«

»Mach ich, Chef.«

Dupin spürte eine heftige Unruhe, er hatte ein ungutes Gefühl.

Sie mussten schnellstmöglich zurück. Und er durfte jetzt keinen Fehler machen. Er musste aufpassen, die Müdigkeit ließ ihn unaufmerksam werden. Nachlässig. Langsam.

»Wir müssen umgehend herausfinden, ob vielleicht einer der Nachbarn etwas gesehen hat.«

Dupin setzte den Wagen zurück, um dann eilig auf die Straße aufzufahren.

»Versteht sich von selbst, Chef.«

»Bringen Sie in Erfahrung, wo sich Chesneau, Spiquel und Dehame gerade aufhalten.«

»Le Menn hat bereits begonnen, nach ihnen zu suchen.«

»Sehr gut.«

Schon hatten sie den Kreisverkehr von eben erreicht, dieses Mal nahmen sie die richtige Ausfahrt.

»Bei uns gibt es auch ein paar interessante Neuigkeiten«, meldete sich Nolwenn zu Wort.

Sie brachten Riwal auf Stand. Kadeg hatte ihm natürlich bereits von den zweihunderttausend Euro auf Thépaults Konto und seinem »sensationellen Ermittlungsdurchbruch« erzählt.

»Hier verschweigen wirklich alle etwas.« Riwal war in Rage. »Le Menn hat gestern Nachmittag mit Pichard gesprochen und wir dann ja auch noch mal. Und er hat mit keinem Wort erwähnt, dass er sich vor Kurzem zweimal mit einer der Inhaberinnen von *Zerua* getroffen hat. Und das, obwohl er uns von der Sache mit seiner Nachfolge und dem möglichen Dissens unter den Geschwistern sehr ausführlich erzählt hat!«

»Wir treffen uns bei Pichards Haus. In einer Stunde sind wir da, Riwal.«

Es war nicht ausgeschlossen, dass die Person, die Pichard bedroht hatte, der Täter war. Mit etwas Glück hatte sie Spuren hinterlassen.

»Ich will selbst mit Pichard sprechen. Er soll zu seinem Haus kommen, Riwal, sagen Sie Nevou Bescheid. – Und ich brauche das Team der Spurensicherung vor Ort.«

»Wird alles veranlasst, Chef.«

»Noch eine Sache, Riwal. Dieses Chemiebuch. Das über die Schokolade. Können Sie mir ein Exemplar besorgen?«

Riwal schien kurz nachzudenken.

»Am besten umgehend, nehme ich an.«

»Genau.«

Der Inspektor kannte Dupin.

»Vielleicht gibt es das Buch ja online. Sonst müssten wir es uns wahrscheinlich aus einer Uni-Bibliothek ausleihen. Rennes, Nantes. – Ein Kollege von dort müsste es uns bringen.«

Eine kuriose Vorstellung: ein Polizeiwagen, der zweihundert Kilometer über die *Nationale* raste, mit einem einzigen Buch als Fracht. Aber unter Umständen würde es eben nicht anders gehen. Dupin wollte sich das Buch unbedingt genauer ansehen.

»Sehr gut. Bis gleich, Riwal!«

Schon hatte Dupin aufgelegt.

Mittlerweile waren sie auf die Höhenstraße gefahren.

»Haben Sie etwas Bestimmtes im Sinn, Monsieur le Commissaire? Mit diesem Buch, meine ich? Ist das einer Ihrer berühmten verrückten Einfälle?«

»Ich weiß es nicht.«

Eine durch und durch ehrliche Antwort.

»Ich würde das ja allzu gerne einmal live erleben. – Ihre spezielle Methode.«

»Da gibt es nichts zu erleben. Und es gibt auch keine ›spezielle Methode‹.«

»Wir werden sehen.«

Dupin seufzte.

»Was ist eigentlich mit den Sandwiches und dem Kaffee?«

»Verdammt!«

Dupin hatte die ganze schöne Bestellung völlig vergessen. Das war ihm noch nie passiert. – Es war ein fataler Teufelskreis: Zu wenig Kaffee versetzte ihn in einen Zustand, in dem er den Kaffee vergaß ... Trübsinnig.

»Nicht schlimm. Dann halt in Concarneau.«

In Wahrheit war es sehr schlimm, fand Dupin.

»Hier, nehmen Sie davon!«

Nolwenn hielt ihm ein großes Stück Schokolade hin.

»Fünfundachtzig Prozent mit baskischem Piment d'Espelette.«

Das Sträßchen, auf das Dupin eingebogen war, war so schmal, dass bei Gegenverkehr einer der Wagen auf den grasigen Seitenstreifen ausweichen musste. Route du Treff, immerhin, man hatte ihm einen Namen gegeben – wäre es noch ein wenig kleiner, wäre es unbenannt geblieben. So wie der Weg, an dem Pichards Haus lag.

»Direkt hinter dem Feld scharf rechts, da ist ein unbefestigter Pfad, der in das Wäldchen führt. Der macht dann eine Kurve, dahinter müssten wir das Haus sehen«, sagte Nolwenn.

Dupin hatte die gesamte Fahrt über telefoniert. Mit Kadeg, der natürlich längst bei Pichards Haus eingetroffen war, genau wie Nevou, die mit dem Chocolatier in einem Auto gefahren war. Schließlich mit Riwal und Le Menn, die Chesneau, Spiquel und Dehame befragt hatten. Die Schokoladenfabrik war immer noch geschlossen. Chesneau war – so ihre Aussage – seit kurz vor vier mit ihrem Hund spazieren. Spiquel hatte behauptet, die letzten Stunden geschlafen zu haben, und Dehame hatte von einem Abendessen mit seiner Frau im Garten gesprochen.

Was hieß: Ein stichhaltiges Alibi hatte keiner von ihnen. Allerdings hatte sich die Dringlichkeit des Vorkommnisses in der Zwischenzeit ein wenig relativiert. Monsieur Pichard hatte, nachdem er sich auf der Wache beruhigt hatte, zugegeben, »eventuell ja ein wenig übertriebene Angst« gehabt zu haben. »Vielleicht ist es doch nur ein Wanderer gewesen«, hatte er schließlich resümiert. Das Haus von Pichard und seiner Frau lag keine fünfzig Meter von einem Wanderweg entfernt, der entlang eines idyllischen Baches durch Felder, Wiesen und Wäldchen von Nevez bis zum Meer verlief. »Und vielleicht war es keine Kapuze, sondern eine dieser Kappen, die auch den Nacken und die Ohren vor der Sonne schützen.« Auf Nevous Aufforderung hin, noch einmal genau nachzudenken, an was er sich erinnere, war er dann allerdings doch wieder zu der Überzeugung gekommen, dass es sich um einen Verfolger gehandelt haben müsse.

Am längsten hatte das Telefonat mit Nahia Mazago gedauert. Dupin hatte unbedingt mit ihr reden wollen, bevor sie Pichard sahen. Nahia Mazago hatte die Treffen mit dem Chocolatier umgehend bestätigt, es schien ihr kein bisschen unangenehm gewesen zu sein. Sie habe ihn zweimal im Auftrag ihrer Geschwister getroffen. Absichtlich nicht in der Fabrik, sondern außerhalb, »in einem informellen Rahmen«. Um ihm noch einmal persönlich zu versichern, dass man die zweijährige Verlängerung seiner Anstellung keinesfalls als »Krücke« oder eine Art »Vorstufe des Altenteils« verstehe, nur weil man sich noch nicht auf Chesneau habe einigen können. Pichard habe sich durch den Vorgang in seiner Ehre verletzt gefühlt, die Geschwister hätten Angst gehabt, dass er für die Verlängerung nicht mehr zur Verfügung stehen würde. Nahia Mazago habe das Gefühl gehabt, ein zweites Mal mit ihm reden zu müssen, um ihn endgültig überzeugen zu können.

Dupin hatte wissen wollen, warum sie und nicht Adeline Mazago mit ihm sprechen sollte. »Weil Adeline eine sehr klare Haltung hatte, sie wollte ja unbedingt Chesneau für die Stelle«, hatte Nahia Mazago geantwortet. »Ich war in diesem Punkt die Neutralste. Hätte Pichard der Verlängerung nicht zugestimmt, wäre es wahrscheinlich darauf hinausgelaufen, dass wir Chesneau engagieren. Bixente hätte das eventuell als ein Manöver interpretiert.«

Dupin wusste nicht, was er von dieser Begründung halten sollte. Jedenfalls war das Gespräch mit Pichard wohl der Grund dafür gewesen, dass sie am vorletzten Wochenende in die Bretagne gekommen war. Das hatte sie zuvor anders dargestellt.

Auf die Frage, warum sie weder ihm noch Kommissarin Unarte davon erzählt hatte, hatte sie erklärt, nicht geglaubt zu haben, dass es relevant sei. Ein wenig, musste Dupin zugeben, hatte er sie verstanden: Wenn sie mit der ganzen Sache, den Morden und dem Kokain, wirklich nichts zu tun hatte, war es nachvollziehbar, dass sie das Geplänkel um einen narzisstisch gekränkten Pichard nicht für bedeutsam hielt. Dennoch – es war ebenso gut möglich, dass es bei diesen Treffen um etwas ganz anderes gegangen war. Dupin wurde aus Nahia Mazago nicht schlau.

Eine letzte scharfe Biegung, und sie fuhren direkt auf Pichards Haus zu.

Es lag noch einsamer, als Dupin es sich vorgestellt hatte, und zwar inmitten eines der typischen bretonischen Urwälder. Verwachsene, uralte Eichen, Misteln, Efeu, Flechten, Moose, dichtes Unterholz. Ein Stillleben, fernab vom Lärm der Welt. Der Geruch von schwerer Erde drang durch die geöffneten Wagenfenster. Die grüne Wildnis schien das Haus verschlucken zu wollen, der Urwald war mit den Jahren, so wirkte es, immer näher und näher gekommen. Hier zu wohnen, musste schön sein, unbedingt – aber auch einsam. Für Dupin wäre es nichts.

Der Kommissar zählte sechs Wagen, ein beträchtliches Aufgebot. Einen Parkplatz gab es nicht, dicht hintereinander standen sie auf dem Weg, der direkt vor dem Haus endete. Riwal, Kadeg, Nevou und Le Menn standen mit Monsieur Pichard vor der Haustür, die ganze Mannschaft war versammelt.

Dupin nickte zur Begrüßung, als Nolwenn und er die anderen erreichten.

»Wo genau glauben Sie, die Person gesehen zu haben, Monsieur Pichard?«, kam Dupin ohne Umschweife auf den Punkt.

Die raubtierartige Müdigkeit, die ihn während der Fahrt einigermaßen in Ruhe gelassen hatte, war zurück. Dupin hatte so viel Schokolade gegessen, dass er leichte Bauchschmerzen bekommen hatte. Sein Magen signalisierte deutlich, dass er den Konsum streng limitieren sollte. Wie beim Kaffee, es war absolut bedauerlich.

»Ich habe da geparkt, wo das Auto von Lieutenant Nevou jetzt steht.«

Pichard deutete auf die Schlange der geparkten Wagen. Ihm war eine gewisse Verwirrung anzumerken, ohne die Haube, die er gestern in den Produktionsräumen der Fabrik getragen hatte, wirkte er deutlich kleiner.

»Ungefähr auf halbem Weg zur Haustür kam dann diese Person aus dem Wald«, sein ausgestreckter Zeigefinger wanderte ein Stück weiter, »da vorne, auf dem Pfad, habe ich sie gesehen. Sie stand ganz plötzlich da. Sie hatte einen schwarzen Stock in der Hand und trug dunkle Kleidung, ich glaube, einen Kapuzenpulli.«

»Glauben Sie?«

Pichard nickte zögerlich.

Dupin setzte sich in Bewegung, er ging auf die Stelle zu, auf die Pichard gezeigt hatte. Ihm war schwindelig, die Welt schien zu schwanken. Er rieb sich durch das Gesicht.

Die ganze Gruppe folgte.

»Ich denke, ich habe völlig richtig gehandelt, als ich sofort die Polizei verständigt habe.«

Pichard schien den Eindruck zu haben, sich verteidigen zu müssen.

»Ich meine, zwei Menschen sind brutal ermordet worden, führende Köpfe von *Zerua*. Als Maître Chocolatier bekleide ich ebenfalls eine exponierte Stellung im Unternehmen, natürlich ist man da alarmiert.«

Er war ein großer Künstler, ohne Zweifel – Dupin hatte noch den Geschmack der Schokolade im Mund –, mit einem ebenso großen Selbstbewusstsein.

»Die Spurensicherung ist dabei, sich den Pfad durch den Wald genauer anzusehen, Monsieur le Commissaire. Noch haben sie nichts Auffälliges gefunden«, sagte Kadeg.

Es hatte seit Wochen nicht geregnet, bei der Trockenheit des Bodens, musste man sagen, war es eher unwahrscheinlich, dass sie etwas finden würden.

»Wir versuchen außerdem herauszufinden, ob jemand zur gleichen Zeit dort wandern war und etwas gesehen hat.«

»Und Ihre Frau, Monsieur Pichard?«, wandte sich Dupin an den Chocolatier. »War sie zu Hause?«

»Sie ist Notarin, sie arbeitet in Pont-Aven.«

»Sie war nicht da«, präzisierte Nevou.

»Unsere Tochter ist neunundzwanzig, sie lebt in Rennes«, ergänzte Pichard.

»Was ist mit den Nachbarn?«, fragte Nolwenn.

»Fehlanzeige. Keiner im Weiler hat eine verdächtige Person bemerkt«, sagte Kadeg mit finsterer Miene. »Es hat auch niemand einen unbekannten Wagen gesehen, der hier in der Umgebung geparkt hat.«

Dupin schaute sich um.

»Einen direkten Blick auf Ihr Haus«, sagte er zu Pichard, »hat offenbar ohnehin niemand. Weder von der Straße noch von den Häusern Ihrer Nachbarn aus.«

Pichard nickte.

»Könnte es sich bei dem Stock um einen dieser modernen Walking-Stöcke gehandelt haben, Monsieur Pichard? Aus Carbon, die sind alle schwarz«, wollte Nolwenn wissen.

Sie hatten die Stelle erreicht, wo der Pfad aus dem Wäldchen kam. Dichtes Gras wucherte überall, hier würden sie keine Spuren finden, so viel war klar.

»Das kann ich nicht sagen. Aber ich habe mich«, Pichard richtete sich auf, »eindeutig bedroht gefühlt.«

»Wir haben doch schon ein paarmal darüber gesprochen, Monsieur Pichard«, meldete sich Nevou zu Wort. »Was Sie fühlen, ist für unsere Ermittlungen irrelevant. Uns interessiert, ob Sie tatsächlich bedroht worden sind. Und wenn, wer es war.«

Gnadenlos sachlich, so war sie.

»Ich bin gleich zurück.«

Dupin folgte dem Pfad in den Wald hinein.

Nolwenn, Nevou, Riwal, Le Menn und Kadeg kannten Dupins Impulsivität, Pichard nicht.

»Was hat er vor?«

»Man weiß es nie, Monsieur.«

Riwal hatte es übernommen zu antworten.

Dupin war ein paar Meter über den festen Waldboden gegangen, als er innehielt.

Er hatte etwas gehört. Stimmen, Wortfetzen.

»... nichts ... Meldung ...«

Die Männer von der Spurensicherung. Dupin hatte sie ganz vergessen.

Er machte auf der Stelle kehrt.

Ein paar Augenblicke später stand Dupin wieder vor den anderen.

»Und?«, fragte Pichard neugierig.

»Worum ging es bei Ihren beiden Treffen mit Nahia Mazago, Monsieur Pichard?«

Pichard warf dem Kommissar einen missbilligenden Blick zu. Im Gegensatz zu Nahia Mazago schien ihm das Thema unangenehm zu sein.

»Gespräche mit sehr persönlichem Charakter.«

»Ja?«

»Sagen wir so: Die Inhaberfamilie wollte mir ihre hohe Wertschätzung ausdrücken.« Er zögerte. »Ich denke, das reicht als Auskunft. Es war ein vertrauliches Gespräch, das mit dem Fall nichts zu tun hat.«

»Was mit dem Fall zu tun hat«, Nolwenn war gereizt, »entscheiden wir. Und nur wir, Monsieur Pichard.«

»Wie gesagt – es ging darum, sich bei mir für meine Bereitschaft zu bedanken, den Posten des ersten Chocolatiers noch zwei weitere Jahre zu bekleiden.«

»Und warum haben Sie sich gleich zweimal getroffen?«, wollte Dupin wissen.

»Nahia Mazago hat um ein zweites Treffen gebeten. Es ging um eine noch offene Frage, die mein Gehalt betraf.«

»Erzählen Sie uns etwas mehr, Monsieur Pichard.«

»Die Geschwister haben mir eine Sonderprämie für die beiden Jahre angeboten, zusätzlich zu meinem Gehalt, versteht sich. Ich fand, die Summe war lächerlich klein. Darum ging es. Beim zweiten Treffen hat Madame Mazago mir dann einen angemessenen Betrag zugesichert.«

»Haben Sie sich nicht gewundert, dass Nahia und nicht Adeline Mazago mit Ihnen sprechen wollte?

»Nein.«

Dupin trat einen Schritt auf Pichard zu.

»Es gab zwei schwere Konflikte zwischen den Geschwistern in diesem Jahr – was wissen Sie wirklich darüber, Monsieur?«

Er stand jetzt direkt vor ihm.

»Ich weiß nichts darüber, Monsieur le Commissaire. Selbst wenn es Konflikte gegeben hätte, hätte niemand …«

»Bei einer der Auseinandersetzungen ging es um Madame Chesneau, Monsieur Pichard.«

Die Erwähnung des Namens schien Pichard aus dem Konzept zu bringen, doch er fing sich schnell wieder.

»Wie gesagt, ich weiß von nichts. Und es geht mich auch nichts an. – Außerdem«, er fokussierte Dupin, »ist mir schleierhaft, warum das wichtig sein soll. Was hat das alles mit dem Kokainfund zu tun, um den es doch ganz offensichtlich geht?«

Dummerweise eine sehr berechtigte Frage.

»Der zweite Konflikt«, Dupin war nicht von der Stelle gewichen, »dreht sich um das äußerst ambitionierte Logistikprojekt von Bixente Mazago. Was wissen Sie über diesen Streit?«

»Ich habe es Ihnen doch gerade schon gesagt, Monsieur le Commissaire, meines Wissens gab es keine Unstimmigkeiten zwischen den Geschwistern. Mit mir hat weder Bixente Mazago noch eine seiner beiden Schwestern über diese Expansionspläne gesprochen.«

Es klang beinahe beleidigt. Objektiv betrachtet hatte es auch keinen Grund für Bixente Mazago gegeben, eine solche Angelegenheit mit dem Maître Chocolatier zu besprechen.

»Wer bei *Zerua* hat eigentlich Kontakt zu Madame Thépault? Wer arbeitet mit ihr zusammen?«

»Denken Sie, dass sie in den Schmuggel verwickelt ist?«

»Bitte beantworten Sie meine Frage.«

»Es sind ein paar, die mit ihr zusammenarbeiten. Monsieur Dehame – da geht es um die Dispositionen. Dann unser Kaufmann aus der Zentrale in Quimper. Er ist derzeit im Urlaub. – Und Nathaël Spiquel natürlich. Die Geschwister, selbstverständlich.«

Fast alle also.

»Und Eléna Chesneau und Sie?«

»Wir auch. Ja. Klar. Da geht es allerdings nur um die Qualität der Bohnen. Am Ende des Jahres führen wir ein Gespräch darüber, welche Kreationen in der nächsten Zeit geplant sind und welche Aromen wir gern dafür hätten. Wenn sie zum Beispiel …«

»Warum hat Adeline Mazago sich in letzter Zeit noch einmal besonders intensiv mit der Chemie der Schokolade beschäftigt, Monsieur Pichard?«

Dupin hatte keine Muße, Schokoladenaromen zu erörtern. Er hatte einen inquisitorischen Tonfall angeschlagen.

»Was meinen Sie?«

»Adeline Mazago hat sich in letzter Zeit eingehend mit Fragen der Schokoladenchemie beschäftigt. Worum ging es ihr dabei? Was hat sie interessiert?«

»Ich weiß es nicht.« Pichard runzelte die Stirn. »Da müssen Sie mit Madame Chesneau sprechen. Sie ist die Chemie-Expertin. Die beiden teilen diese Leidenschaft.«

Dupin hätte es längst tun sollen, das stimmte. Und genau das würde er als Nächstes machen: Eléna Chesneau einen Besuch abstatten.

»Und was machen wir jetzt mit Ihnen, Monsieur?«

Pichard blickte Dupin verängstigt an.

»Was meinen Sie?«

»Wollen Sie noch mal mit aufs Kommissariat kommen, oder fühlen Sie sich hier wieder sicher genug?«

Pichard dachte nach.

»Nein, nein. Schon gut. Ich bleibe. – Meine Frau kommt um sieben nach Hause.«

»Zögern Sie nicht, sich zu melden, wenn etwas sein sollte.«

Der seltsame Taumel war zurück. Wieder fühlte es sich an, als kippte die Welt Richtung Horizont.

»Natürlich.«

»Bis bald dann, Monsieur«, sagte Dupin. Er verabschiedete sich von den anderen und ging auf Riwals Peugeot zu. Nolwenn folgte ihm.

»Wo wohnt Madame Chesneau?«

Dupin hatte keine Ahnung. Er hatte sich für einen Augenblick auf Riwals Wagen abgestützt.

»In der Fall-Dat … Kernous, im Nordwesten der Stadt, hinter den *Sables Blancs*. – Aber ich fahre, Monsieur le Commissaire, ich bestehe darauf. Sie sehen katastrophal aus.«

Ohne eine Reaktion abzuwarten, lief Nolwenn zur Fahrerseite. Dupin hatte kurz protestieren wollen, ließ es aber.

Als er die Autotür zuzog, merkte er, wie froh er war zu sitzen.

»Wir halten bei *Le Fournil*«, sagte Nolwenn, »ich kann das nicht mit ansehen.«

Immerhin, ein Lichtblick. Dupin riss sich zusammen. Nolwenn sprach von der großen Boulangerie zwischen Trégunc und Concarneau.

Sie startete den Motor und fuhr mit hohem Tempo rückwärts, bis sie eine Stelle fand, die breit genug war, um zu wenden.

Fünf Minuten später kam der Wagen mit einer harten Bremsung vor der Boulangerie zum Stehen. Dupin hatte während der Fahrt Riwal angerufen, um zu besprechen, was nun zu tun sei. Er hatte es in der Eile eben vergessen.

Nolwenn hatte sie währenddessen bei Chesneau angekündigt, die immer noch mit ihrem Hund spazieren war. Ein langer Spaziergang.

»Dieses Mal komme ich besser mit rein«, sagte Nolwenn, als Dupin sich anschickte auszusteigen.

Die Schlange war beträchtlich, es dauerte eine Weile, bis sie wieder im Wagen saßen. Dafür war die Mission äußerst erfolgreich gewesen: Zwei doppelte *petits cafés* für Dupin, zwei für Nolwenn. Ein Sandwich für Dupin, ein *Pan Bagnat* für Nolwenn. Dazu zwei *Paris-Brest* und Zitronentartes, um sie über den Verlust von vorhin hinwegzutrösten. Außerdem eine Tüte mit Madeleines und zwei *pains au chocolat*. Für jeden – Nolwenn hatte darauf bestanden – eine große Flasche *Plancoët*, das bretonische Mineralwasser. *Fines Bulles*. So wie der Fall bisher gelaufen war, konnte es nicht schaden, einen Vorrat an Bord zu haben.

Der Weg nach Kernous führte an Claires und Dupins Haus vorbei, mit dem Wagen waren es keine fünf Minuten bis zu dem Weiler, in dem Chesneau wohnte. Dupin schreckte zusammen, als er für einen Moment dachte, seine Schwiegermutter auf der Straße vor dem Haus gesehen zu haben. Doch sie war es nicht.

Nolwenn bog auf den Chemin de Kernous ab. Links des Weges, der direkt zur Küste führte, lag ein Campingplatz. Dupin hatte nicht gewusst, dass es hier Häuser gab.

»Wir müssen bis zum Ende durchfahren«, sagte Nolwenn kauend, sie hatte Dupins suchenden Blick bemerkt. Er hatte sein Sandwich schon gegessen.

Schnell hatten sie den Campingplatz hinter sich gelassen. Der Hügel im Norden von Concarneau fiel hier sanft zum Meer ab, rechts zog ein Feld voller Sonnenblumen an ihnen vorbei, die sich auf ihr Erblühen vorbereiteten. Noch waren die Köpfe klein und geschlossen, dennoch waren sie bereits perfekt zur Sonne ausgerichtet.

Sie fuhren auf eine hohe, dichte Lorbeerhecke zu, die wie eine Wand vor ihnen aufragte. Das Sträßchen führte mitten hindurch.

»Weiter.«

Unmittelbar hinter der Hecke tat sich – völlig unerwartet – eine neue Welt auf, es war unglaublich. Eine Handvoll hübscher alter Steinhäuser, verteilt auf einer Fläche von vielleicht zwei, drei Fußballfeldern. In der Gegend gab es einige Gebäude-Ensembles dieser Art, einstige Farmen wohlhabender Bauern, die sich zu kleinen Weilern ausgewachsen hatten. Die hohe, undurchdringlich wirkende Lorbeerhecke umschloss das Örtchen von drei Seiten. Einzig Richtung Meer hatte man einen freien Blick, hier ragten lediglich ein paar verträumte Meerespinien in den Himmel. Was bedeutete, dass man die gesamte Baie de La Forêt sah, den nördlichen Teil der Bucht von Concarneau. Ein phänomenales Panorama, hier, dreißig, vierzig Meter über dem Meeresspiegel, lag der Atlantik unendlich weit vor einem.

Nolwenn hatte den Wagen zum Stehen gebracht.

»Ich rufe Chesneau kurz an.« Sie wählte die Nummer. »Wir sind angekommen, Madame ... Gut, wir kommen Ihnen entgegen.«

Schon hatte sie aufgelegt.

»Kommen Sie«, Nolwenn öffnete die Wagentür, »wir gehen ihr entgegen. Chesneau kommt von der Anse de Saint-Jean hoch. Ein bisschen Bewegung wird Ihnen guttun.«

Sie hatte recht.

Dupin kannte die Anse de Saint-Jean. Ein Meeresarm, der sich ins dicht bewaldete Land hineinschlängelte und einen heiligen Namen trug. Der legendäre bretonische Küstenwanderweg führte hier entlang. Ein wunderbarer Spaziergang, einer der schönsten der Gegend. Der Weg folgte den Gegebenheiten des Geländes, es ging auf und ab, aber nie war man mehr als ein paar Meter vom Wasser entfernt. Das Außergewöhnlichste: Man lief durch einen grünen Tunnel, so dicht standen die Sträucher, Bäume und Farne. Claire und er liebten diese Route. Von ihrem Haus aus spazierten sie zunächst zum *Plage des quatre sardines*, dort, direkt hinter dem Felsvorsprung am Ende des Strandes, begann der Weg.

Nolwenn marschierte energisch los, Dupin hatte Mühe, Schritt zu halten.

Die Anstrengungen der letzten Stunden waren Nolwenn nicht anzumerken, nicht einmal ihrer Kleidung sah man an, dass sie sie seit nunmehr sechsunddreißig Stunden trug. Dupins Poloshirt hingegen war zerknittert und seine Haare standen in alle Richtungen ab, wie er eben beim Blick in den großen Spiegel der Bäckerei festgestellt hatte.

Der Weg zur *Anse* war eine veritable, wunderschöne Allee, an deren Ende ein Urwäldchen lag.

Zunächst war es ein grelles türkises Schimmern, das durch die Bäume hindurchleuchtete, dann zeigte sich die ganze Pracht des kleinen, versteckten Sandstrandes, der das Südufer der flachen *Anse* zierte. Ein wunderbarer Ort zum Schwimmen, das Wasser war ein paar Grad wärmer als in der Bucht. Am liebsten schwammen Claire und Dupin bis zur Mündung, die vom kleinen Strand aus gut sichtbar war. An die hundert Meter breit mochte der Meeresarm hier sein, zumindest wenn das Wasser so hoch stand wie jetzt.

Nolwenn und Dupin erreichten den Weg, der zwischen Strand und Wäldchen am Ufer entlangführte. Keine Spur von Eléna Chesneau.

»Seltsam, wir hätten ihr schon längst begegnen müssen.«

Nolwenn holte ihr Telefon aus der Handtasche.

»Hallo, Madame Chesneau?«

Die Chocolatière hatte den Anruf schnell entgegengenommen.

»Wir sind den ganzen Weg runter zu …« Sie brach ab. »Ah – ich sehe Sie.«

Nolwenn legte auf.

Dupin hatte sie nun auch entdeckt.

Eléna Chesneau näherte sich entschiedenen Schrittes. Lange dunkelblonde Haare, ein übergroßes gelbes Hemd, eine eng geschnittene weiße Hose. Blaue Sneakers. Ein großer Hund sprang hinter ihr her.

Dupin hatte die Chocolatière bisher nur mit Arbeitskittel und Hygienehaube gesehen, er hätte sie fast nicht wiedererkannt.

»Bonjour.«

Chesneau blieb stehen, als sie Nolwenn und Dupin erreicht hatte. »Entschuldigen Sie bitte, dass es etwas länger gedauert hat.« Ein verhaltenes Lächeln. »Ella hatte andere Ideen als ich.«

Sie deutete auf den quirlig wirkenden Hund, der Nolwenn und Dupin vertrauensvoll beschnüffelte. Ein heller Labrador, ein wunderschönes Tier.

»Außerdem habe ich …« Sie brach ab. Für einen Moment schien sie sonderbar verunsichert. »Eigentlich hört sie ganz gut«, setzte sie neu an, »aber hier unten an der *Anse*, das ist die absolute Freiheit für sie. Sie liebt es, hier herumzutoben.«

Dupin verstand die Hündin gut.

Chesneaus Stimme wirkte sanfter als bei ihrer ersten Begegnung. Die hellblauen Augen leuchteten in der Sonne.

»Das war ein sehr ausgedehnter Spaziergang, den Sie da gemacht haben«, bemerkte Nolwenn.

Es stimmte, nach Eléna Chesneaus Angaben war sie schon seit über zwei Stunden unterwegs.

»Ich brauchte das heute. Das – das sind dramatische Dinge, die da gerade geschehen. Es hat mich alles sehr mitgenommen.«

Die junge Frau setzte sich wieder in Bewegung. Sie folgten ihr, Nolwenn links und Dupin rechts. Ella hatte sich für Dupins Seite entschieden, mit wedelndem Schwanz tippelte sie neben ihm her.

»Am Anfang meines Spaziergangs …« Eléna Chesneau stockte. »Ich hatte kurz das Gefühl …«

Sie schien den Satz nicht beenden zu wollen.

»Was meinen Sie, Madame?«, fragte Dupin.

»Ich weiß es nicht. Ich hatte kurz das Gefühl, ich werde verfolgt. Da war eine Person. Sie hat dieselben Abzweigungen genommen wie ich.«

Dupin war mit einem Schlag hellwach.

»Was für eine Person, Madame? Ein Mann, eine Frau? Wie war sie gekleidet?«

Eléna Chesneaus Stirn lag in Falten.

»Sie war ein ganzes Stück entfernt. Vermutlich ist es Blödsinn. – Dunkel gekleidet, mehr habe ich nicht sehen können. Ich habe mich nicht getraut, länger in ihre Richtung zu schauen. – Es könnte ein Mann oder eine Frau gewesen sein, beides möglich.«

»Und dann war sie weg?«

Dupin scannte aufmerksam die Umgebung, während sie sprachen.

»Ja. Irgendwann habe ich sie nicht mehr gesehen.«

»Hm.« Dupin fuhr sich durch die Haare.

Noch ein »Vorkommnis«, von dem man nicht wusste, ob es überhaupt eines war. Wie bei Pichard.

»Warum hatten Sie den Eindruck, dass die Person Sie verfolgt?«

»Es war nur so ein Gefühl.«

»Das ist ungeheuerlich«, sagte Nolwenn. Sie schien geradezu empört. Auch sie schaute sich um.

»Andererseits …« Chesneau schien nachzudenken. »Der Campingplatz ist bereits ganz gut besucht. – Vielleicht war es ein Camper, der sich verlaufen hatte, ich … Ach, vergessen Sie es. Ich stehe wahrscheinlich einfach noch unter Schock. Das ist ja wirklich eine Extremsituation.«

»Das können Sie laut sagen.« Nolwenn nickte.

Unter dem Eindruck traumatischer Erlebnisse fühlten Menschen sich tatsächlich unsicher, wusste Dupin, wobei Madame Chesneau eigentlich keinen ängstlichen Eindruck machte.

»Kennen Sie das Buch *Die Chemie der Schokolade*, Madame Chesneau?«

»Selbstverständlich. Ein Standardwerk.«

Sie schien froh, dass Dupin das Thema gewechselt hatte.

»*Das* Standardwerk. Letztes Jahr ist die zwölfte Auflage erschienen. Ein Kompendium der chemischen Erkenntnisse über die Kakaobohne. – Warum wollen Sie das wissen?«

»Adeline Mazago hat sich in letzter Zeit offenbar intensiv mit diesem Buch beschäftigt. Wir fragen uns, aus welchem Grund. Haben Sie eine Idee?«

»Jetzt, kürzlich?«

»Es lag auf ihrem Schreibtisch. In ihrem Haus. Es war voller Post-its und Anstreichungen. Wir haben es vorgestern Abend dort gesehen.«

Sie hatten das Ufer des Meeresarms verlassen und liefen durch das dichte Wäldchen.

»Vielleicht stammt das Exemplar noch aus ihrem Studium – und die Markierungen auch? Welche Auflage war es denn?«

Kluge Erwägungen.

»Das wissen wir leider nicht.«

»Schauen Sie doch nach.«

»Das ist es ja.« Dupin senkte die Stimme. »Das Buch wurde aus Adeline Mazagos Haus entwendet. Nach ihrer Ermordung.«

Chesneau blieb stehen.

»Das ist ja verrückt. – Und aus welchem Grund, denken Sie?«

»Wir hatten gehofft, dass Sie eine Vermutung haben.«

Dupin spürte etwas Feuchtes an seiner rechten Hand. Ella.

Sie hatte ihn mit der Schnauze berührt. Er streichelte ihren Kopf.

»Ich? Wie kommen Sie darauf?« Sie zögerte. »Ich meine, wieso sollte ich dazu etwas sagen können?«

»Sie sind eine passionierte Lebensmittelchemikerin, genau wie Adeline Mazago es war. Und Sie möchten Ihr Wissen nutzen, um neue Kreationen für *Zerua* zu entwickeln. Genau wie Adeline Mazago.«

»Aber was sollte das sein? Ich meine, wie sollte ein Aspekt der Schokoladenchemie ein Motiv für die beiden Morde gewesen sein?«

»Es könnte um eine besonders attraktive Entdeckung gehen, die große Gewinne mit sich brächte, zum Beispiel«, warf Nolwenn ein.

Das Dumme war: An genau diesem Punkt waren sie schon einmal gewesen. Diese Frage hatten sie sich schon gestellt. Ohne auch nur im Ansatz etwas gefunden zu haben, das als Mordmotiv taugte.

»Sie meinen eine neue Geschmackseigenschaft, eine neue Geschmacksrichtung? Etwas, was die Textur entscheidend verbessert? Das würde neue Impulse geben, unbedingt. Sie wissen, wie sehr ich mich für diese Themen begeistern kann, aber ehrlich gesagt sind solche Entdeckungen selten Revolutionen, die unmittelbar zu gewaltig mehr Marktanteilen und Profiten führen.«

Das war das Problem, das Dupin schon gestern beschäftigt hatte. Wie sollte ein solches Szenario aussehen, ganz konkret?

»Außerdem hat man doch diese riesige Menge Kokain gefunden. Damit ist doch klar, worum es geht, oder?«

Mittlerweile befanden sie sich wieder auf der hübschen Allee, die den Hügel hinaufführte.

»Sie haben gestern gesagt«, wechselte Dupin abermals das Thema, »nichts von einem Streit der Geschwister um Ihre Berufung zur neuen Maître Chocolatière gewusst zu haben.«

Dupin formulierte den Satz bewusst vage.
»Und?«
Zum ersten Mal klang Chesneau gereizt.
»Tatsächlich hat die Frage zu einem schweren Konflikt zwischen den Geschwistern geführt.«
Wieder Ellas feuchte Schnauze. Er sollte sie weiterstreicheln, hieß das vermutlich.
»Davon weiß ich nichts. – Es täte mir natürlich leid.«
Sie ließ es klingen, als würde sie die Sache nicht allzu sehr interessieren. Was schwer vorstellbar war.
»Adeline Mazago hat sich sehr für Sie eingesetzt, ihr Bruder war ausgesprochen skeptisch, Nahia Mazago neutral.«
Eléna Chesneau zeigte keine Regung.
»Ich glaube Ihnen nicht, Madame Chesneau. Ich denke, dass Sie davon wussten«, sagte Dupin.
Sie lief unbeirrt weiter. Gleich würden sie das Plateau mit dem Häuser-Ensemble erreichen.
»Was wollen Sie von mir? Mehr kann ich Ihnen dazu nicht sagen, Monsieur le Commissaire.«
»Wie kam es zu dem Gerücht, dass Adeline Mazago dagegen war, Ihnen den Posten zu geben? Ist Ihnen dazu noch etwas eingefallen?«
»Nein. – Es hat mich damals nicht interessiert und das tut es auch jetzt nicht. Natürlich ist es möglich, dass es zwischen den Geschwistern Differenzen gab. Man kann sich nicht immer einig sein. Das bedeutet aber nicht, dass man nach außen nicht geschlossen auftritt. Da würde ich, genau wie die drei es getan haben, auf die größte Einigkeit Wert legen.«
Dupin war nicht klar, was Chesneau damit sagen wollte.
Nolwenns Handy klingelte.
Sie ließ sich ein Stück zurückfallen und nahm den Anruf an.
»Haben Sie regelmäßig Kontakt zu Sandrine Thépault, Madame Chesneau?«, fragte Dupin.
»Ab und an. Vor allem im letzten Jahr. Ich habe ein paar

Dinge ausprobieren wollen. Mit bestimmten Düngungsmitteln, die sich auf den Säuregehalt der Bohnen auswirken.«

Das war neu.

»Was bedeutet das?«

»Ich würde gerne die Säure unserer Bohnen noch weiter reduzieren. Durch die Zugabe von Mehl im Dünger.«

»Das klingt, als hätten Sie doch öfter mit ihr gesprochen.«

Eléna Chesneau schien nachzudenken.

»Im April, Mai letzten Jahres haben wir sicher einmal die Woche telefoniert. Ich telefoniere lieber, als Mails zu schreiben. Das geht schneller.«

Womit sie eine Ausnahme in ihrer Generation darstellte.

»Aber für gewöhnlich sprechen wir nur alle zwei, drei Monate mal.«

»Und?«

Wieder Ellas feuchte Schnauze, sie wich Dupin nicht von der Seite.

»Und was?«

»Hat das funktioniert, was Sie da versucht haben? Das mit der Reduktion der Säure?«

»Das werden wir sehen, wenn die Bohnen geerntet werden.« Sie blieb stehen. »Ich wohne da vorne.«

Sie zeigte auf das letzte Haus am Rande des kleinen Weilers. Nolwenn und Dupin hatten nicht weit entfernt geparkt.

»Wollen Sie noch mit reinkommen?«

»Wir müssen weiter, Madame. Wir …«

Jetzt klingelte auch Dupins Handy. Ella bellte und schien dem Kommissar einen missbilligenden Blick zuzuwerfen.

Es war Riwal.

»Einen Moment, bitte.« Dupin trat ein paar Schritte zur Seite. »Was gibt es?«

»Das Buch, Chef. Es hat Concarneau erreicht.«

Ein kurioser Satz.

»Das Chemiebuch?«

»Genau. Wir mussten es tatsächlich aus der Uni-Bibliothek in Rennes kommen lassen. Wohin soll die Kollegin es bringen?«

»Ich …«

Dupin war überfordert. Er wusste ja noch nicht einmal, wen er als Nächstes sprechen wollte. Unglaublich. Er erinnerte sich nicht, dass ihm das je passiert war. Es war kein gutes Zeichen, das war klar.

»Das Einfachste wäre, die Kollegin gibt es im Kommissariat ab, Chef.«

Wahrscheinlich der einzige Ort, an dem Dupin sich in den nächsten Stunden ganz sicher nicht aufhalten würde.

»Sie soll es zu Eléna Chesneaus Haus bringen. Ich warte hier.«

»Okay.«

»Bis später, Riwal.«

Dupin beendete das Gespräch und ging zu Chesneau zurück.

Nolwenn stand ein Stück entfernt, noch immer telefonierend. Ella empfing ihn schwanzwedelnd und schmiegte sich an sein Bein.

»Doch noch eine Sache, Madame Chesneau. Eine letzte. Was wissen Sie über das große Logistikprojekt?«

»Fast nichts. Ich weiß von der Idee, drei weitere Schiffe dazuzukaufen und die Kapazitäten anderen Firmen anzubieten. Aber das war es auch schon. Das war Bixentes Projekt, da müssen Sie mit Spiquel sprechen.«

»Und dass dies ein großes Konfliktthema unter den Geschwistern war, war Ihnen bekannt?«

»Nein. Das hätte ich nicht gedacht.«

»Und heute Morgen zwischen 6 Uhr 15 und 6 Uhr 45 – da haben Sie noch geschlafen? Und waren alleine?«

»Wie ich es Ihren Mitarbeitern bereits gesagt habe, ja und ja.«

»Gut, Madame Chesneau. – Wir melden uns bald wieder.«

Es klang äußerst bestimmt, ganz so, als hätte Dupin etwas im Sinn.

»Tun Sie das.« Chesneau versuchte sich an einem Lächeln. »Viel Erfolg bei den Ermittlungen.«

Sie drehte sich um, dann ging sie schnellen Schrittes auf ihr Haus zu. Ella schien für einen Moment unschlüssig – vielleicht bildete Dupin es sich auch nur ein –, lief dann aber heftig schwanzwedelnd hinter ihrer Besitzerin her.

»Es sieht übel aus für Sandrine Thépault.«

Dupin kannte diesen Gesichtsausdruck von Nolwenn, er besagte nichts Gutes.

Sie hatte ihr Telefonat beendet.

»Sie wurde von der venezolanischen Anti-Drogen-Einheit des Militärs verhaftet. Und sitzt jetzt irgendwo in einem ihrer Camps, wahrscheinlich mitten im Dschungel.«

Eine Horrorvorstellung.

»Auch Pinel weiß nicht, wo sie hingebracht wurde. Der Commandant hat darauf bestanden, mit ihr zu sprechen, das wird aber frühestens morgen möglich sein.«

»Morgen erst?«

Wieder hatte Dupin das Gefühl, sich festhalten zu müssen, so stark war der Schwindel. Manchmal fühlte sich diese akute Müdigkeit an wie ein Schlag mit der Pfanne auf den Hinterkopf.

»Frühestens! – Die Botschaft in Caracas ist bereits aktiv, aber bei gravierenden Vergehen können sie nicht viel ausrichten, sagen sie, französische Staatsbürgerschaft hin oder her. – Wie war es noch mit Eléna Chesneau?«

Rasch fasste Dupin den Rest des Gesprächs zusammen.

»Und was denken Sie? Ist sie verdächtig?«

»Ich weiß es nicht.«

Es war die Wahrheit. Und sie galt für alle Personen, mit denen sie sich derzeit befassten.

»Und jetzt, Monsieur le Commissaire? Wer ist der Nächste, wohin geht es?«

»Ich …«

Ein Polizeiwagen näherte sich in hohem Tempo. Ein kleinerer Peugeot, dem Lärm nach zu urteilen mit einem starken Motor.

»Das Chemiebuch«, erklärte Dupin. »Eine Kollegin bringt es uns.«

»Verstehe.«

Der Kommissar dachte nach.

»Vielleicht mache ich einen kleinen Spaziergang, Nolwenn. Von hier zu mir nach Hause.«

Er würde sich endlich umziehen können. Eine neue Hose, ein neues Poloshirt. Und vor allem würde er einen Blick in das Buch werfen können.

»Eine hervorragende Idee, Monsieur le Commissaire. Ja, legen Sie sich mal für eine Stunde hin. Das wird sicher wieder eine lange Nacht.«

Dupin hatte nichts von Hinlegen gesagt – aber eine schlechte Idee war es nicht.

»So wie Sie in den Seilen hängen, wird das nichts mit einer baldigen Aufklärung des …«

»Wir werden sehen.«

Weitere Kommentare waren nicht notwendig, fand Dupin.

Der Wagen aus Rennes kam mit einer dynamischen Bremsung direkt neben ihnen zum Stehen. Am Steuer saß eine junge Polizistin, etwa in Le Menns Alter. Sie griff nach einem DIN-A4-Umschlag auf dem Beifahrersitz und öffnete die Tür. Im Nu stand sie neben ihnen.

»Commissaire Georges Dupin?«, vergewisserte sie sich statt eines Grußes.

»Genau. – Bonjour.«

»Dann ist das Ihr Buch.«

Sie hielt Dupin den Umschlag hin.

»Vielen Dank für Ihre Mühe!«

»Ich hoffe, damit lösen Sie den Fall jetzt auch. Zweihundert Kilometer hin, zweihundert zurück, nur um Ihnen ein Chemie-Fachbuch zu bringen – das muss sich lohnen.«

»Das hoffen wir auch.« Nolwenn grinste.

»Es heißt ja«, die junge Kollegin musterte Dupin neugierig, »dass Sie manchmal unerklärliche Eingebungen haben. – Einen sechsten Sinn, so etwas.«

Es war, als spräche die Polizistin von etwas Parapsychologischem, Übernatürlichem, dabei ging es um grundlegende menschliche Fertigkeiten. Zumindest hatten sie einmal als solche gegolten.

»Hat er«, kommentierte Nolwenn trocken. »Glauben Sie es mir. Hat er – wenn auch leider nicht sehr häufig.«

Eine unverhohlene Rüge.

Die junge Kollegin musterte Dupin von oben bis unten, als könnte sie etwas entdecken, wenn sie nur genau genug hinschaute.

»Na, dann au revoir.«

Sie machte auf dem Absatz kehrt und saß einen Augenblick später wieder in ihrem Wagen.

Nolwenn und Dupin sahen zu, wie sie mit derselben Dynamik, mit der sie gekommen war, über das kleine Sträßchen Richtung Campingplatz preschte.

»Also gut, Monsieur le Commissaire«, sagte Nolwenn, »Sie spazieren nach Hause, schlafen etwas und melden sich wieder, okay?«

Dupin nickte.

Sie ging auf Riwals Wagen zu, öffnete die Fahrertür und schaute ihn streng an.

»Und Sie machen keinen Blödsinn. – Keine abenteuerlichen Bootsausflüge oder Ähnliches.«

Dupin drehte sich wortlos um und lief los.

Er würde den Küstenweg nehmen. In fünfundzwanzig Minuten wäre er zu Hause. Und ja, er würde sich einmal kurz hinlegen. Eine halbe Stunde Studium des Buches, eine halbe Stunde Nickerchen. Dann würde es ihm besser gehen, bestimmt. Hoffentlich.

Dupin hatte nicht gewusst, dass man während des Gehens, das eher einem Taumeln glich, einschlafen konnte. Ab und zu war er stehen geblieben und hatte für einen Moment verharrt, bis er das Gleichgewicht wiedererlangt hatte. Während einer dieser kleinen Pausen hatte er das Buch aus dem Umschlag genommen, es ließ ihm keine Ruhe.

Barg es die Lösung des Rätsels? – Es musste doch einen Grund geben, warum es jemand entwendet hatte.

Ging es gar nicht um das Kokain? Ging es doch um Schokolade? Und das Kokain hatte als Ablenkungsmanöver gedient?

Dass der Drogenfund und die Morde nichts miteinander zu tun hatten, schien ausgeschlossen. Die zeitliche Überschneidung konnte kein Zufall sein. Wenn das Kokain ein Ablenkungsmanöver war, war es ein besonders teures und aufwendiges. Zweihunderttausend Euro für Sandrine Thépault plus ungefähr zehntausend Euro Einkaufspreis für das Kokain.

Dupin hatte das Urwäldchen erneut durchquert und war an der Anse de Saint-Jean angekommen. Linker Hand wandte sich der GR 34 Richtung Südosten, er führte an der Küste entlang bis zu ihm nach Hause.

Beim nächsten Stopp begann Dupin, in dem Buch zu blättern. Wenn er sich doch nur an die Anstreichungen und Anmerkungen erinnern könnte, zumindest an ein paar! Oder an die Kapitel, in denen sie sich gehäuft hatten.

»80 % der Zellen einer Kakaobohne dienen als Energiespeicher (Protein, Fett = Kakaobutter), 20 % der Zellen der Abwehr: Phenol-Verbindungen, Anthocyane und zwei bittere Alkaloide.«

Sätze, unter denen man sich als Laie immerhin etwas vorstellen konnte, zumindest ein wenig. Was auf die nächste Passage nicht mehr zutraf.

»Aus einer Vielzahl von Gründen ist der Wassergehalt in Schokolade von essenzieller Bedeutung. Wir vergleichen eine automatische Version der Karl-Fischer-Titration (KFT) unter Verwendung der sequenziellen Zugabe verschiedener Lösungsmittel mit der weitverbreiteten manuellen Titration bei hohen Temperaturen mithilfe einer Mischung aus Chloroform und Methanol.«

War diese Passage nicht angestrichen gewesen? Er glaubte, sich an den Namen Karl Fischer zu erinnern. – Oder?

Wie auch immer, sie würden einen Experten brauchen, der ihnen erklären konnte, worum es überhaupt ging.

Dupin war weitergelaufen.

Der Weg wurde immer unebener. Spitze Steine, Wurzeln, Kuhlen, widerspenstige Grasbüschel stellten für seine wackeligen Beine reale Gefahren dar.

Es dauerte, bis Dupin den *Plage des quatre sardines* erreichte. Die atemberaubend schöne kleine Bucht – rechts und links von schroffen, beinahe schwarzen Felsen gerahmt – war leer, nirgends war ein Mensch zu sehen. Noch gehörten die Strände dem Meer, den Wellen, den Möwen, den Wasserläufern und den Krebsen; das Wasser war noch zu kalt für die wenigen Touristen, die sich um diese Jahreszeit hier aufhielten.

Der Strand schimmerte golden, ein Versprechen. Die Szenerie war surreal schön.

Ein sublimer Sand – es war das einzig richtige Wort: sublim. Er bestand aus fein zerriebenen Korallen – nicht aus zerfallenem Granit –, genau wie auf den Glénan-Inseln, und reflektierte das Licht in irren Farben.

Manchmal kamen Claire und er zum Baden im Sonnenuntergang hierher. Man schwamm, je nachdem, in sanftem Rosa, leuchtendem Lila oder brennendem Orange.

Dupin beschloss, eine weitere Pause einzulegen. Eine etwas längere, aus Sicherheitsgründen: Schon zweimal wäre er beinahe gestolpert und der Länge nach hingeschlagen.

Dupin suchte seinen Lieblingsplatz, wie vieles in seinem Leben war auch das ein festes Ritual. Ein verborgener Bereich ganz am Ende des Strandes, ein geschütztes Halbrund, dahinter ragte eine steile Granitwand in die Höhe, auf deren Kuppe eine zerzauste Eiche dem Wind seit Jahrzehnten trotzte. Eine Bucht in der Bucht.

Der Sand hatte die Wärme des Tages gespeichert, er gab nach, passte sich dem Körper an wie eine dieser erstaunlichen Memoryschaum-Matratzen.

Dupin schaute über das Wasser. Je tiefer das Meer wurde, desto mehr Blau mischte sich in das Türkis, bis es – in der Mitte der *Anse* – zu einem tiefen Royalblau geriet.

Es war herrlich, absolut herrlich. Dupin lehnte sich zurück und schlug das Buch auf. Die Sonne hatte auch jetzt noch Kraft, es war fast halb acht. Die kleine Pause tat unendlich gut, Dupin würde sich für einen Moment ausstrecken. Mit ein paar geübten Bewegungen schob er einen kleinen Sandberg für den Hinterkopf zusammen, dann ließ er sich zurücksinken. Fabelhaft.

Sogar das Schmelzverhalten der Schokolade schien chemisch von höchster Komplexität zu sein, ihm war ein ganzes Kapitel mit über dreißig Seiten gewidmet. Dupin musste bloß an seine Hosentasche denken, um die dringliche Relevanz des Themas zu verstehen. Kein Wunder, dass man anscheinend seit eh und je versuchte, den Schmelzpunkt zu erhöhen. – War das Kapitel in Adeline Mazagos Buch nicht auch mit Anstreichungen versehen gewesen? Wenn er sich doch nur erinnern könnte! Die poetischste und interessanteste Kapitelüberschrift war mit Sicherheit diese: »Die Chemie des Glücks«. Das würde Claire gefallen. »Die Moleküle sowie das komplexe System der hormonellen Glücklichmacher der Schokolade sind Milliarden Jahre alt.« Es ging – sehr ausführlich – um »neuronale Superstoffe«. Cannabinoide, Serotonin und Dopamin. Dupin war begeistert. Für Ernüchterung sorgte hingegen dieser Satz: »Einige der Stoffe sind lediglich in geringer Menge enthalten. Um z. B. die Rauschwirkung eines Joints zu erreichen, müsste man etwa zwanzig bis dreißig Kilo Schokolade innerhalb einer halben Stunde essen.« Was wenig realistisch schien. Glücklicherweise traf dieser deprimierende Befund nicht auf alle Stoffe zu: »Dennoch ist die chemische Stimulanz des Glücks für bis zu fünf Stunden durch den Konsum von Schokolade auch bei geringeren Mengen – z. B. fünfzig Gramm – kein Mythos.« Fünfzig Gramm, das war durchaus machbar. Alle vier Stunden eine halbe Tafel, das sollte gehen.

Ein anderer Aspekt dämpfte seine Begeisterung jedoch noch viel gründlicher: »Der wesentliche Grund aber, warum Schokolade glücklich macht, ist am Ende doch dieser: weil sie fettig und süß ist.« Bisweilen war die Wissenschaft eine frustrierende Angelegenheit, eigentlich hatte er sich eine Widerlegung gewünscht. »Große Mengen von Fett und Zucker sind es, die unser dopamingesteuertes Belohnungssystem aktivieren. Zucker lässt unseren Insulinspiegel steigen, der die Aminosäure Tryptophan ins Gehirn gelangen lässt. Dort wird sie dann zu Serotonin umgewandelt. Und das bedeutet Glück.«

Fett und Zucker – das war es. Es bedeutete, dass sich auch beim Thema Schokolade Gesundheit und Glück in einem Konflikt befanden. Ein Jammer. Man musste sich mit dem Gedanken trösten, dass es nicht bloß die physische Gesundheit gab. Sondern auch die der Seele. War die Seele glücklich – wozu Schokolade zweifellos einen stattlichen Beitrag leistete –, war sie gesund. Und war sie es, war es der Körper auch, das hatten schließlich schon die frühesten griechischen Philosophen und Ärzte gewusst.

Mit einem Mal hörte er ein sanftes Geräusch. Eine Art Plätschern. Dupin hob den Kopf und blickte zum Meer. Beinahe unmerklich fiel der Strand zum Wasser hin ab. Die Türkistöne leuchteten eifrig um die Wette, pastellige, zaghafte mischten sich mit grellen und intensiven.

Nun sah Dupin den Verursacher des Plätscherns. Aus dem Türkis erhob sich etwas Rundes, Dunkles. Eine Robbe. Tatsächlich.

Dupin setzte sich auf. Ohne Scheu kam die Robbe näher, keck den Kopf aus dem Wasser reckend. Irgendetwas aber stimmte nicht mit ihr. Sie schimmerte in einem dunklen Braun, aber ihr schien das dichte kurze Fell zu fehlen. Dupin erhob sich und näherte sich ihr, bald war sie bloß noch ein paar Meter entfernt. Langsam verließ sie das Meer und streckte sich auf dem Sand aus. Tatsächlich – mit der Robbe stimmte etwas ganz und gar nicht. Sie war aus Schokolade. Eindeutig.

Behaglich räkelte sie sich in der Sonne. Was sicher keine gute Idee war, ging es Dupin durch den Kopf. Sie würde alsbald zu schmelzen beginnen. Die Robbe schien sich der Gefahr nicht bewusst zu sein. Er musste etwas tun. Nur was? Er versuchte, sie zurück ins Wasser zu treiben. Bald aber tauchten die Köpfe weiterer Schokoladen-Robben auf, die ebenfalls auf den Strand zusteuerten. Ihnen drohte das gleiche grausame Schicksal.

Dupin hatte begonnen, atemlos hin und her zu rennen, um den Tieren den Weg zu versperren, die versuchten, aus dem Wasser zu klettern – immer, wenn er eines zurückgetrieben hatte, rückte ein anderes vor. Bald geschah, was geschehen musste: Die ersten Robben begannen zu schmelzen. Sie verloren ihre Form, Schokolade tropfte zäh in den Sand. Dupin würde sie nicht retten können.

»Sehen Sie! Was habe ich Ihnen gesagt!«, fuhr ihn eine Stimme von der Seite harsch an. Nahia Mazago stand plötzlich neben ihm. »Sie schmelzen in der Sonne.« Ihre strafenden Blicke durchbohrten Dupin. »Das kommt davon! Sie hätten die Sonne nicht aufgehen lassen dürfen!«

Dupin empfand eine tiefe Schuld.

Er blickte zum Himmel. Da war sie. Und stand auf einmal wieder im Zenit. Wie war das möglich?

»Wie hätte er sie denn davon abhalten sollen, wie, frage ich Sie?«

Dieses Mal war es Claire, die wie aus dem Nichts aufgetaucht war. Wie ein Engel.

»Wie hätte er das bewerkstelligen sollen? Ihr Gewicht beträgt 1,989 mal zehn hoch dreißig Kilogramm. Das sind 332 946 Erdmassen!«

Claire, die passionierte Wissenschaftlerin, war zu seiner Verteidigung gekommen.

»Was sollte er ausrichten gegen so viel geballte Materie und Energie? Ist es seine Schuld, wenn Schokolade da schmilzt?«

»Und doch ist es seine Aufgabe gewesen!«, erwiderte Nahia Mazago, die nun wie eine Rachegöttin wirkte.

»Eine unlösbare Aufgabe! Die kein Gott einem armseligen Menschenkinde aufladen darf«, hielt Claire tapfer dagegen.

Trotz der gebotenen Dankbarkeit für ihr Engagement – ihn armselig zu nennen, wäre nicht nötig gewesen, fand Dupin.

»Die Robben hätten nicht aus Schokolade erschaffen werden dürfen, da liegt doch der Fehler«, schob sie nach.

Eben! Ein guter Punkt.

»Die Schöpfung der Götter willst du infrage stellen?«

»Sehr wohl, ja, das will ich!«

Das war seine Claire: die Unerschrockene.

»Nun dann. Wir …«

»Hallo? Georges? Hallo!«

Jemand rüttelte an seinem Arm.

»Georges! Lebst du noch?«

Das Rütteln wurde heftiger. Eine äußerst unsanfte Störung.

Dupin schlug die Augen auf.

Es konnte nicht wahr sein. Hélène. Seine Schwiegermutter.

Wo kam sie plötzlich her?

Er schnellte hoch. »Was ist passiert?«

»Das fragst du uns? Du bist es doch, der hier wie tot auf dem Strand liegt!« Sie starrte ihn entgeistert an.

»Was?«

»Das dachten wir zumindest. – Ich meine, wir machen hier einen entspannten Spaziergang – und was finden wir? Unseren Schwiegersohn. Da geht man doch vom Schlimmsten aus. Bei dem, was hier wieder los ist in Concarneau.« Sie blickte zu Gustave. Claires Vater stand nur da und schwieg. Wie eigentlich immer.

»Wie spät ist es?« Dupin blickte auf seine Uhr.

Er musste im warmen Sand eingeschlafen sein, unfassbar.

»Fast halb zehn. Wir …«

»Unmöglich!«

Wenn das stimmte, hätte er annähernd zwei Stunden geschlafen. Das konnte nicht sein.

»Wir wussten ja nicht, dass du eine ausgedehnte Siesta machst, Georges. Claire meinte, du würdest an diesen Schokoladenmorden arbeiten. Und stattdessen …«

»Ich habe keine ausgedehnte …« Dupin gab auf. Er kannte Hélène, es wäre müßig. Zudem hatte er ein groteskes Déjà-vu. Vor etwa sechs Jahren, als Claires Eltern sie das erste Mal länger in der Bretagne besucht hatten, war er ebenfalls mit Ermittlungen beschäftigt gewesen. Hélène und Gustave waren ihm zufällig – wirklich zufällig – immer dann begegnet, wenn er gerade einen Moment verschnauft hatte.

»Wir sollten rasch Claire anrufen«, schaltete sich Gustave ein. »Sie muss ja jetzt nicht mehr kommen.«

»Claire wollte kommen?«

Dupin starrte seinen Schwiegervater an.

»Wir dachten doch«, übernahm Hélène das Antworten, »du wärst tot. Zumindest schwer verletzt. Auf jeden Fall bewusstlos. Da haben wir Claire angerufen, sie ist schließlich Ärztin. Sie hat sich sofort auf den Weg gemacht, sie …«

Dupin unterbrach sie: »Ich muss los.« Es war haarsträubend. Er griff nach dem Buch, aus dem Sand rieselte. »Au revoir, ihr beiden.« Er setzte sich in Bewegung.

»Georges! Wir sind extra länger geblieben, um Zeit mit dir zu verbringen«, rief ihm Hélène empört hinterher. Und dann, in zuckersüßem Tonfall: »Dann sehen wir uns aber morgen früh, versprochen? Wir freuen uns!«

Dupin hatte es nur noch halb gehört, er beschleunigte seine Schritte und holte sein Telefon hervor.

Claire war sofort dran. »Georges?!«

Man hörte Panik in ihrer Stimme.

»Es ist alles in Ordnung, Claire! Mir geht es gut.«

»Du bist nicht tot?«

»Quicklebendig.«

»Auch nicht schwer verletzt?« Sie seufzte erleichtert.

»Nicht mal leicht, Claire. Mir fehlt nichts.«

»Aber meine Eltern haben dich doch bewusstlos am Strand gefunden.«

»Ich war nicht bewusstlos, ich habe … Ich muss für den Fall ein bestimmtes Buch studieren. Über die Chemie der Schokolade, du fändest es hochinteressant. Ich habe mich zum Lesen an den Strand gesetzt, mehr nicht, dann bin ich wohl für ein paar Minuten …« Er brach ab. »Auf jeden Fall geht es mir gut, ich …«

»Du solltest auf der Stelle Nolwenn anrufen. Sie startet gerade eine Großaktion.«

»Was?«

»Na, sie denkt, du wärst tot. Oder zumindest …«

»Ich verstehe … Ich rufe sofort an, Claire, bis später.«

»Nur noch eine …«

Dupin hatte aufgelegt.

Er wollte sich gar nicht vorstellen, was im Kommissariat los war. Umgehend wählte er Nolwenns Nummer.

Auch sie nahm augenblicklich an. »Monsieur le Commissaire?«

»Ich bin es, und ich bin weder tot noch verletzt, auch nicht bewusstlos – nichts dergleichen. Ich habe am Strand in dem Buch gelesen, Nolwenn, mehr nicht.«

»Sie lagen bewusstlos im Sand, Ihre Schwiegereltern haben Sie gefunden.«

»Ich war nicht bewusstlos.«

Nolwenn schwieg kurz.

»Ah, ich verstehe. Sie haben es nicht mehr nach Hause geschafft und unterwegs ein Nickerchen im warmen Sand gemacht! Dagegen wäre gar nichts zu sagen, Monsieur le Commissaire, wenn Sie uns nur Bescheid gegeben hätten.«

»Ich habe mich nur einen kleinen Augenblick …«

Auch dieser Versuch war müßig.

»Sie müssen mich an den *Sables Blancs* abholen, Nolwenn.«

»Erst einmal muss ich den Großeinsatz absagen. Mittlerweile sind vermutlich sämtliche verfügbaren Kräfte des Finistère unterwegs.«

»Was?«

»Sie wurden tot aufgefunden! Was denken Sie? – Aber gut, dann eben nicht. Umso besser!«

»*Sables Blancs,* vor dem Hotel.«

»Geben Sie mir fünf Minuten.«

»Okay.«

Schon hatte Nolwenn aufgelegt.

Grotesker ging es nicht. Alles wegen ein paar Minuten Schlaf.

Dupin verlangsamte seinen Schritt, Nolwenn würde länger brauchen als er.

»Wirklich, Monsieur le Commissaire, Sie machen wieder Sachen!«, begrüßte ihn Nolwenn kopfschüttelnd, als Dupin zu ihr ins Auto stieg.

Er würde auf jeden Kommentar verzichten. Der Schlaf hatte seine Verfassung seltsamerweise nicht verbessert, seine Laune erst recht nicht. Es kam Dupin vor, als wären seine Gedanken noch konfuser als vor dem kleinen Nickerchen. Was zweifelsohne an dem bizarren Traum lag.

»Ich will eine Besprechung. Mit allen.«

Ein Wunsch, den man von ihm nur sehr selten vernahm. Nolwenn sah ihn von der Seite an.

»So geht das nicht weiter. – In einer halben Stunde. Riwal, Kadeg, Nevou, Le Menn, Sie und ich. Im *Amiral.*« Es war ein Brummen, kein Sprechen. »Wir machen eine ermittlerische Inventur: Wo stehen wir, was haben wir?«

»Eine gute Idee, Monsieur le Commissaire. Eine sehr gute Idee.«

Dupin fand, dass der Vorschlag nur von einem zeugte: ermittlerischer Ratlosigkeit. Aber immerhin – er schlug mehrere Fliegen mit einer Klappe. Sie konnten sich à jour bringen, die nächsten Schritte festlegen – und etwas essen. Letzteres, musste Dupin zugeben, war seine dringendste Motivation.

»Wir gehen nach oben, da sind wir ganz für uns, Monsieur le Commissaire.«

Nolwenn meinte den Raum im ersten Stock des Restaurants, mit dem kleinen Balkon und dem fantastischen Blick auf die Häfen, die *Ville Close* und den großen Platz.

Sie holte ihr Handy hervor. »Wir sollten …«

Das Telefon begann in ihrer Hand zu klingeln. Im Nu war sie dran.

»Marie, ich … Was?«

Nolwenn klang entsetzt. Dupin spürte, dass er augenblicklich nervös wurde.

»Das kommt überhaupt nicht infrage, Marie! Dann starten wir eine Revolution!«

Dupin schwante Übles – wenn er nur wüsste, worum es ging.

»Wir nehmen das in die Hand, ja! … Ich melde mich später, Marie. – Auf zur Bastille!«

Mit energischem Gestus legte sie auf.

Dupin musste es tun, es ging nicht mehr anders.

»Nolwenn, diese Sache, die Sie da mit dieser Marie …«

»Reine Privatsache, Monsieur le Commissaire.«

Nolwenns Tonfall war resolut, aber keinesfalls unfreundlich gewesen.

»Ich will nur sicherstellen, dass …«

Sein eigenes Handy unterbrach ihn.

Es war Claire.

»Ja?«

»Ich bin wirklich froh, dass du nicht tot bist, Georges. Das wollte ich dir nur schnell sagen.«

Eine kuriose Mitteilung – aber Dupin hatte ihre Essenz gehört, und um die ging es. Die Art, wie Claire es gesagt hatte, sie hatte ihn im Innersten berührt. »Danke. Ich meine …«

»Das war es schon, Georges, ich hoffe, wir sehen uns in der Nacht. Irgendwann.«

»Ich küsse dich, Claire.«

Dupin hatte die Worte geflüstert.

»Ich dich auch. Dann bis später, Georges.«

Claire beendete das Gespräch.

Nolwenn war schon wieder am Telefon.

»Gut, Riwal, Sie sagen allen Bescheid … Okay. Bis gleich.«

Schon hatte sie aufgelegt.

»*Amiral* – in einer halben Stunde. Alle werden da sein. Was werden wir bis dahin tun, Monsieur le Commissaire?«

Sie startete den Motor.

»Ich will noch etwas in dem Chemiebuch blättern.«

Auch das klang eher verzweifelt, wusste Dupin.

»Sie wollen für sich sein, ich verstehe.«

Nolwenn gab beherzt Gas, der Wagen machte einen Satz und brauste die Landstraße entlang.

Vier Minuten später hielten sie vor der Eingangstür des *Amiral*.

»Gehen Sie schon vor, ich parke und komme nach.«

»Danke, Nolwenn.« Dupin stieg aus.

Er nahm den Eingang am Place Jean Jaurès.

Es ging lebendig zu, die Tische waren alle besetzt.

Justine, Agnès und Antonin waren da, die guten Seelen der Brasserie, Dupin grüßte knapp und lief eilig an dem langen Tresen vorbei bis zur geschwungenen Treppe, die nach oben führte, er hatte keinerlei Lust auf Konversation. Er hörte die Gäste tuscheln, spürte die neugierigen Blicke.

Er erreichte den ersten Stock, setzte sich an den Tisch vor der Tür zum Balkon.

»Du siehst übel aus, Mamma mia.«

»Ebenso bonsoir«, brummte Dupin.

Paul. Wie alle guten Gastronomen besaß der Besitzer des *Amiral* die Gabe, sich aus dem Nichts an einem beliebigen Ort der eigenen Restauration materialisieren zu können. Schon in Dupins erstem bretonischen Jahr war er zu einem guten Freund geworden.

»Ich weiß, was dich aufmuntern wird. Ich habe einen riesigen Topf *Ragoût de homard* gemacht.«

Unwillkürlich – ein Pawlow'scher Reflex – erschien ein verklärtes Lächeln auf Dupins Gesicht. Pauls Hummerragout, eine eigene Kreation, über drei Jahrzehnte verfeinert. Deftig und ganz fein zugleich. Besseres konnte einem Hummer nicht passieren.

»Und ich habe noch etwas für dich! – Einen Moment, ich bin sofort wieder da.«

Bevor Dupin antworten konnte, war Paul verschwunden.

Er lehnte sich zurück und legte das Buch vor sich auf den Tisch. Immer noch rieselte Sand aus den Seiten. Dieses Mal würde er systematisch vorgehen, vorne beginnen, er schlug das erste Kapitel auf.

»Hier!«

Schon war Paul wieder aufgetaucht. Lächelnd hielt er Dupin eine Flasche *Vieux Télégraphe* hin.

»Dein Elixier!«

Einer von Dupins – zugegeben zahlreichen – Lieblingsweinen. Ein Châteauneuf-du-Pape.

»Heute Abend nicht, Paul.«

Auf der Stirn des Wirtes erschienen tiefe Sorgenfalten.

»So schlimm, ja? Einen *Vieux Télégraphe* hast du noch nie abgelehnt. Das verheißt wirklich nichts Gutes.«

»Ich bin seit vierzig Stunden auf den Beinen, Paul.«

Dupin unterschlug die Episode eben am Strand, zu Recht, fand er, erholsam war das nicht gewesen.

»Ich weiß: zwei Tote, sieben Kilo Kokain, ein nächtlicher Roadtrip ins Baskenland, ein Trip in den hohen Norden und ein kaputter Wagen. – Und ihr habt noch nicht mal eine richtige Spur.«

Ein bemerkenswert prägnantes Resümee, Paul war gut informiert. Aber das war er immer, es war – genau wie bei einem Polizisten – Teil seines Jobs.

»Aber vergiss nicht, Georges, ein Wein wie dieser ist reine Medizin.«

Eine Einstellung, die Dupin für gewöhnlich teilte. Aber in seinem Zustand war es keine gute Idee.

»Ein andermal«, brummte er.

»Ich lasse die Flasche einfach mal hier stehen, Georges.«

Im nächsten Moment war Paul verschwunden, ganz so, als hätte er sich in Luft aufgelöst.

Dupin beugte sich über das Buch.

Es ging um die Fermentation von Kakaobohnen. Die Bauern ließen die Bohnen direkt nach der Ernte mitsamt Fruchtfleisch tagelang unter großen Bananenblättern in der Sonne liegen. »Ein hochkomplexes Zusammenspiel Hunderter verschiedener Mikroorganismen – unzählige Bakterienarten –, welche die Nährstoffe aus dem Kakao so umsetzen, dass daraus Vorstufen des Schokoladenaromas entstehen.«

Je mehr er über die Herstellung von Schokolade erfuhr, desto größer wurde seine Bewunderung. Es brauchte anscheinend nicht nur viele kundige Menschen, um sie zu erschaffen, sondern vor allem diverse Bakterien. Viel wichtiger aber war, dass er sich auf einmal zu erinnern meinte, dass er in Adeline Mazagos Exemplar eine Anstreichung gesehen hatte, bei der es um Bakterien gegangen war.

»Schon lange bekannt ist, dass bei der Fermentation Hefe-, Milch- und Essigsäurebakterien beteiligt sind. Zu den revolutionären neuen Erkenntnissen gehört, dass es unter den Mikroorganismen zu einer präzisen Zusammenarbeit kommt, um schließlich Acetat, das Salz der Essigsäure, zu bilden, welches die Schlüsselsubstanz für die spätere Aromaentwicklung der Schokolade darstellt.«

Dupin hatte bestenfalls eine vage Ahnung, was das alles bedeutete, aber er las interessiert.

»Die Acetat-bildenden Essigsäurebakterien brauchen zwei Nährstoffe: Milchsäure sowie den Alkohol Ethanol. Diese werden bei der Schokoladen-Fermentation in der mikrobiellen Gemeinschaft von anderen Mikroorganismen bereitgestellt, und zwar von Milchsäurebakterien und Hefe. Fehlt bei diesen Vorgängen eine bestimmte Substanz oder auch nur einer der Mikroorganismen, kann später das gewünschte Aroma nicht entfaltet werden.«

Der nächste Satz klang besonders spannend: »Durch den Einsatz von natürlichen Starterkulturen, die die richtige Kombination von Mikroorganismen enthalten, könnten Kakaobauern den Ertrag von Kakao-Fermentationen verbessern.«

Dupin machte sich eine Notiz. Es folgten über zwei Doppelseiten Formeln und Grafiken. Dann wieder Text. Immer noch ging es um Fermentation, eine offenbar wirklich komplexe Angelegenheit.

In seiner momentanen Verfassung zeigten sich die kleinen grauen Zellen kümmerlich energielos: Nichts, was er las, löste irgendetwas in ihm aus. Keine Assoziationen, keinen Geistesblitz, nichts.

Könnte der *Vieux Télégraphe* vielleicht doch helfen? Er besaß Wunderkräfte, das wusste Dupin. Und, das war das stärkste Argument: Es konnte nur besser werden.

Entschieden griff er zu der Weinflasche und schenkte sich ein Glas ein. Nahm zwei, drei große Schlucke. Phänomenal. So viel Schönes, Gutes, Wahres auf einmal, ein Ausblick auf das Himmelreich, und das schon auf Erden.

»Zuerst ein Nickerchen, jetzt ein Gläschen – na, das ist ja ein fabelhafter Beruf. Wenn ich da an unsere Claire und die Schufterei in der Klinik denke! Zehn, zwölf Stunden am Tag.«

Hélène und Gustave. Sie hatten sich ihm offenbar lautlos von der Seite genähert.

»Wir haben hier eine wichtige polizeiliche Lagebesprechung, Hélène.«

»Das sehe ich. Du und die Flasche Rotwein.«

Sie kicherte. Gustave ebenfalls.

»Die Kollegen kommen jeden Augenblick.«

»Klar.«

Es war zum Verrücktwerden.

»Was macht ihr hier?«

»Wir haben mit Claire ausgemacht, dass wir noch eine Nacht bleiben, weil wir ja gar nichts von euch hatten. Sie ist noch immer in der Klinik, aber wir wollten nach unserem Spaziergang eine Kleinigkeit essen.« Hélène machte einen beleidigten Eindruck. »Séverine hat uns gesagt, dass du hier oben sitzt.«

Pauls Frau, die Chefin des Restaurants.

»Verstehe.«

Es klang plausibel, Dupin hatte sich schon gefragt, ob sie ihn stalkten.

»Wenn ihr mich entschuldigen würdet – ich muss das Buch durchgehen, bevor die Kollegen eintreffen.« Dupin deutete auf die aufgeschlagene Seite.

»Natürlich. Natürlich.«

Zu seiner Überraschung schickten sich die beiden tatsächlich an zu gehen.

»Na gut. Also bis später, Georges!«

»Eher bis morgen früh, Hélène.«

»Aber dann wollen wir auch wirklich mal was von dir haben, Georges!«

Dupin fasste sich an den Kopf.

»Da sind wir, Chef!«

Da waren sie.

Und zwar alle auf einmal. Nolwenn, Nevou, Le Menn, Riwal und Kadeg.

Riwal strahlte. »Paul sagt, es gibt sein legendäres *Ragoût de homard.*«

Riwal hatte wahrscheinlich ein paar Stunden geschlafen letzte Nacht, dennoch war ihm eine tiefe Erschöpfung anzusehen. Den anderen ebenfalls. Sie alle waren seit gestern Mittag mit vollem Engagement im Einsatz.

Jetzt erschien Paul, hinter ihm Séverine. Sie war klug, hübsch, voller Humor und hatte einen erlesenen Stil.

»Das Hummerragout für alle?«

Begeisterter Zuspruch.

»Sechsmal also.«

Im nächsten Moment waren auch Justine und Agnès zu sehen, beide trugen je eine große Meeresfrüchteplatte.

»Schon mal vorab!«, erklärte Séverine. »Beste Proteine für unsere besten Köpfe.«

Eine famose Idee.

Auf den Platten türmten sich Austern, *langoustines,* Crevetten, Seespinnen, Krebse, Venusmuscheln sowie kleine und große Meeresschnecken. Dazu gab es Pauls hausgemachte Mayonnaise, Dupin strahlte, als er die kleinen Schälchen entdeckte.

Schon standen die beiden Platten auf dem Tisch.

»Ohne Muscadet funktioniert das natürlich nicht.«

Erst jetzt bemerkte Dupin, dass Paul zwei Flaschen in der Hand hielt. *Domaine Landron Chartier*. Samtiger, weicher konnte Muscadet nicht sein, ohne dass die wundervolle noble Säure fehlte.

»Ich wünsche eine gute Besprechung!«

Im Handumdrehen waren die vier wieder verschwunden. Im selben Augenblick hatten Le Menn, Nevou, Riwal, Kadeg, Nolwenn und Dupin mit dem Essen begonnen. Nicht gierig, aber leidenschaftlich, sie hatten alle einen Bärenhunger.

Es dauerte, bis das erste Wort gesprochen wurde. Kadeg. Er sparte sich jedes Geplänkel.

»Natürlich geht es um das Kokain, worum sonst?« Eine apodiktische Feststellung. »KIZPAVA sieht es genauso.«

Dieses Mal erinnerte Dupin sich: die »Künstliche Intelligenz zur pro-aktiven Verbrechens-Aufklärung«.

»Niemals«, konterte Le Menn trocken und schlürfte eine Auster. »Der ganze Aufwand für ein einziges Paket? Zweihunderttausend Euro Bezahlung? Und derart amateurhafte Instruktionen? – Welche Drogendealer stellen sich so dumm an, dass sie nicht einmal wissen, in welchem der hundertzwanzig Säcke sich das geschmuggelte Kokain befindet? Und, noch bescheuerter: Die Dealer hätten ja nicht einmal wissen können, wohin ihr Stoff nach dem Entladen geliefert wird. Sie hätten hundertzwanzig Säcke an vier verschiedenen Orten durchsuchen müssen. Bayonne, Morlaix, Quimper, Concarneau.«

Dupin, der gerade dabei war, seine achte Auster zu schlürfen – Gehirnnahrung par excellence –, dachte mittlerweile ähnlich. Aber vielleicht fehlten ihnen einfach noch entscheidende Teile des Puzzles.

»Ich denke, Nathaël Spiquel, der Komplize von Nahia Mazago, hat eine versteckte Kamera im Lagerraum der Plantage anbringen lassen.« Kadeg war nicht bereit, von seiner Sicht der Dinge abzurücken. »So konnte er sehen, in welchem Sack

Sandrine Thépault das Kokain versteckt hat. Ein höchst intelligentes Vorgehen! Und da er bei der Aufteilung der Säcke hier in Concarneau dabei war, wusste er sehr genau, dass der Sack mit dem Kokain nach Bayonne ging.«

»Aber Nathaël Spiquel war hier, die ganze Zeit. In Concarneau. Warum hat er das Paket dann nicht schon beim Entladen aus dem Sack herausgeholt?«, hielt Le Menn dagegen, die eine der fetten Meeresschnecken so tief in die Mayonnaise getaucht hatte, dass sie komplett darin verschwand. »Sonst hätte er in den wenigen Tagen zwischen Anlegen und Ablegen nach Bayonne fahren müssen. Nach Aussagen seiner Mitarbeiter hatte er keine Pläne, ins Baskenland zu fahren.«

»Ganz einfach«, triumphierte Kadeg. »Nahia Mazago! Der Plan war, dass sie es herausholt.«

»Aber das hat sie doch«, entgegnete Riwal. »Und hat sich dann, wenn auch erst nach der Laboranalyse, bei Dupin gemeldet. Warum sollte sie das tun?«

»Weil irgendetwas passiert ist. Was auch immer es war, ihre beiden Geschwister haben Wind davon bekommen und mussten sterben.«

»Hm.« Dupin fand, es klang alles reichlich konstruiert.

Er hatte den mittlerweile elf Austern mehrere Langustinen folgen lassen, nicht nur, aber auch wegen der Mayonnaise.

»Ich sage nur KIZPAVA!« Kadeg zuckte mit den Schultern, um dann genüsslich ein langes Meerspinnenbein auszusaugen.

»Das Programm wurde offenbar mit einem Fundus schlechter Kriminalromane gefüttert.« Riwal verschränkte die Arme.

»Ich denke«, unterbrach Le Menn den beginnenden Schlagabtausch zwischen den Inspektoren über eines ihrer Lieblingsthemen, »das mit dem Kokain ist bloß ein Ablenkungsmanöver, eigentlich geht es um eine düstere Familiengeschichte. – Es hat bisher ja auch nur Familienmitglieder getroffen.«

»Und wir wissen, dass es in diesem Jahr gleich zwei Konflikte gegeben hat«, ergänzte Nolwenn. »Die so gravierend waren, dass Bixente Mazago sogar von einer Auszahlung seiner Anteile gesprochen hat. Das wäre das Ende der Familiensaga gewesen!«

»Dann müsste es um die Logistikpläne gehen«, überlegte Nevou. »Nahia Mazago war gegen das Projekt, Bixente und Adeline Mazago waren dafür – und beide leben nicht mehr.«

Nevou hatte sich offensichtlich auf die prächtigen *praires* konzentriert, auf ihrem Teller lag ein Berg Muschelschalen.

»Und wegen dieser Sache soll Nahia Mazago die Ermordung ihrer beiden Geschwister veranlasst haben, wirklich?« Riwal schien ganz und gar nicht überzeugt.

»Vielleicht haben die beiden sie schwer verletzt. Gekränkt«, sagte Le Menn, »und Nahia Mazago hat sich zurückgesetzt oder übervorteilt gefühlt?«

Es wäre alles denkbar, natürlich. Aber im Moment waren es nur Spekulationen.

»Eines steht fest«, sagte Nolwenn. »Nahia Mazago bestimmt jetzt alles alleine. Und nicht nur das: Ihr gehören jetzt sämtliche Firmen, sämtliche Immobilien, das gesamte Vermögen der Familien-Holding.«

»Ich denke, es geht um kalorienarme Schokolade«, warf Nevou plötzlich ein.

»Was?«

Alle Köpfe drehten sich zu der Polizistin mit dem soliden kurzen Haarschnitt.

»Was soll das heißen?«

Kadeg wirkte gekränkt. Noch eine Kollegin, die nicht an seine Thesen glaubte.

»Ist doch ganz klar. Adeline Mazago hat sich, wie wir wissen, noch einmal mit den chemischen Bestandteilen der Schokolade beschäftigt. Und der Täter – oder die Täterin – will anscheinend nicht, dass wir wissen, womit genau. Deswegen hat er oder sie das Buch aus Mazagos Haus geholt.«

Genau das war der Grund, warum Dupin das Buch keine Ruhe ließ.

»Es muss«, Nevou hatte das Fleisch aus einer weiteren Muschel gelöst und ließ es in den Mund wandern, »um etwas ziemlich Großes gehen. Um eine Revolution der Schokolade.«

Eine plausible Deduktion.

»Und was wäre eine echte Revolution? Eine, die mit Bestimmtheit astronomische Gewinne abwerfen würde?«

Nevou sah die anderen abwartend an.

»Schokolade, die nicht dick macht!«

Nolwenn nickte.

»Exakt. Wer das erfinden und patentieren lassen könnte, würde Milliarden machen.«

»Aber das gibt es doch! Diätschokolade. Überhaupt Diätprodukte. Zuckerersatzstoffe. Fettreduziert. Kalorienarm. Alles«, hielt Kadeg dagegen. »Das ist alles längst erfunden!«

Er hatte recht.

»Alles, was es bisher gibt, ist eklig«, sprang Le Menn ihrer Kollegin bei. »Der Geschmack, die Konsistenz, das will doch niemand!«

Le Menn jedenfalls nicht, das war klar. Dupin auch nicht.

»Diese Süßstoffe, Erythrit, Xylit und wie sie alle heißen. Alles fürchterlich. Und dieses fettreduzierte Zeug schmeckt grässlich. Fett ist nun mal der wichtigste Geschmacksträger«, sprach die Polizistin, bevor sie sich demonstrativ ein Stück Baguette mit einer extra großen Portion Mayonnaise in den Mund schob.

»Ich meine einen chemischen Trick«, erklärte Nevou mit grimmiger Miene, »der Geschmack, Textur und Konsistenz der Schokolade nicht verändert, aber ihr die Kalorien nimmt.«

»*Das* wäre tatsächlich eine Revolution. Für die Schokoladenwelt, aber vielleicht auch weit darüber hinaus«, bestätigte Riwal. Theatralisch zog er die Augenbrauen hoch. »Allerdings halte ich es für völlig unrealistisch. Schon rein wissenschaftlich gesehen. Die Lebensmittelindustrie forscht daran seit Jahrzehnten in riesigen Laboren, zusammen mit Universitäten. Da werden Millionen investiert. Mehr als diese Zuckerersatzstoffe ist dabei bislang nicht herausgekommen.«

Mittlerweile hatten sich die beiden Platten geleert, dafür waren die Edelstahlschüsseln für die Schalen und Reste bis zum Rand gefüllt.

»Eine solche Entdeckung würde man nicht einfach zufällig machen, oder?« Dupin hatte keine Ahnung.

»Entscheidende Entdeckungen werden häufig zufällig gemacht, Chef. Man entwickelt ein Mittel gegen Diabetes – und erfindet die Abnehmspritze. Man forscht an einer effektiven Formel gegen Prostatavergrößerungen und bekommt ein Mittel gegen Haarausfall. Oder …«

»Verdammt!« Dupin war etwas eingefallen. »Wir müssen uns unbedingt mit dem Labor von *Zerua* in Bordeaux in Verbindung setzen.«

Er hätte es schon früher tun sollen. Vielleicht fanden sie so heraus, womit sich Adeline Mazago zuletzt beschäftigt hatte.

»Adeline Mazago hat es selbst aufgebaut. Und ihre Schwester war gerade erst dort.«

»So ist es«, bestätigte Kadeg. »Die Leiterin ist Francine Plantier. Ich habe sie heute verhört.«

Dupin wandte sich zu Kadeg, der an der kurzen Tischseite saß.

»Was soll das heißen? Warum?«

»Es geht um sieben Kilo reines Kokain, *Zerua* hat ein eigenes chemisches Labor, das das Kokain analysiert hat – da scheint mir eine Unterredung mit der Leiterin akut angezeigt.«

Obwohl er sich über die Süffisanz seines Kollegen ärgerte, musste Dupin ihm recht geben. Lag es an der vermaledeiten Müdigkeit, dass er nicht selbst daran gedacht hatte? Das Kokain und das verschwundene Chemie-Fachbuch: Da hätte ein Anruf bei der Leiterin des Chemie-Labors ja wohl nahegelegen.

»Und was hat Madame Plantier gesagt?«

Kadeg zuckte mit den Schultern.

Dupin schlug rasch sein Notizheft auf und fügte den Namen der Laborleiterin seinem Personentableau hinzu.

»Eine Wissenschaftlerin halt. – Sie hat mir haarklein erklärt, warum die Moleküle der Kakaoaromen die des Kokains weitgehend überdecken. Warum selbst die Nasen der besten Spürhunde derart irritiert werden können, dass sie die Drogen oft nicht finden. Ich habe kein Wort verstanden. – Aber es könnte natürlich der Grund sein, warum Adeline Mazago sich noch einmal eingehend mit der Chemie der Schokolade befasst hat.«

»Schicken Sie mir sofort die Nummer von Francine Plantier, Kadeg.«

»In der Fall-Datei«, informierte ihn Le Menn lapidar.

»Warum meinen Sie, dass das mit den reduzierten Kalorien wissenschaftlich unrealistisch ist?«, kam Dupin auf Riwals Bemerkung zurück.

»Weil die Gruppen der Makro-Nährstoffe – Kohlenhydrate, Eiweiße und Fette – nun einmal immer Energie besitzen, einen spezifischen physiologischen Brennwert, das ist genau der Punkt. Anders als Spurenelemente, Vitamine oder Ballaststoffe. Der Energiegehalt stellt keine zusätzliche Eigenschaft dar, er ist wesentlich. – Wenn Sie sich kalorienarm ernähren wollen, müssen Sie etwas anderes essen. Und das schmeckt anders. So simpel ist es.«

Es klang – selbst für einen chemischen Laien wie Dupin – plausibel.

»*Et voilà*«, Paul hatte sich aufs Neue vor ihnen materialisiert. Dieses Mal zusammen mit Séverine, Justine und zwei großen, dampfenden Töpfen, die im Handumdrehen vor ihnen auf dem Tisch standen. Die Töpfe quollen förmlich über, alleine der Anblick war himmlisch. Noch himmlischer aber war der Duft, der

Raum füllte sich mit den exquisitesten Meeres-Essenzen. Ein geheimnisvoller Überreichtum verschiedenster Aromen. Neben dem Hauptdarsteller, den ausgelassenen Hummerstücken, trugen zwei Dutzend Zutaten zu dieser Abundanz bei, unter anderem ein zerteilter Tintenfisch, kleine Muscheln, Stella-Kartoffeln, Lauch, rosa Zwiebeln, Knoblauch, Karotten, Tomaten, Sellerieblätter sowie ein ordentlicher Schuss Cognac und, natürlich, halb gesalzene Butter. Eingekocht mit *Kari Gosse,* dem bretonischen Curry, eine Komposition, zu der Ingwer, Kurkuma, Piment, Zimt, Gewürznelken und Roter Pfeffer gehörten und die dem Ragout seine ockergelbe Farbe verlieh.

Augenblicklich standen große tiefe Teller vor ihnen, die leeren Platten und Schüsseln für die Überreste der Meeresfrüchte waren wie von Zauberhand verschwunden.

»Bei den Weinen konnte ich mich nicht entscheiden. Also habe ich beide mitgebracht.« Paul hielt zwei beschlagene Flaschen hoch. »Beide aus dem Rhône-Tal, ein Condrieu und ein Saint-Joseph.«

Dupin hatte ein »Wir müssen noch arbeiten« auf der Zunge gelegen. Er sparte es sich. Er hatte die strahlenden Gesichter der anderen gesehen, sie hatten es sich verdient.

»Ich bin gleich wieder da. – Fangen Sie unbedingt schon an.«

Dupin war aufgestanden und trat auf den schmalen Balkon hinaus.

Er öffnete die Fall-Datei.

Da stand der Name. Francine Plantier.

Er wählte die Nummer.

Es dauerte, bis sich jemand meldete, was an der Uhrzeit liegen konnte. Es war Viertel vor elf.

Dupin mochte das warme, gelborangefarbene Licht der Straßenlaternen, es ließ die hübschen Fassaden der alten Fischerhäuser um den Platz herum auf die gemütlichste Weise aufscheinen.

»Hallo?«

»Bonsoir, hier Commissaire Georges Dupin vom Commissariat de Police Concarneau. Spreche ich mit Madame Plantier?«

»Sind Sie der Polizist von vorhin?«

»Das war ein Kollege, Madame.«

»Und was wollen Sie?«

Es klang nicht unfreundlich.

»Ich würde gerne wissen, womit sich Ihr Labor gerade beschäftigt.«

»Was meinen Sie, Monsieur?«

»An welchen Analysen, welchen Projekten arbeiten Sie gerade?«

Die Wirkung des Rotweins in Dupins Kopf begann die Effekte der Müdigkeit zu überlagern, es war großartig. Aus klebrig-trägen neuronalen Verbindungen wurden impulsiv-assoziative.

»Vor allem an denen, an denen wir immer arbeiten. Wir überwachen die Qualität sämtlicher Lebensmittelproduktionen des Unternehmens.«

»Auch die der Schokolade also.«

»Selbstverständlich.«

»Und abgesehen davon?«

»Wir haben den Auftrag zu prüfen, welche Lebensmittel sich für einen langen Seetransport eignen. Vor allem bei denen, die man nicht einfach einschweißen kann, ist das knifflig. Alles im Hinblick auf den Ausbau der nachhaltigen maritimen Warenlogistik.«

»Sie arbeiten für Bixente Mazagos Projekt?«

»Ein Familienprojekt.«

»Das Nahia Mazago, die Sie gestern besucht hat, ablehnt.«

»Davon weiß ich nichts, Monsieur. Und wenn, würde es mich nicht interessieren.«

Eine klare Ansage.

»Gab es irgendwelche Probleme bei diesen Untersuchungen?«

»Nein, warum?«

»Und allgemein? Bei den regulären Kontrollen? Irgendwelche Unregelmäßigkeiten, Beanstandungen?«

»Die *Zerua*-Betriebe arbeiten vorbildlich, Adeline Mazago war selbst Lebensmittelchemikerin, ihr war die elementare Bedeutung von Nahrungsmittelhygiene bewusst.«

»Hat Adeline Mazago im Labor selbst an irgendwelchen speziellen Dingen gearbeitet?«

»Was meinen Sie, Monsieur?«

»Ich meine, hat sie an etwas geforscht? Hat sie sich für bestimmte Fragen besonders interessiert?«

»Adeline Mazago hat immer mal wieder an etwas gearbeitet, klar. Sie hat einen eigenen Platz hier, seitdem das Labor ausgebaut wurde.«

»Wann war dieser Ausbau?«

»Vor eineinhalb Jahren.«

»Und aus welchem Grund wurde das Labor ausgebaut?«

»*Zerua* und die anderen Lebensmittelunternehmen der Familie sind im letzten Jahrzehnt sehr stark gewachsen.«

»Damit meinen Sie den Schinken, Käse und das Piment d'Espelette, oder?«

»Genau. – Natürlich kontrollieren wir auch die anderen Erzeugnisse der Gruppe: Kekse, Patisserie, Brotwaren, Kaffee. Und neuerdings auch Wein.«

»Wein?«

Davon hatte er ganz sicher noch nichts gehört.

»Txakoli. Der Weißwein des Baskenlandes. Man trinkt ihn ganz jung. Äußerst aromatisch und frisch, mit angenehmem, leichtem Säuregehalt. Außergewöhnliche Mineralik.«

Zum ersten Mal klang Madame Plantier nicht ganz so prosaisch.

»Viel Persönlichkeit und Eleganz. Hergestellt aus der heimischen Rebsorte Hondarribi Zuri, die nur unter den speziellen Bedingungen des gemäßigten südlichen Atlantikklimas gedeiht.«

»Verstehe.«

Dupin musste sich auf die Sache konzentrieren, auch wenn die Beschreibungen äußerst vielversprechend klangen.

»Sie sagen, Adeline Mazago habe an etwas gearbeitet – woran genau? Vor allem in letzter Zeit?«

»Sie war in den letzten Monaten regelmäßig da. Alle zwei, drei Wochen vielleicht. Aber ich weiß nicht genau, woran sie gearbeitet hat, sie war mir keine Rechenschaft schuldig. – Zusammen mit Madame Chesneau hat sie sich schon seit Längerem mit der Frage beschäftigt, ob es nicht doch einen Weg gibt, der Schokolade schon im Entstehungsprozess Alkohol oder andere Flüssigkeiten hinzuzugeben. Ein heiliger Gral der Schokoladenchemie.«

»Zusammen mit Madame Chesneau?«, platzte es aus Dupin heraus.

Das war neu. Und höchst interessant.

»Wir haben hier im Labor regelmäßig mit Eléna Chesneau zu tun. Sie ist ebenfalls Lebensmittelchemikerin. Den beiden ging es speziell um Gin, Cognac und Rum. Aber das Problem betrifft natürlich sämtliche Flüssigkeiten.«

»Und warum? Warum ist das ein Problem? Das gibt es doch, Schokolade mit Alkohol.«

Dupin dachte an Schnapspralinen.

»Was es gibt, sind mit Spirituosen gefüllte Schokoladenpralinen. Der Alkohol wird in zuvor gefertigte, abgekühlte Schokoladenformen gebracht, mehr nicht. – Was dagegen nicht machbar ist: Alkohol in die noch flüssige Rohkakaomasse zu geben. So wie wir es mit Salz, Nelken, Zimt, Chili, Pfeffer oder Nüssen machen.«

»Was passiert denn, wenn man das tut? Wenn man Alkohol zu der Rohmasse gibt?«

»Es klumpt sofort, und zwar derart massiv, dass man sie nicht mehr einschmelzen kann. Flüssige Schokolade und andere Flüssigkeiten, das geht gar nicht – und genau das würde man natürlich gern ändern. Eventuell durch eine Anpassung im mechanischen Verarbeitungsprozess der Kakaomasse – wie es Lindt mit dem Conchieren gelungen ist.«

»Und das hat bisher niemand fertiggebracht?«

Verrückt, der Mensch erschuf künstliche Intelligenzen, die intelligenter waren als er selbst. Er flog auf den Mond und spazierte dort herum. Er konstruierte komplexe Roboter und Teleskope, die fast bis zum Urknall zurückblicken konnten, transplantierte Herzen und Gehirne, manipulierte Gene – aber er scheiterte daran, Alkohol und Schokolade zu verbinden?

»Nein.«

Nach genau so etwas hatten sie gesucht. Das war etwas, was die Schokoladenwelt revolutionieren würde.

»Meinen Sie, es könnte Adeline Mazago oder Madame Chesneau gelungen sein? Oder Madame Mazago alleine?«

»Ich halte es für ausgeschlossen.«

»Warum?«

»Ich würde davon wissen.«

»Vielleicht wollten sie es erst einmal geheim halten. Weil sie sich noch nicht ganz sicher waren, zum Beispiel. Oder erst ein Patent anmelden wollten. – Könnte man auf so etwas ein Patent anmelden?«

»Je nachdem, wie sie das bewerkstelligt hätten, wie aufwendig und speziell der Prozess wäre, ja. Aber es ist Jahre her, dass wir hier ein Patent angemeldet haben.«

»Vielleicht haben die beiden es als Privatpersonen angemeldet.«

»Das glaube ich nicht.«

»Wie attraktiv wäre eine solche Entdeckung? Wirtschaftlich, meine ich?«

»Hm. Schwer zu sagen. Man könnte völlig neue Geschmacksrichtungen auf den Markt bringen. Mit allen Alkoholika, die geschmacklich passen. Aber auch mit anderen Flüssigkeiten. Wie Kaffee. Denken Sie an Arabica-Espressi! Die Aromen könnten sich direkt in der Herstellung amalgamieren.«

Großartig! Eine exzellente Idee, natürlich.

»Aber wie gesagt, ich halte es für ausgeschlossen, dass es den beiden gelungen ist.«

Eine resolute Mitteilung, sie hatte keinen Zweifel.

»Wie umfangreich ist Adeline Mazagos eigener Laborbereich eingerichtet?«

Eine völlig laienhaft gestellte Frage, es war Dupin bewusst.

»Im Wesentlichen steht dort ein äußerst leistungsfähiger Computer. Außerdem gibt es ein paar elementare Geräte, unter anderem ein Wasserbad. Für das Schmelzen von Schokolade. Die spezielleren Analyse-Instrumente stehen im zentralen Laborraum, sie sind mit all unseren Computern verbunden. – Adeline Mazagos Computer wurde von der BAC mitgenommen.«

Davon hatte Dupin noch nichts gewusst.

»Und nicht nur ihrer – alle Computer hier. Was ziemlich unsinnig ist, unsere Programme und Daten liegen alle in der Cloud, auch die von Adeline Mazago.«

»Ihr Passwort werden Sie nicht kennen, vermute ich.«

»Das haben mich die Leute von der BAC natürlich auch gefragt. Nein. Ich habe ihnen gesagt, dass man an die Daten nicht rankommt, sie sind extrem gut geschützt.«

»Verstehe. – Dass Adeline Mazago oder Madame Chesneau an kalorienarmer Schokolade geforscht haben, davon haben Sie nie etwas gehört?«

Wenn Eléna Chesneau sie belogen hatte, dann würde sie auch weiterhin lügen. Sie zu diesen Dingen selbst zu befragen, würde keinen Sinn ergeben.

»Bestimmt nicht, und dafür gibt es einen guten Grund: Schon die Idee ist unsinnig. Man müsste …«

»Ich weiß …«

Dupin wollte langsam zum Hummerragout zurückkehren.

»Wissen Sie von irgendwelchen anderen Forschungsinteressen von Adeline Mazago – neben der Sache mit den Flüssigkeiten, meine ich?«

»Wie gesagt: Nein.«

»Und diese Studie der Universität, die Adeline Mazago finanziell unterstützt hat«, sie war Dupin eben erst wieder eingefallen, »könnte es da um bedeutende Innovationen gehen?«

»Nein. Sie betrifft ausschließlich die Neurochemie der Schokolade und startet auch erst im Winter. Sie beschäftigt sich mit allen Substanzen der Schokolade, die im Hirnstoffwechsel eine direkte oder indirekte Rolle spielen. – Ich glaube, Eléna Chesneau sitzt dort im wissenschaftlichen Beirat.«

»Aber Ihr Labor hat damit nichts zu tun?«

»Nein.«

»Noch einmal zu dem Punkt von eben.« Dupin räusperte sich. »Wenn ich es richtig verstehe, wäre eine Methode, die es einem ermöglicht, die flüssige Kakaomasse während der Herstellung mit anderen Flüssigkeiten zu verbinden, zwar eine bedeutende Entdeckung, die zur Entwicklung neuer Geschmacksrichtungen führen würde. Aber es wäre keine, wie soll ich sagen, Neuerfindung der Schokolade, oder?«

»Für einen Laien ist das passabel formuliert, ja.«

»Dann danke ich Ihnen, Madame Plantier. – Ich wünsche Ihnen eine gute Nacht.«

»Ich Ihnen auch, Monsieur le Commissaire.«

Dupin legte auf, drehte sich um und trat zurück ins Innere des Restaurants, wo ihn das göttliche Aroma des Ragouts empfing.

Offensichtlich war der Hunger erheblich gewesen und Pauls Hummerragout wie immer köstlich: Nolwenn, Le Menn, Nevou, Riwal und Kadeg waren dabei, ihre Teller penibel mit Baguette auszuwischen, um nicht einen Tropfen des sämigen Fonds zu verschwenden.

Es herrschte eine andächtige, beinahe zeremonielle Stille.

Riwal bemerkte Dupin als Erstes. »Da sind Sie ja wieder, Chef! Wir haben Ihnen eine große Portion übrig gelassen.« Er wies auf einen der beiden gusseisernen Töpfe.

»Haben Sie die Laborleiterin erreicht?«, wollte Kadeg wissen.

Dupin nickte, setzte sich und resümierte das Gespräch, während er den schweren Deckel des Topfes abnahm und mit der großen Kelle Ragout auf seinen Teller schöpfte.

Er versenkte den Esslöffel tief im Ragout und beendete eilig die Zusammenfassung.

»Vielleicht ist es ja das, worum es geht?« Nolwenn wirkte aufgeregt. »Um dieses revolutionäre Verfahren? Um echte alkoholhaltige Schokolade.«

Das Ragout schmeckte göttlich. Es war das einzig angemessene Wort. Göttlich. Dupin hatte sich für einen Augenblick im alchemistischen Miteinander der Aromen verloren.

»Neue Schokoladensorten mit neuen Geschmacksrichtungen? Gin, Rum, Cognac. Wirklich? Denn über mehr sprechen wir hier nicht. Das ist doch kein Motiv, zwei Morde zu begehen!« Kadeg war ganz und gar nicht einverstanden. »Und ohnehin nur was für Connaisseure! Erklären Sie einem normalen Schokoladen-Konsumenten doch mal den Unterschied zwischen mit Cognac gefüllter Schokolade, die er jetzt schon in jedem Supermarkt kaufen kann, und Cognac-Schokolade, bei der der Cognac schon der flüssigen Schokolade beigesetzt wurde.« Kadeg hob theatralisch die Schultern. »Und warum er dann dafür auch noch das Fünffache bezahlen muss. Hä?«

Dupin war noch ganz bei dem köstlichen Ragout.

»Vielleicht ist es das Verfahren, das Patent, mit dem sich richtig etwas verdienen lässt«, versuchte es Nolwenn weiter. »Außerdem würde eine solche Entdeckung enormes wissenschaftliches Renommee bedeuten – Sie haben es doch gehört, wir sprechen über einen heiligen Gral der Schokoladenchemie, hat die Laborleiterin gesagt!«

Bei einem Fall im sagenumwobenen Forêt de Brocéliande vor ein paar Jahren war die Gier nach ewigem Ruhm in der Forschung tatsächlich ein Motiv gewesen, erinnerte sich Dupin.

»Wir sprechen«, sagte Riwal, »hier von einem winzigen Kreis von Wissenschaftlern, die wüssten, was das bedeutet.«

»Aber man stünde für alle Zeiten in sämtlichen lebensmittelchemischen Lehrbüchern, vermute ich.«

»Das ganz sicher.« Riwal nickte.

Dupin hatte einen großen Schluck des Saint-Joseph genommen, der Wein harmonierte wunderbar mit dem reichen, schweren Geschmack des Ragouts.

»Riwal, Le Menn, prüfen Sie mal, ob *Zerua* in letzter Zeit wirklich keine Patente angemeldet hat. – Und Kadeg, Sie sagen bei der BAC Bescheid, dass wir dringend Zugang zu Adeline Mazagos Daten in der Labor-Cloud brauchen. Wenn sie da überhaupt rankommen.«

Höchst unwahrscheinlich, aber sie mussten es versuchen.

»Klar, Chef!«

»Wir …«

Dupins Handy.

Eine unbekannte Nummer.

»Ja?!«

Dupin hatte unwirscher geklungen, als er es beabsichtigt hatte.

»Hier Eloise Lebossé. Gendarmerie Fouesnant. Wir haben eine Tote. In der Anse de Saint-Jean. Eléna Chesneau.«

Dupin sprang auf, sein Stuhl flog scheppernd um.

»Eléna Chesneau?«

Alle Köpfe hatten sich zu ihm gedreht.

»Exakt. Wahrscheinlich erschlagen, sie hat Verletzungen an der rechten Schläfe.«

»Wer hat sie gefunden?«

»Ein Pärchen hier aus Kerdaniou, das eine Runde mit dem Hund gedreht hat. Vor wenigen Minuten.«

Dupin wandte sich an die Runde, alle waren ebenfalls hochgeschnellt.

»Eléna Chesnau. Tot. Erschlagen. Sie liegt in der Anse de Saint-Jean.«

Schon setzte Dupin sich in Bewegung.

»Wie lange ist sie schon tot?«, fragte er ins Telefon.

»Das kann ich nicht sagen. Aber es sieht alles ziemlich frisch aus. Ich verständige gleich umgehend die Gerichtsmedizin und die Spurensicherung, aber ich dachte, Sie wollen sicher, dass ich Sie zuerst anrufe.«

»Sie haben es genau richtig gemacht! Ich bin schon unterwegs.«

»Sie wissen gar nicht, wo Sie hinmüssen.«

Es stimmte.

»Die Leiche liegt ganz am Ende der *Anse*. Fünfzig, sechzig Meter von der Straße entfernt. Auf der Seite des Forêt de Stang-Bihan.«

Dupin kannte den Wald. Kein Urwäldchen – ein veritabler Urwald.

»Verstehe. – Also, bis gleich.«

Dupin legte auf.

»Da, wo die *Anse* fast bist zur Straße reicht«, instruierte Dupin die anderen. »Wir treffen uns dort.«

»Jetzt reicht es aber wirklich!«

Nolwenns Augen hatten sich zu Schlitzen verengt.

Schon folgte sie Dupin zur Treppe.

Der Kommissar blieb abrupt stehen:

»Nein.«

Ein rabiates Nein. Er sprach mit sich selbst.

»Das passiert mir nicht noch einmal.«

Er dachte fiebrig nach. Mittlerweile standen alle um ihn herum.

»Kadeg – Sie fahren umgehend zu Pichard. Sie postieren sich vor seinem Haus! Und melden sich beim kleinsten verdächtigen Vorfall. – Und lassen Sie aus Trégunc zusätzlich zwei Kollegen kommen.«

»Wird gemacht«, antwortete Kadeg zackig.

»Le Menn, Sie fahren zu Dehame, dem Filialleiter. Stellen Sie sich mit Ihrem Wagen gut sichtbar vor sein Haus. – Nevou, Sie machen das Gleiche bei Nathaël Spiquel. Und Sie bei Madame Columbani, Riwal.«

»Sehen Sie einen Grund«, der Inspektor schien skeptisch, »warum auch sie gefährdet sein könnte?«

»Solange wir nicht wissen, worum es geht und wer es ist, gilt maximale Vorsicht.«

Dupin wandte sich ab und stürmte die Treppe hinunter. Er musste aufpassen, unglücklicherweise war der Schwindel zurück.

Er hätte früher handeln sollen. Als Pichard sich bedroht gefühlt hatte. War es fahrlässig gewesen, die Berichte von ihm und Chesneau nicht ernst zu nehmen? Hatte es an seiner Müdigkeit gelegen? – Was Eléna Chesneau von einem möglichen Verfolger erzählt hatte, war allerdings völlig vage gewesen, viel vager noch als das, was Monsieur Pichard angegeben hatte. Wie auch immer: Es war nicht der Moment für Reflexionen dieser Art.

»Und …« Dupin blieb ein zweites Mal abrupt stehen, er hatte die letzte Stufe der Treppe erreicht, beinahe hätte er das Wichtigste vergessen. »Und denken Sie daran! Jede dieser Personen könnte beides sein – das nächste Opfer oder der Täter. Wir müssen so schnell wie möglich wissen, wo sie sich eben aufgehalten haben. Zwischen«, er überlegte, noch kannten sie den genauen Zeitrahmen nicht, »zwischen 18 Uhr 45 und dreiundzwanzig Uhr. – Rufen Sie sie schon auf dem Weg an. Und melden sich umgehend bei Nolwenn und mir, wenn Sie vor Ort sind!«

Schon nahm er die letzte Stufe.

»So ein Scheiß!«

Jeder, noch die Gäste des am weitesten entfernten Tisches, musste es gehört haben.

Es war ein bedrückendes Bild.

Es herrschte Ebbe. Der Atlantik hatte sich vollständig aus der *Anse* herausgezogen, nur die Leiche von Eléna Chesneau hatte er zurückgelassen.

Es roch nach Schlamm, Algen, Tang, nach Morast.

Der Körper der jungen Frau lag schräg auf der Seite, der Kegel von Dupins Taschenlampe erfasste sie vom Kopf bis zu den Füßen. Ein Arm ausgestreckt, der andere verrenkt unter dem Körper. Die langen Haare bedeckten Teile ihres Gesichts. Die klaffende Wunde war dennoch deutlich sichtbar. Das verschmierte, getrocknete But bildete eine breite Spur bis zum Ohr und war auf den schlammigen Boden getropft. Durch die Haarsträhne schimmerte das linke Auge, es stand offen. Ein Horror. Schon die beiden ersten Toten hatten Dupin tief erschüttert, natürlich, aber dass es nun die brillante junge Frau getroffen hatte, mit der sie kurz zuvor noch gesprochen hatten – ein dritter Mord quasi direkt vor ihren Augen –, das war kaum auszuhalten.

Nolwenn, Dupin und die beiden Gendarminnen aus Fouesnant standen stumm um den leblosen Körper herum, sie hatten nicht viele Worte gewechselt, seitdem sie eingetroffen waren. Sie hatten den Wagen am Straßenrand stehen lassen.

Die Spurensicherung war schon kurz nach Dupin eingetroffen und suchte bereits die Umgebung ab. Einer der Kollegen hatte sich um Chesneaus Hund Ella gekümmert, der winselnd neben ihr Wache gehalten hatte.

Wie bei den vorherigen Opfern hatte sich der Täter auch dieses Mal nicht um das Handy geschert, es hatte sich in Chesneaus Hosentasche befunden.

Es war 23 Uhr 40, aber immer noch nicht ganz dunkel, im Westen war ein letztes kristallines Glimmen zu sehen. Kleine Meerespfützen reflektierten das letzte Licht und schienen es trotzig festhalten zu wollen. Der dichte Urwald an der Nordseite der *Anse* war nicht bloß dunkel, er war stockfinster. Eine schwarze, amorphe Masse, ein Wesen, das stumm und bedrohlich dalag. Kein Zirpen, kein Zwitschern, kein Tirilieren, nicht einmal ein Knacksen war zu hören. Alles gehörte der beginnenden Nacht.

»War Madame Chesneau tatsächlich in den Drogenhandel verwickelt?«

Die ältere Gendarmin klang fassungslos, ihr Blick, Dupin hatte es schon bemerkt, schien sich nicht von der Leiche lösen zu können. Wie ein böser Bann.

»Wir wissen es nicht.«

Dupin aber glaubte nicht mehr an einen Drogenfall.

Mit einem Mal durchbrachen laute Motorengeräusche die Stille. Reglas und sein Team. Es dauerte nicht lange, und der Starforensiker stand vor ihnen, hinter ihm seine beiden Mitarbeiter mit den Aluminiumkoffern in der einen und lichtstarken Standstrahlern in der anderen Hand.

»Das heißt dann wohl, dass Sie den Mörder noch nicht stoppen konnten, Dupin«, sagte Reglas, der eine Art Trainingsanzug trug, es sah lächerlich aus.

Dupin ignorierte die Provokation so vollständig, dass man glauben konnte, er hätte sie nicht gehört.

»Ich muss schnellstens wissen, wie lange sie schon tot ist, Reglas.«

Es war der einzige Grund, warum Dupin nicht das Weite gesucht hatte, bevor der Gerichtsmediziner erschienen war.

Reglas leuchtete die Leiche mit einer Taschenlampe ab, stellte sich dann neben ihren Kopf und ging in die Hocke. Eingehend betrachtete er die Wunde. Tastete mit seinen hauchdünnen Handschuhen die Haut ab.

»Kein sehr origineller Täter.« Er rieb mit dem Zeigefinger über das Blut an der Wange. »Immer dieselbe Methode. Primitiv. Ein heftiger Schlag mit einem harten Gegenstand. Hier wahrscheinlich rund, nicht sehr groß im Durchmesser. Vielleicht eine Eisenstange.«

Im nächsten Moment hielt ihm der Assistent das Thermometer hin, wie immer wirkte alles perfekt choreografiert. Es folgte die obligatorische Untersuchung. Äußerst akkurat offensichtlich, es dauerte, bis Reglas zu einer Äußerung bereit war:

»Also«, eine gewichtige Pause, »die Lufttemperatur lag hier in den letzten Stunden bei rund siebzehn Grad. Die Wassertemperatur vielleicht bei achtzehn Grad. – Es dauert rund sechs bis sieben Stunden, bis die Kerntemperatur der Leiche die Umgebungstemperatur erreicht. Was bei Madame Chesneau noch nicht ganz der Fall ist, aber fast.« Eine weitere Pause. »Also sprechen wir über ungefähr vier oder fünf Stunden.«

»Der Tod wäre zwischen neunzehn und zwanzig Uhr eingetreten«, übersetzte Dupin. »Plus/minus«, schob er rasch hinterher, bevor Reglas es triumphierend anfügen würde.

»So ist es.«

Das allerletzte Glimmen hatte schlagartig ein Ende gefunden, es war innerhalb der letzten Minuten verloschen. Ein Wolkenschleier hatte sich zwischen Himmel und Erde gelegt, vom Mond keine Spur, tiefste Dunkelheit war über die bretonische Welt gekommen.

Hier und dort leuchteten die Taschenlampen der Kollegen von der Spurensicherung auf beiden Seiten des Gewässers auf – irrende Lichtkegel. Dann erschienen mit einem Mal ein Baum, ein Fels, ein Stück Weg aus dem Nichts, manchmal auch etwas Meeresboden, um im nächsten Moment wieder in der Düsternis zu versinken.

Dupin bezweifelte, dass sie bei Dunkelheit den Ort finden würden, an dem es passiert war. Und wenn, was würde es ihnen helfen? Verwertbare Spuren hatte der Täter sicher nicht zurückgelassen; so monoton sein Vorgehen sein mochte, so umsichtig schien er zu agieren.

»Wir bringen die Leiche jetzt ins Labor«, teilte Reglas mit.

»Klar«, hörte Dupin sich sagen.

Wo blieb das grobe Reglas'sche Poltern? War es die späte

Stunde? Stimmte sie den Starforensiker milde? Gleich war es Mitternacht.

So wie es aussah, würden sie hier nichts tun können, was die Ermittlung voranbrachte.

Dupin wandte sich an Nolwenn: »Ich will noch einmal in Adeline Mazagos Haus.«

»Wollen Sie sich denn nicht bei Eléna Chesneau umsehen?«

»Später.« Er hatte so ein Gefühl, er wusste es selbst nicht zuzuordnen.

»Wie Sie meinen.« Nolwenn zuckte mit den Achseln.

Dupin wandte sich um und lief in Richtung Wagen. Nolwenn folgte ihm, das Telefon am Ohr.

»Bonne nuit«, sagte er über die Schulter. Ein für seine Verhältnisse freundlicher Abschiedsgruß. Er war an alle gerichtet.

Zwei Minuten später zog Dupin die Autotür hinter sich zu und startete den Motor. Er wendete auf dem engen Sträßchen.

»Niederschmetternd. Absolut niederschmetternd.«

Nolwenn hatte sich tief in den Sitz sinken lassen. Ihre dichte Haarmähne stand noch widerspenstiger ab als sonst. Es sah aus, als wäre sie von einem Orkan erfasst worden. Ganz im Gegensatz dazu wirkte ihre dunkelblaue Bluse immer noch so adrett, als hätte sie sie eben frisch angezogen, es war unglaublich.

»Ich habe ein fürchterlich schlechtes Gewissen, Monsieur le Commissaire.«

Ein Satz, den Dupin sie noch nie hatte sagen hören.

»Ich muss zugeben, dass sie so langsam meine Hauptverdächtige geworden war. – Und dabei war sie das nächste Opfer.«

Dupin kannte es, wenn so etwas passierte, wenn ein Fall eine solche Wendung nahm. Ein schreckliches Gefühl. Eine – irrtümliche, falsche – kapitale Verdächtigung. Eine Person, die sich als unschuldig erwies. Und dann selbst ermordet wurde von jemandem, den man vielleicht nicht einmal als verdächtig eingeordnet hatte.

Ein wenig, musste Dupin zugeben, war es ihm wie Nolwenn

ergangen, auch sein Verdacht war mehr und mehr auf die junge Chocolatière gefallen. Selbst wenn er es nicht ausgesprochen hatte.

»Jedenfalls sind Nevou, Le Menn und Kadeg schon bei ihren Zielpersonen, und Riwal sollte auch jeden Moment bei Maëlle Columbani eintreffen. Sie haben schon auf der Fahrt mit allen wegen ihrer Alibis telefoniert.«

»Und?«

»Madame Columbani hat um achtzehn Uhr den Video-Podcast aufgenommen, in ihrer Studioküche auf der Insel. Danach hat sie noch einen längeren Spaziergang gemacht, einmal um die ganze Insel, sagt sie. – Spiquel war auf den …«

»Booten«, ergänzte Dupin misslaunig. »Na klar. Der einsame Wolf. Und wieder ohne Zeugen.«

»Exakt.«

»Und Dehame?«

»Er sagt aus, um achtzehn Uhr zum großen *E.Leclerc* einkaufen gefahren und um ungefähr 19 Uhr 15 wieder zu Hause gewesen zu sein, seine Frau könne es bestätigen. Ebenso ein beinahe hinfälliges Alibi«, kommentierte Nolwenn trocken. »Genau wie das von Pichard. Auch er kann nur seine Frau als vermeintliche Zeugin für sein Alibi anführen. Sie haben um neunzehn Uhr gegessen und danach Fernsehen geschaut und einen Wein getrunken. Das war es!«

»Verstehe«, resignierte Dupin.

»Ich habe Nevou, Le Menn, Riwal und Kadeg den Todeszeitpunkt von Chesneau durchgegeben. Aber das ändert für die Alibis ja nichts.«

»Sehr gut.«

»Haben Sie eigentlich etwas Bestimmtes vor, Monsieur le Commissaire – ich meine, in Adelines Haus?«

Dupin hörte nicht bloß die Frage, sondern auch den Unterton.

»Mal sehen.«

Es war eher ein Grummeln gewesen.

»Ich rufe jetzt mal unsere baskische Freundin an und bringe sie à jour.«

»Unbedingt.«

Dupin meinte es ernst.

Es waren die Häuser zweier Toter. Von Außenstrahlern beleuchtet, die offenbar mit Bewegungsmeldern ausgestattet waren. Wie Zwillinge standen sie da, die mächtigen Lichtkegel inszenierten sie wie zwei rätselhafte Monumente inmitten eines Meeres aus Finsternis.

Die beiden Kollegen, die zur Bewachung abgestellt worden waren und in ihrem Wagen saßen, waren von Nolwenn vorgewarnt worden, eben erst hatten sie ihre letzte Tour um die beiden Häuser absolviert.

Dupin fuhr, so nah es ging, an Adeline Mazagos Haus heran. Er wechselte ein paar Worte mit den Polizisten, und schon standen Nolwenn und er im Flur des Bungalows.

Umgehend ging Dupin in Adeline Mazagos »Lebenszimmer«, lief dann zum Schreibtisch.

Hier lag es: *Die wahre Geschichte der Schokolade.* Sophie und Michael D. Coe waren die Autoren. 352 Seiten. Dupin überflog den kurzen Text auf der Rückseite.

»Dieses Buch entführt uns in die uralte, wechselhafte und spannende Geschichte der Schokolade, die vor dreitausend Jahren in den Hochkulturen der Maya und Azteken begann.«

Ein Buch nach Claires Geschmack, er würde ihr ein Exemplar schenken.

»Obwohl Essen, Sexualität und Sterblichkeit die drei wesentlichen Gegebenheiten des menschlichen Lebens sind, haben frühere Generationen von Wissenschaftlern diese Themen im Allgemeinen gering geachtet oder gemieden.«

Wenn das die Gegenstände wissenschaftlicher Erkundungen waren, wäre Dupin zu gerne Wissenschaftler geworden.

Er ging mit dem Buch zum Sofa, er musste sich setzen. Ihm war aufs Neue schwindelig.

»Sie wollen wieder lesen, Monsieur le Commissaire?«, kommentierte Nolwenn.

Dupin nickte.

»Dann führe ich noch ein paar Telefonate.« Sie schickte sich an, den Raum Richtung Flur zu verlassen. »Aber nicken Sie bloß nicht wieder ein!«

Dupin reagierte nicht.

»Die lasse ich mal vorsichtshalber bei Ihnen!« Nolwenn hielt ihm eine *Zerua*-Tafel hin. »Ich habe sie gestern aus Ihrem kaputten Auto gerettet, nicht dass die Schokolade damit verschrottet wird.«

Dupin würde nicht darauf eingehen.

»Neunzig Prozent mit Rosa Pfeffer. Aus Chile. – Die kickt ganz gut, glauben Sie mir.« Es schien auf Erfahrungswerten zu beruhen, viel war von der Tafel nicht mehr übrig.

Dupin nahm sie stillschweigend entgegen und lehnte sich zurück.

»In neun Zehnteln ihrer langen Geschichte wurde Schokolade nicht gegessen, sondern getrunken.«

Adeline Mazago hatte den Satz am Rand mit drei Ausrufezeichen markiert und darunter notiert: »Neue Ideen dafür entwickeln!«

Dupin holte sein kleines rotes Clairefontaine hervor und machte sich Notizen. Außerdem brach er sich ein großes Stück Schokolade ab.

Ein durchgearbeitetes, angestrichenes, kommentiertes Buch eines Menschen zu studieren, hieß, sich tief in sein Denken hineinzuversetzen.

Dupin blätterte zum Anfang zurück.

»Die Geschichte beginnt mit einem Baum, einem langen,

dünnen Unterholzbaum, der sich damit zufriedengibt, im Schatten tiefwurzelnder Riesen zu wachsen. Welchen immensen Stellenwert die Früchte dieses Baumes in gesellschaftlicher, religiöser, wirtschaftlicher und natürlich gastronomischer Hinsicht auf beiden Seiten des Atlantiks erlangen, wird Gegenstand unserer Betrachtung sein.«

Es war verrückt, was alles in diesen kleinen braunen Bohnen dieses unscheinbaren Baumes steckte. Es ging um so viel mehr als nur um eine Süßigkeit. Und auch die Pfeffer-Schokolade, die er gerade aß, war ein kleines Kunstwerk. Wie bei der Variante mit dem Piment d'Espelette kam die leichte Schärfe erst allmählich zum Tragen.

»Um die Herkunft des Kakaobaums *(Theobroma cacao)* zu verstehen und die Schritte nachzuvollziehen, die nötig sind, um seine Samen oder Bohnen in Schokolade zu verwandeln, befassen wir uns im ersten Kapitel mit der Chemie und den Eigenschaften der Schokolade.«

Da war sie schon: die Chemie der Schokolade. Die offenbar immer noch enorme Geheimnisse barg, wie er nun wusste.

Dupin überkam ein neuer heftiger Müdigkeitsanfall, seine Augenlider waren bleischwer, weder der hohe Kakaogehalt noch der Pfeffer schienen zu helfen.

Die meisten Anstreichungen gab es in den Kapiteln »Speise der Götter« und »Ein chemisches Kaleidoskop«. Schon die erste Markierung dort war von größtem Interesse. Es ging um kriminelle Manipulationen an Schokolade, zu denen es offenbar bereits in vergangenen Jahrhunderten gekommen war. Kochbücher aus dem 18. und 19. Jahrhundert hatten die Leser eindringlich vor »verfälschter Schokolade« gewarnt. Die Kakao-Bestandteile wurden gerne durch Ziegelmehl oder rotes Blei ersetzt, anstelle von Kakaobutter wurde billiges süßes Mandelöl, Schweineschmalz oder Schweinemark verwendet. – Blei, Schweinemark, Ziegelmehl: Das klang noch deutlich schlimmer als das verunreinigte Milchpulver, von dem Eléna Chesneau gestern erzählt hatte.

War es das? Hatte *Zerua* unerlaubte Zusätze oder Ersatzstoffe benutzt? Ging es doch um einen Verunreinigungsskandal? Es gab keinerlei Hinweise. Dennoch. Sie sollten noch einmal alles erwägen, wirklich alles.

»Was enthält die Kakaobohne?« lautete die Eingangsfrage des Kapitels über die Chemie der Schokolade. Der renommierteste Experte auf dem Gebiet schien ein Franzose zu sein, ein Arzt namens Hervé Robert, er hatte bereits 1990 ein Buch mit dem Titel *Die therapeutischen Wirkungen der Schokolade* veröffentlicht, aus dem die Autoren zitierten. Adeline Mazago hatte eine ganze Passage angestrichen, in der es darum ging, dass der Mediziner die Behauptung, Schokolade sei der Verursacher unangenehmer Beschwerden wie Migräne, Akne, Fettleibigkeit oder Karies, überzeugend wissenschaftlich widerlegt hatte. Und nicht nur das: Die in Schokolade enthaltenen Stoffe wirkten wie ein Tonikum, Antidepressivum und Antistressmittel. Sie förderten angenehme Erlebnisse, indem sie beispielsweise die sexuelle Lust steigerten. So stand es da.

Tonikum, Antistressmittel, Aphrodisiakum – alles in einem. Was wollte man mehr?

»Die beiden Alkaloide, die die Schokolade der alten Welt bescherte, waren Theobromin und Koffein.«

Genau davon hatte Eléna Chesneau am Mittwochnachmittag bei ihrem ersten Treffen gesprochen.

Die Ausführungen dazu, wie Koffein das zentrale Nervensystem stimulierte, machten die beiden Autoren noch sympathischer, sie lieferten ihm exzellente Argumente, wenn ihn Claire, Nolwenn oder sein Hausarzt wieder einmal wegen seines angeblich »exzessiven Koffeingenusses« angingen. Auch die Erkenntnis, dass die Frage, wie viel Koffein man vertrage, völlig individuell sei, war ihm höchst willkommen. Dupin vertrug, mehr noch: brauchte eben sehr viel davon. Reine Wissenschaft!

Zuletzt lieferten die Autoren ein substanzielles Argument,

warum Dupin dennoch beim Kaffee bleiben sollte: Die Koffeinmenge einer Tasse Filterkaffee liege bei mindestens hundert Milligramm, die einer Tasse Kakao bei höchstens fünfundzwanzig Milligramm. Er würde Liter trinken beziehungsweise viele Tafeln Schokolade essen müssen. Aber davor würde er erst einmal die Augen schließen. Nur für einen kleinen Moment. Er wusste nicht, ob es eine gute Idee war, aber er hatte keine Wahl, das Buch glitt ihm aus der Hand.

»Monsieur le Commisaire! Hallo!«

Es war ein Déjà-vu. Jemand rüttelte an seiner Schulter.

»Was habe ich Ihnen gerade gesagt? Nicht einnicken! – Und was tun Sie? Sie nicken ein!«

Nolwenn.

»Das kann doch nicht wahr sein, Monsieur le Commissaire!«

Dupin saß augenblicklich kerzengerade auf dem Sofa.

»Gutes Timing«, jetzt lächelte Nolwenn, »denn da kommen auch schon Ihre Schwiegereltern.«

Theatralisch trat sie zur Seite, um Platz zu machen. Und tatsächlich, da waren sie: Hélène und Gustave. Ein breites Grinsen auf den Gesichtern, farbenfrohe Sonnenhüte auf dem Kopf.

»Georges arbeitet mal wieder besonders hart, siehst du, Gustave? Er liegt gemütlich auf dem Sofa und macht ein Nickerchen, weil alles so anstrengend ist.«

Dupin unterdrückte einen verzweifelten Schrei.

»Hallo! Monsieur le Commissaire! Hallo!«

Abermals rüttelte jemand an ihm. Dieses Mal fühlte es sich noch realer an.

Dupins Augen öffneten sich. Es war verwirrend.

Wieder stand Nolwenn vor ihm.

»Ich hatte Ihnen doch gesagt, nicht einschlafen! Aber …«

Der laute, penetrante Piepston von Dupins Handy unterbrach sie. Ein sicheres Zeichen, dass er endgültig in der Wirklichkeit angekommen war.

Dupin erkannte die Nummer, augenblicklich nahm er den Anruf an.

»Commissaire Unarte?«

»Nahia Mazago will Ihnen etwas sagen, Monsieur Dupin. – Sie hat es mir gerade erzählt.«

»Geben Sie sie mir.«

Dupin hatte sich eilig vom Sofa erhoben und schaltete den Lautsprecher ein.

»Hallo, Monsieur le Commissaire?«

»Am Apparat.«

»Es ist entsetzlich, das mit Eléna Chesneau. – Ganz entsetzlich.«

»Das ist es.«

»Ein einziger Alptraum. Und er geht immer weiter.«

»Sie wollten mir etwas sagen, Madame Mazago.«

»Maëlle Columbani, Adelines Freundin, sie hat mich angerufen. Sie wissen es, hat sie gesagt.«

»Was weiß ich? Wovon sprechen Sie, Madame Mazago?«

»Es ist zu einem schlimmen Streit zwischen uns dreien gekommen.« Sie klang zutiefst aufgewühlt. »Zu … zu mehr als einer Differenz. Zu einem echten Bruch, wir haben uns überworfen.«

Es klang wie das Eingeständnis der Ursünde.

»Wegen des Logistikprojekts?«

»Ja. Und wegen Pichards Nachfolge. Es war absolut schrecklich.«

»Und?«

»Und was?«

»Was hat das mit den Morden zu tun?«

»Mit den Morden?«

»Das wollten Sie mir erzählen, nehme ich an, oder?«

Nahia Mazago verstummte kurz. »Ich wollte Ihnen sagen, dass ich Ihnen eine Unwahrheit aufgetischt habe. Und dass es mir leidtut.«

»Nur das?«

»Nur das. Das war auch der vorrangige Grund, warum ich an dem Wochenende bei Adeline war. Um einen Versuch zu unternehmen, wieder ins Gespräch zu kommen. – Bixente hatte beschlossen, sich auszahlen zu lassen und eigene Wege zu gehen. Er hatte es zuerst nur angedroht, vor vier Wochen kam dann die Mitteilung von seinem Anwalt.«

Das war die erste Neuigkeit. Davon hatte Maëlle Columbani nichts gesagt. Hatte Adeline Mazago es ihr nicht erzählt?

»Glauben Sie, das war eine endgültige Entscheidung? Dass Ihr Bruder die Familien-Holding verlassen wollte?«

Sie schwieg eine Weile. »Ich befürchte, ja.«

Dupin und Nolwenn wechselten einen schnellen Blick.

»Aber was hat das mit dem Mord an Ihren Geschwistern zu tun? Und mit dem an Eléna Chesneau?«

»Ich weiß es doch nicht!«

Nahia Mazago klang mit einem Mal völlig verzweifelt. Fast panisch.

»Sie waren vehement gegen das Projekt Ihres Bruders, Adeline unterstützte ihn. – Jetzt sind Ihre beiden Geschwister tot«, resümierte Dupin die Sachlage.

»Was wollen Sie damit sagen? Dass ich etwas damit zu tun habe? Mit den Morden, dem Kokain, all dem?«

»Ich habe lediglich die Fakten benannt, Madame.«

»Ich …« Sie stockte. »Ich meine, Sie denken doch nicht wirklich, dass ich meine beiden Geschwister habe umbringen lassen? Sind Sie wahnsinnig?«

Sie wirkte vollkommen fassungslos. Oder spielte es gut.

»Selbstverständlich verdächtigen wir Sie, Madame, das ist unsere Aufgabe.«

Nahia Mazago schwieg wieder.

»Gibt es noch etwas, das Sie uns sagen wollen, Madame Mazago?«

Es dauerte eine Weile, bis sie antwortete.

»Nein.«

»Warum haben Sie uns nicht schon gestern eingeweiht?«

Auch wenn ihre Heimlichtuerei kein Beweis ihrer Schuld war, gab es viele Gründe, Nahia Mazagos Verhalten scharf zu kritisieren.

»Es war falsch, ich weiß. Aber es … Es ist dieser Kodex. Der Familienkodex. Immer schon. Seit Generationen. Wir halten zusammen wie Pech und Schwefel und wahren den Schein. Selbst wenn es große Differenzen gab, haben wir davon nichts nach außen dringen lassen, nie. Ich – ich wollte mich an diesen Kodex halten. Gerade jetzt«, sie stockte wieder, »gerade nach dem Tod von …« Sie schluckte. »Mir wäre es wie ein Vertrauensbruch vorgekommen. Noch mehr jetzt, nach ihrem Tod, verstehen Sie?«

»Die Aufklärung der Morde an Ihren beiden Geschwistern zu unterstützen, wäre Ihnen wie ein Vertrauensbruch vorgekommen? Auch wenn Sie damit vielleicht einen weiteren Mord hätten verhindern können?«

»Aber …«

Nahia Mazago ließ von dem Versuch einer Erwiderung ab.

Dupin merkte, dass seine Geduld aufgebraucht war. Was auch an seinem elenden Zustand lag, ja, vor allem aber daran, dass sie sich in ihren Ermittlungen wieder einmal an einem toten Punkt befanden – es war nicht auszuhalten.

»Das Kokain ist nur ein Ablenkungsmanöver, Madame, und das wissen Sie. Eine Inszenierung.«

Er musste in die Offensive gehen. Auch wenn sie keine Beweise für die These hatten, es war egal.

»Wie bitte?«

»Sagen Sie es uns, Madame – welche Geschichte soll hier verschleiert werden?«

»Ich?«

»Sie!«

»Ich habe keine Ahnung. Ich denke auch nicht, dass …« Sie brach ab.

»Was, Madame? Dass es um den Fund des Kokains geht? – Das heißt, Sie wissen sehr wohl, worum es eigentlich geht. Es ist Zeit, die Wahrheit zu sagen. Vor allem, wenn Sie mit den Morden nichts zu tun haben.«

Autoritärer hatte Dupin selten gesprochen.

»Ich weiß es wirklich nicht. Ich sage die Wahrheit.«

»Sie haben uns gestern angelogen, und zwar direkt ins Gesicht. Sie standen vor uns und haben in mehreren wichtigen Punkten die Unwahrheit gesagt.«

»Aber da ging es doch bloß …«

»Es macht Sie unglaubwürdig.«

Nahia Mazago atmete scharf ein. »Ich denke, ich sollte mit meiner Anwältin sprechen, Monsieur le Commissaire.«

Da kam die Managerin durch. Man durfte es nie vergessen: Nahia, Adeline und Bixente Mazago hatten ein Imperium geführt. Ein riesiges Unternehmen, das Nahia Mazago nun ganz allein besaß. Zu hundert Prozent. Sie würde sein Schicksal fortan allein bestimmen.

»Ich denke, das ist eine sehr gute Idee, Madame Mazago.«

»Ich gebe Sie an Commissaire Unarte zurück.«

»Gerne.«

Sie hatte ihn wahrscheinlich nicht mehr gehört, denn schon war die Kommissarin am Apparat: »Ich kümmere mich um Madame Mazago, Dupin. Machen Sie sich keine Sorgen. Sie ist bei mir in guten Händen.«

Ein vieldeutiger Satz.

»Danke!«

Unarte war wunderbar. Das hatte er gestern schon gedacht.

»Bis dann.«

»Bis dann.«

Die beiden Kommissare legten gleichzeitig auf.

»Na ja«, kommentierte Nolwenn. »Auf jeden Fall ist das mit Bixentes Ausstieg der Hammer. Es wäre das Ende des Familienunternehmens gewesen. Der Mythos der Mazagos wäre entzaubert. Wahnsinn. – Es muss richtig böses Blut gegeben haben.«

Ganz ohne Zweifel.

»Haben Sie eigentlich überhaupt etwas gelesen, oder sind Sie sofort eingeschlafen?« Nolwenn musterte ihn kritisch.

»Ich bin nur ganz kurz …« Dupin brach ab. »Ich habe ein paar sehr interessante Dinge erfahren.«

Nolwenn wartete kurz. »Ich nehme an, das heißt, dass Sie nichts Relevantes gefunden haben. Wir sollten jetzt unbedingt zu Eléna Chesneaus Haus fahren, oder wollen Sie noch weiterlesen?«

Dupin griff nach dem Buch auf dem Sofa.

»Sie fahren, ich lese weiter.«

Auf diese Weise würde er nicht noch einmal Gefahr laufen einzuschlafen.

»Einverstanden, Monsieur le Commissaire.«

Auch Nolwenn schien keine Geduld mehr zu haben, dem halsbrecherischen Tempo nach zu urteilen, mit dem sie die nächtlichen Straßen entlangraste. Für Dupin wurde es eine mühsame Lektüre.

Mit gleich vier Ausrufezeichen hatte Adeline Mazago eine Passage markiert, in der es um den Unterschied zwischen zwei Grundarten von Kakaobäumen ging – der eine stammte aus Mittelamerika, der andere aus Südamerika: »Die mittelamerikanischen Bäume zeichnen sich durch lange, spitze, warzige, weiche und gefurchte Schalen aus, die Samen mit weißen

Keimblättern enthalten, während die südamerikanische Varietät harte, runde, melonenähnliche Schalen und ihre Samen rötliche Keimblätter aufweisen.« Criollo und Forastero hießen sie. Sie waren es, die bis heute den Rohstoff für die Schokoladenindustrie lieferten. Jetzt wurde es interessant: Der Kakao der Criollo-Bäume war dem der Forastero-Bäume anscheinend in der geschmacklichen Qualität erheblich überlegen, allerdings waren die Criollo-Bäume außerordentlich empfindlich gegenüber Krankheiten und Wetterextremen, zudem weniger ertragreich. »Es versteht sich von selbst, dass moderne Kakaobauern aus ökonomischen Gründen der Forastero-Bohne den Vorzug geben, die heute weltweit mehr als achtzig Prozent der gesamten Kakaoernte ausmacht.«

Dupin wurde mit jedem Satz wacher. Offenbar wurden seit dem 18. Jahrhundert Versuche unternommen, durch Kreuzungen die Robustheit der Forastero-Pflanze mit der feineren Qualität der Criollo-Bohne zu verbinden. Trinitario hieß eine dieser Kreuzungen. Bis heute aber war es wohl nie gelungen, eine Sorte zu züchten, die der Qualität der Criollo-Bohne auch nur nahekam.

War es das, worum es hier ging? War es der *Zerua*-Plantage gelungen, eine Kreuzung zu züchten, die die sublime Qualität der einen mit der Robustheit der anderen Pflanze vereinte? Eine neue Art, die große Gewinne bedeuten würde? Dupin erinnerte sich an einen Fall, in dem es um Äpfel gegangen war, um die Züchtung einer neuen »alten Art«.

»Nolwenn, hören Sie mal …«

Dupin fasste zusammen, was er gelesen hatte.

»Ich weiß nicht, Monsieur le Commissaire.«

Nolwenn schien die Begeisterung für das Thema nicht zu teilen.

Dupin suchte nach den richtigen Worten. »Wir müssen mehr über die heiligen Grale der Schokoladenchemie erfahren, sagt mir mein Gefühl.«

»Heilige Grale der Schokoladenchemie?«

»So hat die Laborleiterin es ausgedrückt, Sandrine Plantier.«

Nolwenn fuhr auf der Landstraße um Concarneau herum. Es waren ein paar Kilometer mehr, aber dafür konnte sie ungehemmt rasen.

»Wie Sie meinen, Monsieur le Commissaire. – Sie sind das Genie mit den verrückten Eingebungen.«

»Überlegen Sie doch mal. Offensichtlich versuchen sich die Schokoladenproduzenten seit zweihundert, dreihundert Jahren an dieser Züchtung. Womöglich ist sie *Zerua* jetzt gelungen.«

Nolwenn schien immer noch nicht überzeugt.

»Es würde doch höchstens den Profit erhöhen.«

Das war es, wofür auf der ganzen Welt gemordet wurde.

»Als großer Schokoladen-Chemiker würde ich etwas ganz anderes erfinden!«

Nolwenn war in Fahrt.

»Als Erstes, dass die Schokolade nicht mehr in der Hosentasche schmilzt!«

Sie warf Dupin einen strengen Blick zu. Er hatte kein Wort gesagt. Woher wusste sie das?

»Ich könnte den ganzen Sommer über Schokolade essen! – Oder eben die Sache mit dem Alkohol. Stellen Sie sich das mal vor: Schokolade und guter Rotwein vereint! Und denken Sie nur an eine Sorte mit Lambig.«

So war es, Menschen begeisterten sich für ganz Unterschiedliches.

»Oder die *Zerua*-Schokolade«, es ging Dupin seit eben wieder durch den Kopf, »ist gar nicht so fein und rein, wie sie immer behaupten. Und sie fügen, zum Beispiel, irgendetwas hinzu, um Kakao zu sparen.«

Methoden wie die, von denen er eben gelesen hatte.

»Das scheint mir zu simpel, Monsieur le Commissaire. Wir müssen …«

»Was haben Sie da eben gesagt, Nolwenn?!«

Dupin war ein Gedanke durch den Kopf geschossen.

»Was habe ich denn eben …«

»Das mit der Schokolade, die nicht schmilzt.«

»Ich habe nur …«

»Schokolade, die nicht schmilzt.«

Dupin hatte es leise vor sich hin gesagt. Er musste an die schmelzenden Schokorobben in seinem Traum denken.

»Na, das wäre ganz sicher der absolute Jackpot, Monsieur le Commissaire. Ich bin ja keine Expertin, aber das wäre bestimmt ein Heiliger Gral der Schokoladenchemie!«

Nolwenn bog in das Sträßchen, das geradewegs zu Eléna Chesneaus Haus führte.

Eilig zog Dupin sein Handy hervor.

Wahrscheinlich war es keine gute Idee, eine Verdächtige als Expertin zurate zu ziehen. Aber niemand anderes würde ihnen eine so fundierte Auskunft geben können wie sie. Vor allem jetzt, mitten in der Nacht.

Dupin aktivierte die Freisprechfunktion.

»Hallo?«

Maëlle Columbanis Stimme klang beunruhigt.

»Hier Commissaire Dupin. Wir haben ein paar wichtige Fragen, Madame.«

Nolwenn brachte den Wagen mit einer jähen Bremsung direkt vor Chesneaus Haus zum Stehen.

Es dauerte, bis eine Reaktion kam.

»Jetzt? Um zwei Uhr nachts? – Ihr Inspektor steht hier übrigens mit seinem Wagen vor der Tür.«

Es schien keinesfalls so, als hätten sie Maëlle Columbani aus dem Schlaf geholt.

Dupin kam direkt zur Sache, es war keine Zeit für Geplänkel. »Wie spektakulär wäre die Erfindung einer«, wie sollte er es nennen, »später schmelzenden Schokolade?«

»Bitte?«

»Na, einer Schokolade«, übernahm Nolwenn aufgeregt, »die

bei Wärme nicht direkt zu schmelzen beginnt. In der Sonne, im Sommer, in Hosentaschen. Die aber genauso gut schmeckt wie die, die schnell schmilzt.«

»Sie meinen es ernst, ja?«

»Wir meinen es ernst«, bekräftigte Dupin.

»Sie sprechen von einer Methode, die den Schmelzpunkt und die Stabilität von Schokolade erhöht, ohne Geschmack, Konsistenz und Textur zu verändern? – Denn nicht schmelzende Schokolade, die ungenießbar ist, gibt es bereits zuhauf.«

»Exakt.«

»Wissen Sie, wie lange die Lebensmittellabore der größten Süßwarenhersteller weltweit bereits an einer solche Methode arbeiten? Völlig ohne Erfolg.«

»Es wäre also wirklich ein richtig großes Ding?«

Dupin hätte es anders formuliert, aber Nolwenn stellte die entscheidende Frage.

»Das kann man wohl sagen. Wirtschaftlich, aber auch in der Forschung. Kurz gesagt: Man würde stinkreich und unsterblich zugleich.«

Eine präzise, kompakte Formel.

»Könnten Sie das etwas genauer ausführen, Madame? Beide Aspekte?«

Seitdem das Fahrzeug zum Stehen gekommen war, verharrten Nolwenn und Dupin bewegungslos auf ihren Sitzen.

»Man muss ja nur einmal einen Blick auf den globalen Markt werfen: Große Teile der Welt sind Schokoladen-Entwicklungsländer! Denken Sie an Indien, China oder Brasilien. Zusammengenommen leben dort über drei Milliarden Menschen. Und warum wird da kaum Schokolade gegessen? Nicht etwa, weil sie Schokolade nicht mögen, nein, es ist einfach zu heiß. Das Gleiche gilt für Indonesien, die arabischen und die meisten afrikanischen Länder. – Das Dumme ist zudem, dass Schokolade Kälte ebenso wenig verträgt wie Hitze, man kann sie also nicht einfach im Kühlschrank aufbewahren.«

Über all das musste man sich als europäischer Schokoladenliebhaber keine Gedanken machen.

»Wenn Schokolade also nicht, wie es bisher der Fall ist, bei fünfundzwanzig bis dreißig Grad zu schmelzen begänne und unappetitlich würde, sondern erst bei, sagen wir, fünfundvierzig oder gar fünfzig Grad, könnte man all diese Märkte erschließen. Und das ist ja nur ein Aspekt! Hinzu kommen die Sommermonate in Europa und Nordamerika, in denen der Schokoladenkonsum jedes Jahr erheblich einbricht. Wie gesagt: Alles, was man bisher an hitzeresistenter Schokolade entwickelt hat, ist abscheulich, selbst für den Massenmarkt nicht interessant. Das will niemand.«

Sie bekam sich gar nicht mehr ein.

»Eine Methode, Schokolade hitzefest zu machen, die Geschmack und Textur völlig unverändert ließe, das wäre der absolute Clou.«

»Und ein gigantisches Geschäft«, resümierte Nolwenn.

»So ist es. Sowohl die exklusive Anwendung der Methode in der eigenen Produktion als auch der Verkauf der Lizenz nach Patentanmeldung. – Ist Ihnen bewusst, wie attraktiv der Schokoladenmarkt weltweit ist? Letztes Jahr lagen die Umsätze bei rund einhundertzehn Milliarden Dollar, ich vermute, mit einer nicht schmelzenden Schokolade käme man rasch auf das Doppelte.«

Das waren gewaltige Zahlen.

»Und die Reputation, die eine solche Erfindung mit sich brächte?«

Dupin wusste nur zu gut, dass die Aussicht auf Ruhm, ein wenig Unsterblichkeit, Menschen bisweilen noch stärker antrieb als Geld.

»Man würde in die Geschichte eingehen. Es wäre eine noch größere Entdeckung als das Conchieren von Lindt.«

»Also reicht die Sache als Mordmotiv locker aus.«

Nolwenns schnoddrige Pointe traf ins Schwarze.

»Sie denken doch nicht wirklich, dass Adeline oder ihr Bruder eine solche Entdeckung gemacht haben?«

Maëlle Columbani schien es jedenfalls auszuschließen.

»Wie gesagt: Die leistungsfähigsten Labore der Welt arbeiten daran. Außerdem wüsste ich es, wenn Adeline sich damit beschäftigt hätte.«

»Meinen Sie?«, fragte Nolwenn etwas schnippisch. »Eine solche Entdeckung wäre von den Mazagos sicherlich streng als Betriebsgeheimnis behandelt worden. Es wäre kein privates Projekt.«

Maëlle Columbani schien nachzudenken.

»Sie haben recht. Aber eine Person müsste es wissen: Plantier, die Laborleiterin.«

»Sie sagt, sie habe keine Ahnung, womit sich Adeline Mazago in ihrem Laborraum beschäftigt habe.«

Wieder blieb Columbani eine Weile stumm.

»Ich glaube nicht daran. Ich meine – an eine solche Entdeckung.« Sie sprach mit Bestimmtheit. »Es wäre irgendwie – zu spektakulär. Überlegen Sie mal!«

»Könnte es etwas anderes sein, die Kreuzung aus den beiden Kakaobaum-Arten, Criollo und Forastero, zum Beispiel?«, fragte Nolwenn. »Wäre das auch eine große Sache?«

»Heißt das eigentlich, dass Sie nicht mehr glauben, dass das Kokain etwas mit den Morden zu tun hat?«

»Wir ermitteln weiterhin in verschiedene Richtungen«, antwortete Dupin ausweichend.

»Sie meinen den Versuch, die Criollo-Diva so robust werden zu lassen wie den alten Forastero?«

»Genau.«

»Es wäre fantastisch. Nicht annähernd so spektakulär wie die nicht schmelzende Schokolade, dennoch wäre es natürlich eine geniale Innovation. Es würde die Produktion hochwertiger Schokolade rentabler machen. Schon weil es viel seltener Ernteausfälle gäbe.«

»Könnte *Zerua* auf der Plantage in Venezuela eine solche Kreuzung der Baumarten gelungen sein?«

»Theoretisch schon. Ja. Aber ich wüsste nicht, dass sie es je versucht hätten.« Sie sprach nun langsamer. »Ich meine, Adeline hätte mir doch …« Sie brach ab.

Maëlle Columbani tat sich offensichtlich schwer damit zu akzeptieren, dass ihre Freundin ihr derart wichtige Dinge nicht erzählt haben könnte.

»Aber klar«, nahm sie den Faden wieder auf. »Auch das wäre ein Betriebsgeheimnis und eine Familienangelegenheit gewesen. Da hat Adeline die Grenze gezogen. Wie die anderen beiden auch.«

»Worum es auch immer geht, eine reine Familienangelegenheit ist es nicht«, korrigierte sie Dupin. »Jetzt hat es Eléna Chesneau getroffen. Und Monsieur Pichard ist vielleicht ebenfalls in Gefahr.«

»Der alte Pichard – was ist passiert?«

»Dazu können wir nichts sagen, Madame«, beschied Nolwenn.

Maëlle Columbani seufzte.

»Ich habe Ihrem Inspektor übrigens das Gästezimmer für die Nacht angeboten. Er hat abgelehnt.«

»Er befindet sich im Einsatz, Madame.«

»Wie Sie meinen.«

Es war eine kuriose Vorstellung, dass Riwal, während sie mit Maëlle Columbani sprachen, in einem Auto vor ihrer Tür saß.

»Ich vermute mal, Sie haben ein Boot, das Sie bei Flut von dem Inselchen aufs Festland bringt«, sagte Dupin.

»Ein Boot und ein zweites Auto. Es steht direkt am Hafen. Natürlich. Ohne Boot und zweites Auto wäre ich aufgeschmissen.«

»Und es gibt wirklich niemanden, der bezeugen kann, dass Sie die Insel nach Aufnahme Ihres Podcasts nicht verlassen haben?«, fragte Nolwenn. »Hat Sie bei Ihrem Spaziergang über die Insel niemand gesehen?«

»Nein. – Ich musste für mich sein. – Wenn etwas Schlimmes passiert, ertrage ich keine anderen Menschen.«

Eine resolute Haltung. Aber Dupin verstand sie.

»Und«, rutschte es ihm plötzlich heraus, »haben Sie das Problem mit dem Hirsch in Schokoladensoße lösen können?«

»Allerdings.« Maëlle Columbani wirkte kein bisschen verwundert über die Frage. »Und ich glaube, es ist sogar ganz ausgezeichnet geworden. – Schauen Sie sich das Video mal an.«

Claire und er würden es tun.

»Dann danken wir Ihnen, Madame Columbani. Bonne nuit.«

Sie hatten erfahren, was sie wissen wollten.

»Bonne nuit.«

Schon hatte der Kommissar aufgelegt.

»Kommen Sie.« Dupin öffnete die Fahrertür.

»Einen Moment«, Nolwenn holte ihr Telefon hervor, »ich informiere die Kollegen kurz über den Stand der Dinge. Damit sie wissen, dass wir eine neue Theorie haben.«

Dupin wollte anmerken, dass sie keinesfalls sicher sein konnten, der richtigen Fährte zu folgen. Aber natürlich war es wichtig, alle auf den neusten Stand zu bringen.

Nolwenn hatte ihr Handy bereits am Ohr. »Hallo, Riwal, wir ...«

Dupin stieg aus dem Wagen und wartete neben der Fahrertür. Wie an der *Anse* unten herrschte auch hier absolute Stille, es war verrückt. Sie befanden sich inmitten der Wildnis. Auch vom nahen Meer war nichts zu hören. Als wäre die Welt abhandengekommen.

Drei Minuten später betraten Dupin und Nolwenn das Haus von Eléna Chesneau. Die Spurensicherung war bereits da gewesen – Riwal hatte Nolwenn davon berichtet – und nichts Auffälliges gefunden. Es war ein eigenartiges Gefühl. Sie hatten die junge Frau – höchst lebendig vor ihrem Haus stehend – vor Kurzem erst gesprochen. Jetzt lag sie auf dem Obduktionstisch der Forensik in Quimper. Ein winziger Flur führte in eine gemütlich wirkende Küche, die, wie bei vielen Menschen, das eigentliche Wohnzimmer zu sein schien. Offene Steinwände, überall kleine Nischen, eine schlichte, moderne Küchenzeile, ein ambitionierter Gasherd, die Arbeitsplatte bestand aus geöltem Holz. In der Mitte des Raums ein alter Tisch mit Stühlen, ausgesuchte Einzelstücke. In der rechten Ecke ein herrlich bequem aussehender Ohrensessel in einem dunklen, edlen Rot. Darauf drei Kissen. Um den Sessel herum Bücher und Zeitschriften, zu Stapeln getürmt, einige abenteuerlich hoch.

Dupin stand vor einem alten Holzregal in der Küche, das vom Boden bis zur Decke reichte und voller Gewürztütchen war. Wie auf den Pariser Märkten, an den wunderbar wuseligen Ständen aus *Tausendundeiner Nacht*. Die talentierte Chocolatière und Lebensmittelchemikerin schien eine passionierte Köchin gewesen zu sein, auch hier hatte sie sich exzessiv der Leidenschaft für Aromen hingegeben.

»Was für eine beeindruckende junge Frau! Was für eine Tragödie!«

Nolwenns Stimme vibrierte vor Wut.

Dupin verstand sie gut.

Sie seufzte tief, dann wandte sie sich ab.

»Sie schauen hier unten, ich oben!«

»Tun Sie das.«

Dupin merkte, dass er nicht ganz bei der Sache war. Nur halb anwesend.

Er ging zu dem großen Ohrensessel.

Angewandte Chemie und *Lebensmittelchemie* – die gleichen Zeitschriften, die Adeline Mazago in ihrem Haus hatte. Dupin nahm nacheinander ein paar davon in die Hand. Von Anstreichungen keine Spur. Er griff nach seinem Telefon. Wählte Kadegs Nummer.

Der Inspektor saß vermutlich in seinem Wagen vor Pichards Haus.

Es dauerte ein wenig, bis er ranging.

»Monsieur le Com…«

»Ich habe einen wichtigen Spezialauftrag, Kadeg.«

»Was soll ich tun?«

Der Begriff »Spezialauftrag«, Dupin wusste es, bewirkte Wunder bei seinem Inspektor.

»Es geht um Patente. – Patentanmeldungen von *Zerua*.«

Wenn es etwas gab, würde Kadeg es aufspüren. Er war eine Bulldogge.

»Der Auftrag, den Sie Riwal und Le Menn gegeben haben?«

Kadeg klang beleidigt.

»Mittlerweile geht es um ungleich mehr, Kadeg …«

Dupin fasste alles so kompakt wie möglich zusammen.

»Ich will von jeder einzelnen Patentanmeldung wissen, ob sie angenommen wurde oder nicht.«

»Aber dann übernehme ich ganz.«

Was auch immer das heißen sollte.

»Natürlich, Kadeg. Natürlich. – Sie leiten das. Gerne zusammen mit Ihrer künstlichen Intelligenz.«

»Aber wir schließen das Kokain noch nicht als Motiv aus?«

»Natürlich nicht.« Dupin wollte nicht diskutieren.

»Na gut.«

»Ausgezeichnet, Kadeg! – Schauen Sie auch nach Anmeldungen der drei Geschwister als Privatpersonen.«

Dupin lief im Raum hin und her.

»Ich mache mich sofort an die Arbeit.«

Dupin fragte sich, was Kadeg nachts um zwei Uhr erreichen wollte. Egal. Er würde seinen Enthusiasmus nicht schmälern.

»Gut, Kadeg. Dann bis später, wir …«

»Das mit den Patenten ist so eine Sache in Frankreich. Absolut kniffig.«

»Was meinen Sie?«

»Erst einmal muss ein Rechercheantrag gestellt werden. Daraufhin führt das Patentamt eine Formalprüfung durch, in der es darum geht, ob der Gegenstand der Patentanmeldung vom Grundsatz her überhaupt patentierbar ist. In Frankreich können sowohl Verfahrenspatente als auch gegenständliche Patente eingereicht werden.«

Dupin kannte das Prozedere, in groben Zügen allerdings nur.

»Eine weitere Besonderheit liegt darin, dass in Frankreich ein Patent nur dann zurückgewiesen werden kann, wenn dem Antrag die sogenannte Neuheit fehlt. Andere Einwände, etwa, die Idee sei zu simpel oder der Antrag beruhe nicht auf einer erfinderischen Tätigkeit, sind völlig irrelevant. So kommen bei uns auch Patentanmeldungen, deren Patentansprüche nicht erfinderischer Natur sind, durch.«

»Worauf wollen Sie hinaus, Kadeg?«

Der Inspektor schien Dupin nicht gehört zu haben.

»Heilverfahren, rein geistig-gedankliche Erfindungen wie Spiele oder mathematische Methoden sind nicht patentfähig, auch keine Software übrigens – solange, das ist die Definition, keine technische Wirkung damit erzielt wird. Allgemein gilt: Es *muss* eine konkrete Wirkung durch ein bestimmtes praktisches Verfahren oder eine neuartige Zusammensetzung erzielt werden.«

»Aber genau darum geht es doch: eine konkrete Wirkung, die durch ein bestimmtes praktisches Verfahren oder eine neuartige Zusammensetzung erzielt wird.«

»Das werden wir sehen.«

Was sollte das schon wieder heißen?

»Wie auch immer, nach erfolgreicher Formalprüfung wird die Recherche durchgeführt, um den Stand der Technik zu dokumentieren. Und hier wird es kompliziert.«

Kadeg steckte wirklich tief in der Materie.

»Woher wissen Sie das alles so genau?«

»Wir sind dabei, uns für unsere Apfelzucht ein Patent zu sichern.«

»Bitte?«

»Na, unser Familienunternehmen, wir haben beschlossen, unsere Apfelzucht …«

»Ein andermal, Kadeg.«

Kadeg hatte Anteile der großen Cidrerie seiner Familie geerbt. Dupin hatte keine Ahnung gehabt, dass er da richtig aktiv war, er hatte nie etwas davon erzählt.

»Es gibt ein Verfahren der Patentanmeldung, das Priorität in Anspruch nimmt, und eines, das keine Priorität in Anspruch nimmt. Dies dauert dann rund neun bis zwölf Monate und …«

»Was passiert bei der Priorität?«

Dupin war vor dem Herd stehen geblieben.

»Man wird nach etwa fünf bis sieben Monaten aufgefordert, den Stand der Technik zu übermitteln, der für die prioritätsbegründende …«

»Das reicht, Kadeg.«

Es wurde zu abstrakt.

»Akuter Handlungsbedarf besteht, wenn im vorläufigen Rechercheberícht Dokumente über den Stand der Technik angeführt werden, die als neuheitsschädlich eingestuft werden …«

»Kadeg!« Der Inspektor machte ihn wahnsinnig. »Kümmern Sie sich einfach darum! Ich …«

»Amtlich veröffentlicht werden Patentanmeldungen, wie international üblich, erst nach Ablauf der Frist von achtzehn Monaten«, fiel ihm Kadeg abermals ins Wort. »Deswegen müssen wir uns beides ansehen: die Veröffentlichungen und die Anmeldungen, die noch nicht öffentlich sind.«

»Dann tun Sie das!«

»Wir dürfen auch die Möglichkeit der Dritteingabe nicht vergessen, hier kommt es zuweilen zu bösen Komplikationen!«

»Die was?«

Dupin setzte sich erneut in Bewegung. Es war mit Sicherheit das abstruseste Gespräch, das er je mit einem Mitarbeiter geführt hatte. Das Dumme war: Natürlich konnte sich in dem, was Kadeg da sagte, etwas Relevantes verbergen.

»Mit einer Dritteingabe kann sich ein Dritter, etwa ein Konkurrent des Patentanmelders, mit einem Schriftsatz an das Patentamt wenden, um die anstehende Patenterteilung zu verhindern, indem er darlegt, warum der bereits recherchierte Stand der Technik keine Patenterteilung zulässt. Die Dritteingabe muss spätestens drei Monate nach der amtlichen Veröffentlichung der Patentanmeldung erfolgen, zudem müssen Sie sich outen, das geht nicht anonym!«

Kadeg schien nun vollständig abzudriften.

»Recherchieren Sie einfach, Kadeg!«

»Einschließlich oder ausschließlich des Gebrauchsmusters?«

»Was?«

Es durfte nicht wahr sein.

»Der Eintragung eines Schutzrechtes, Monsieur le Commissaire. Das man vor einer Patentanmeldung oder auch als Ersatz dafür vornehmen kann. Zwar mag der gewährte Hauptanspruch dauerhaft nicht rechtsbeständig sein, aber das ist häufig gar kein Nachteil, rein taktisch gedacht.«

Dupin konnte nicht mehr folgen.

»Und wissen Sie, warum? Weil man, wenn einem ein Konkurrent auf die Pelle rücken will, viel präziser formulieren kann, was die Schutzansprüche sein sollen! Verstehen Sie?«

»Ist das ein anderes Register? Eine andere Datenbank? Das mit den Schutzrechten?«

Dupin hatte noch nie davon gehört. Aber verstand jetzt sehr gut, warum es so viele teure Patentanwälte auf der Welt gab.

»Ja.«

»Dann natürlich inklusive, Kadeg! – Wie lange gilt ein Patent eigentlich?«

»Maximal zwanzig Jahre. So lange haben Sie das Recht, die Verwendung, Herstellung oder den Import der Erfindung zu verbieten. Man …«

»Melden Sie sich, wenn Sie etwas haben, Kadeg!«

Dupin legte hastig auf – reine Notwehr.

Dupin lief zu dem Tisch in der Mitte des Raumes. Zwei Kinderbücher. Vielleicht hatte sie Neffen oder Nichten? *Der kleine Delfin auf der Jagd* und *Der kristallblaue Rubindelfin*. Dupin wurde klar, dass er so gut wie nichts über Eléna Chesneau wusste.

In der Ecke des Tisches lag ein beachtlicher Stapel Papiere. Dupin hatte zu Hause auch solche Stapel. Rechnungen, Mahnungen, Mitteilungen von Versicherungen, Vereinen, Werkstätten. Die »Administration des gewöhnlichen Lebens« nannte Claire das. Furchtbar, er hasste es. Die Stapel wurden täglich größer und größer, dann trug Dupin sie von hier nach dort, jedes Mal mit der Idee, sie so besser im Blick zu haben, mit dem festen Vorsatz, sie sich nun endlich vorzunehmen …

Er blätterte in den Papieren. Drei *Zerua*-Dokumente: eine Gehaltsabrechnung, die letzte offenbar, von Ende April. Dupin musste zweimal hingucken. Er hätte Maître Chocolatier werden sollen. Das zweite Schreiben war die offizielle Benachrichtigung der drei Geschwister, dass man die Entscheidung über Pichards Nachfolge noch nicht jetzt, sondern erst Ende des übernächsten Jahres treffen wolle. »Wir möchten Ihnen noch einmal versichern, dass dies in keiner Weise mit Zweifeln an Ihrer Eignung oder Ihren Qualitäten zu tun hat, sondern ausschließlich mit Fragen der grundlegenden konzeptionellen Weiterentwicklung der Marke *Zerua*.« Es klang gewichtig. Und das sollte es wohl auch.

Das dritte Dokument war eine Einladung zur diesjährigen Jahrestagung der *American Chemical Society* in Denver für Anfang November. »Elevating Chemistry« war das diesjährige Motto. »Connect with peers. Get the latest insights in chemistry.« Dupin erinnerte sich. Die führende Institution der Lebensmittelchemie, Eléna Chesneau hatte davon erzählt. Ein vierseitiges, detailliertes Programm, die Veranstalter hatten sich offenbar viel vorgenommen. Dupin überflog die Titel der Vorträge, meistens verstand er kein Wort. »Indicator of PFAS found in some – but not all – period products«. Unter anderen Titeln konnte man sich immerhin etwas vorstellen: »Microgreens and mature veggies differ in nutrients, but both might limit weight gain«. Und unter anderen Titeln *wollte* man sich lieber nichts vorstellen: »3D-printed vegan seafood could someday be what's for dinner«.

Schokolade tauchte fünfmal auf. Die vielversprechendste Ankündigung war sicher diese: »The chemistry of chocolate and desire – die Chemie von Schokolade und Verlangen«, von einem Professor der *Drexel University* in Philadelphia. Es gab einen kleinen Teaser: »Ob Vollmilch-, Zartbitter- oder weiße Schokolade – dieses einzigartige Lebensmittel wird seit jeher mit Genuss assoziiert, aber kann uns die Chemie sagen, warum? Unser unstillbares Verlangen nach Schokolade wird durch ihre chemischen Bestandteile wie Zucker, Fett, Koffein und andere Verbindungen hervorgerufen, aber auch durch ihre sensorischen Eigenschaften wie Aroma, Süße und Textur.«

Das penetrante Piepsen seines Telefons ertönte.

Kadeg.

Dupin fürchtete weitere hanebüchene Details zum Patentrecht.

»Was gibt es, Kadeg?«

»Hier schleicht jemand ums Haus, Monsieur le Commissaire.«

»Was?«

»Eine Person. Dunkel gekleidet. Ich habe sie vorhin kurz auf dem Pfad gesehen, den wir heute Nachmittag abgesucht haben. – Ich denke, es liegt eine akute Bedrohungslage vor.«

Dupin war hellwach.

»Sind die Kollegen bei Ihnen?«

»Die beiden Gendarmen aus Trégunc.«

»Ordern Sie einen weiteren Wagen! – Ich will, dass Sie augenblicklich ins Haus zu Pichard und seiner Frau gehen. Die anderen sollen die Umgebung absuchen.«

»Wird gemacht!«

»Sie müssen …« Dupin setzte neu an. »Ich komme selbst, Kadeg. – Wir sind in zehn Minuten da.«

Schon hatte er aufgelegt.

Er lief zur Treppe im Flur.

»Nolwenn! Wir müssen los!«, rief Dupin in den ersten Stock. »Zu Pichard! – Auf der Stelle!«

»Ich komme«, antwortete sie prompt.

Schon wollte Dupin zur Tür hinausstürmen, als er sich noch einmal umdrehte und zu dem Papierstapel auf dem Tisch zurücklief. Rasch machte er Fotos von den restlichen Dokumenten.

»Was macht Spiquel?«

»Schläft, denke ich.«

Dupin hatte Nevou am Apparat. Diesmal war er es, der fuhr, nicht weniger halbsbrecherisch als Nolwenn zuvor. Bei jeder schärferen Kurve war unklar, wer aus dem Kräftemessen als Sieger hervorgehen würde: die gewöhnliche Physik der Masse oder die ungewöhnliche Verwegenheit des Fahrers.

Dupin hatte die Freisprechanlage eingeschaltet.

»Wissen Sie es ganz sicher?«

»Dazu müssten mein Kollege oder ich neben ihm im Bett liegen.«

Nevou sagte es mit ihrer typischen Gelassenheit.

»Könnte Spiquel sich aus dem Haus geschlichen haben?«

Die Reifen des Peugeot quietschten, mittlerweile hatten sie den Kreisverkehr am großen *E.Leclerc* in Concarneau erreicht.

»Ich passe auf, dass keiner reinkommt. – Ob es Monsieur Spiquel unter Umständen gelungen sein könnte, unbemerkt rauszukommen, wenn er es darauf angelegt hätte, kann ich nicht sagen. – Warum eigentlich?«

Dupin brachte Nevou auf den neuesten Stand.

»Verstehe. Wenn Spiquel es war, kann er eigentlich noch nicht zurück sein.«

»Eben.«

»Einen Augenblick.«

Dupin hörte, wie die Autotür geöffnet wurde, schwere Schritte, dann eine helle Klingel. Gleich ein paarmal schnell hintereinander.

Dupin wartete.

Jetzt war etwas zu hören.

»Was soll das? Wer ist da?«

Ein dumpfer Klang. Spiquel – wenn er es denn war – schien durch die geschlossene Tür gerufen zu haben.

»Police de Concarneau, machen Sie auf. Ich muss mich vergewissern, dass Sie es sind.«

»Sind Sie des Wahnsinns? Es ist gleich drei!«

Er war es, eindeutig. Spiquel.

»Öffnen Sie unverzüglich die Tür, Monsieur.«

»Ich bin quasi nackt.«

»Es ist mir völlig egal.«

»Ich werde Ihnen nicht öffnen. Es sei denn, Sie haben einen Durchsuchungs- oder Haftbefehl.«

»Sie werden die Tür öffnen, und zwar jetzt sofort.«

Keine Reaktion.

»Ich zähle jetzt von drei runter. Dann verschaffe ich mir Zutritt.«

»Nevou!« Dupin musste intervenieren, ihm schwante Übles. »Hören Sie mich, Nevou?«

Sie hörte ihn nicht.

»Ich beginne: Drei …«

»Nevou!« Dupin schrie in das Telefon. »Das ist Spiquel, ganz sicher.«

»Zwei …«

»Nevou!«

»Eins …!«

»Nevou!« Dupin schrie aus Leibeskräften.

Mit einem Mal war das Knarren einer Tür zu hören.

»Na, geht doch.«

»Sie sind ja völlig verrückt.«

Es klang eher anerkennend als wütend.

»Wo haben Sie sich in der letzten Stunde aufgehalten?«

»Sie scherzen, oder?«

»Also?«

»Ich habe geschlafen, und das in meinem Bett. Sehen Sie mich doch an.« Spiquel klang mittlerweile restlos resigniert. »Und nein, ich habe keine Zeugen dafür, Mademoiselle.« Im nächsten Moment veränderte sich seine Stimme. Man hörte eine tiefe Irritation: »Ist noch etwas passiert? Ein weiterer Mord?«

»Ich bin nicht berechtigt, irgendetwas dazu zu sagen.«

Sie hatten Trégunc erreicht. Bald würden sie bei Pichard ankommen.

»Sie haben also wieder einmal kein Alibi.«

»Ich war im Bett, das ist alles. Und ich gehe jetzt dahin zurück.«

»Nicht, bevor ich es sage.«

Das Geräusch von Schritten.

»Da bin ich wieder, Commissaire, haben Sie gehört, was …«

»Jedes Wort.«

»Gut. – Gibt es noch etwas, das ich Spiquel fragen soll?«

»Geben Sie ihn mir mal kurz.«

Wieder dumpfe Schritte, dann: »Der Commissaire will Sie sprechen.«

»Sind denn alle wahnsinnig geworden?«, hörte Dupin den Kapitän fluchen.

»Hier Commissaire Dupin. Monsieur Spiquel.«

»Was soll das alles?«

Dupin bemühte sich um maximale Eindringlichkeit: »Wir wissen von der sensationellen Entdeckung, die *Zerua* gemacht hat.«

Es war einen Versuch wert.

»Das ist ja schön für Sie. Ich meinerseits habe keinen blassen Schimmer, wovon Sie …«

»Der Schmelzpunkt!«

»Schmelzpunkt?«

»Genau.«

»Keine Ahnung, was Sie meinen.«

»Die neue Baumsorte?«

»Sie sprechen in Rätseln. Eine neue Kakaobaumsorte?«

Spiquels Stimme verriet keinerlei Nervosität. Aber der Täter hatte längst gezeigt, wie abgebrüht er war.

»Bonsoir, Nathaël«, schaltete sich Nolwenn ein. »Ich bin mit Dupin im Auto. Besitzt du einen dunklen Hoodie?«

»Es wird ja immer wilder, jetzt geht es um meinen Kleiderschrank.«

»Also?«, insistierte Nolwenn.

»Ich denke, fünf oder sechs. Oder mehr.«

Das Dumme war: Sie hatten nichts, aber auch gar nichts in der Hand, mit dem sie ihn unter Druck setzten konnten. Zudem bestand die Möglichkeit, dass er völlig unschuldig war.

»Es ist nichts Persönliches, Nathaël.« Nolwenn sprach in einem sehr sachlichen Tonfall, ein Alarmzeichen, wusste Dupin. »Benoît Pichard und Eléna Chesneau wurden heute von einer Person in einem dunklen Hoodie bedroht. Nahia Mazago scheidet aus, Madame Columbani war es vermutlich auch nicht, es bleiben Monsieur Dehame und du.«

Dupin bog in das Sträßchen ein, das zu Pichards Weiler

führte, und gab augenblicklich wieder Gas, der Lärm des malträtierten Motors schallte durch die Nacht.

»Also, was weißt du über den neuen Super-Kakaobaum?«

»Nichts.«

»Aber schon, dass *Zerua* versucht hat, ihn zu züchten.«

»Nein.«

»Dann von der nicht schmelzenden Schokolade?«

»Ich esse keine Schokolade, schmelzend oder nicht schmelzend.«

»Das war nicht die Frage.«

»Ich habe nichts davon gehört, glaub es mir. Aber wenige Menschen wären so froh über eine solche Erfindung wie ich. Dann könnten wir beim Transport und der Lagerung auf die aufwendige und teure Temperierung verzichten. Weißt du, was das für Kosten mit sich bringt?«

Über diesen Vorteil hatten sie vorhin mit Madame Columbani nicht einmal gesprochen.

»Bixente Mazago hat nie etwas erwähnt«, Dupin versuchte es noch einmal anders, »das sich auf ein solches Projekt beziehen könnte, Monsieur Spiquel? Überlegen Sie bitte ganz genau! Wir haben Hinweise, dass es bei den Morden tatsächlich darum gehen könnte.«

»Schokolade mit einem deutlich höheren Schmelzpunkt?«

»Ja.«

»Das wäre ein riesiges Ding, das wissen Sie, oder?«

»Das ist der Punkt.«

»Nein. – Ich habe wirklich nichts davon gehört. Nicht einmal Andeutungen. Gar nichts. Und muss jetzt dringend wieder ins Bett.«

»Gut, Monsieur Spiquel, wir sprechen uns morgen früh wieder.«

»Bonne nuit, Nathaël.«

»Bonne nuit, Nolwenn.«

Im nächsten Augenblick war Nevou zu hören:

»Soll ich ihn vorläufig festnehmen?«

Sie musste noch direkt vor Spiquel stehen.

»Nein.«

Es gab nichts, das Spiquel akut verdächtig erscheinen ließ. Und auch Dupins Bauchgefühl meldete sich nicht.

»Gute Nacht, Madame«, hörte Dupin Spiquel sagen, dann fiel die Tür ins Schloss.

»Noch etwas, Monsieur le Commissaire?«, fragte Nevou.

»Nein.«

Sie waren angekommen. Dupin parkte direkt hinter Kadeg, der wiederum hinter der Gendarmerie aus Trégunc geparkt hatte.

Das gesamte Haus war hell erleuchtet.

»Dann setze ich mich wieder in meinen Wagen, Monsieur le Commissaire.«

»Tun Sie das, Nevou. Bis gleich.«

Sie hatte noch vor Dupin aufgelegt.

»Das war ein Schuss in den Ofen«, bemerkte Nolwenn und öffnete zeitgleich mit Dupin die Wagentür.

Er hatte das Telefon in der Hand behalten und wählte Le Menns Nummer.

Es klingelte.

Dupin stieg aus dem Wagen – um im nächsten Moment wieder hineinzuspringen. Der *Crachin* war ihm entgegengeschlagen – einer der übelsten Sorte: allerfeinster Sprühregen, auf mysteriöse Weise so intensiv, dass man innerhalb von Sekunden völlig durchnässt war und das Wasser einem das Gesicht hinunterlief. Dabei gab er sich ganz und gar harmlos, man sah und hörte ihn nicht. Der bretonischste aller bretonischen Regen. Kein Regen war perfider, auf der ganzen Welt nicht, vor allem in Kombination mit heftigen Böen.

Es war drei Uhr morgens, die Müdigkeit schmerzte Dupin mittlerweile richtiggehend. Das hatte ihnen noch gefehlt: dass die Kleidung, die sie seit zwei Tagen trugen, nun auch noch nass wurde, muffige Feuchtigkeit das Auto und die Sitze beherrschte. Wo kam der Regen plötzlich her? Und die heftigen Windböen? Eine Frage, die ein gebürtiger Bretone freilich nie stellen würde. Wettervorhersagen hatten für einen Bretonen erst Gültigkeit, wenn sie bereits eingetreten waren. Fast immer kam es anders als meteorologisch berechnet. Zudem gab es in der Bretagne, Dupin war es bis heute ein Rätsel, keine Übergänge von einem Wetter zum anderen. Als hätte man, wie in einer Theatervorstellung, rasch den Himmel ausgetauscht. Auch Nolwenn war sofort zurück in den Wagen gestiegen, ihr Gesicht glänzte vor Nässe.

»Ja, hallo?«

Endlich.

»Wo sind Sie, Le Menn?«

»Ich mache gerade eine Runde um Dehames Haus und musste mir eine Regenjacke aus dem Kofferraum holen. Hier hat …«

»Wir müssen wissen, ob Dehame zu Hause war in der letzten Stunde.«

»Ich vermute, schon.«

»Aber ganz sicher können Sie es nicht sagen?«

Eine kurze Pause.

»Wenn er es unbedingt gewollt hätte, hätte er sicher unbemerkt das Haus verlassen können, klar – warum?«

Dupin brachte nun auch Le Menn à jour.

»Verstehe. Ich überprüfe das mal und melde mich in einer Minute.«

»Ich will ihn selbst kurz sprechen.«

Le Menn hatte es schon nicht mehr gehört.

»Da bin ich mal gespannt. Dieser Dehame ist mir zutiefst unsympathisch.«

Nolwenn blickte grimmig. Dupin sah ihr vor allem die große Erschöpfung an.

Er warf die Wagentür wieder auf.

»Also los! Auf zu Pichard.«

Dupin stieg aus und hastete zur Haustür. Die zwanzig Meter – Nolwenn war direkt hinter ihm – reichten, um sich zu fühlen, als hätte man geduscht.

Sie klingelten.

Ihre Ankunft war offenbar nicht bemerkt worden, die beiden Gendarmen waren sicher gerade dabei, die Umgebung abzusuchen, sie waren nicht zu sehen.

Plötzlich öffnete sich die Tür mit Schwung, und Kadeg stand vor ihnen. Die Waffe in der rechten Hand.

»Alles in Ordnung, Monsieur Pichard«, rief Kadeg über die Schulter. »Nur der Commissaire und Nolwenn.« Er trat einen Schritt zur Seite.

»Kommen Sie, Madame und Monsieur Pichard sind im Wohnzimmer.«

Sie liefen durch einen schmalen Flur mit Garderobe und einer Kommode, auf der sorgsam arrangiert mehrere Hüte und Kappen lagen. Ein brauner, hüfthoher Schuhschrank. Ein penibel aufgeräumtes Haus. In das sie triefend nass stürmten.

Kadeg blieb kurz stehen, bevor sie das Wohnzimmer betraten: »Beim Patentamt ist noch nichts zu machen«, sagte er mit gesenkter Stimme zu Dupin, »da werden wir noch ein bisschen warten müssen.«

Dupin hatte ohnehin nicht damit gerechnet.

Auch das Wohnzimmer war vor allem eines: ordentlich. Ein neu aussehendes schwarzes Ledersofa, zwei dazugehörige Sessel, halbe Kolosse. Ein hölzernes, braunes Sideboard mit einem stattlichen Fernseher. Unfassbar, wie ein so kreativer Mensch wie Monsieur Pichard derart unkreativ wohnen und leben konnte. Das Ehepaar saß eng nebeneinander auf dem Sofa. Madame Pichard – Dupin sah sie zum ersten Mal – trug einen

Hausmantel aus beigem Flanell, die braunen halb langen Haare hatte sie zurückgekämmt. Sie wirkte eingeschüchtert.

»Wir haben große Angst, Monsieur le Commissaire«, begrüßte sie Dupin. Von Nolwenn schien sie keine Notiz zu nehmen.

»Sie müssen sich keine Sorgen machen, Madame.«

»Aber Madame Chesneau … Sie wurde verfolgt, genau wie mein Mann … Und jetzt ist sie …« Madame Pichard brachte den Satz nicht zu Ende.

»Wir werden verhindern, dass Ihnen etwas passiert. Unsere Kollegen suchen bereits die Umgebung ab, Verstärkung ist unterwegs.«

»Die kommt allerdings aus Lorient, es dauert also noch ein bisschen«, bemerkte Kadeg.

»Ist Ihnen heute Nacht noch etwas Verdächtiges aufgefallen – abgesehen von der Person auf Ihrem Grundstück?«, fragte Dupin das Ehepaar.

»Nein, wir haben tief und fest geschlafen.«

Es war Monsieur Pichard, der geantwortet hatte.

Dupins Handy piepte schrill.

Le Menn.

»Bitte entschuldigen Sie mich kurz.« Er nahm das Gespräch an. »Und?«

Dupin ging in den schmalen Flur zurück.

»Dehame sagt, er habe geschlafen. Er und seine Frau seien gegen dreiundzwanzig Uhr ins Bett gegangen. Das hat Madame Dehame bestätigt. Allerdings ist die Aussage ohne Belang, sie schlafen in getrennten Zimmern. Also kann niemand bezeugen, dass Dehame zwischen zwei Uhr und 2 Uhr 45 in seinem Bett lag.«

Natürlich.

»Ich will Dehame sprechen.«

»Kein Problem. Dauert aber einen Moment.«

Es würde ein längeres und eventuell kompliziertes Gespräch

werden. Dupin wollte für sich sein, außerdem war der Flur hellhörig. Er würde sich, *Crachin* hin oder her, ins Auto setzen, das wäre das Sicherste.

Schnaufend – und noch nasser – zog er ein paar Augenblicke später die Wagentür hinter sich zu.

In der Leitung war nun etwas zu hören.

»Monsieur le Commissaire?«

»Am Apparat, Monsieur Dehame.«

»Die Unverschämtheiten von gestern setzen sich also fort, Monsieur le Commissaire, Ihre Kollegin …«

»Wir wissen Bescheid, Monsieur Dehame.«

»Bitte?«

Dupin blieb stumm. Der Versuch war nicht besonders originell, aber es war ihm egal.

»Was soll das heißen, Sie wissen Bescheid?«

»Dass wir wissen, worum es bei den drei Morden geht.«

»Ich auch. – Um Drogen. Um mindestens sieben Kilo reines Kokain.«

»Wir wissen, dass dies ein Ablenkungsmanöver war.«

»Das ist lächerlich, Monsieur le Commissaire.«

Dupin hatte keine andere Wahl, er musste weitermachen, auch wenn er selbst nicht überzeugt war, dass er Dehame mit dieser stumpfen Taktik zum Reden bringen würde.

»Wir haben …«

Dupin zuckte heftig zusammen, jemand hatte gegen die Seitenscheiben geklopft, ein paar Zentimeter von seinem Kopf entfernt.

»Monsieur le Commissaire!«

Nolwenn.

»Ich melde mich sofort wieder, Monsieur Dehame.«

Schon hatte Dupin aufgelegt und mit der freien Hand die Wagentür geöffnet.

»Maëlle Columbani.« Nolwenns Augen hatten sich bedenklich verengt. »Sie ist nicht zu Hause.«

»Bitte?«

»Riwal hat sich gerade gemeldet. Nevou hat ihn verständigt. Er hat geklingelt, und Columbani hat nicht geöffnet. Er hat es telefonisch versucht und sie nicht erreicht. Dann ist er über die hintere Terrassentür ins Haus. – Niemand da.«

»Hat er …« Dupin verstummte. Seine Gedanken rasten. Er warf einen Blick auf die Uhr. Um drei Uhr nachts machte man eher keinen Ausflug. Dupin konnte sich keinen Reim darauf machen. Natürlich war das höchst suspekt.

»Flut oder Ebbe?«

»Auflaufend, die Straße ist sicher bereits wieder überflutet.«

»Gibt es eine Gendarmerie in Carantec?«

»In Taulé und Roscoff. Das sind die nächsten Wachen.«

»Sie sollen nachschauen, ob Columbanis Zweitwagen am Hafen steht.«

»Sage ich ihnen.«

»Ich habe gerade mit Le Menn und Dehame telefoniert.«

Dupin berichtete kurz.

»Dann rufe ich mal in Taulé und Roscoff an, Monsieur le Commissaire.« Nolwenn zog ihr Telefon hervor.

»Kommen Sie, setzen Sie sich ins Auto!«, forderte Dupin sie auf. »Ich muss mich dringend etwas bewegen.«

»Sie wissen, dass es ein wenig fieselt?«

Die bretonischen Maßstäbe waren andere, auch und vor allem, wenn es um Regen ging.

»Kein Problem. Ich finde irgendwo Schutz.«

»Wie Sie meinen.«

Im Handumdrehen stieg Nolwenn ein, das Wasser lief ihr in einem feinen Rinnsal über das Gesicht.

Dupin verließ den Wagen. Mitten in den *Crachin* hinein.

Er drückte Le Menns Nummer.

»Ja?«

Dupin lief auf die windgeschützte Seite von Pichards Haus zu.

»Geben Sie mir noch mal Dehame, Le Menn.«

»Gerne.«

Sie musste direkt neben ihm gestanden haben, Dehame war sofort dran:

»Sie wollen das unsägliche Telefonat tatsächlich fortführen, Monsieur le Commissaire?«

Dupin spürte förmlich durch das Telefon, wie der Blutdruck des Mannes hochschnellte.

»Erzählen Sie mir von der nicht schmelzenden Schokolade, Monsieur Dehame.«

»Es wird ja immer fantastischer.«

»Also?«

»Was ›also‹?«

»*Zerua* hat eine nicht schmelzende Schokolade entwickelt.«

Es blieb still am anderen Ende der Leitung.

Dupin drückte sich gegen die Wand, das Dach bildete einen Überstand, so schmal allerdings, dass die Schutzwirkung gleich null war.

»Was können Sie dazu sagen, Monsieur Dehame?«

»Ich weiß nichts von einer nicht schmelzenden Schokolade.«

»Und jetzt, wo ich es Ihnen gesagt habe – fällt Ihnen etwas dazu ein?«

»Eine absurde Frage.«

Dupin blieb völlig unbeeindruckt.

»Kommen Ihnen Bemerkungen von Eléna Chesneau, Adeline oder Bixente Mazago aus den letzten Wochen oder Monaten in den Sinn, die sich mit einer solchen Entdeckung in Verbindung bringen ließen, Monsieur Dehame? Irgendwelche Vorgänge oder Anweisungen?«

Polohemd, Jeans, Socken, Unterhose – Dupin war klitschnass. Glücklicherweise war es nicht kalt. Dennoch, in dem Urwäldchen, unter den Kronen der Eichen, wäre er besser geschützt.

»Nein.«

Es war ein in jeder Hinsicht deprimierendes Gespräch. Dupin konnte sich nicht erinnern, je derart ungelenk vorgegangen zu sein. Hinzu kam, dass er in Gedanken bei Maëlle Columbani war. Wo war sie nur?

»Und von einer Kreuzung zwischen den Criollo- und Forastero-Bäumen, haben Sie davon etwas gehört?«

Dehame blieb abermals still.

»Also?«

»Ich weiß von nichts.«

»Ich könnte Sie vorläufig festnehmen lassen, Monsieur Dehame.«

Es war, das wusste Dupin, eine leere Drohung.

»Ich dachte, Sie sehen mich als mögliches Opfer. Ihre Kollegin sagte, sie sei geschickt worden, um mich zu beschützen.«

»Gute Nacht, Monsieur.«

Dupin legte auf. Es war ein totaler Reinfall gewesen.

Er war ein paar Meter in das Urwäldchen hineingelaufen. Nur um festzustellen, dass die Bäume auch keinen Schutz boten. Die schmale Schneise des Pfades genügte dem *Crachin,* um hineinzugelangen, ein penetranter Geselle.

Dupin machte kehrt.

Mit einem Mal war ein lautes Knacken zu hören.

Er verharrte regungslos auf der Stelle, seine Hand hatte sich zum Waffenhalfter unter seinem nassen Poloshirt bewegt. Umgehend blitzte ein grelles Licht auf, Dupin wurde geblendet.

»Polizei – nehmen Sie die Hände hoch!«

Es war nicht Dupin, der diesen Satz ausgesprochen hatte.

»Commissaire Georges Dupin«, sagte er vorsichtshalber rasch, auch wenn ihn die Kollegen im Licht der Taschenlampen mittlerweile sicherlich erkannt hatten.

»Commissaire Dupin!?«

»So ist es.«

Der Lichtkegel der Taschenlampe wanderte unverzüglich Richtung Boden.

Jetzt erkannte Dupin die beiden Gendarmen aus Trégunc. Deleuze und Roué, erfahrene Männer.

»Pardon, Commissaire, wir dachten, Sie seien …«

»Gute Arbeit! Immer Obacht!«, lobte Dupin.

»Wir sind den Pfad abgelaufen, bis er auf den Wanderweg trifft. Dort ein Stück in die eine und ein Stück in die andere Richtung. Wir haben niemanden gesehen. Auch keine Spuren. Es war alles noch ganz trocken, der *Crachin* hat ja eben erst eingesetzt.«

Die Gendarmen waren so durchnässt wie Dupin.

»Wärmen Sie sich im Wagen auf!«, sagte er. »Das ist ein Befehl.«

»Machen wir!«, lächelte Deleuze, der ältere der beiden Männer. »Und Sie?«

»Ich muss noch ein Telefonat führen.«

Eigentlich – Dupin hatte es fast vergessen – befand er sich ja im Gespräch mit Pichard, der mit seiner Frau und Kadeg im Haus auf ihn wartete und sich sicher fragte, was los war.

Er drehte sich um und griff nach seinem Telefon.

»Chef?«

»Haben Sie sie, Riwal?«

»Nein, immer noch keine Spur. Maëlle Columbani nimmt nicht ab.«

»Wo sind Sie?«

»Bei ihrem Boot. Es liegt hier auf der Insel. Mit dem ist sie schon mal nicht gefahren.«

»Sie meinen, sie ist noch auf der Insel?«

»Nicht unbedingt, sie könnte ein anderes Boot genommen haben. Vielleicht eines der kleinen Beiboote, die hier liegen. Es sind ja nur ein paar Hundert Meter, das Meer ist hier spiegelglatt und die Nacht sternenklar. – Da ist man in fünf Minuten drüben.«

Dupin hatte angefangen zu frieren. Er musste ins Trockene.

»Was ist mit den Kollegen aus Taulé und Roscoff?«

»Zwei Gendarmen sind unterwegs zu dem kleinen Hafen in Carantec, wir kennen mittlerweile Marke und Kennzeichen von Madame Columbanis Zweitwagen. Sie werden sich bald melden.«

»Rufen Sie mich dann bitte auf der Stelle an, Riwal.«

»Klar. – Nolwenn hat übrigens auch veranlasst, dass zwei Kollegen mit dem Boot auf die Insel kommen, um mir dabei zu helfen, sie abzusuchen. Sie ist klein, aber auch nicht winzig.«

»Gut. – Und Sie sind ganz sicher, dass Madame Columbani sich nicht in ihrem Haus befindet?«

»Chef! Ich habe das Haus zweimal penibel abgesucht. Ich bin in jedem Zimmer gewesen, in jedem Winkel. Und es gibt weder Keller noch Garten. Außerdem bin ich in einem großen Kreis um das Haus gelaufen und sogar auf das Hügelchen geklettert, um sie von dort aus zu rufen.«

Es war eine blödsinnige Frage gewesen, das war Dupin bewusst. Wenn sie Maëlle Columbani nicht fanden, mussten sie sich mit zwei extrem unerfreulichen Szenarien beschäftigen: Sie könnte die Täterin sein oder – noch schlimmer – das nächste Opfer.

»Fangen Sie schon mal damit an, die Insel weiter abzusuchen, Riwal. – Vielleicht konnte sie nicht schlafen und ist spazieren gegangen.«

»Um diese Uhrzeit?«

»Warum nicht?«

Wenn Dupin nicht schlafen konnte, stand er irgendwann auf; manchmal machte er dann auch einen Spaziergang durch die Nacht.

»Also, bis gleich. Riwal – melden Sie sich!«

»Mach ich, Chef!«

»Warten Sie – ich hole Ihnen ein Handtuch, Monsieur le Commissaire.«

»Ich … Das wäre sehr freundlich, Madame.«

Dupin hatte Madame Pichards Angebot zunächst ausschlagen wollen. Sie – er hatte es an ihrem Blick gesehen – hatte weniger Sorge um ihn als um ihren hellbeigen Teppich, den er nass tropfte.

Eilig kam sie mit einem dicken grünen Handtuch zurück.

Kadeg, der mittlerweile sehr erschöpft aussah, saß auf einem der beiden Sessel, die Pichards noch immer auf ihrem Sofa.

Dupin holte tief Luft. Es war ein wichtiges Gespräch. Er musste den Faden wieder aufnehmen. Ihm war immer noch entsetzlich kalt, er zitterte ein wenig.

»Also, Monsieur Pichard.« Dupin trocknete sich die Haare ab, während er sprach. »Wir gehen davon aus, dass *Zerua* an einer spektakulären Innovation gearbeitet hat. Was wissen Sie davon?«

Auch dies würde ganz sicher kein heroisches Ermittlungsgespräch werden.

Pichard starrte Dupin an. »Was für eine Entwicklung sollte das sein?«

Dupin legte das Handtuch über die Lehne des freien Sessels und blieb neben dem Ungetüm stehen.

»Nicht schmelzende Schokolade. Die so gut schmeckt und eine ähnliche Textur hat wie normale Schokolade. – Oder aber«, er hatte Pichards Gesichtszüge fest im Blick, »eine Kreuzung von Criollo- und Forastero-Bäumen.«

Pichard versuchte sich an einem Lächeln.

»Ich denke, wir werden eher auf dem Mars landen, Monsieur le Commissaire. Beides wird seit zweihundert Jahren vergeblich versucht.«

»Das wäre doch ein Grund für drei Morde.«

»Das kann nicht Ihr Ernst sein, Monsieur le Commissaire!« Pichard sah ihn ungläubig an. »Zum einen halte ich eine Veränderung des Schmelzpunktes von Schokolade ohne eine Veränderung des Geschmacks und der Textur für unmöglich, zum anderen: Was denken Sie? Wenn *Zerua* so etwas entwickelt hätte, wäre ich es, der dieses Projekt geleitet hätte. Ich bin der erste Chocolatier von *Zerua!*«

Daher wehte der Wind.

Dupin stützte sich mit dem Ellbogen auf dem Kopfteil des Sessels ab, was von Madame Pichard mit einem verdrießlichen Blick quittiert wurde.

»Vielleicht war es ja Eléna Chesneau, die die Entdeckung gemacht hat? Immerhin war sie eine passionierte Lebensmittelchemikerin.«

Auf Pichards Gesicht war ein Ausdruck völliger Fassungslosigkeit zu sehen.

»Madame Chesneau ist – ich meine, Madame Chesneau war meine Mitarbeiterin, mehr nicht. Ich bin es, der bei *Zerua* die Verantwortung …«

»Madame Chesneau hat im *Zerua*-Labor in Bordeaux mit Adeline Mazago an einem Projekt gearbeitet – und das ohne Sie, wenn ich richtig informiert bin, Monsieur Pichard. Die beiden haben nach einer Methode gesucht, der Schokoladenrohmasse alkoholische Flüssigkeiten hinzuzufügen.«

Pichards Gesicht hatte gleich zweimal die Farbe gewechselt, während Dupin gesprochen hatte. Zuerst war es rot geworden, dann weiß.

»Und unter wessen Ägide hat Madame Chesneau das wohl getan? Wer hat ihr den Auftrag gegeben, noch einmal intensiv nach einer solchen Methode zu forschen?« Er schnappte nach Luft. »Ich natürlich.«

Was jetzt, da Chesneau tot war, schwer nachzuprüfen wäre.

»Chéri«, intervenierte Madame Pichard sorgenvoll, »du darfst dich nicht so aufregen. Du weißt doch, das bringt nichts.«

Es schien ein Thema zu sein, das im Hause Pichard häufiger diskutiert wurde.

»Du hast recht, Monique.« Pichard biss sich auf die Lippen. »Wie auch immer«, er wandte sich wieder an Dupin, »Sie können guten Gewissens ausschließen, dass es hier um derlei Dinge geht, Monsieur le Commissaire. Glauben Sie mir. Übrigens«, Pichard versuchte, die Worte beiläufig klingen zu lassen, »waren die Bemühungen der beiden Damen keinesfalls von Erfolg gekrönt. Auch sie haben keine Methode gefunden, Alkohol in die Kakaogrundmasse zu geben, ohne dass sie verklumpt.«

Das Gespräch hatte einen toten Punkt erreicht, es war elendig.

»Was denken Sie denn, warum Sie in das Visier des Täters geraten sind, Monsieur Pichard?«, meldete sich Kadeg zu Wort.

Dupin hatte beinahe vergessen, dass er noch da war. Und, ging es ihm plötzlich durch den Kopf, was war eigentlich mit Nolwenn? So lange konnte sie doch nicht telefonieren.

»Aus welchem Grund will der Täter Sie tot sehen?«

Madame Pichards Züge zeigten blankes Entsetzen.

Kadeg setzte sogar noch einen drauf: »Der Täter hatte es ja offenbar sogar zuerst auf Sie abgesehen. Vermutlich ist er hier gestört worden und dann zu Eléna Chesneau gefahren. Um später zu Ihnen zurückzukehren.«

Auch wenn Dupin es nicht so rabiat formuliert hätte – es war möglich.

»Warum sollen Sie sterben – das ist die Frage.«

Pichard starrte den Inspektor mit weit aufgerissenen Augen an.

»Ich … ich weiß es doch auch nicht«, stotterte er. »Geht es denn nicht um das Kokain?«

Langsam schien er sich wieder zu fangen.

»Ich meine, Sie haben in Bayonne in einem Sack mit Kakaobohnen sieben Kilo Kokain gefunden. – Es ist doch offensichtlich, dass es hier um Drogen geht.«

»Dann müssten Sie ebenfalls in die Angelegenheit verwickelt sein, Monsieur Pichard.« Dupin verlor die Geduld. »Warum sonst sollte es jemand auf Sie abgesehen haben?«

Der Chocolatier schien nachzudenken.

»Ich könnte zufällig etwas mitbekommen haben – ohne dass es mir bewusst ist. So etwas gibt es.« Ihm fiel noch etwas ein.

»Vielleicht war es ja bei Madame Chesneau auch so? Und der Täter wollte uns vorsichtshalber aus dem Weg räumen?«

»Ich denke nicht, dass es um Drogen geht, Monsieur Pichard.«

Dupin hatte genug.

»Na dann – ich wünsche Ihnen noch eine gute Nacht.«

Kurz bevor er den Flur erreichte, drehte er sich noch einmal um.

»Wenn Sie einverstanden sind, Madame und Monsieur Pichard, bleibt Inspektor Kadeg diese Nacht bei Ihnen im Haus.«

»So schlimm, ja? Sind wir so gefährdet?«

Madame Pichard bekam es erneut mit der Angst zu tun.

»Vorsichtshalber, Madame. Vorsichtshalber.«

»Ist das wirklich nötig?«

Auch Kadeg schien nicht glücklich.

»Ist es, Kadeg.«

Einen Moment später trat Dupin ins Freie. In den *Crachin*, der sein tückisches Treiben lustvoll fortsetzte.

Der Kommissar näherte sich Riwals Wagen. Es war Licht zu sehen, Nolwenn musste die Innenbeleuchtung eingeschaltet haben. Die Scheiben waren beschlagen, vermutlich telefonierte sie noch immer.

Dupin wartete eine besonders heftige Böe ab, dann riss er die Wagentür auf, hechtete hinein und zog die Tür rasch wieder zu. Erst dann blickte er zum Beifahrersitz. Und erschrak. Nolwenns Hinterkopf lehnte halb an der Seitenscheibe, halb an der Kopfstütze. Das Handy in der Hand, die schlaff auf dem Schoß lag. Die Augen geschlossen. Erst als er die ruhige, gleichmäßige Bewegung ihres Brustkorbs sah, entspannte er sich. Sie schlief. Nicht einmal das Zuschlagen der Wagentür hatte sie geweckt.

Dupin lag ein »Ich bin zurück« auf den Lippen, im letzten Moment schluckte er es hinunter. Was für einen Sinn ergäbe es, sie zu wecken? Es war vier Uhr, sie war seit fünfundvierzig Stunden auf den Beinen. Er würde sie schlafen lassen. Eine Weile zumindest.

Es war klamm und kalt im Wagen. So leise es ging, öffnete Dupin die Tür, lief schnell zum Kofferraum – und fand, was er gesucht hatte. Eine der obligatorischen Decken, die zur Ausrüstung eines ordentlichen französischen Polizeiwagens gehörten. Hastig zog er die Autotür wieder hinter sich zu und legte die Decke sanft über Nolwenn.

Er wischte sich den Regen aus dem Gesicht. Die nasse Kleidung klebte an dem synthetischen Stoff der Sitze und noch schlimmer: an seiner Haut.

Was ihm gerade wieder eingefallen war: Er hatte Fotos von den Dokumenten auf Eléna Chesneaus Tisch gemacht, jetzt wäre reichlich Zeit, sie zu studieren.

Das Programm für den großen Kongress der Lebensmittelchemiker Ende des Jahres – »The chemistry of chocolate and desire«, bis dahin war er eben gekommen. »Antioxidants: Chocolate as a health food« lautete der Titel des nächsten Vortrags. »Kakaobohnen enthalten erhebliche Mengen an Antioxidantien wie Epicatechin und Gallussäure.« Offenbar ein weiterer wundersamer medizinischer Aspekt von Schokolade. Antioxidantien schützten die Zellen, sie waren in den letzten Jahren ungeheuer populär geworden, die verschiedensten Produkte wurden mit einem Hinweis auf ihren Antioxidantiengehalt beworben. »Einige Studien haben gezeigt, dass der Verzehr von Schokolade sich positiv auf das Herz-Kreislauf-System auswirken kann.« Der nächste Satz war noch interessanter: »Die Herausforderung besteht darin, die Herstellungsprozesse so anzupassen, dass die hohe Menge der Antioxidantien bis hin zum fertigen Produkt bewahrt werden kann.« Noch ein Gral der Schokoladenchemie. Der Autor des darauffolgenden Vortrags schien das Dramatische zu lieben: »Das archaische Verlangen nach Zucker und Fett«. Wenn Dupin richtig verstand, ging es um das Belohnungssystem des Gehirns, er war immer sehr dafür, es zu aktivieren. Eher nüchtern klang dagegen der nächste Vortrag: »Neue Geschmäcker in der Schokoladenwelt«.

Dupin hielt inne. Er kannte den Vortragenden. Er hatte gerade mit ihm gesprochen, er befand sich keine fünfzig Meter von ihm entfernt. »Einer der berühmtesten Maîtres Chocolatiers unserer Zeit«, kündigte das Programm an. »Benoît Pichard, Chef-Chocolatier von *Zerua,* legendär für die beständige Innovationskraft seiner Kreationen«. Es musste eine große Ehre für Pichard sein. Was den Titel des Vortrags allerdings nicht aussagekräftiger werden ließ. Dupin machte sich eine Notiz, er würde nachfragen.

»Verdammt«, rutschte es ihm heraus, als er den Titel des letzten Vortrags sah: »Neunzig Prozent weniger Kalorien: Schokolade, die nicht dick macht«. Alle, mit denen sie gesprochen hatten, hatten die Idee als völlig unrealistisch verworfen. Eilig las Dupin weiter: »Weniger Kakaobutter, weniger Fett – mehr Luftbläschen«. Das sollte die Lösung sein? Dem Kakao seine Butter zu nehmen und diese durch Luftbläschen zu ersetzen? Wenn Fett der magische Geschmacksträger war, dann verstand auch er als Laie, dass diese neue Diätschokolade nichts für wahre Gourmets wäre. Dennoch war es natürlich interessant. Ein US-amerikanischer Hersteller, *Innocent,* den Dupin nicht kannte, schickte seinen Scientific Head of Development mit der Neuentwicklung ins Rennen.

Dupin machte sich eine weitere Notiz. Plötzlich war ein leises Wispern vom Beifahrersitz zu hören.

Nolwenn hatte noch immer die Augen geschlossen. Offenbar redete sie im Schlaf, allerdings so leise und undeutlich, dass man nichts verstehen konnte.

Dupin legte das Handy weg. Er würde jetzt tun, was er sich schon gestern vorgenommen hatte: sein Clairefontaine durchgehen, alle Notizen, die er sich gemacht hatte. Schon oft hatte ihm das in verzweifelten Situationen während einer Ermittlung geholfen. Er würde es sich nur ein kleines bisschen bequemer machen.

Er löste die Arretierung und schob den Sitz ganz nach hinten.

Ja – so war es gut.

DER DRITTE TAG

»Monsieur le Commissaire!«

Jemand rüttelte an seinem Arm.

»Hallo? – Monsieur le Commissaire?«

Das Rütteln hörte nicht auf.

»Was gibt es?«, brummte Dupin. Er schlug die Augen auf und brauchte einen Moment, um sich zu orientieren. Er saß noch immer in Riwals Wagen. Seltsamerweise war es aber nicht Nolwenn, die an ihm rüttelte – sie schien immer noch zu schlafen.

»Ich habe mit einem Abteilungsleiter im Patentamt von Courbevoie gesprochen.«

Dupin kannte die Stimme. Kadeg, eindeutig.

Er drehte sich zur Seite.

Aber wie war es möglich, dass der Inspektor mitten in der Nacht mit dem Patentamt gesprochen hatte? Und warum war es auf einmal taghell?

Dupin fuhr jäh hoch, fast wäre er mit dem Kopf gegen das Wagendach geknallt.

»Wie spät ist es, Kadeg?«

»7 Uhr 17.«

»Was?«

War er schon wieder eingenickt? Und hatte mehr als drei Stunden geschlafen? Vielleicht war es wieder nur ein Traum? Einer, der sich erstaunlich real anfühlte?

Nolwenn streckte sich, dann setzte auch sie sich abrupt auf. »Wie spät ist es?«

»7 Uhr 17«, wiederholte Kadeg stoisch.

Es schien wirklich kein Traum zu sein.

Dupin stieg aus dem Wagen, er fühlte sich wie gerädert. Der ganze Körper war steif.

»Wir sind eingeschlafen, Nolwenn.«

»Wir haben hier die ganze Nacht im Wagen geschlafen?«

Nolwenn, die nun ebenfalls ausgestiegen war, starrte ihn ungläubig an.

»Drei Stunden.«

Von einer ganzen Nacht konnte keine Rede sein.

»So nebeneinander?«

Eine lustige Frage. Dupin merkte, dass sie ihn ein wenig anrührte.

»So nebeneinander«, bestätigte er.

»Erzählen Sie! Was gibt es?«, wandte er sich im nächsten Moment wieder an Kadeg.

»Ich habe sowohl die Datenbank der Patentanmeldungen als auch die der Schutzrechte durchsuchen lassen. Und zwar nach Anmeldungen von *Zerua* und von den drei Geschwistern als Privatpersonen. Jeweils mit verschiedenen Kriterien und Suchwörtern. Schmelzpunkt … Stabilität … Hitzeresistenz …«

»Kadeg! Was haben Sie gefunden?«

Dupin schlief noch halb, sein Nacken schmerzte, und, das Entscheidende, er hatte noch keinen *café* gehabt.

»Nichts. Gar nichts.«

»Das war es?« Es war unfasslich. »Nichts? Sie haben gar nichts gefunden – und deswegen wecken Sie mich?«

»Mir war nicht klar, dass Sie schlafen, außerdem ist es fast halb acht.«

»Haben Sie überhaupt eine Patentanmeldung von *Zerua* gefunden?«

»Fünf. Die allerdings, bis auf eine Ausnahme, alle aus den

Siebziger- und Achtzigerjahren stammen. Die letzte wurde vor zwölf Jahren eingereicht und betrifft die Maschine, in der die Rohmasse verarbeitet wird, eine technische Innovation, die die Textur verbessern sollte. Wenn Sie wollen, besorge ich …«

»Nicht nötig, Kadeg.« Dupin dachte nach. »Schauen Sie nach Patentanmeldungen von Chesneau und Pichard! Und … und auch nach welchen von Plantier und Thépault.«

»Wird erledigt, Monsieur le Commissaire.«

Eine zackige Bestätigung. Zufrieden zog Kadeg von dannen.

»Unglaublich! Ich bin tatsächlich auf dem Autositz eingeschlafen. So was!«

Nolwenn hatte den Wagen mittlerweile ebenfalls verlassen.

»Wie war denn das Gespräch mit …«

»Später, Nolwenn.«

Dupin war die vielleicht wichtigste Frage eingefallen, mit der sie es gerade zu tun hatten. Wo war Madame Columbani? Warum hatte Riwal sich nicht gemeldet?

Er griff nach seinem Handy und wählte die Nummer des Inspektors.

Er war sofort dran.

»Riwal, warum haben Sie sich noch nicht …«

»Ich habe sie gefunden, Chef. Ich habe versucht, Sie anzurufen …«

»Und?«

»Maëlle Columbani geht es gut. Alles in Ordnung. Ich habe Ihnen dann eine SMS geschrieben, haben Sie die nicht bekommen?«

»Nolwenn und ich sind gerade erst aufgewacht. Wir …«

Er setzte neu an, das war nun wirklich nicht wichtig.

»Was heißt das – Maëlle Columbani geht es gut? Wo war sie? Was hat sie gemacht?«

»Sie ist in ihrer Studioküche, Chef. Die befindet sich gar nicht in ihrem Haus, sondern in einer alten Scheune im Norden der Insel, etwa vierhundert Meter entfernt. Total schön. Sie hat nicht schlafen können, also ist sie dorthin, um an Rezepten zu arbeiten. Kochen sei so etwas wie Yoga für sie, hat sie gesagt. Sie …«

»Um drei Uhr morgens?«

»Anscheinend. Jedenfalls habe ich sie dort angetroffen. Unversehrt.«

So ungewöhnlich war es eigentlich nicht. Dupin kannte das, bei Schlaflosigkeit war es meist besser, aufzustehen und sich zu beschäftigen, als stundenlang verzweifelt herumzuliegen.

»Wie konnte Madame Columbani aus dem Haus kommen, ohne dass Sie es gesehen haben?«

»Ihr Schlafzimmer führt auf die Terrasse, so konnte …«

»Das heißt, sie war die ganze Nacht auf der Insel?«

»So ist es. Die Kollegen haben auch ihren Zweitwagen am Hafen gefunden.«

»Hm.«

Immerhin: Maëlle Columbani war wohlauf. Und es wurde immer unwahrscheinlicher, dass sie die Täterin war.

»Sie bleiben weiter vor Ort, Riwal.«

»Klar, Chef.«

»Bis dann.«

Dupin legte auf.

Schon schoss es aus Nolwenn heraus: »Und? Was sagt Riwal?«

Er fasste zusammen, was geschehen war.

»Na gut«, sagte Nolwenn lapidar. »Wir wäre es mit einem *petit café,* Monsieur le Commissaire?«

Dupin nickte. »Trévignon?«

»Trévignon!«

Trévignon hieß, sie würden ins *Le Noroît* gehen, zu Christine und Pascal. Dupins Lieblingsbar im Ort, wo er am Mittwoch noch einen *petit café* auf der Terrasse getrunken hatte, als psychische Vorbereitung auf die »Konfrontationstherapie«.

»Einen vierten, echt?«

»Unbedingt.«

Nie hatte ein »unbedingt« unbedingter geklungen.

»Ich nehme auch noch einen«, beeilte sich Nolwenn zu sagen. Es war ihr dritter.

Die wunderbare Besitzerin der Bar stand neben ihnen am Tisch, sie musterte ihre Gäste mit sorgenvoller Miene. Die ersten beiden *cafés* hatten Nolwenn und Dupin in einem Zug getrunken, gleich nachdem Christine sie vor ihnen abgestellt hatte. Dann hatten sie je ein *pain au chocolat* verschlungen. Warm aus dem Ofen, so waren sie am köstlichsten, natürlich.

»Na, wenn ich euch so sehe, scheint ihr von einer Lösung des Falles noch meilenweit entfernt zu sein.«

Christine lächelte ihr großes, warmes Lächeln, dann verschwand sie Richtung Tresen.

Nolwenn und Dupin saßen im Wintergarten, der einem das Gefühl gab, sich im Freien zu befinden. Christine und Pascal hatten ihn schon vor vielen Jahren gebaut, es war eine ausgesprochen kluge Idee gewesen. So besaß das *Le Noroît* drei Sphären, die den verschiedenen Jahreszeiten und bretonischen Wetterverhältnissen entsprachen: In den Wintermonaten suchten die Gäste die urige Gemütlichkeit und freundschaftliche Geselligkeit im Kneipenraum, im Sommer saßen sie bis tief in die Nacht draußen und im Frühjahr, Herbst oder während eines bösen Sommerregens hier im Wintergarten.

Bis zum Meer waren es keine dreißig Meter, die Kaimauer lag genau gegenüber. Dort hatte der Fall mit Riwals Anruf begonnen, vor nicht einmal achtundvierzig Stunden, und doch fühlte es sich an wie eine Ewigkeit. Ein Fall wie ein Moor in den Monts d'Arrée – je heftiger Dupin strampelte, desto tiefer versank er.

Eigentlich war der Blick, den man von hier aus hatte, sensationell. Ein Streifen Gras, bizarre Granitformationen, das kleine Hafenbecken, in dem ein Dutzend Boote an ihren roten, blauen oder grünen Bojen träge vor sich hin tändelten, dann, hinter der Kaimauer, der offene Atlantik. Kurz vor dem Horizont waren die flachen Silhouetten der Glénan-Inseln auszumachen. Eigentlich. Heute aber sah man nichts. Der *Crachin* hatte nicht nachgelassen: eine deprimierende graue Materie, die Himmel und Erde beherrschte. Das einzige bretonische Wetter, das Dupin wirklich nicht mochte. Ein veritabler Sturm, heftigster Regen, dramatische Wolkenwelten in allen möglichen und unmöglichen Farbtönen, ein aufgepeitschtes tiefschwarzes Meer – all dem konnte er etwas abgewinnen, der *Crachin* aber war eine zum Wetter geronnene Depression.

Das Gefühl der klammen, klebrigen Kleidung am Körper war kaum zu ertragen. Zwei Tage ohne Dusche. Ein Zustand, dem man mit noch mehr Kaffee begegnen musste.

Nolwenn und Dupin hatten während der Fahrt kaum miteinander gesprochen. Worüber auch? Die Stimmung war auf dem Nullpunkt.

»Ich glaube, so ideenlos waren Sie noch in keinem unserer Fälle, Monsieur le Commissaire.«

Nolwenn warf Dupin einen mitleidigen Blick zu. Zumindest fühlte es sich so an.

»Was machen Sie denn für gewöhnlich in solchen Situationen, wenn …«

Das laute, penetrante Piepsen von Dupins Handy unterbrach sie.

Kadeg.

»Was gibt es?«

»Treffer!«

Eine Pause.

»Kadeg?«

Dupin hatte die Nachfrage fast geschrien.

»Ich habe einen Volltreffer gelandet!«

»Was meinen Sie?«

Dupin saß mit einem Mal kerzengerade, er schaltete den Lautsprecher an.

»Bei den Schutzrechten und Patentanmeldungen.«

»Reden Sie!«

»Ich habe sowohl ein angemeldetes Schutzrecht als auch ein Patent gefunden.«

»Wofür? Von wem?«

»Ich lese Ihnen mal die Bezeichnung der Patentanmeldung vor: ›Verfahren zur Modifikation des Schmelzpunktes von Kakaobutter durch aus *Fagopyrum snowdenii* gewonnenes Isopropylpalmitat ($C_{19}H_{38}O_2$ – Palmitinsäureisopropylester, Hexadecansäureisopropylester)‹.«

Nolwenn schaltete schneller als Dupin: »Das heißt«, ihre Stimme bebte, »es geht tatsächlich um nicht schmelzende Schokolade?«

»Exakt. Und zwar durch Hinzugabe eines spezifischen Esters in kleinsten Mengen, der weder den Geschmack noch die Konsistenz oder Textur der Schokolade verändert.«

»Was für ein Ester?« Dupin war von seinem Stuhl aufgesprungen. »Ich meine, was ist ein Ester? Und dieser Fago …?«

»Ein aliphatischer …«

»Kadeg!«

»Keine Ahnung, was ein Ester ist, Monsieur le Commissaire. Aber dieser kommt offenbar nur in zwei Pflanzen vor, wenn ich das, was hier steht, richtig verstehe. Hauptsächlich in den Früchten einer bestimmten Guaven-Art, die es in der Bretagne gar nicht gibt, sie …«

»Und die andere?«

»In erhitztem oder gekochtem Buchweizen.«

»Buchweizen?«

Dupin wusste um die vielen glorreichen Eigenschaften des Buchweizens, der in der Bretagne seit eh und je zur kulinarischen Essenz gehörte, vor allem natürlich in Gestalt von herzhaften Crêpes, die aus seinem Mehl hergestellt wurden. In den letzten Jahren hatte Buchweizen einen regelrechten Boom erlebt, mittlerweile gab es unzählige Produkte. Ein wahres Superfood. Dass er auch Wunder dieser Art bewirken konnte, hatte Dupin allerdings nicht erwartet.

»Es geht um eine ganz spezielle Art, die aus Afrika stammt, Monsieur le Commissaire: *Fagopyrum snowdenii.* Sie ist besonders schmackhaft und wird deswegen von einigen Bauern seit ein paar Jahren auch in der Bretagne angebaut.«

Wieder machte Kadeg eine längere, völlig unmotivierte Pause.

»Und?«

»Das ist es, mehr gibt es nicht. – Offenbar erhöht der spezielle Ester, der aus jenem Buchweizen gewonnen wird, den Schmelzpunkt der Schokolade, ohne weitere Eigenschaften zu verändern. In dem kurzen Exposé steht, dass der Ester vor dem Conchieren beigesetzt wird und den Schmelzpunkt auf vierundvierzig Grad erhöht.«

Kadeg hatte den Satz mit lakonischer Sachlichkeit formuliert.

»Vierundvierzig Grad?«, rief Nolwenn. »Wissen Sie, was das bedeutet, Kadeg? Das ist der reine Wahnsinn.«

Auch sie hatte sich mittlerweile erhoben und stand nun direkt neben Dupin.

Es war vollkommen richtig: Wenn er die Schokoladenexperten richtig verstanden hatte, wäre es eine wahre Revolution. Der Durchbruch, auf den die größten Schokoladenfirmen der Welt seit Jahrzehnten hingearbeitet hatten. Eine Entdeckung, die fantastische Gewinne bedeuten und in die Geschichte eingehen würde.

»Ich zitiere weiter aus dem Exposé …«, hob Kadeg an.

»Wer ist es?«, unterbrach ihn Dupin mit schneidender Stimme. Nur darum ging es jetzt. »Wer hat das Patent eingereicht?«

»Raten Sie mal, Sie …«

»Kadeg!«

»Benoît Pichard.«

»Pichard?«

Nolwenn und Dupin hatten beide geschrien.

»Bei dem wir gerade waren?«, fügte Nolwenn fassungslos hinzu. »Pichard wurde doch selbst bedroht und …« Sie beendete den Satz nicht. »Na klar!« Ihre Augen flackerten. »Einer der ältesten Tricks. Der Täter fingiert eine Attacke auf sich selbst.«

»So ein Scheiß.«

Dupin hatte angefangen, im Kreis zu laufen, mit der linken Hand raufte er sich die Haare.

Natürlich bedeutete es nicht zwangsläufig, dass Pichard der Täter war, aber sehr vieles sprach dafür.

»Soll ich Ihnen …«, begann Kadeg.

»Wann wurden das Schutzrecht und das Patent angemeldet?«

»Pichard hat beides am 12. April eingereicht.«

Nein, es konnte kein Zufall sein.

»Sind Sie noch in Pichards Haus, Kadeg?«

»Ich stehe davor.«

»Ist er noch da?«

»Er ist vor fünf Minuten los.«

»Wohin?«

»In sein Büro, hat er gesagt.«

»*Zerua* in der *Ville Close?*«

»Vermutlich.«

»Schicken Sie mir die beiden Dokumente, Kadeg.«

»Wird gemacht!«

»Und kommen Sie sofort zur Fabrik.«

»Sollen wir versuchen, ihn vor der *Ville Close* abzupassen?«

Dupin dachte nach. »Wir stellen ihn am besten in der Fabrik selbst.«

Es wäre sicherer. Auf der Insel der *Ville Close* säße er in der Falle.

»Ich mache mich sofort auf den Weg, Monsieur le Commissaire.«

Schon hatte Dupin aufgelegt.

Christine erschien mit den *petits cafés*.

»Wir müssen los, wir zahlen später«, rief Nolwenn der verdutzten Besitzerin des *Le Noroît* im Laufen zu. »Wir haben gerade den Fall gelöst.«

Dupin fuhr auf die Brücke am Quai Peneroff, bremste abrupt und blieb stehen. Das Sträßchen war gerade breit genug für einen Wagen. So gelangten die Bewohner der *Ville Close* seit ewigen Zeiten auf ihr wehrhaftes Inselchen, es war die einzige Möglichkeit, sie ohne Boot zu betreten. Und auch die einzige, sie zu verlassen. Kadeg war vor ihnen eingetroffen, er hatte das Auto auf dem großen Parkplatz am Kai stehen lassen und war von dort aus zu Fuß gelaufen. Er hatte sich gemeldet, als er die Fabrik erreicht hatte, und durchgegeben, dass Pichards Wagen in der Rue Militaire stand, vor dem Hof des *Zerua*-Lagers.

Le Menn und Nevou waren mittlerweile ebenfalls auf dem Weg, Nolwenn hatte während der Fahrt alle informiert. Auch Riwal war sofort aufgebrochen, allerdings würde er eine gute Stunde brauchen.

Es war eine Szene wie in einem Actionfilm: Die Türen des Polizeiwagens flogen auf, einen Moment später rannten Nolwenn und Dupin los, Touristen und Einheimische blieben stehen und staunten mit offenen Mündern.

Es ging durch die Rue Vauban – wie alle Straßen der *Ville Close* eigentlich nicht mehr als eine Gasse – und am *Musée de la Pêche* vorbei. Gleich würden sie den Eingang der Boutique erreichen. Sie verlangsamten ihre Schritte. Kadeg hatte sich bei Pichards Wagen an der Zufahrt zum Lager postiert. Beide Seiten, beide Zugänge, waren also gesichert.

Dupin holte sein Handy hervor.

Die »Fall-Datei«, da stand die Nummer, die er suchte.

»Dehame, hallo?«

»Hier Commissaire Dupin. Hat Monsieur Pichard ein eigenes Büro in der Fabrik?«

»Selbstverständlich. Aber warum wollen Sie …«

»Wo befindet es sich?«

»Zweite Etage, mit dem Fenster zu dem Gässchen, das zwischen der Rue Vauban und der Rue Militaire verläuft. Eigentlich genau unter dem Büro von Adeline Mazago, Sie …«

Schon hatte Dupin aufgelegt. Im nächsten Augenblick drückte er Kadegs Nummer.

»Monsieur le Com…«

»Ich gehe jetzt von hier aus rein, Kadeg. Haben Sie den Ausgang des Lagers im Blick?«

»Positiv.«

Nolwenn war bereits dabei, mit dem Generalschlüssel die Tür neben der Boutique aufzuschließen, durch die man in die Fabrik gelangte. Dupin stand unmittelbar neben ihr, die rechte Hand an seiner Waffe. Der Täter hatte keinerlei Skrupel, so viel stand fest, er war mit grober Gewalt vorgegangen. Wenn Pichard dieser Täter war, mussten sie mit allem rechnen.

»Dann bis gleich.«

Dupin drückte den Anruf weg.

»Sie warten hier«, instruierte er Nolwenn, während er in den langen Gang trat, der zu den Produktionsräumen führte.

»Auf gar keinen Fall.« Nolwenn war dem Kommissar schon gefolgt.

»Ich bitte Sie, Nolwenn – inständig. Bitte!«

Dupin war stehen geblieben. Eindringlich sah er sie an.

»Ich wiederhole: auf gar keinen Fall.«

Er kannte den Ton. Da war nichts zu machen. Und es war nicht der Moment für Diskussionen.

»Sie bleiben hinter mir, verstanden? – Ganz nah hinter mir!«

Nolwenn nickte.

Sie gingen weiter, bald erreichten sie eine Treppe, daneben befand sich ein Aufzug.

Dupin entschied sich für die Treppe, die Geräusche des Aufzugs könnten Pichard warnen. Außer ihnen hielt sich niemand im Gebäude auf, die Mitarbeiter hatten noch immer die Anweisung, zu Hause zu bleiben.

Sie erreichten das erste Stockwerk, dann das zweite.

Ein Flur ohne Fenster, nur im Treppenhaus gab es welche, er lag im Halbdunkel.

Laut Dehame befand sich Pichards Büro im hinteren Teil des Gebäudekomplexes, Richtung Rue Militaire, das hieß, sie mussten nach links.

Sie liefen, so behutsam es ging, über die alten Holzdielen.

»Marie-Thérèse Stuan – Assistente« besagte das Schildchen neben der ersten Bürotür.

Vorsichtig ging es weiter.

Mit einem Mal stieß Dupins rechter Fuß hart gegen eine Kante.

»Achtung, Stufe«, hörte er Nolwenn hinter sich zischen. Zu spät.

Er hatte das Gleichgewicht verloren.

Es gelang ihm zwar gerade so, sich abzufangen und nicht einfach der Länge nach hinzustürzen, dennoch verursachte er heftigen Lärm. Er war auf dem rechten Knie gelandet.

Im Türrahmen des nächsten Zimmers erschien unversehens ein schmales Gesicht. Pichard.

»Commissaire Dupin? Was tun Sie hier in …«

»Wir wissen von Ihrer Patentanmeldung, Monsieur.«

Dupin richtete sich eilig auf.

»Das kann ich erklären«, setzte Pichard an, »ich …«

Er sprach nicht weiter. Stattdessen stürzte er aus dem Zimmer und rannte den Flur entlang in die entgegengesetzte Richtung.

Dupin brauchte einen Moment, dann stürmte er hinterher, wobei er einen heftigen Stich in seinem rechten Knie verspürte.

Pichard erreichte die Treppe am Ende des Gangs. Behände nahm er die Stufen.

»Er war es! Er ist der Mörder«, hörte Dupin Nolwenn hinter sich.

Der Abstand zwischen Pichard und Dupin wurde größer.

»Schneller!«, feuerte Nolwenn ihn an, als sie die letzten Stufen erreichten.

Pichard hatte sich rechts gehalten, er kannte den labyrinthischen Gebäudekomplex wie seine Westentasche.

Ein Gang, dann links, dann noch ein Gang. Dupin erkannte ihn, hier ging es zu den Produktionsräumen.

Der Vorsprung war noch einmal größer geworden. Das schmerzende Knie machte Dupin zu schaffen.

Lief Pichard zum Ausgang des Lagers? Es wäre sein Pech, Kadeg nähme ihn dort in Empfang. Doch plötzlich verschwand Pichard durch eine Tür auf der rechten Seite. Noch bevor Dupin und Nolwenn sie erreichten, hörte man, wie sie von innen abgeschlossen wurde.

»Vorräte« stand auf dem kleinen Schild.

»Pichard – geben Sie auf! Es ist sinnlos. Das Gebäude ist umstellt.«

Keine Antwort, dafür unbestimmter Lärm.

»Pichard! Öffnen Sie die Tür!«

Jetzt war gar nichts mehr zu hören.

Was hatte er vor?

»Pichard! Wir werden die Tür aufbrechen!«

Wieder keine Reaktion.

Dupin trat einen Schritt zurück, dann warf er sich mit der Schulter gegen die Tür. Was sich als völlig sinnlos herausstellte, er würde dem soliden Holz so nicht beikommen.

»Ich höre keine Geräusche mehr«, sagte Nolwenn außer Atem.

»Vielleicht gibt es noch einen Ausgang – Sie schauen im Raum links, ich rechts.«

Schon liefen sie los.

Dupin trat ein. Offenbar ein weiterer Vorratsraum. Schlauchartig, vier, fünf Meter lang, Edelstahlregale an beiden Seiten, gut gefüllt – aber keine Tür zum Nebenraum. Nur ein Fenster in der gegenüberliegenden Wand.

»Hier gibt es keine Verbindungstür, Monsieur le Commissaire – bei Ihnen?«, hörte er Nolwenn rufen.

»Verdammt!«, entfuhr es Dupin.

Umgehend standen sie wieder vor dem Raum, in dem Pichard sich eingeschlossen hatte.

»Das ergibt doch überhaupt keinen Sinn!«, rief Nolwenn. »Was soll es bringen, sich einfach da einzu…«

»Das Seitengässchen!«, unterbrach Dupin sie.

Schon spurtete er los, zurück in den Vorratsraum nebenan. Zum Fenster. Jäh riss er es auf.

Seine Vermutung stimmte. Direkt vor dem Fenster verlief das Gässchen zwischen der Rue Vauban und der Rue Militaire.

»Mist.«

Pichard – er war durch das Fenster entkommen.

»Was haben Sie vor, Monsieur le Commissaire?« Nolwenn blickte sorgenvoll.

Dupin schickte sich an, den Vorratsraum auf die gleiche Weise zu verlassen, wie Pichard es getan hatte. Es war ein relativ kleines Fenster. Dennoch.

Als er auf den Pflastersteinen aufkam, fuhr ihm wieder ein stechender Schmerz ins Knie.

»Ich informiere Kadeg und besorge weitere Unterstützung«, hörte Dupin Nolwenn noch rufen, dann sprintete er los. Richtung Rue Militaire, auf die Stadtmauern zu. Pichard hatte nur zwei Möglichkeiten: Er konnte über die Hauptstraße fliehen oder entlang der Stadtmauer, Letzteres ginge schneller.

Schnaufend erreichte Dupin die kleine Straße, die parallel zur Mauer verlief.

Linker Hand war Pichards Wagen zu sehen, der vor der *Zerua*-Zufahrt stand.

Kadeg musste sich hier irgendwo versteckt halten. Wäre Pichard zu seinem Auto gerannt, hätte Kadeg ihn schon gestellt. Er schien in die andere Richtung gelaufen zu sein.

Dupin stürmte los.

Nach einigen Metern beschrieben Stadtmauer und Sträßchen eine sanfte Kurve.

Dupin sprintete weiter mit schmerzendem Knie, dann stoppte er. Pichard hatte einen Vorsprung gehabt, natürlich, aber so groß konnte er nicht gewesen sein. Das Sträßchen war gut zu überblicken, von Pichard keine Spur. Hier war überhaupt niemand zu sehen, nicht ein Mensch.

»Verdammt!«

Dann hatte sich Pichard doch für den anderen Weg entschieden. Oder er war ein Stück über die Rue Vauban gerannt und auf die andere Seite der Insel gewechselt, um möglichen Verfolgern zu entkommen. Aber mit welchem Ziel? Wohin wollte er? Er floh zu Fuß. Die *Ville Close* mochte ein veritables Labyrinth sein, dennoch war sie klar begrenzt. Und zwar vom Meer. Mit dem Wagen und zu Fuß gab es nur eine Möglichkeit, sie zu verlassen: die Brücke, über die Nolwenn und er gekommen waren. Bliebe nur noch die winzige Stadtfähre, die die *Ville Close* in einem permanenten Pendelverkehr mit dem östlichen Teil Concarneaus verband.

Dupin holt sein Telefon hervor.

Bei Nolwenn war besetzt. Er versuchte es bei Kadeg.

Der Inspektor war sofort dran.

»Wo sind Sie, Kadeg?«

»Ich sehe Sie.«

Dupin drehte sich um. Er erblickte den Inspektor. Er stand dort, wo das Seitengässchen auf die Rue Militaire traf.

»Sie sichern die Brücke, die Zufahrt zur Insel, und ich das …«

»Le Menn befindet sich bereits bei Ihrem Wagen, Nolwenn

hat sie instruiert, dort die Stellung zu halten, sie hat mich gerade angerufen.«

»Exzellent.«

»Und Nevou müsste auch jeden Moment eintreffen.«

»Sie soll die Rue Théophile Louarn nehmen.«

»Verstanden!«

Die dritte der parallel verlaufenden Sträßchen, die vom Westen bis zum östlichen Ende der *Ville Close* führten.

»Wir treffen uns an der Fähre.«

»Gleich kommen noch ein paar Kollegen als Verstärkung.«

»Schicken Sie ihnen ein Bild von Pichard, Sie sollen ausschwärmen.« Dupin fiel noch etwas ein: »Sagen Sie Le Menn, sie soll niemanden mehr auf die Insel lassen. Und die Kollegen sollen alle Menschen, die sie treffen, anweisen, sich unverzüglich zurück aufs Festland zu begeben.«

Noch waren es sicherlich wenige Besucher, die kleinen Boutiquen öffneten erst um zehn, davor gehörte die Insel weitgehend den Einwohnern.

»Verstanden!« Kadeg war in seinem Element. Eine generalstabsmäßige Operation.

»Wir halten uns auf dem Laufenden, Kadeg.«

Schon hatte Dupin aufgelegt und sich wieder in Bewegung gesetzt.

Bald erreichte er das nächste Gässchen zwischen der Rue Militaire und der Rue Vauban. Ein junges Pärchen, ansonsten war niemand zu sehen.

Er lief weiter. Um nach ein paar Metern abrupt stehen zu bleiben.

»Verflucht!«

Dupin war an einem der Aufgänge zur Stadtmauer vorbeigelaufen.

Wenn Pichard schlau war, würde er es dort versuchen. Auf der Mauer. So würde er geradezu über die Insel fliegen. Und die Fähre schneller erreichen – wenn das sein Ziel war.

Dupin machte kehrt.

Eine Minute später kam er um Atem ringend oben auf der Mauer zum Stehen.

Er sah ihn sofort. Pichard hatte beinahe das Ende der Insel erreicht. Dupin rannte los und griff dabei nach seinem Handy. Er drückte die letzte gewählte Nummer.

»Monsie…«

»Er will tatsächlich zur Fähre, Kadeg!«

»Okay. – Ich bin in zwei Minuten dort.«

Dupin legte noch einmal an Tempo zu. Rechts die Häuser der *Ville Close,* links das Hafenbecken.

Es war seltsam: Pichard war mit einem Mal verschwunden. Wie vom Erdboden verschluckt. Dabei konnte er die Treppe, die zum Fähranleger führte, noch gar nicht erreicht haben. Dort, an der schmalen Meerespassage, stießen die nördliche und die südliche Stadtmauer zusammen.

Dupin blieb abermals abrupt stehen, mittlerweile hatte er den Punkt erreicht, an dem die Stadtmauer einen leichten Knick Richtung Süden machte.

Wo war Pichard hin?

Natürlich! Der Steg! Dupin hatte an alles gedacht, aber nicht an den Steg und den Bootsverleih.

Jäh wandte er sich Richtung Hafenbecken. Und tatsächlich. Da war er! Pichard!

Eindeutig. Und er lief direkt auf den Steg zu.

Dupin musste runter von der Stadtmauer. Der einzige Zugang zum Steg war ein Tor, es war im 19. Jahrhundert nachträglich eingefügt worden, für die Fischer der Insel.

Wenn Dupin sich richtig erinnerte, waren die Treppen nicht mehr weit. Schon stürmte er los.

»Petit Atlantique – Location bateaux à moteur sans permis«, war auf dem großen Schild am Anfang des Stegs zu lesen: Motorboote ohne Führerschein zu verleihen. Die roten Zodiacs, die zu beachtlichen Geschwindigkeiten imstande waren.

»Hey! Was machen Sie da?«

Der entsetzte Schrei des jungen Mannes, der den Verleih betrieb, hallte über das Hafenbecken.

»Das ist Diebstahl! – Kommen Sie sofort zurück!«

Pichard – Dupin hatte alles beobachten können – war in eines der Boote gesprungen, hatte das Tau gelöst und den Außenborder gestartet. Schon entfernte er sich in raschem Tempo.

Wild gestikulierend sprang der Mann von seinem Campingstuhl am Ende des Stegs auf und lief zu der Stelle, an der das Boot gelegen hatte.

»Ich rufe die Polizei!«, schrie er Pichard hinterher und fischte ein Handy aus seiner Hosentasche.

Dupin war keine fünfzig Meter entfernt, er holte alles aus sich heraus.

»Commissaire Georges Dupin!«, presste er hervor, als er vor dem Betreiber stand.

»Wow«, der junge Mann starrte Dupin an, er wirkte so irritiert wie beeindruckt.

»Ich brauche ein Boot.«

Dupin bewegte sich umstandslos auf eines der roten Zodiacs zu.

Er spürte eine gleißende Wut in sich aufsteigen. Es stand fest, dass er Pichard nicht einfach entkommen lassen würde. Unter keinen Umständen.

»Sie wollen ihn verfolgen?«

Dupin nickte. Sehr unentschlossen, wie er selbst merkte.

Wahrscheinlich ergab es – wenn er genau darüber nachdachte – gar keinen Sinn, selbst die Verfolgung aufzunehmen.

Er griff nach seinem Handy. Er musste Goulch sprechen. Der örtliche Hauptmann der maritimen Polizei, stolzer Kapitän der *Bir,* ein Hightechboot.

Goulch war sofort dran.

»Monsieur le Comm…«

»Wir haben einen Einsatz im Hafenbecken hinter der *Ville Close*, Goulch. Wir wissen, wer der Mörder ist. Benoît Pichard. Er ist mit einem kleinen Zodiac auf der Flucht.«

»Der Maître Chocolatier?«

»Der Maître, ja. – Er hat eines der Boote vom Verleih gestohlen. Und fährt Richtung Passage.«

»Wir sind sofort zur Stelle, Dupin. Mit allem, was wir haben.«

Eine kleine Armada, wusste Dupin: die *Bir*, zwei kleinere ältere Polizeiboote, drei Zodiacs. Was hieße: Es wäre wirklich völlig überflüssig, ihm selbst nachzusetzen, mit einem Bötchen zudem, das nicht schneller war als das des Flüchtenden.

»Hoffen wir, dass er es über das offene Meer versucht. Dann haben wir ihn sofort. Im Gewimmel des Werfthafens könnte er leichter entkommen.«

Goulch hatte recht. Dupin war davon ausgegangen, dass Pichard auf das offene Meer zusteuerte, aber er könnte es auch anders versuchen.

»Ich …« Goulch schien nachzudenken. »Ich werde mit der *Bir*, der *Kurun* und einem Zodiac am Ausgang des Hafens patrouillieren. Die anderen schicke ich durch die Passage in den Hafen. Bei den Zodiacs wird es allerdings ein paar Minuten dauern, sie sind gerade am *Plage Cabellou* im Einsatz.«

»Sie sollen sich beeilen.«

»Ich melde mich, Monsieur le Commissaire.« Goulch legte auf.

Dupin lief zum Ende des Stegs. Von hier aus sah man das knallrote Boot gut. Jetzt gleich müsste Pichard scharf rechts abbiegen – wenn er durch die Passage wollte.

Dupin wartete.

Das Boot änderte die Richtung.

Allerdings nicht nach rechts, sondern nach links.

»Das darf nicht wahr sein!«

Pichard steuerte tatsächlich geradewegs auf den wuseligen Werfthafen zu. Dutzende Schiffe lagen hier an unzähligen Kaimauern, Stegen, Docks und Trockendocks. Fischerboote, Frachtboote, aber auch Fähren und Schiffe der Marine. Den ganzen Tag und die ganze Nacht über herrschte emsiger Betrieb. Und infernalischer Lärm. Eine Kakofonie mechanisch-technischer Klänge aller Art. Gewaltige Bohrer, Metallsägen, gigantische Hämmer, teutonische Wasserstrahler. Stets fuhren kleine Arbeitsboote hin und her. Am südlichen Rand des Werfthafens befand sich seit einiger Zeit zudem ein weiterer Freizeithafen. Auch hier ging es ab Mai – wenn die vielen kleinen Meeresexkursionen der vielen kleinen Meeresabenteurer begannen – äußerst lebendig zu. Einen besseren Ort, um zu entkommen, gab es nicht.

Ohne zu zögern, lief Dupin zu dem Zodiac zurück. Der junge Mann vom Verleih stand ein paar Meter entfernt und telefonierte aufgeregt.

Dupin hielt inne, einen kurzen Moment nur, dann setzte er den ersten Fuß ins Boot, dann den zweiten. Auf einmal – es war völlig absurd – hörte er die Stimme von Coach Pallu: »Ein kleiner Schritt für die Menschheit, aber ein großer Sprung für einen Phobiker … Du kannst das! … Heute bist du ein Sieger!«

Er löste die Leine und startete den Motor.

Dupin hatte in seinem Leben noch keinen Außenboarder bedient, aber schon oft gesehen, wie andere es getan hatten. So schwer konnte es nicht sein. Und tatsächlich: Im Nu gelang es ihm, den Gang einzulegen. Schon setzte sich das Boot in Bewegung und nahm Tempo auf. Noch lag Pichard in seinem Sichtfeld, bald würde er hinter einer mächtigen Kaimauer des Werfthafens verschwinden. Pichard hatte sich ein paarmal umgedreht, er hatte bemerkt, dass Dupin ihm folgte.

Dann war er nicht mehr zu sehen.

Dupin fuhr mit maximaler Geschwindigkeit. Einen Moment

lang glaubte er, auf der Stadtmauer ganz am Ende der *Ville Close* seine Schwiegereltern zu sehen, die ihm heftig zuwinkten, aber das konnte gar nicht sein, er halluzinierte schon.

Endlich erreichte er die Ecke des Kais, Dupin schwenkte hart backbord.

Von Pichard keine Spur.

»Verdammt.«

Jetzt würde es mühsam.

In dem sich vor ihm auftuenden dynamischen Chaos gab es schier unzählige Möglichkeiten, sich zu verstecken. Und unzählige Möglichkeiten, an Land zu kommen.

Dupin ließ die Pinne los und holte sein Handy hervor.

»Ich will, dass alle Zufahrtsmöglichkeiten zum Werfthafen kontrolliert werden, Nolwenn. Ordern Sie Verstärkung von allen umliegenden Gendarmerien! Pichard hat ein Zodiac entwendet und wird versuchen, irgendwo im Hafen an Land zu gehen und von dort zu fliehen.«

»Mach ich sofort. – Und wo sind Sie?«

»Ich verfolge ihn.«

»Mit einem Boot?«

»Mit einem Boot.«

Das mittlerweile zum Stillstand gekommen war.

»Das nenne ich mal Konfrontation und Desensibilisierung! Chapeau, Monsieur le Commissaire, Chapeau! Ihr Coach wird stolz auf Sie sein, wenn …«

»Nolwenn!«

»Schon dabei!« Augenblicklich hatte sie aufgelegt.

»So ein Scheiß!«

In keinem seiner bisherigen Fälle, da war Dupin sich sicher, hatte er so häufig geflucht wie in diesem.

Er musste nachdenken.

Dupin scannte die Schiffe, die in der Nähe lagen. Zwei lange, schmale Marineschiffe rechter Hand, linker Hand ein Segelschiff und ein breites Lastenschiff. Der Rost hatte sein Äußeres zerfressen, es war gezeichnet von der Härte der hohen See.

Hinter all diesen Schiffen konnte Pichard sich ohne Weiteres verborgen haben. Allerdings waren die beiden Kaimauern hier besonders hoch, die Boote nur über bewegliche Stege zu erreichen. Dupin konnte sich nicht vorstellen, wie Pichard es von seinem kleinen Boot aus an Land schaffen sollte.

Er beschleunigte erneut und steuerte kurz entschlossen auf das Lastenschiff zu.

Bald fuhr er an dem alten Kahn entlang. Kurz bevor er den Bug erreicht hatte, passierte es: Pichard schoss dahinter hervor.

Dupin riss das Ruder harsch nach rechts.

Pichard hielt auf das gegenüberliegende Ufer zu. Wobei Dupin nicht klar war, was er damit bezweckte.

Vielleicht wusste Pichard es selbst nicht genau, vielleicht versuchte er erst einmal nur, Dupin abzuschütteln. An einigen Stellen führten breite Rampen ins Hafenbecken. Über massive Schienen wurden die Boote mit gigantischen Seilwinden aus dem Wasser gezogen oder hinabgelassen.

Mit einem Mal brach Pichard nach rechts aus und lenkte das Boot in Richtung der alten Marineschiffe. Zwischen ihnen klaffte eine kleine Lücke, zwei, drei Meter, mehr nicht. Es sah so aus, als wollte Pichard genau in diese Lücke hineinfahren. Höchstwahrscheinlich, um zum Ufer dahinter zu gelangen.

Es war ein irrer Anblick: die beiden riesigen hellgrauen Schiffe, die trotz ihrer schmalen, schnittigen Statur einen überaus wehrhaften Eindruck machten, und davor das winzige knallrote Schlauchboot.

Dupin riss das Ruder herum, wobei er nicht Pichard, sondern die Lücke zwischen den beiden Booten ins Visier nahm. Wenn das das Ziel war und Dupins Motor nicht schwächer als der von Pichard, hätte er eine Chance. Er würde ihn genau dort abfangen. Das war die Schwachstelle in Pichards Plan: Im Moment bildeten er, die Lücke zwischen den Booten und Dupin ein gleichschenkliges Dreieck.

Aufs Neue holte Dupin aus dem Motor heraus, was möglich war, dem Diesel war die Anstrengung anzuhören.

Pichard war jetzt rund hundert Meter von der Lücke zwischen den beiden Booten entfernt. Es war völlig unsinnig, aber Dupin merkte, wie abermals die gleißende Wut in ihm aufstieg, mit jedem Meter, den er sich ihm näherte, wurde sie stärker. Pichard hatte sie elendig zum Narren gehalten, Dupin war ihm aufgesessen, hatte ihn gar für ein Opfer gehalten. Dupin war noch nie so unzufrieden mit sich gewesen, er hatte das Gefühl, schlafwandelnd und konfus durch diesen Fall getaumelt zu sein.

Pichard hielt weiterhin konsequent auf die Lücke zu. Dupin ebenfalls.

Noch fünfzig Meter.

Dupins Atmung ging schneller, seine Augen hatten sich zu Schlitzen verengt.

Dreißig Meter.

Mittlerweile konnte er Pichards Gesicht sehen. Es wirkte kalt, starr, entschieden. Unheimlich.

Zwanzig Meter.

Es war wie in einem dieser Filme: zwei Fahrer, die direkt aufeinander zurasten – und darauf warteten, dass der andere nachgab.

Für einen Moment dachte er, Pichard würde das Tempo drosseln. Aber Fehlanzeige.

Fünfzehn Meter.

Pichard würde die Lücke zwischen den Schiffen ein wenig eher erreichen.

Zehn Meter.

Pichards Blick war starr nach vorne gerichtet.

Fünf Meter.

Dupins Hand hatte sich zu einer eisernen Kugel geballt, keine Kraft der Welt hätte die Finger von der Pinne lösen können. Jeder Muskel seines Körpers war verhärtet, er hatte die Zähne so sehr zusammengebissen, dass es schmerzte.

Drei Meter.

Zwei Meter.

Es war ein eigenartiges Geräusch, nicht besonders laut. Dafür war der Schock umso brutaler.

Dupins Bug rammte sich mit voller Wucht in das Heck von Pichards Boot.

Er flog in einem hohen Bogen aus dem Zodiac, sah die hellgraue Stahlwand des Marineschiffes auf sich zurasen, dann das Wasser. Es wurde dunkel um ihn.

Er hörte einen hohlen, tiefen Gong.

Für einen Moment dachte er, er wäre blind. Wild schlug er um sich, versuchte, sich zu orientieren. Um ihn herum nur Wasser, ein trübes, endloses Grün. Er musste nach oben. Zum Licht.

Als er auftauchte, sah er Pichard zwischen den beiden Schiffen hindurchschwimmen.

Dupin rang nach Luft.

Pichard kraulte. Er war schnell, ein guter Schwimmer, es passte zu seiner Statur. Aber auch Dupin war ein geübter Schwimmer.

Bald war klar, was Pichards Ziel war: eine verrostete Leiter an dem steinernen Kai hinter den beiden Marineschiffen.

Dupin kraulte, er spürte sein schmerzendes Knie, es schien erneut etwas abbekommen zu haben. Er ignorierte es.

Pichard griff nach der untersten Sprosse der Leiter. Verfehlte sie beim ersten Mal.

Dupin war vier, fünf Meter hinter ihm.

Beim zweiten Versuch schaffte es Pichard. Er begann, sich hochzuziehen.

Dupin legte noch einmal an Tempo zu.

Pichard war schon fast ganz aus dem Wasser geklettert, als Dupin die Leiter erreichte.

Im letzten Moment griff er nach Pichards rechtem Fuß. Er erwischte ihn nur knapp. Kurz dachte er, der Schuh würde sich lösen, aber er hielt. Dupin packte Pichard am Knöchel. Er würde ihn nicht mehr loslassen, komme, was wolle.

Pichard schrie laut auf und trat mit dem linken Fuß nach Dupins Hand.

Er spürte einen spitzen Schmerz, aber umklammerte Pichards Knöchel nur umso fester.

Jetzt konnte er seinen großen Vorteil ausspielen: seine beachtliche Masse.

Mit dem rechten Fuß stieß Dupin sich von der Mauer ab und warf sich mit aller Kraft nach hinten. Er hörte einen Schrei. Pichards Hände rutschten von der Sprosse. Im nächsten Moment stürzten sie beide rücklings ins Meer.

Dupin wurde unter Wasser gedrückt. Er ließ den Knöchel los, umschlang dafür den Bauch des Chocolatiers und zog ihn nach unten. Als sie wieder auftauchten, umfasste er seinen Hals von hinten.

Pichard musste Wasser geschluckt haben, er hustete kräftig.

»Es ist vorbei«, presste Dupin keuchend hervor.

Pichard blieb stumm. Er schien den Widerstand tatsächlich aufgegeben zu haben, sein Körper war ohne Spannung. Wie ein Rettungsschwimmer zog Dupin ihn zur Leiter.

Wortlos griff Pichard nach der ersten Sprosse, als sie sie erreicht hatten.

»Ich zuerst«, befahl Dupin.

Auch so ging er das Risiko ein, dass Pichard erneut flüchtete, natürlich. Er könnte noch einmal versuchen, schwimmend zu entkommen, allerdings wäre Dupin mit einem gezielten Sprung sofort wieder bei ihm im Wasser, besser noch: Er könnte vom Ufer aus zusehen, wo er hinschwämme, und ihn dort in Empfang nehmen. Und zwar mit seiner Waffe, die nass, aber funktionstüchtig war. Zudem würde bald eines von Goulchs Booten auftauchen.

Dupin kletterte an Land und merkte, dass seine Schuhe im Meer verloren gegangen waren.

Er zog seine Waffe.

»Jetzt Sie.«

Pichard bewegte sich mechanisch, fast roboterhaft. Auf seinem Gesicht ein gespenstisch leerer Ausdruck.

Der Chocolatier stand neben Dupin auf dem Kai, an beiden Männern lief das Wasser hinunter. Dupin hatte seine SIG Sauer unmittelbar auf ihn gerichtet, er würde kein Risiko eingehen.

»Sie werden den Rest Ihres Lebens im Gefängnis verbringen, Monsieur.«

Dupin hatte mit gesenkter Stimme gesprochen und Pichard direkt in die Augen geblickt.

»Man wird Sie als brutalen Mörder in Erinnerung behalten. Als Ungeheuer, das eine hoch angesehene Familie auf dem Gewissen hat und eine junge, außerordentlich talentierte Chocolatière, die das Zeug hatte, zu einer der ganz Großen zu werden.«

Pichard sah den Kommissar ausdruckslos an.

»Alles andere, Ihre Kreationen, Ihr Ruhm, Ihr Lebenswerk, wird in Vergessenheit geraten.«

Die Sätze sprudelten wie von selbst aus Dupins Mund.

»Von dem Grand Maître wird nichts übrig bleiben. Alles, was Sie je geschaffen haben, ist zerstört. – Man wird Sie verabscheuen.«

Dupin beobachtete, wie sich Pichards Züge während seiner Sätze dramatisch wandelten. Die Augen verengten sich zu Schlitzen, das Blut schoss ihm in die Wangen. Pichard schien blind vor Zorn. Da wollte Dupin ihn haben – genau da.

Er zielte mit der Waffe auf seinen rechten Oberschenkel, die Finger am Abzug, bereit.

»Es war meine Entdeckung!«, platzte es mit einem Male aus Pichard hervor. »Ich – *ich* allein habe die Entdeckung gemacht. Sie wollten sie mir stehlen. – Und als ihre, als *Zeruas* Errungenschaft ausgeben!«

Das also war es, worum es ging.

Pichard atmete tief ein.

»Ich sollte mit einer Sonderprämie abgespeist werden.« Es folgte ein verächtliches Schnauben. »Mit einer Prämie! Dass ich nicht lache.« Der Körper des Mannes zitterte. »Es ist die größte Entdeckung in der Geschichte der Schokolade!«

Dupin spürte einen heftigen Widerwillen, weiter zuzuhören. Er kannte das zur Genüge. Die inneren Dramen der Täter, den narzisstischen Furor, die Rechtfertigung von Taten, die nicht zu rechtfertigen waren, es war ekelhaft. Je öfter er sie sich anhörte, je älter er wurde, desto weniger ertrug er sie. Aber er war Polizist, es war seine Aufgabe hinzuhören. Den Täter dazu zu bringen, sich zu offenbaren.

»Wie haben Sie die Entdeckung gemacht?«

Pichard schien einen Moment verdutzt über die Frage, sofort aber zeigte sich ein fratzenhaft verzerrtes Strahlen auf seinem Gesicht.

»Ich habe mit einer seltenen Buchweizenart gearbeitet. Im Mai letzten Jahres. Für eine neue Kreation.« Er sprach nun ganz ruhig, was die Situation noch gespenstischer wirken ließ. »Ich habe den Buchweizen stark geröstet. Für das Maximum an nussigen Aromen. Dann habe ich ihn geschrotet. – Und in eine Mischung aus fünfundachtzigprozentigem Kakao gegeben, Criollo, mit hohem Kakaobutteranteil.«

Seine Augen funkelten.

Dupin hatte nach seinem Handy gesucht, während Pichard gesprochen hatte. Er musste Nolwenn informieren. Und Goulch. Sie konnten den Einsatz abbrechen. Er war sich sicher, dass er das Handy in seine rechte Hosentasche gesteckt hatte. Aber da war es nicht. Und auch nicht in der linken. Er musste es im Wasser verloren haben. Was bedeutete, dass es nun auf dem Boden des Hafenbeckens lag.

Pichard schien nicht zu bemerken, dass Dupin für einen Augenblick abgelenkt war, er war zu sehr in seiner eigenen Wirklichkeit gefangen.

»Ich wollte den gerösteten Buchweizen nicht auf die Schokolade streuen, sondern schon im Herstellungsprozess dazugeben, sodass sich die Aromen von Beginn an amalgamieren. Ich habe die Masse dann in der Testlinie zu dünnen Platten gegossen. Und ein paar Stücke mit nach Hause genommen.«

Er wirkte konzentriert. Das Zittern hatte aufgehört.

»Das mache ich jedes Mal so, wenn ich eine neue Kreation entwickle. Um sie in den folgenden Tagen immer wieder zu probieren. Und meine Frau ebenfalls. Sie liebt das.« Pichard versuchte sich an einem Lächeln. »Und dann lag ein Stück davon auf dem Terrassentisch. In der Sonne. Am Mittag.«

Eine längere Pause, als schwelgte er in Erinnerungen.

»Und wissen Sie, was passiert ist? – Nichts. Nichts ist passiert. Sie ist völlig stabil geblieben, die dünne Schokoladenplatte! Keine Anzeichen irgendeines Schmelzverhaltens. Unfassbar. – Das war der Anfang.«

Dupin wartete. Pichard würde weiterreden, er konnte nicht anders.

»Der Schmelz war zart wie immer. Natürlich schmeckte sie nach geröstetem Buchweizen, das sollte sie ja auch. Aber ich habe mir sofort gedacht, dass es an irgendeiner Veränderung der Kakaobutter-Beschaffenheit liegen muss. Also habe ich angefangen zu experimentieren. Und nach und nach herausgefunden, dass man den gerösteten Buchweizen auskochen und die Flüssigkeit immer weiter reduzieren kann, bis eine klebrige Masse übrig bleibt. Die habe ich getrocknet und kleinste Mengen in die Kakaorohmasse gegeben. Um festzustellen, dass auch sie, einmal abgekühlt und verfestigt, selbst bei großer Wärme stabil bleibt. Bis vierundvierzig Grad! Bei unverändertem Geschmack und gleichbleibender Textur! Außerordentlich …« Wieder erschien das verzerrte Lächeln auf seinem Gesicht. »Ich habe mich dann an ein privates Labor gewandt und …«

»Warum mussten die drei sterben?«

Dupin reichte es, er hatte genug von Pichards Grandiosität gehört.

Der Maître war bei der Frage zurückgezuckt.

»Ich habe mit Bixente gesprochen. Anfang April, als ich mir mit allem sicher war. Bixente und ich haben uns eigentlich immer gut verstanden. Aber …« Pichard zögerte. »Das Einzige, was er gesagt hat, war, dass das Patent *Zerua* gehöre. So sei das rechtlich, Punkt. Ich hätte die Entdeckung als Angestellter der Firma gemacht, Innovationen gehörten nun einmal zum Kern meiner Tätigkeit.«

Wieder schien ihn eine Welle der Wut zu überrollen.

»Innovation? Das ist eine Revolution! – Bei einem zweiten Gespräch hat er mir dann mitgeteilt, dass ich mit einer großzügigen Gratifikation rechnen könne und man meine besondere Rolle bei dieser Innovation betonen werde. Zudem werde man meine Anstellung verlängern, wenn ich wolle, zu sehr viel besseren Konditionen.«

Seine Stimme bebte.

»Meine *besondere Rolle!* Ich – ich allein habe diese Entdeckung gemacht! Ich! Dann hat Bixente Mazago mit seiner Schwester gesprochen. Mit Adeline.«

Dupin sah aus dem Augenwinkel ein großes schwarzes Zodiac auf die beiden Marineschiffe zukommen. Eines der Polizeiboote. Ein zweites steuerte das andere Ufer an.

»Adeline Mazago mochte mich nicht. Sie hat mich noch nie gemocht. Sie wollte die ganze Zeit schon, dass Madame Chesneau meine Stelle bekommt. Sie war auch nicht damit einverstanden, dass mein Vertrag verlängert wird. – Wir hatten mehrere Gespräche zu dritt. Ich habe den Geschwistern gesagt, dass es meine Entdeckung ist. Dass ich das alles nicht akzeptieren und mich mit allen Mitteln wehren werde. Ich …«

»Haben die beiden darüber auch mit Nahia Mazago gesprochen?«

»Das weiß ich nicht. Sie haben es nicht erwähnt.«

»Erzählen Sie weiter.« Eine harsche Instruktion.

»Ich habe einen Anwalt in Paris konsultiert. Einen renommierten Spezialisten. Er hat gesagt, ich hätte keine Chance. Dass es, rein rechtlich, genau so sei, wie es die beiden Geschwister gesagt haben. Ich musste doch etwas tun gegen diese Ungerechtigkeit! Ich musste …«

Er machte eine längere Pause.

»Ich wollte mich rächen. – Ihnen schaden. Da bin ich auf die Idee mit dem Kokain gekommen. Ich wusste: Ein solcher Fund würde das Renommee des Unternehmens zerstören. Für immer.«

Seine Stimme glich nun einem metallischen Zischen.

»Und nicht bloß die Reputation von *Zerua* – auch die der Familie.«

Das Polizeiboot schien die havarierten roten Zodiacs entdeckt zu haben. Es steuerte jetzt mit erhöhtem Tempo direkt auf die Lücke zwischen den beiden Marineschiffen zu. Das zweite Polizeiboot auf der anderen Seite des Hafenbeckens hatte abgedreht und bewegte sich ebenfalls in ihre Richtung.

»Wie kamen Sie an eine solche Summe, Monsieur? Die zweihunderttausend Euro für Sandrine Thépault?«

»Ersparnisse. Aktien.« Pichard zuckte mit den Schultern. »Ich wusste, dass Thépault dringend Geld brauchte. Wir sind über die Jahre immer mal wieder ins Gespräch gekommen. Vielleicht ist sie ohnehin in dubiose Geschäfte verwickelt, auf jeden Fall lebt sie auf sehr großem Fuße dort. Sie besitzt zwei Villen mit Pool und …«

»Hat Ihre Frau von all dem gewusst?«

Eine wichtige Frage. Unter Umständen hatte sie sich wegen Beihilfe zum Mord schuldig gemacht.

»Sie hat von nichts gewusst, von gar nichts.«

Seltsamerweise glaubte Dupin es ihm auf Anhieb. Was nicht hieß, dass sie es nicht noch einmal überprüfen würden.

»Wir haben Einsicht in Ihr Konto. Von dort kam das Geld nicht, Monsieur Pichard.«

»Ich habe ein Konto bei einer Bank auf den Fidschi-Inseln angelegt. Und das Geld vom Depotkonto direkt dorthin transferiert.«

Dupin wusste, wie erstaunlich einfach das noch immer ging.

»Wie sollte es weitergehen? Was war Ihr Plan?«

Dupin spürte, wie die Sonne, die inzwischen herausgekommen war, anfing, seine Kleidung zu trocken.

»Ich hatte vor zu kündigen, wenn die Sache mit dem Kokainfund an die Öffentlichkeit gekommen wäre.« Er zögerte. »Ich habe den Geschwistern selbstverständlich keine Details verraten. Sie kannten das Geheimnis der nicht schmelzenden Schokolade nicht. Natürlich haben sie darauf bestanden, dass ich es ihnen verrate. Adeline Mazago war skeptisch. Sie hat es nicht für möglich gehalten, dass es mir wirklich gelungen ist. Sie habe sich lange mit dieser Frage beschäftigt, schon im Studium. Und die Möglichkeit verworfen. Sie hat wirklich daran gezweifelt, dass ich in der Lage …«

»Alles in Ordnung bei Ihnen, Monsieur le Commissaire?«, unterbrach ihn eine laute, blecherne Stimme. Das halbe Hafenbecken musste es gehört haben.

Das Polizei-Zodiac war durch die Lücke zwischen den beiden Marineschiffen gefahren. Eines der Besatzungsmitglieder stand mit einem Megafon im Bug.

»Gibt es Verletzte?«

»Nein«, rief Dupin zurück. »Alles in Ordnung hier. Wir – wir haben den Täter.« Rasch fügte er hinzu: »Sagen Sie Inspektor Kadeg und Nolwenn Bescheid. Sie sollen einen Wagen zur Rue du Moros schicken, der uns abholt.«

»Verstanden. Brauchen Sie Hilfe?«

»Nein.«

»In Ordnung.«

Schon drehte das Boot bei.

»Kommen Sie!« Dupin setzte sich in Bewegung.

Luftlinie war es nicht weit, allerdings mussten sie um mehrere Werftgebäude herumgehen. Ein Weg, der über weiträumig betonierte Flächen führte, auf denen altgediente Fischerboote der Küstenfischerei auf massiven Stahlkonstruktionen aufgebockt waren, an einigen wurde emsig gearbeitet.

»Also, warum mussten die beiden Geschwister und Madame Chesneau sterben, Monsieur Pichard?« Dupins Stimme war schneidend.

»Es war nicht geplant, ich meine, es hätte gar nicht passieren müssen. Adeline Mazago kam am Mittwochmorgen zu mir. Und sagte, dass sie und ihr Bruder sich nicht unter Druck setzen ließen. Und dass sie sofort wissen wollten, wie meine Entdeckung funktioniert. Auch, um es in ihrem eigenen Labor überprüfen zu können. – Sie hat mir tatsächlich ein Ultimatum gestellt. Ich hätte vierundzwanzig Stunden, um ihnen sämtliche Details offenzulegen. Andernfalls würden sie juristisch gegen mich vorgehen. Adeline Mazago hatte gesehen, dass ich mich mit einem Vortrag für eine große Tagung in Denver angemeldet hatte. Mein Plan war, die Entdeckung dort der Welt zu präsentieren.«

Die Werftarbeiter, die an einem der Boote arbeiteten, hatten sie entdeckt. Sie mussten einen kuriosen Anblick abgeben: zwei nasse Männer, die offensichtlich aus dem Hafenbecken gestiegen waren und nun über das Gelände spazierten, einer von ihnen in Socken und mit einer Pistole in der Hand …

»Und dann?«

»Es ist einfach passiert. Sie hat mir das alles geradewegs ins Gesicht gesagt.« Pichard sprach ganz ruhig. »Ich bereue es nicht.«

»Sie haben sie einfach erschlagen? Mit dem rohrartigen Handschöpfer, der dort lag?«

»Ich musste etwas tun. Ich meine … Ich konnte diese unsägliche Ungerechtigkeit nicht einfach geschehen lassen.«

»Und Bixente Mazago? Er muss Sie doch sofort verdächtigt haben.«

»Er hat mich angerufen, ja. Und gesagt, er wisse, dass ich es gewesen sei. Ich habe ihm versprochen, ihm das genaue Verfahren zu verraten, wenn er der Polizei nichts sagt. Dass er dann den Profit daraus schlagen könnte. – Natürlich habe ich von den Differenzen unter den Geschwistern gewusst, wenn auch nicht, wie schlimm es wirklich war. Er meinte, er würde darüber nachdenken. Später hat er noch einmal angerufen und gesagt, er wolle mich früh am nächsten Morgen treffen. Bei sich zu Hause. In Trégunc.«

»Und dann?«

»Ich habe ihm nicht vertraut. Die Familie ging immer vor bei den Mazagos.«

»Also haben Sie auch ihn kurzerhand erschlagen. Waren Sie es, der das Chemiebuch aus Adelines Haus entwendet hat?«

Pichard nickte kalt. Dupin hatte also völlig richtiggelegen.

»Und warum?«

»Adeline hatte wissen wollen, wie genau die chemische Modifikation funktioniert. – Sie wollte es mir nicht glauben.«

Er blickte finster.

»Und?«

»Sie kam zu mir mit diesem Buch. Im Büro. Vorletzte Woche. Sie hatte sich offenbar selbst noch einmal tief in die Materie eingearbeitet. Der Abschnitt zum Schmelzverhalten war voller Anstreichungen.«

»Sie wollten sichergehen, dass nichts auf die Sache hinweist – deshalb haben Sie es mitgenommen.«

Pichard fuhr noch einmal auf: »Sie hat mir eine solche Entdeckung nicht zugetraut! Sie hat alles haarklein wissen wollen – natürlich habe ich kein Wort gesagt.«

Er fiel in ein trotziges Schweigen.

»Sie hatten Glück, dass das Kokain genau am Tag nach Ihrer Tat gefunden wurde«, kam Dupin auf einen weiteren Punkt zu sprechen, der ihn beschäftigte. »So schien ein Zusammenhang mit dem Mord absolut zwingend.«

Ein Zufall. Zumindest wenn es stimmte, dass Pichard die Morde nicht geplant hatte.

»Das stimmt. Es wäre einfach eines der vielen ungeklärten Verbrechen in der Drogenwelt gewesen.«

Pichard hatte den Satz wie in Trance vor sich hin gesprochen.

Sie hatten einen großen Bogen um eine Gruppe von Arbeitern gemacht, die ihnen entgegengekommen waren und sie mit neugierigen Blicken taxierten.

»Und Eléna Chesneau?«

»Sie fing an herumzuschnüffeln. Unerträglich.« Aus Pichards Worten sprach tiefste Verachtung. »Sie mit ihrer Chemie! – Das alles hat mit echter Kunst, mit echter Kreativität nicht das Geringste zu tun. Aber alle waren immer zutiefst beeindruckt. Lachhaft.«

Pichards Neid auf die junge Frau war ekelhaft. Und abgründig.

»Chesneau war mir auf der Spur. Sie hat mich gestern angerufen und zur Rede gestellt. Nach dem Gespräch, das Sie mit ihr geführt haben. Sie wollte wissen, was das für ein Vortrag in Denver sei im Herbst. Worüber ich da reden wolle.«

Pichard stieß einen herablassenden Seufzer aus.

»Das Dumme ist, dass sie im letzten Sommer mitbekommen hat, dass ich mich Tag und Nacht im Geschmackslabor der Produktion aufgehalten habe. Sie war raffiniert, hinterlistig. Sie hätte theoretisch sogar im Computer nachschauen können, womit ich mich beschäftigt habe, verstehen Sie? Natürlich stehen dort keine Details, aber sie hätte gesehen, dass ich mit dieser speziellen Buchweizenart gearbeitet habe. Und wer weiß, was Adeline Mazago ihr erzählt hat. Die beiden hatten sich gegen mich verschworen.«

Er schaute Dupin von der Seite an, als erwartete er Verständnis.

»Ich durfte kein Risiko eingehen. – Sie hätte alles zerstört.«

Pichard besaß keinerlei Unrechtsbewusstsein, im Gegenteil. Er hatte sich zur Wehr setzen müssen. Gegen eine himmelschreiende Ungerechtigkeit. Und eine mindestens ebenso große Demütigung. So schien er es zu sehen. Es war unheimlich.

»Sind Sie auch am Nachmittag zu Madame Chesneau gefahren?«

Sie hatten das Werftgelände verlassen, gleich würden sie die Rue du Moros erreichen.

»Ich …«

Pichard verstummte. Polizeisirenen waren zu hören. Wahrscheinlich Kadeg oder Le Menn.

»Die vermummte Person, die nachts um Ihr Haus geschlichen ist, das waren Sie selbst, vermute ich«, sagte Dupin. »Zur Unterstützung der Inszenierung Ihrer Gefährdung, so wurde diese noch glaubhafter.«

Eine Inszenierung, auf die Dupin hereingefallen war.

»Den Entschluss, Madame Chesneau zu töten, fassten Sie vermutlich erst, nachdem sie Sie angerufen und Ihnen all diese Fragen gestellt hat.«

»Ich musste es tun.«

Pichard schien mit sich im Reinen, es war befremdlich.

Einer der kleinen silberblauen Peugeots des Kommissariats tauchte auf. Le Menn am Steuer. Mit ohrenbetäubend quietschenden Reifen kam sie kurz vor Dupin und Pichard zum Stehen.

Dupin hatte erfahren, was er erfahren musste. Mehr brauchte er nicht, und vor allem: Mehr würde er nicht ertragen.

»Nehmen Sie ihn mit, Le Menn«, wies Dupin sie tonlos an.

Die Polizistin stand vor ihnen und hielt ein Paar Handschellen in die Höhe.

»Kommissariat?«

»Quimper!«

Dupin sah keinen Grund, Pichard noch länger in Concarneau festzuhalten. Er würde ihn nicht noch einmal offiziell vernehmen, das sollten sie in Quimper tun.

»Aber Sie müssen ...«, setzte Pichard an.

»Wir müssen gar nichts«, unterbrach Dupin ihn auf der Stelle.

»Er war es?« Le Menn sprach, als wäre Pichard gar nicht anwesend.

Dupin nickte.

»Na, dann los«, wies sie den Chocolatier an. »Umdrehen!«

»Ich werde mir von Ihnen keine ...«

Le Menn packte Pichard kurzerhand an der Schulter und drehte ihn um. Mit wenigen gekonnten Handgriffen legte sie ihm die Handschellen an.

»Na, geht doch. Und nun steigen Sie in den Wagen.«

Le Menn öffnete die hintere Tür.

Pichard warf ihr einen Blick tiefster Verachtung zu, dann fügte er sich.

»Kopf einziehen!«, befahl sie. Laut scheppernd schmiss sie die Tür zu.

Erst jetzt steckte Dupin seine Waffe zurück.

»Und Sie? Soll ich Ihnen einen Wagen schicken?«

»Nein.«

»Wie kommen Sie zurück?«

»Ich laufe.«

»In diesem«, sie blickte an Dupin hinunter, »in diesem Zustand?«

Dupin winkte ab.

»Alles in Ordnung.«

Er brauchte einen Moment für sich. Dringend. Er musste allein sein. Das Geschehene sacken lassen.

Das *La Coquille* war nicht weit, es lag mitten im Werfthafen. Dupin brauchte ganz dringend einen *café*, nicht nur wegen der Müdigkeit, er brauchte ihn, um zu sich zu kommen.

Ein wenig hinkend – das rechte Knie war mittlerweile angeschwollen – machte er sich auf den Weg.

Jetzt, nach dem zweiten *petit café*, fand Dupin allmählich in die Welt zurück.

Das Handy konnte ihn nicht malträtieren, es lag noch immer auf dem Grund des Hafenbeckens.

Er wusste, dass ihn dieser Fall lange beschäftigen würde – die ganzen Formalitäten, die Kommunikation mit der Presse –, aber er wusste auch, dass es nichts half, ihn wieder und wieder zu rekapitulieren. Im Gegenteil, man musste sich einen Ruck geben und sich, so gut es ging, wieder ins Leben hineinkatapultieren.

Die kleine Terrasse des *La Coquille* war wunderbar. Dupin hatte – wie immer – einen Platz ganz am Rand gewählt, die Füße ausgestreckt und sich zurückgelehnt. Minutenlang hatte er unwillkürlich tief ein- und ausgeatmet. Die Mai-Sonne – die fast im Zenit stand – zeigte, was sie konnte, die generöse Wärme tat unendlich gut. Er hatte sich so hingesetzt, dass man ihn hinter einem großen Kübel mit einer kleinen Palme nur schwer entdecken konnte – das Letzte, wonach ihm zumute war, war eine Konversation.

Links von ihm lag die Passage zum offenen Meer. Rechts die *Ville Close* – wo die Tragödie begonnen und geendet hatte. Vor ihm das Hafenbecken, in dem es zum Showdown gekommen war. Sein geliebtes Concarneau. Das – ganz unerwartet – ein wirkliches Zuhause geworden war.

Eine Weile versank er in dem Panorama und den plötzlichen sentimentalen Gefühlen, dann schloss er die Augen. Für einen Moment nur. Vielleicht ja auch für mehr als einen.

»Na, das war ja klar! – Zuerst eine lustige Bootsfahrt, dann ein gemütlicher *petit café!* Das Leben des Georges Dupin – so lässt sich die Arbeit aushalten!«

Unfassbar.

Hélène und Gustave standen vor ihm.

Dann waren sie es also doch gewesen, die er eben auf der Stadtmauer gesehen hatte. Sie waren noch immer nicht abgereist.

»Ich habe …«

Dupin seufzte. Es wäre müßig, sich aufzuregen.

Er merkte, wie sich ein Lächeln auf seinem Gesicht ausbreitete. Ein aufrichtiges Lächeln.

»Du bist ja ganz nass, Georges. Und wo sind deine Schuhe?« Ein Ton mütterlicher Sorge. »Du bist doch nicht ins Hafenbecken gestürzt?«

Claires Mutter fixierte die Kaffeetasse, als wolle sie sicherstellen, dass kein Alkohol im Spiel war.

»Lass den armen Georges doch in Ruhe, Hélène!«, setzte Gustave zu Dupins Verteidigung an. »Wir haben keine Ahnung von Polizeiarbeit, ich meine, Georges jagt einen dreifachen Mörder.«

Einer der längsten Sätze, die Dupin je aus dem Mund seines Schwiegervaters gehört hatte.

»Wir haben ihn.« Vielleicht sollte er doch anfangen, seinen Ruf zu verteidigen. »Ich habe ihn vor wenigen Minuten verhaftet. Nach einer harten Verfolgungsjagd. Mit einem Boot.«

»Natürlich.« Hélène lächelte. »Natürlich. – Eine Verfolgungsjagd.« Sie warf ihm einen strengen Blick zu. »Georges! Wir haben dich gerade auf dem Bötchen gesehen! – Es ist doch nicht verwerflich, sich zwischendurch einen Kaffee zur Entspannung zu genehmigen.« Ein komplizenhaftes Lächeln. »Wir erzählen es auch nicht weiter, bei uns ist dein kleines Geheimnis gut aufgehoben.«

Dupin schwieg erschöpft.

Claires Mutter ließ sich auf dem Stuhl neben ihm nieder.

»Hélène! Vielleicht stören wir Georges ja.«

»Nein, nein. Gar nicht. Ich freu mich.«

Es stimmte fast.

»Na, wunderbar! Dann haben wir ja endlich mal etwas von dir!« Sie winkte dem Kellner. »Wenn du den Fall wirklich gelöst hast«, skeptisch zog sie die Augenbrauen hoch, »dann können wir heute Abend ja endlich zusammen essen.«

»Unbedingt. Das machen wir, Hélène.«

Es würde ihm guttun.

Jede Ablenkung würde ihm heute guttun. Davor würde er schlafen. Das war der Plan: Er würde sich nach Hause fahren lassen, sehr lange duschen – eine himmlische Aussicht! – und ins Bett fallen.

»Stimmt das? War das gerade wirklich eine Verfolgungsjagd?«

Gustave musterte ihn prüfend. Sein Schwiegervater schien ernsthaft darüber nachzudenken, ob Dupin tatsächlich die Wahrheit sagte.

»Eine echte Verfolgungsjagd, ja. – Wollt ihr die Geschichte hören?«

EINE WOCHE SPÄTER

Blau, blau, blau. Reines Azurblau.

Unendlich weit spannte sich der Himmel an diesem frühen Samstagabend über ihnen.

Sie lagen auf dem Rücken im feinen, warmen, weichen Sand. Eng beieinander, die Finger – Claires rechte Hand, Dupins linke – ineinander verschlungen. Ihre Hinterköpfe hatten sich kleine, gemütliche Sandkuhlen geschaffen. Behaglicher konnte man nicht liegen, in keinem Bett der Welt.

Sie schauten nach oben. Nur nach oben. Verloren sich im Blau, das immer näher zu kommen schien und sich zugleich immer weiter entfernte.

»Und hier bist du während der Ermittlungen eingeschlafen, Georges?«

»Genau hier.«

»Das war echt ein vollkommen verrückter Fall. – Völliger Wahnsinn.«

So fühlte es sich an, präziser konnte das Resümee nicht sein.

Dupin hatte die gesamte Woche mit der Abwicklung und den Nachwehen des Falles zu tun gehabt. Pichard hatte sein Geständnis offiziell wiederholt, in Quimper, in Anwesenheit seines Anwalts. Dupin hätte eigentlich dabei sein sollen, war aber dann »kurzfristig verhindert« gewesen. Die schlimmste Aufgabe: der »umfassende, minutiöse Rapport«, den Dupin dem

Präfekten hatte erstatten müssen. Der Präfekt hatte tatsächlich, so etwas hatte es in der Polizeigeschichte des Finistère noch nicht gegeben, gestern Mittag eine zweite Pressekonferenz abgehalten. Dupin war unmittelbar am Tag nach der Verhaftung Pichards vor die Presse getreten. Aber natürlich hatte Locmariaquer es sich nicht nehmen lassen, der Öffentlichkeit noch einmal höchstpersönlich die »überaus brillanten Ermittlungsleistungen seiner Präfektur« darzulegen.

Für Dupin emotional ungleich anspruchsvoller war die Sache mit seinem Wagen gewesen. In Unartes Werkstatt war ein Totalschaden festgestellt worden. Der Motor war hin, es gab keine Rettung mehr. »Aber für sechstausend Euro baue ich Ihnen einen echten V6-Motor ein, der gerade mal siebzigtausend Kilometer gelaufen ist«, hatte der freundliche Mechaniker in einem so ausgeprägten baskischen Akzent vorgeschlagen, dass Dupin ihn kaum verstanden hatte. Bevor er über das Angebot hatte nachdenken können, hatte er sich »Einverstanden! Unbedingt! Sie machen mich sehr froh, Monsieur« sagen hören. Der Mechaniker hatte sich sofort an die Arbeit gemacht, ein Glück, denn Nolwenn, Riwal und auch Claire hatten sehr wohl »nachdenken« wollen, aber da war es bereits zu spät gewesen. Schon nächste Woche hätte Dupin seinen Wagen wieder, einer der Angestellten der Werkstatt würde ihn nach Concarneau bringen. Was die Kosten anbelangte, liefe es auf das Gleiche wie schon bei den letzten Reparaturen hinaus: Dupin würde sie, auch wenn es ein Dienstwagen war, zum größten Teil selbst zahlen müssen.

Und dann war da noch die Sache mit Nolwenns »geheimer Operation« gewesen. Am Donnerstagmorgen waren die Bilder und Berichte durch die bretonischen Medien gegangen. Die – so eine der neutraleren Pressestimmen – »Quasi-Besetzung des bretonischen Parlaments«. Eine »Gruppe kühner Aktivistinnen und Aktivisten« hatte während einer Sitzung der Versammlung nicht nur mit drei Traktoren samt Anhängern alle

Zufahrtswege blockiert, sondern auch das gesamte Parlamentsgebäude mit einem gigantischen Fischernetz überzogen, einschließlich aller Ein- und Ausgänge. Ein perfekt vorbereiteter Coup, in nicht einmal fünfzehn Minuten war das Netz montiert gewesen. Sie forderten ein einmonatiges Fischereiverbot in der Biskaya zum Schutz junger Delfine und Wale. Jährlich verloren Tausende Tiere, die als Beifang in den bis zu 1,5 Kilometer langen Netzen der Trawler landeten, auf grausame Weise ihr Leben. Eine Forderung, die von Wissenschaftlern, Umweltgruppen, einigen Politikern und sogar einem Teil der Fischer selbst unterstützt wurde. Ein riesengroßes Thema in einer Region, die vom Fischfang abhängig war. Es war wie immer: Die großen Player der Fischerei-Industrie sperrten sich und leisteten aufwendige Lobbyarbeit. Am Donnerstag hatte die Debatte im Parlament ein weiteres Mal auf der Tagesordnung gestanden, eine Art Showdown. Fotos vom »gefangenen Parlament« hatten nationale und sogar ein paar internationale Schlagzeilen gemacht und waren viral gegangen. Der Wirbel war gewaltig. Natürlich hatten die Aktivistinnen und Aktivisten damit gegen Gesetze verstoßen, ein Tatbestand, der für eine verbeamtete Polizeimitarbeiterin besonders brisant sein könnte. Eigentlich. Aber nicht für Nolwenn. Das Glück war auf ihrer Seite: Zum einen war sie auf keinem der ikonischen Fotos zu sehen, die überall die Runde gemacht hatten. Zum anderen war der Präfekt nach seiner Rückkehr zu sehr mit der Darstellung seiner grandiosen Verdienste bei der Lösung des »mörderischen Schokoladen-Falles« beschäftigt gewesen, um davon wirklich Notiz zu nehmen. Nolwenn, die »Tigerin«, hatte keine Angst, sie stand zu der Aktion. »Was da geschieht, das sind die Verbrechen – nicht, dass Menschen auf diese Verbrechen aufmerksam machen«, hatte sie Le Menn erklärt.

Eine Weile hatten sie gemeinsam geschwiegen, dann drehte Claire ihren Kopf zu Dupin: »Was passiert jetzt eigentlich mit dieser Entdeckung? Der nicht schmelzenden Schokolade?«

Dupin musste schmunzeln. Es war ihm klar gewesen, dass Claire dieser Punkt besonders interessierte.

»Das Patent gehört Nahia Mazago, die Rechtslage ist eindeutig. Das Patentamt wird die Prüfung nun regulär vornehmen. Wenn das Verfahren funktioniert, wird die Anmeldung spätestens Anfang nächsten Jahres offiziell sein.«

Die Presse hatte bereits groß darüber berichtet, natürlich, auch die internationale.

»Das heißt«, Claires Stimme klang vergnügt, »der nächste Sommer wird schokoladig werden.«

»Und was machen wir in diesem Sommer?«

»Genau hier liegen, am liebsten wochenlang. Hier im warmen Sand, Georges. Müßiggang. Nichtstun.«

Eine Übung, die ihnen beiden gleichermaßen schwerfiel. Aber im Moment, in Dupins Zustand, kam es ihm wie ein wundervolles Versprechen vor.

»Danach sitzen wir auf der Terrasse des *Sables Blancs* und trinken *apéros* … Ein Dutzend Austern für jeden. Und frische Sardinen-Rillettes mit ofenwarmem Baguette. Dazu ein eiskalter Muscadet.«

Dupin wurde nervös.

»Dann zarte Rochenflügel mit Kapern, Zitrone und Butter.«

Einer seiner Lieblingsfische. Auf seine Lieblingsart zubereitet.

»Wie wäre es, wenn wir heute damit anfingen?«

»Einverstanden.«

Dupin war begeistert.

»Und was hältst du von einem Trip ins Baskenland in diesem Sommer?«

Der Eindruck, den die »Exkursion« auf Dupin gemacht hatte, war nachhaltig.

»Ich habe im Netz ein traumhaftes *chambre d'hôtes* gefunden, in der Nähe von Bayonne. Direkt am Meer, auf einem Hügel, man schaut über die ganze Bucht, bis nach Spanien.«

»Wirklich? Mini-Ferien?«

Claire kannte Dupins Aversion gegen Ferien.

»So etwas in der Art, ja«, bestätigte Dupin.

Starrte man lange genug auf einen bestimmten Punkt im Himmelblau, schien es, als durchdränge der Blick die Atmosphäre.

»Wunderbar – alles wunderbar, Georges.«

Für einen Moment lagen sie schweigend nebeneinander.

»Georges?«

»Ja?«

»Wir sollten es tun, habe ich mir in den letzten Tagen gedacht. – Jetzt. – Sonst ist es zu spät.«

Dupin wusste, was er gehört hatte, aber die Nachricht war zu gewaltig.

»Du meinst …«

»Ja. – Auf einmal ist da ein ganz sicheres Gefühl.«

Warmes Glück strömte durch seinen Körper.

Er schaute ihr tief in die Augen, die unglaublichsten Augen in diesem Universum.

»Ich bin dabei Claire, absolut.«

ANMERKUNGEN UND DANK

Ich möchte mich sehr herzlich für die umfassenden Exkursionen in die Welt der Schokolade bedanken, die mir *Grains de Sail* (Morlaix), *L'Atelier du Chocolat* (Bayonne) und *Maison Georges Larnicol* (Quimper) ermöglicht haben.

Wie auf so vielen Recherchereisen hat mich auch diesmal der großartige Fotograf Stefan Gelberg begleitet.

Auch den beiden brillanten Nachwuchsautorinnen Nea Koelman und Janna Dörfle danke ich für die tollen Inspirationen!

Erwähnen will und muss ich das famose Buch »Die wahre Geschichte der Schokolade« von Sophie D. Coe und Michael D. Coe (S. Fischer, Frankfurt a.M. 1997, aus dem Amerikanischen von Bettina Abarbanell), aus dem ich an manchen Stellen zitiere.

Das Buch »Die Chemie der Schokolade« ist fiktiv. Zitate in diesem Zusammenhang stammen teilweise aus folgenden Veröffentlichungen:

- »Die Chemie des Glücks« – Deutschlandfunk Nova, Artikel vom 27. August 2016

- »Der Weg zum Schokoaroma führt über Mikroorganismen« – ingenieur.de, Artikel vom 15. Juli 2014

- »Zusammenhang zwischen Fermentation und Aromabildung bei Kakao geklärt« – analytik.news, Artikel vom 17. Juli 2014

- »Automatische Wassergehaltsbestimmung in Schokolade« – A. Trinkle & B. Faas, metrohm.de

Machen Sie Urlaub in der Bretagne mit Kommissar Dupin

Leseproben und mehr unter www.kiwi-verlag.de

Kiepenheuer & Witsch

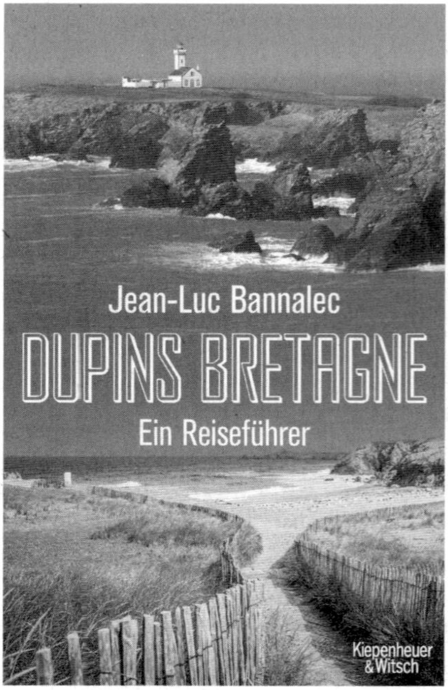

Ein Buch zum Träumen, Planen und Verreisen.

Die Liste der bretonischen Lieblingsorte, die Kommissar Dupin während seinen Ermittlungen führt, ist mittlerweile so lang wie legendär. Dieser Reiseführer versammelt all diese magischen Orte und enthält darüber hinaus viele weitere Empfehlungen und Geheimtipps von Jean-Luc Bannalec sowie Co-Autor und Bretagne-Experte Manfred Görgens: Hinweise auf noch zu entdeckende Gegenden der Bretagne, Hotels, Restaurants, Manufakturen, kulinarische Spezialitäten und das bretonische Savoir-vivre. Mit zahlreichen atmosphärischen Fotos, informativen Karten und praktischen Adressübersichten.

Leseproben und mehr unter www.kiwi-verlag.de

Kiepenheuer
& Witsch

Ar Men Du

Relais du Silence et Restaurant Gastronomique

47 Rue des Îles
29920 Névez
0033 2 98 06 84 22
www.men-du.com
contact@men-du.com

Ein Lieblingsort von Kommissar Dupin

»Die Terrasse des Ar Men Du war ein magischer Ort. Und nicht nur die Terrasse. Die Landspitze, auf der das formidable Restaurant mit dem hübschen Hotel lag, war nach Westen und Osten mit zwei Fensterseiten zum Atlantik ausgestattet. Man sah den weiten Horizont mit den beiden kleinen vorgelagerten Inseln ...«
Aus: »Bretonischer Stolz«

Das Ar Men Du liegt in einem Naturschutzgebiet gegenüber den sagenumwobenen Glénan-Inseln. Das Hotel hat drei Sterne und das Restaurant einen Michelin-Stern.

Direkt am Meer erbaut, bietet das Restaurant einen einzigartigen 180°-Panoramablick auf den Atlantik. Auch die schönen, im maritimen Stil frisch renovierten Zimmer und neuen Suiten verfügen allesamt über Meeresblick, viele zudem über eine eigene Terrasse.

Zu beiden Seiten des Hotels beginnen atemberaubende Wanderwege, alte Schmugglerpfade. Sowohl nach Concarneau als auch nach Pont-Aven wie zu den meisten anderen Orten der Dupin-Kriminalromane ist es nicht weit. Fragen Sie nach den aktuellen Angeboten – ich freue mich auf Ihren Besuch!

Ihr Pierre Yves Roué und sein Team

Ty mad

Hôtel de charme et bonne table

Plage Saint-Jean
29100 Douarnenez Tréboul
0033 2 98 74 00 53
www.hoteltymad.com
info@hoteltymad.com

Ein Lieblingsort von Kommissar Dupin

»Auf der Terrasse des Ty Mad blühte ein Meer von Blumen in verschiedenen Farben, betörende wild vermischte Düfte, kleine Reihen zartgrüner Bambusse, filigrane, hochwachsende Gräser, verschwenderische weiße Rhododendren, dunkelgrüne Kübel mit Olivenbäumchen. Tische, Stühle und Sonnenliegen überall im Garten verteilt. Eine verzauberter Ort. Eine Oase.«
Aus: »Bretonische Flut«

Ty Mad bedeutet auf bretonisch »gutes Haus« und genau das ist es: ein kleines, geschmackvoll eingerichtetes Hotel in der magischen Bucht von Douarnenez. Es liegt gegenüber der mythischen Île Tristan und an dem legendären Küstenweg, auf dem Sie bis zur Pointe du Raz wandern können. Hier erleben Sie die konzentrierte Bretagne.

Bereits in den Zwanzigerjahren wohnten hier berühmte Künstler wie Pablo Picasso, André Breton und Max Jacob. Ein ruhiger, meditativer Ort mit einer besonderen Aura. Die meisten Zimmer besitzen einen fantastischen Blick aufs Meer. Das Hotel verfügt über ein Schwimmbad mit Spa-Bereich; Massagen, Yoga, Musiktherapie können Sie auf Anfrage buchen.

Im Restaurant mit großen Panoramafenstern verwöhnt Sie Didier Lecuisiner mit frischen regionalen Produkten aus biologischem Anbau.

Wir tun alles, um in Ihrem Herzen ein kleines Glücksgefühl zu hinterlassen!

Ihre Armelle Raillard und ihr Team